BRIAN LUMLEY · GRABGESANG

In dieser Reihe erschienen:

2801 *Das Erwachen*
2802 *Vampirblut*
2803 *Kreaturen der Nacht*
2804 *Untot*
2805 *Totenwache*
2806 *Das Dämonentor*
2807 *Blutlust*
2808 *Höllenbrut*
2809 *Wechselbalg*
2810 *Duell der Vampire*
2811 *Totenhorcher*
2812 *Blutkuss*
2813 *Konzil der Vampire*
2814 *Grabgesang*
2815 *Blutsbrüder*
2816 *Vampirwelt*
2817 *Nestors Rache*
2818 *Metamorphose*

In Vorbereitung:

2819 *Vormulac*
2820 *Schlacht der Vampire*
2821 *Blutkrieg*

Brian Lumley

Grabgesang

Necroscope 14

Aus dem Englischen von
Alexander Amberg und Heiko Langhans

FESTA

1. Auflage Mai 2004
2. Auflage Dezember 2004
3. Auflage Februar 2006
Originaltitel: *Vampireworld 1: Blood Brothers*

Umschlaggestaltung: www.babbarammdass.de
Literarische Agentur: Thomas Schlück GmbH, 30827 Garbsen
Druck und Bindung: PBtisk s. r. o., Pribram

ISBN 3-935822-91-X

TEIL VIER

DER ÜBERFALL

ERSTES KAPITEL

Morgengrauen auf der Sternseite, nur noch wenige Stunden bis Sonnauf. Aus dem riesigen, gezackten Schattenriss des Grenzgebirges schälten sich langsam die Gipfel heraus, hohe, fahle Wächter, ein jeder von unverwechselbarer Gestalt. Bald würden die Sonnenstrahlen durch den Pass fallen und sie mit ihrem Goldschimmer überziehen. Der Wechsel vom Dunkel zum Licht war stets ein großartiges Schauspiel. Er gab einem Hoffnung.

Das in etwa ging Lardis, dem Stammesoberhaupt der Szgany Lidesci, durch den Kopf. Dass er den Großteil der Nacht hier verbracht hatte – auf der Sternseite, bei Sonnunter! Unter dem silbrigen Licht des Mondes und dem blauen Funkeln der Sterne ... Dass er hier auch noch geschlafen hatte! Der Gedanke ließ unweigerlich seine Kopfhaut kribbeln, jagte ihm einen Schauder durch den Körper. Ein Gefühl der Ehrfurcht übermannte ihn, Staunen, zugleich aber auch ein Entsetzen, das ihm das Herz bis zum Halse schlagen ließ ...

Ungefähr alle fünfzig Sonnaufs unternahm Lardis diese – nun ja, Pilgerfahrt? – zur Sternseite. Sicherlich konnte man es eine Art Geisteraustreibung nennen. Sein Weg führte ihn über die öde Felsebene zu den eingestürzten Felstürmen der Wamphyri und zur Karenhöhe, dem letzten Horst, und schließlich durch den großen Pass wieder zurück zur Sonnseite. Ihm war bewusst, dass er diese Reise niemals alleine machte, dass die Schatten der Vergangenheit mit ihm gingen und gelegentlich ihre kalten Finger über sein Rückgrat strichen.

Es war ein Ritual, das ihrer Vertreibung diente, oh ja, es sollte die Dämonen aus seinen Träumen und die Albträume der Vergangenheit aus seinen wachen Stunden verjagen. Damit wollte er sich vergewissern, dass es die Wamphyri nicht mehr gab und dass sie nie mehr zurückkehren würden. Indem Lardis während der langen Stunden des Sonnunter, der doch *ihre* Zeit gewesen war, durch ihr ureigenstes Territorium wanderte, schöpfte er neue Zuversicht. Deshalb kam er her, unternahm immer wieder diese Reise und würde sie auch weiterhin antreten, solange seine Beine ihn trugen – weil er sich stets von neuem von der wunderbaren Wahrheit überzeugen musste, dass es sie nicht mehr gab.

»Tot und vergangen«, brummte er vor sich hin, blieb stehen und spähte von seinem Standort im Bergvorland, nicht weit vom Großen Pass, zur Sternseite zurück. »Allesamt ausgelöscht und vom Angesicht der Welt gefegt zu einer Stunde, die sie als die Zeit ihres größten Triumphes ansahen, als sie mit ihren Opfern spielten und am leuchtenden Kuppeltor in Blut schwelgten. Alle, die noch übrig waren: Lord Shaithis und sogar Shaitan der Ungeborene, der ihr Vater war – mitsamt ihren Ungeheuern vernichtet. Ebenso Lady Karen – verbrannt unter einem einzigen Höllenhauch, in einem sengenden Feuer, das abscheulicher war als sie alle zusammen! Alle verschwunden, diese Ausgeburten des Bösen. Und möglicherweise auch einige, die ... gut waren, selbst wenn sie die Saat des Bösen in sich trugen.«

»Einige, die ›gut‹ waren, sagst du?« Neben Lardis stand ein alter, vertrauter Freund und Gefährte: Andrei Romani. »Ach ja? Die Wamphyri meinst du? Dann wärst du vielleicht so freundlich, meinem Gedächtnis auf die Sprünge zu helfen, denn ich will verdammt sein, wenn mir welche einfallen, die gut gewesen sein sollen!«

Lardis warf ihm einen kurzen Blick zu und nickte leicht. »Oh doch, du kennst sie sehr wohl. Du willst es bloß nicht wahrhaben, das ist alles. Was ist mit Harry Höllenländer, genannt Herrenzeuger, der aus der Welt jenseits des Tores kam, um in der Schlacht um den Garten an der Seite seines Sohnes zu kämpfen? Was ist mit dem Herrn des Gartens, der mit seinem Vater die Felstürme der Wamphyri auf der Ebene einriss? Oh ja, und sogar Lady Karen, die ihnen zur Seite stand und sich gegen ihr eigenes Volk wandte.«

Andrei sah ihn erstaunt an. »Ihr eigenes Volk? Mit ›ihr‹ meinst du sie doch alle, oder! Sie waren doch alle selbst Wamphyri! Harry Höllenländer, der binnen eines Lidschlags kommen und gehen und mit den Toten sprechen konnte: Er war ein Wamphyri, wie du sehr wohl weißt. Ebenso sein Sohn, den man den Herrn nannte. Später wurde aus ihm ein Wolf – eine Ausgeburt der Hölle! Und was Karen betrifft: Du vergisst, Lardis, dass ich damals im Garten *dabei* war, als sie Lesk dem Vielfraß bei lebendigem Leib das Herz herausriss und dabei lachte, als sein Blut sie überströmte! Sie war ohne jeden Zweifel eine Wamphyri! Oh ja, die Pest hatte sich in ihnen allen festgefressen. Erzähl mir also nicht, was böse ist und was nicht! Ich für mein Teil sage, dass es irgendwo einen Gott gibt und dass er endlich genug von ihnen hatte. Also hat er sie in jener Nacht allesamt fortgefegt und uns zurückgelassen, damit wir den Frieden bewahren!«

Lardis und Andrei waren älter geworden, ihre Gelenke etwas steifer, das Haar fast zur Gänze grau und die Augen nicht mehr ganz so scharf wie ehedem. Aber ihr Gedächtnis war immer noch klar. Vierzehn Jahre sind schließlich keine sonderlich lange Zeit für Erinnerungen, wie sie sie besaßen. Auch wenn sie nicht immer einer Meinung waren, wusste der eine doch, dass der andere irgendwie Recht hatte; dadurch glich sich alles wieder aus.

»Du hast Recht«, knurrte Lardis schließlich, »Es ist sicher zum Besten, dass sie alle fort sind. Aber ich frage mich trotzdem: Falls Harry, der Herr und Karen nicht gewesen wären ... was wäre dann aus uns geworden? Was wären wir heute?«

»Vermutlich Staub«, gab Andrei zur Antwort, »dann wäre ohnehin alles egal.«

»Und unsere Kinder?«

Statt zu antworten, fröstelte Andrei und stampfte mit den Füßen auf. Dann wechselte er das Thema. »Worauf warten wir eigentlich, verdammt noch mal?«, wollte er mit lauter Stimme wissen. »Wo zum Teufel steckt Nana Kiklus missratener Bengel?«

»Was denn, ich und missraten?«, erklang eine laute, lachende Frage aus den Schatten an der Mündung des Passes. Wo Nestor

Kiklu und Lardis' Sohn Jason vorausgegangen waren, bewegte sich etwas. Sie traten aus den Schatten, so dass sie nunmehr deutlich zu sehen waren, und abermals wollte Nestor wissen: »Nimmt hier jemand unnütz meinen Namen in den Mund?«

»Nein, nicht den deinen, aber den deines schwachköpfigen Bruders Nathan«, rief Andrei zurück. »Er lässt uns immer nur warten!«

Ihre Rufe klangen hallend durch den Pass zu den Bergen, wurden zurückgeworfen und hallten über die Ebene der Sternseite. Lardis gefiel das nicht besonders. Seine Nackenhaare richteten sich auf, und sein Atem drang in schnellerer Folge an die kalte Luft. Außerdem mochte er es nicht, wenn man Nathan Kiklu verspottete, nicht einmal in unüberlegtem Scherz, auch nicht, wenn er von Andrei kam. Es stimmte ja: Nathan war nicht der Hellste, aber an dem Jungen war doch weit mehr dran, als man auf den ersten Blick annahm. »Ruhig!«, mahnte Lardis. »Die Sternseite mag zwar leer sein, aber sie ist dennoch kein guter Ort zum Herumschreien ...«

Und zumindest einer hatte sie gehört.

Unten, am Rand des niedrigen Kraters, in dem das Tor lag, erwachte Nestor Kiklus Bruder Nathan wieder zum Leben. Er hatte in den weißen, hypnotischen Glanz der halb verborgenen, fremdartigen Lichtkugel gestarrt. Er wusste, dass er die schimmernde Oberfläche nicht anfassen durfte, wenn er nicht hineingezogen werden und für immer verschwinden wollte. Jedenfalls aus dieser Welt. Aber die Versuchung lockte immer noch.

Zwar war er versucht ... aber nicht ganz verblödet. Denn es gab Zeiten, da Nathan das Leben hier, oder vielmehr auf der Sonnseite, ganz prächtig erschien. Manchmal war das Leben schon eine feine Sache ...

Nur war dieses Tor so sonderbar und unerklärlich. Wenn es tatsächlich einen Durchgang in eine andere Welt darstellte – einen Ort, an dem es Menschen gab – warum kamen sie dann nicht her und stellten sich vor? Lardis Lidesci sagte, dass früher ab und zu einige hindurchgekommen waren und dass die

Wamphyri sie wegen ihrer seltsamen Fähigkeiten hoch geschätzt hatten. Vielleicht kamen sie deshalb nicht mehr. Andererseits wusste jeder, dass Lardis viel erzählte – über das Tor, die alten Zeiten, die Höllenländer ... einfach über alles.

Nathan hatte sogar Gerüchte gehört, dass Lardis einst ein Auge auf eine Höllenländerin geworfen hatte! Nur hatte sie schon einen Mann gehabt, der ebenfalls ein Höllenländer war. Zek hatte sie geheißen, das war die Kurzform von Zekintha, und sie konnte einem Mann die Gedanken direkt aus dem Kopf klauben! Na ja, das konnte Nathan manchmal auch, jedenfalls bei Nestors Gedanken. Aber diese Zek, hellhäutig sollte sie gewesen sein, blond mit blauen Augen und ... schön? Wie konnte jemand, der so aussah, schön sein? Kein Szgany war blond oder hatte blaue Augen – mit Ausnahme von Nathan natürlich.

Jedenfalls hatten die Ereignisse, von denen Lardis sprach, noch vor der Geburt der Kiklu-Brüder stattgefunden, und wie Nathan im Lauf der Zeit festgestellt hatte, gab es fast nichts aus der Vergangenheit, zu dem Lardis nicht jede Menge zu sagen gehabt hätte. Er war zwar nicht unbedingt alt (auch wenn seine Jugend als Anführer eines wandernden Szgany-Stammes im Schatten der Wamphyri sicherlich ihren Tribut verlangt hatte), aber jetzt gab es wenig, was ihn wirklich beschäftigte. Daher neigte er dazu, zu sehr in der Vergangenheit zu verweilen. Nathan verstand dies nur zu gut, denn gelegentlich träumte er ebenfalls von anderen Welten und bestand Abenteuer in Märchenländern. Es half ihm dabei, die wirkliche Welt zu vergessen: die Geräusche von Siedeldorf und die bissigen Bemerkungen, die Hänseleien und Fragen, auf die Nathan schon gar keine Antwort mehr gab, oder falls doch, dann nur stotternd und nach Worten ringend. Denn seit der Nacht der roten Wolken und des Donners in den Hügeln hatte er seine Zeit damit verbracht, sich aus dieser Welt ... zurückzuziehen.

In andere Welten, oh ja, und ins Märchenland ...

Zum Beispiel zu den Berghänge, in der Dämmerung, wenn er allein war und seine Wölfe winselnd aus den Hügeln kamen, um bei ihm zu sein. Das war jedoch ein Geheimnis, das er für sich behielt, damit die Szgany-Kinder von

Siedeldorf ihn nicht einen Lügner nannten. Denn jeder wusste, dass Wölfe noch im Welpenalter eingefangen und gezähmt werden mussten, sonst konnte man ihnen nicht trauen.

Und in seinen Tagträumen, die er als grausige Dinge erkannte, auch wenn sie ihn noch so sehr faszinierten ...

Aber besonders, wenn er schlief und träumte von ... oh, von allen möglichen Dingen. Von den zerfallenden Toten in ihren Gräbern, die mit ihm reden konnten, wenn sie wollten, aber sie wollten nicht, obwohl er oft hörte, wie sie miteinander sprachen; von bedeutungslosen und doch so quälend vertrauten Zahlen, die sein schwindelndes Gehirn ausfüllten, bis er glaubte, dass ihm der Kopf vor ihren unaufhörlich sich wandelnden Wirbeln und Strömen schier platzen wollte; und von einer anderen Menschenwelt, die so fremdartig und unbekannt war wie die Räume zwischen den Sternen ...

... und die vielleicht so war wie die Welt hinter dem Tor?

Wieder drangen die Rufe der anderen von den Hügeln und dem Pass her zu Nathan, bis er schließlich vor dem kalten Leuchten, das ihn so faszinierte, zurückwich und vom niedrigen Rand des Kraters heruntersprang. Doch während er sich vorsichtig einen Weg zwischen den klaffenden Schlünden riesiger, kreisrunder Wurmlöcher bahnte, die den ansonsten festen, dichten Fels und Erdboden rings um das Tor durchzogen, spürte er die Verlockung der stillen, schimmernden Kuppel, die einem Magneten gleich an seinem Verstand zog.

»Nathan!« Abermals erscholl Andrei Romanis Ruf aus der Ferne, gleich darauf rollte das Echo seiner Donnerstimme von den Hügeln herab: »Nathaan! ... Nathaan! ... Nathaan!«

Nathan hatte sich mittlerweile vom Tor entfernt, konnte aber noch immer weder den Blick noch seine Gedanken davon reißen. Das Tor zu den Höllenlanden, zu einer anderen Welt, vielleicht zu einer Welt, die schrecklich war.

Wenn Lardis davon erzählte, was sich in jener Nacht vor vierzehn Jahren ereignet hatte, sprach er für gewöhnlich von einem ›Höllenhauch‹, der brüllend aus dem Tor hervorgebrochen war und die Wamphyri mit seinem Feuer verbrannt hatte. Doch ein anderes Mal, in weniger romantischer Stimmung, hatte er eingeräumt, es könne sich auch um eine unfassbar schreckliche Waffe gehandelt haben, deren Sprengkraft so groß war, dass selbst die Höllenländer wenig oder gar keine Kontrolle darüber besaßen. »Wie ihre Welt auch gewesen sein mag«, sagte er dann stets, »mittlerweile muss sie eine wahre Hölle sein, wenn dies bloß der Ausläufer von einem ihrer Kriege war! Zekintha hat mir alles über die ungeheure Vernichtungskraft ihrer Waffen erzählt.«

Mit langen, vorsichtigen Schritten verfiel Nathan in einen raschen Lauf. Er hatte die anderen zu lange warten lassen, und sie waren sicher ungeduldig geworden. Damit hatte er Recht. Fast eine Meile entfernt beschwerte sich Andrei Romani erneut. »Ist er denn nicht nur blöde, sondern auch taub?«

Mit gewandten, klimpernden Schritten schlossen Nestor und Jason zu den beiden Älteren auf. »Nein.« Nestor schüttelte den Kopf und verzog abschätzig das Gesicht. »Mein Bruder ist weder taub noch blöde, nicht einmal stumm. Er *will* bloß nicht reden. Er ist eben ... Nathan.«

Lardis warf einen kurzen Blick auf Nestor. Er konnte fast die Bitterkeit schmecken, als sein Mund die säuerlichen Worte aussprach. Schade, dass sie einander nicht näher standen, dachte er, wie sie es als Kinder gewesen waren. Damals waren sie unzertrennlich gewesen.

Nestor hatte auf seinen Bruder Acht gegeben, noch nachdem sie das zehnte Lebensjahr schon weit überschritten hatten. Vielleicht hatte er zu lange auf ihn aufgepasst, hatte einmal zu oft für ihn gekämpft, seinetwegen einmal zu viel Prügel bezogen. Jedenfalls war es heute mit ihnen nicht mehr wie früher. Und natürlich war da noch Misha. Jungen werden immer Jungen und Freunde bleiben – bis sie erwachsen und zu Nebenbuhlern werden.

Nathan und Nestor Kiklu: Nanas Söhne ...

Zwillinge, oh ja, dachte Lardis, aber einander ganz unähnlich. Tatsächlich schienen sie sich so unähnlich wie nur möglich zu sein: in ihrem Aussehen, ihren Ansichten, ihrer Lebensart. Nestor aufrecht, großspurig, tollkühn, geradeheraus und auch lärmend; Nathan niedergedrückt (aber wovon?), zurückgezogen, ernst und natürlich still.

Nestor war seiner Mutter ähnlich. Wenn man sie zusammen sah, konnte es keinen Zweifel daran geben, dass er ihr Sohn war. Doch während Nana klein war, war Nestor hochgewachsen, ebenso wie sein Bruder, hätte dieser sich nur einmal aufrecht hingestellt! Beide hatten lange Glieder, was auch etwas eigenartig war, denn ihr Vater Hzak Kiklu war so klein wie Nana gewesen. So konnte man sich besser in Erdlöchern verstecken. Vielleicht war das die Erklärung. Seit der Vernichtung der Wamphyri waren viele Kinder groß und stark herangewachsen.

Nestor hatte die dunklen, leicht schräg gestellten Augen seiner Mutter, ihre gerade, wenngleich etwas kleinere Nase, ihr schimmerndes, schwarzes Haar, das ihm bis auf die Schultern fiel. Auch ihr Lächeln, das manchmal geheimnisvoll wirkte. Die Stirn war breit und das Kinn sprang leicht vor, was man besonders deutlich sah, wenn er zornig war. Sein Körper war kräftig, und er trug seine Jacke mit aufgerollten Ärmeln, damit seine breiten Unterarme besser zur Geltung kamen. Er sah durch und durch wie ein Szgany aus. Das war Nestor, ein Junge, auf den man stolz sein konnte.

Doch was Nathan betraf: Er stellte eindeutig einen Rückschritt dar! Aber in welche Richtung – das konnte Lardis sich nicht vorstellen. Nathans Augen waren weniger schräg, und auch wenn sie saphirblau waren, ermangelte es ihnen doch an der Tiefe jenes Edelsteins. Ihr Blick war meist leer, verhangen oder wanderte umher (ganz wie der Verstand dahinter, vermutete Lardis, und tatsächlich ganz wie der Junge selbst). Aber das Sonderbarste an ihm war sein Haar, das die Farbe von feuchtem Stroh hatte. Es sah wie Zeks Haar aus, nur etwas dunkler, und Nathan hielt es kurz geschnitten, als schäme er sich dafür. Möglicherweise traf das sogar zu, denn es machte ihn anders als die anderen.

Was seine Züge betraf, waren sie denen Nestors nicht unähnlich. Ein starkes Kinn, hohe Wangenknochen, eine breite Stirn ... sein Mund war voller als der von Nestor, nicht ganz so zynisch, aber der linke Mundwinkel neigte ein wenig zum Zucken. Und dann war da natürlich noch seine Haut, die so hell war, dass sie zu seiner Haarfarbe passte. Alles in allem sah er kaum wie ein Szgany aus.

Seiner Mutter zufolge rührte seine Blässe daher, dass er zu viel Zeit im Haus oder auf seinen Streifzügen bei Sonnunter verbrachte, wenn die meisten Szgany sich nicht weit von ihren Häusern entfernten. Laut Nana war er insgesamt von schwacher Gesundheit; darum sonderte er sich von der munteren Jugend Siedeldorfs ab und blieb meist für sich. Doch soweit Lardis wusste, passte das nicht recht zusammen.

Nathan machte im Gegenteil den Eindruck eines geborenen Wanderers und war ständig unterwegs. Bei Sonnauf wie bei Sonnunter fand man ihn im Wald oder an den Berghängen – überall, nur nicht unter einem Dach. Und kränklich sollte er sein? Lardis war anderer Ansicht. Wenn Nathan keine Lust hatte, Maulaffen feilzuhalten, die Mädchen zu hänseln oder ihnen nachzusteigen und sich mit den anderen Lümmeln herumzubalgen, machte ihn das noch nicht von vornherein kränklich.

Nein, Nathan war nicht nur der Kleinste aus dem Wurf, er war ein Rückschritt. Aber wohin oder woher? Und wenn er nicht wie ein Szgany aussah, wie sah er dann aus?

Immer wieder dachte Lardis über diese Frage nach: An wen erinnerte Nathan ihn nur? Von wem stammte dieser weiche, mitfühlende, ja, sogar unschuldige Blick? Wie stets blieb es ihm auch diesmal ein Rätsel, eine Last, ein Wort, das ihm auf der Zunge lag und doch nicht von den Lippen kam. Und manchmal war Nathan auch eine Last, so dass Lardis nicht anders konnte, als ihm einen Tritt zu versetzen – und sei es bloß, um ihn munter zu machen!

Deshalb hatte er Nana Kiklu gefragt, ob er diesmal die Jungen zu seiner jährlichen Pilgerreise zur Sternseite mitnehmen dürfe – um nämlich Nathan aus seiner gewohnten Umgebung zu reißen und ihm etwas Leben einzuflößen. Vielleicht fand er in der gewaltigen, öden Wildnis etwas, das seinen Verstand aus jenen unbekannten Gefilden hervorlockte, in denen er gerade umherstreunte ...

Noch während Lardis Lidesci diese Gedanken wälzte, erklang das weiche, regelmäßige Tappen hastender Füße über knirschendes Geröll, und vor dem Gleißen des nahen Tores zeichnete sich ein menschlicher Umriss ab. Und während das Licht über der Sternseite unmerklich heller wurde, wandten sich Lardis′ Gedanken in eine andere Richtung.

Kränklich sollte der Bengel sein? Na, wenn dem so war, wünschte Lardis sich eine ähnliche Hinfälligkeit, bei der wie in alten Zeiten Herz und Lunge mühelos pumpten und seine kraftvollen Glieder anspornten. Und Nathan galt als geistlos? Nun, zumindest jetzt war er das nicht, denn seine Augen strahlten, als er keuchend zum Stehen kam und mit einer vertrauten Geste entschuldigend die Achseln zuckte. Es tat ihm Leid, dass er sie hatte warten lassen.

»Dich hat also das Tor interessiert?«, fragte Lardis, ehe ein anderer das Wort ergreifen konnte.

Nathan hatte seinen Atem bereits wieder unter Kontrolle. Er sah Lardis an und nickte, wenngleich langsam. Aber ein Nicken war eine Antwort, und das war an sich schon eine Verbesserung, denn für gewöhnlich war Nathan nicht einmal das zu entlocken. Lardis freute sich. Es erinnerte ihn daran, wie sie um das Lagerfeuer in Siedeldorf saßen, er seine alten Geschichten erzählte und spürte, wie Nathan ihn mit größerer Aufmerksamkeit anstarrte als alle anderen zusammen genommen. Ein Dummkopf? Nun, vielleicht ... aber nur nach außen hin.

»Huh!«, schnaubte Nestor. »Natürlich interessiert er sich dafür. Er interessiert sich für alles Absonderliche, auf das niemand eine Antwort weiß. Die Sterne am Himmel: Wie viele davon gibt es? Die Wogen in einem Fluss: Warum kann er die Kämme nicht zählen? Wohin gehen die Menschen, wenn sie sterben? Als reichte der Rauch ihrer Bestattungsfeuer nicht als Antwort. Und nun das Tor zu den Höllenlanden? Natürlich ist er daran interessiert! Wenn irgendetwas rein nichts zu bedeuten hat, dann hegt Nathan ganz gewiss Interesse dafür.«

Abermals lag eine tiefe Bitterkeit in seiner Stimme.

Doch Jason, Lardis' Sohn, der achtzehn Monate jünger war als die Kiklu-Jungen, ging mit Nathan weniger hart ins Gericht. »Nathan sagt die Welt nicht sonderlich zu«, sagte er. »Er hält sich so weit wie möglich von ihr fern. Das ist gar nicht so leicht, denn er muss natürlich in ihr leben! Deshalb befasst er sich mit Dingen, die uns unwichtig erscheinen. Auf diese Weise erschafft er sich seine eigene Welt, und wir haben die unsere und gelangen nur selten in die jeweils andere.«

Lardis nickte innerlich, denn er hielt diese Einschätzung für erstaunlich klarsichtig.

Lardis war stolz auf seinen Sohn; Jason war freigebig, von einem instinktiven Gerechtigkeitssinn beseelt und auf seine dunkle Zigeunerart gut aussehend. Außerdem verfügte er über eine schnelle Auffassungsgabe. Doch wie jeder andere irrte auch Jason sich hin und wieder.

»Das Tor ist nicht unwichtig«, berichtigte Lardis ihn rasch. »Kommt mal kurz her.« Sie erklommen eine kleine Anhöhe – kaum mehr als ein zackiger Felsbuckel – bis sie von einer etwas höheren Position aus die Sternseite überblicken konnten. Und vor allem das Tor sahen.

»Es wird schon heller«, wies Lardis auf etwas hin, das allen offensichtlich sein musste. »Noch ungefähr eine Stunde, dann färben sich die Gipfel golden, und das, was ich euch zeigen wollte, ist nicht mehr so deutlich zu erkennen. Mitten im Sonnunter ist es viel besser zu sehen. Außerdem verblasst es mit den Jahren, der Regen spült es in die tote Erde, und der warme Wind der Sonnseite weht es davon. Aber – sehr ihr das Leuchten?«

Sie sahen es.

Etwa hundertfünfzig Schritte hinter dem Tor klaffte ein Krater in der Erde. Seine Wände waren ausgefranst und geborsten. Ein Rand aus geschmolzener Schlacke umgab das Loch wie geschwollene Haut eine gewaltige Wunde. Er sah schroffer und wesentlich zerklüfteter aus als das übliche, gerundete Geröll der Sternseite, das die Elemente über zahllose Jahrhunderte hinweg abgeschliffen hatten. Der Krater stammte aus jüngerer Zeit und wirkte, als sei hier erst vor wenigen Jahren ein Meteor eingeschlagen.

Vom äußersten Kraterrand her breitete sich ein schwacher, fächerförmiger Lichtschimmer über den Boden aus, der an die leuchtenden Morgennebel der Sonnseite erinnerte. Wie eine lange Speerspitze, eine Feder oder ein Finger, deutete der Schimmer auf die Eislande hinter dem blauen, vom Polarlicht umwaberten Horizont. Aber es war der Boden selbst – die tote Erde und der steinige Grund – der unter dieser weichen und doch unheimlichen Strahlung erglühte, als sei eine riesig Schnecke hier entlanggekrochen und habe ihre Schleimspur hinterlassen, die unter dem Sternenlicht leuchtete.

»Da drüben«, sagte Lardis sehr leise und zeigte in die genannte Richtung. Im Westen zog sich das Leuchten am Fuß der Berge entlang bis zum Horizont und verlor sich in der Ferne. Das Licht war im Schatten der Bergformation noch deutlicher zu erkennen; es schien leicht zu wabern wie das Schimmern verfaulten Holzes oder das kalte Leuchten eines Glühwürmchens.

»Licht«, sagte Lardis finster. »Aber nicht das gute, klare Tageslicht und auch nicht der Schein eines Feuers. Menschen können darin nicht leben und dürfen nicht zu lange in seinem Glanz verweilen. Vor vierzehn Jahren bestrahlte es Peder Szekarly, ließ seine Haut so bleich wie einen Pilz werden und beraubte ihn eines Erben. Oh ja, und am Ende brachte es ihn um. Und was die Trogs betrifft, die im Windschatten der Berge leben: Auch sie haben ihren Preis bezahlt. Hunderte gingen daran zugrunde! Hätten sie nicht ihre tiefen Höhlen gehabt, wären sie mit Sicherheit verloren gewesen. Noch heute gibt es Missgeburten unter ihnen, weil das Blut ihrer Väter in jener Nacht der Nächte verseucht wurde! Das einzig Gute daran ist, dass dieses Licht auch auf die Sümpfe fiel, und seitdem haben wir herzlich wenige Vampir-Wiedergänger erleben müssen ...«

»Oh ja, Höllenfeuer!«, nickte Andrei Romani bekräftigend. »Und es brennt immer noch, nur nicht mehr so heiß. Ich sage, haltet euch davon fern, von der gesamten Sternseite. Hier gibt es nichts außer Gespenstern, und die überlässt ein kluger Mann sich selbst.«

»Du siehst«, sagte Lardis zu Nestor, als sie wieder hinabgestiegen waren und den Weg zum Pass angetreten hatten, »das Tor ist keineswegs unwichtig. Es ist ein Mahnfeuer, das uns daran erinnert, dass an dieser Stelle die Mächte der Höllenländer und der Wamphyri aufeinander prallten und sich gegenseitig auslöschten.«

»Gut und schön«, warf Andrei ein, »aber was hat Nathan damit zu tun? Glaubst du wirklich, dass es für ihn eine Rolle spielt? Ich meine, glaubst du, dass er auch nur eines der Dinge verstanden hat, über die wir gesprochen haben, oder daran interessiert gewesen ist? Wenn ja, zeigt er es jedenfalls kaum!«

»Er hat reichlich Interesse an den zerfallenen Festen der Wamphyri gezeigt«, entgegnete Lardis. »Und an Karenhöhe, dem letzten Horst, der auf der dem Tor zugewandten Seite geschwärzt ist wie ein Kaminrohr. Oh ja, und ich bin überzeugt davon, dass er noch zur Karenhöhe aufgestiegen und hineingegangen wäre, wenn wir es zugelassen hätten! Und zuletzt hat er anscheinend auch das Geheimnis gespürt, welches das leuchtende Kuppeltor umgibt. Wenn du mich fragst, ist das eine Menge Interesse – für einen Schwachkopf!«

Als sie in den Schatten des Passes traten, blickte er kurz auf Nathan und sah, wie der Junge zu ihm herüberschaute. Nathans Augen strahlten wieder. Vor Dankbarkeit, dachte Lardis.

Aber Nestor sagte lediglich: »Was das Tor betrifft, widerspreche ich dir nur ungern, Lardis – immerhin bist du ein Lidesci und Anführer unseres Volkes – aber was ist das Tor denn außer einer Kugel aus weißem Licht? Es hat also meinen Bruder angezogen ... na und? Flattern Motten nicht auch bereitwillig in eine Kerze? Und verbrennen sie nicht ebenso oft?«

So sehr Lardis dieses Argument missfiel, hatte er ihm doch nichts entgegenzusetzen ...

Etwa fünfzehn Minuten lang marschierten sie schweigend voran, und nur das Klimpern der Glöckchen begleitete ihre Gedankengänge. Dann erstrahlten die Gipfel hoch über ihnen in gelblichem Glanz und verwandelten sich in pures Gold, als über der Sonnseite die Sonne aufging.

»Ich habe den richtigen Zeitpunkt gewählt«, seufzte Lardis selbstzufrieden. Er verließ den Pfad und erklomm einen Kamm an der Westseite des Passes. Bis auf Nathan, der ihm natürlich unbeirrbar folgte, verharrten die anderen und sahen den beiden nach. Schließlich fragte Nestor Andrei Romani: »Und was jetzt?«

»Das ist eine feste Angewohnheit«, antwortete Andrei. »Lardis macht das jedes Jahr. Etwas auf der Sternseite, das er sich gerne ansieht. Der Felsvorsprung dort, das ist sein Aussichtspunkt. Ich habe es schon einmal gesehen und kann gut darauf verzichten. Ich warte hier und spare meine Kräfte für den Weg. Aber ihr beide könnt ihm gern nachgehen.«

Nestor und Jason kletterten Lardis und Nathan hinterher, und nach einem steilen, jedoch ungefährlichen Aufstieg schlossen sie zu ihnen auf einer Felsplatte auf, die sich gen Norden und leicht nach Osten erstreckte. Das Sonnenlicht auf den Gipfeln war stärker geworden. Es bahnte sich seinen Weg durch die Felshöhen und sandte einen Fächer aus Strahlen über den Himmel der Sternseite, an dem nur noch die hellsten Gestirne und die wabernden Polarlichter zu sehen waren, die über den nördlichen Horizont zuckten.

»Sonnauf«, keuchte Lardis; sein Atem ging schwer vom Aufstieg. »Die Sonne erhebt sich nur langsam in einer niedrigen, flachen Kurve. In alten Zeiten tauchte sie die großen Felsenburgen nach und nach in ihr Licht. Jetzt ist nur noch ein Horst übrig, wie ihr gesehen habt. Aber ich schaue immer noch gerne zu, wie die Sonne die höchsten Brüstungen streift. Dann weiß ich, dass sich nichts mehr hinter den Knochenaltanen und den schwarz verhangenen Fenstern verbirgt. Irgendwie beruhigt mich der Anblick. Aber verlasst euch nicht allein auf mein Wort: Wartet nur ab, haltet Ausschau und seht selbst.«

Damit ließ er seinen Blick weiter über die Sternseite schweifen.

Draußen im ehemaligen Kernland der Vampire – hoch aufragend aus einer Ebene, die von den geborstenen Stümpfen und zerschmetterten Trümmern all der einst so mächtigen Felsenburgen übersät war, die den Krieg des Herrn gegen die Wamphyri nicht überstanden hatten – dort stand die Karenhöhe. Der letzte Horst erhob sich fast einen Kilometer lotrecht wie ein riesiger steinerner Reißzahn vor dem Hintergrund des von blauen Streifen durchzogenen Nordhimmels. Der gewaltige Schatten fiel wie ein schwarzer, verkrümmter Arm weit über die Sternseite und schien sich im heller werdenden Licht zu strecken und blindlings nach dem nordöstlichen Horizont zu greifen.

Die Gruppe auf dem Vorsprung wartete ein bis zwei, höchstens drei Minuten, bis die Sonnenstrahlen herabglitten und sie überfluteten. Im gleichen Augenblick gewahrten sie jene Szene, die Lardis so sehr ersehnt hatte: Ein goldener Fleck breitete sich auf den obersten Stockwerken der Felsenburg aus, brannte in Fenster, die wie die leeren Augenhöhlen eines Schädels wirkten, erleuchtete die finsteren Mäuler der Flugrampen und schien die hohen Brüstungen und Bastionen mit blendender Glut in Flammen zu setzen.

In der schweigenden Ödnis der verwüsteten Sternseite ragte die Karenhöhe in trügerischem Glanz wie eine riesige Kerze in den Himmel.

Die vier standen lange dort und blickten fasziniert auf die feurige Pracht von Karenhöhes Zinnen, die zum Prunkstück eines ansonsten düsteren, leblosen Schauplatzes geworden war. Doch als die Sonne höher stieg und das goldene Feuer auf der steinernen Fassade der Burg verblasste, schwand auch ihre Hochstimmung, und das Gefühl des Wundersamen verflog.

»Ahoi, da oben! Wird Zeit, dass wir uns wieder auf den Weg machen ...«, erklang es von unten.

Lardis blinzelte, nickte und sah die anderen an. »Andrei hat Recht«, sagte er und beschirmte seine Augen gegen das ungewohnt grelle Licht. »Lasst uns wieder hinabsteigen.«

Die jungen Männer gingen voraus, Lardis bildete die Nachhut. Doch ehe er ihnen folgte, warf er einen letzten Blick über die Sternseite – die wie eine Mondlandschaft wirkende, endlose Geröllebene, das ferne Funkeln eines gefrorenen Meeres, Karenhöhe und die Eislande unter den wabernden Bannern der Nordlichter. Niemand hatte sie je mit eigenen Augen gesehen. Aber man konnte sich nur zu gut vorstellen, wie es dort aussah. Schließlich seufzte er und setzte sich in Bewegung, um den drei jungen Männern hinab in den düsteren Pass zu folgen ...

Nachdem er ein kurzes Stück hinabgestiegen war, blieb er plötzlich wie angewurzelt, starr vor Schreck, stehen. Das feurige Bild der Karenhöhe stand noch immer vor seinem geistigen Auge, als habe es sich ihm in die Netzhaut eingebrannt. Er hatte Karenhöhe gesehen – und noch etwas anderes. Zumindest glaubte er, etwas gesehen zu haben – doch was? Er schloss die Augen, und das Bild wurde deutlicher: die Zinnen des Horstes, die in trügerischem Glanz erglühten. Doch *unter* dem Widerschein, dort, wohin die Sonne niemals schien ...

... wirbelten huschende, schwarze Flecken umher und senkten sich hinab in das klaffende Maul einer gewaltigen Landerampe. Auf diese Entfernung nicht größer als Staubkörner, doch wie sahen sie wohl aus nächster Nähe aus?

Wie als Antwort auf seine stumme Frage verharrte dicht vor ihm eine kleine, schwarze Fledermaus. Er spürte den Luftzug ihres Flügelschlags auf der Wange, ehe sie seitlich abdrehte und einer Motte hinterherjagte, die er aufgeschreckt hatte. Gleich darauf war sie auch schon verschwunden, und Lardis atmete auf. Fledermäuse, ja, das hatte er gesehen, ganze Scharen davon, die zur Felsenburg strebten. Nur dass es sich bei ihnen – im Unterschied zu dem kleinen Burschen, dessen Flügelschlag ihm über die Wange geweht war – um die Riesenfledermäuse der Sternseite gehandelt hatte – Zek hatte sie Desmodus genannt. Ihr Horst war die Karenhöhe, die bis auf diese schwarzbepelzte Kolonie verlassen war.

»Vater?«, erklang Jasons Stimme von unten. »Kommst du? Kann ich dir helfen?«

»Nein, nein«, stieß Lardis aus trockener Kehle hervor,

schluckte dann und kam wieder zu Stimme. »Mir geht's gut. Ich komme schon. Geht weiter nach unten.«

Aber von diesem Moment an und während des gesamten Weges zurück zu der Stelle, an der sie ihre Tiere angebunden hatten und von der aus es hinab zur Sonnseite ging, und auch während des größten Teils des Rückweges nach Siedeldorf – der einen guten Teil des Sonnaufs in Anspruch nahm, denn entlang des Weges mussten sie noch Freunde besuchen – sprach Lardis nicht sehr viel und hing seinen Gedanken nach.

»Fledermäuse, jawohl«, brummte er ab und zu und nickte dabei verstohlen vor sich hin, wenn die anderen außer Hör- und Sichtweite waren. »Die großen Fledermäuse der Sternseite.« Als sie wieder zu Hause waren, glaubte er beinahe selbst schon daran.

Zumindest während seiner wachen Stunden ...

In seinen Träumen war Lardis Lidesci sich seiner Sache allerdings nicht ganz so sicher. Denn in seinen Adern rann nach wie vor das Blut eines Sehers und quälte ihn, wann immer er die Augen schloss, um zu schlafen. Dieser sechste Sinn war mittlerweile schwächer geworden, dieser Segen oder Fluch, den ihm irgendein Urahn aus grauer Vorzeit vererbt hatte. Das zweite Gesicht dieses längst vergessenen Vorfahren musste eine wahrhaft machtvolle Gabe gewesen sein, dass Spuren von ihr sich durch all die Sonnaufs und Sonnunter, die seither vergangen waren, erhalten hatten. Doch das war lange her, und heute war alles anders.

Die geringen Überbleibsel jener Begabung schienen sich seit jener Zeit erschöpft zu haben, als das Tor Tod und Verderben gespien und einen Schlussstrich unter das letzte Kapitel der Wamphyri gezogen hatte. Vielleicht ... rann jene Macht aber auch ungebrochen weiter durch seine Adern und war in den letzten Jahren nur nicht gebraucht worden. Denn es gab ja keine Wamphyri mehr!

Doch warum machte sie sich jetzt wieder so unangenehm bemerkbar? Und warum hörte sie nicht auf, ihn zu quälen?

Während des langen Heimwegs hatte er geschlafen und geträumt, und sämtliche Schlafgesichte waren Albträume gewesen, aus denen er mit aufgerissenen Augen, knurrend und keuchend erwacht war. Bis seine vier Reisebegleiter ihn schließlich sogar, als er wach war, brummen hörten: »Fledermäuse, oh ja – die großen Desmodus-Fledermäuse der Sternseite.« Dabei hatten sie ihn heftig nicken gesehen.

»Was hast du denn?«, wollte Andrei Romani wissen, als sie sich Siedeldorf in der Stunde, bevor der Abend dämmerte, näherten. Die Jungen waren schon vorausgeeilt, um sich mit ihren Freunden am Lagerfeuer zu treffen. Nestor und Jason wollten wahrscheinlich ein wenig tanzen, der Musik lauschen, sich das Essen munden lassen und sich einfach ein bisschen unterhalten, eben der schieren Lust am Szganyleben frönen. Nathan dagegen suchte die Gesellschaft seiner Mutter.

»Nichts!«, fauchte Lardis, und fast im gleichen Atemzug fügte er hinzu: »Nun gut, wenn du es unbedingt wissen willst: Meine Träume bedrücken mich. Und der Dunstnebel. Und der Rauch von all den Feuerstätten dort vor uns. Das geschäftige Treiben von Siedeldorf! Wir sind noch fast eine Meile entfernt, und der Lärm dringt bis hierher! Was soll das alles? Kennt die Welt etwa keine Vorsicht mehr? Wollen sie das Schicksal versuchen? Wissen sie nicht, welche Stunde wir haben und dass bald Sonnunter ist?«

Er richtete seinen Blick auf den vom Boden aufsteigenden Nebel, den Wald, der bereits im Zwielicht lag, und schließlich auf Andrei, der seinen Blick erstaunt erwiderte. »Wo ist die Wache?«, fuhr Lardis fort. »Kein einziger Wer-da-Ruf! Wir haben weder Mann noch Jüngling oder Wolf zu Gesicht bekommen, seit wir vor über einer Stunde in das Gebiet der Lidesci gelangt sind!«

Andreis Erstaunen war echter Besorgnis gewichen. »Die Wache?«, wiederholte er. »Mann, du selbst hast die Wache doch schon vor zehn Jahren abgezogen! Aber die Grenzmarkierungen unseres Gebietes sind wohl gepflegt, und wir haben seit ... ich weiß nicht wann ... keinen Grenzstreit mehr gehabt. Wieso also brauchen wir nach all der Zeit auf einmal wieder eine Wache?«

Lardis blinzelte, und langsam wich die Wut aus seinem Blick. Er zwinkerte abermals, runzelte die Stirn und schüttelte den Kopf. »Ich ... ich habe das getan? Ich habe tatsächlich die Wache abgezogen? Ja ... ja, natürlich.« Einen Moment lang wirkte er erschüttert, verwirrt, unsicher ...

... doch schon im nächsten Augenblick war die Leidenschaft von neuem entflammt, und mit ihr kehrte die grimmige Entschlossenheit seiner Jugend zurück. Er warf einen viel sagenden Blick auf den sich verfinsternden Himmel, an dem jenseits des Grenzgebirges, über der Sternseite, bereits die ersten Sterne funkelten, sog argwöhnisch die Abendluft ein und starrte mit durchdringendem Blick auf den sich aus den Wäldern hebenden Bodennebel. Ungläubig knurrte er: »Welch ein gewaltiger Narr ich doch gewesen bin! Ich habe die Wache abgezogen! ... Und jetzt muss ich sie wieder aufstellen!«

Andrei Romani erkannte das visionäre Feuer wieder, das in Lardis brannte. Zu einer Zeit, in der Anführer dünn gesät waren, hatte es ihn zu einem wahrhaft großen Stammesführer gemacht. Doch was einst die Männer beflügelt hatte, ließ Andrei nun einen Schauer über den Rücken laufen. »Was ist, Lardis?«, raunte er und packte den anderen am Arm. »Was hast du auf diesem Vorsprung im großen Pass gesehen? Ich kenne dich besser als jeder andere, und seit du dort hinaufgestiegen bist, um die Sonne auf die Mauern der Karenhöhe scheinen zu sehen, bist du nicht mehr derselbe.«

Lardis spürte, wie Andreis Finger sich in seinen Arm gruben, blieb stehen und drehte sich zu ihm um. Er blickte Andrei fest in die Augen, als er antwortete: »Ich weiß nicht, was ich dort gesehen habe. Aber es hat mich das Fürchten gelehrt und meine verworrenen Sinne wieder zurechtgerückt. Oder sie noch weiter verworren.« Er machte sich los, wandte sich ab und setzte seinen Weg nach Siedeldorf fort.

Andrei sah ihm stirnrunzelnd nach, dann holte er hastig auf. »Aber du hast etwas gesehen?«

»Fledermäuse«, knurrte Lardis. »Die großen Fledermäuse der Sternseite. Dafür habe ich sie gehalten, und das habe ich mir seitdem immer wieder eingeredet. Sicher, es können Fledermäuse gewesen sein, schließlich habe ich sie nur flüchtig gesehen – verstreute winzige Punkte am Himmel um Karenhöhe. Ich habe ihnen keine besondere Bedeutung beigemessen, bis ich mich wieder an den Abstieg machte. Nun gut, ich weiß, dass meine Augen nicht mehr das sind, was sie einst waren. Aber andererseits, wenn es nun keine Fledermäuse waren ... Was war es dann?«

Andreis Achselzucken sollte sorglos wirken, doch er schaffte es nicht ganz: »Es waren nur Fledermäuse«, sagte er. »Die Erinnerung an die alten Zeiten lässt dich nicht los, das ist alles. Vielleicht ist das eine Warnung, dass du es gut sein lassen solltest, alle fünfzig Sonnaufs oder so zur Sternseite zu pilgern. Schließlich bist du nicht mehr der Jüngste.«

»Nein, aber du auch nicht!«, raunzte Lardis. »Wenn du so sicher weißt, was ich *nicht* gesehen habe, warum klingt deine Stimme dann so verängstigt, he? Wen willst du damit überzeugen, Andrei, mich oder dich selbst? Eines sage ich dir ...« Er verhielt im Schritt und fuhr den anderen an: »Es kommt mir so vor, als hätte ich seit damals geschlafen und wäre erst jetzt wieder aufgewacht. Im Schlaf waren meine Sinne abgestumpft, und erst jetzt erwachen sie langsam wieder zum Leben! Ich kann sehen, hören, fühlen, riechen – ich *erinnere* mich an gewisse Dinge, die ich auf ewig verschwunden wähnte.«

Weitere Sterne waren funkelnd am Himmel erschienen. Wieder sog Lardis die Nachtluft ein und starrte angestrengt in den aufsteigenden Nebel. »Komm schon!«, sagte er und ging mit weit ausgreifenden Schritten in Richtung Siedeldorf. »Hören wir auf zu reden! Wenn ich mich irre – und ich bete darum, dass ich nicht Recht habe – bin ich nichts weiter als ein alter Narr, der Angst vor seinem eigenen Schatten hat. Ah, aber sollte ich doch Recht haben ... Wir haben Familie und Freunde in der Stadt, und die lange Nacht hat eben erst begonnen!«

Gemeinsam schritten Lardis und Andrei nun schweigend, um ihren Atem zu sparen, durch die immer düsterer werdenden Schatten des Waldrandes. Obwohl sie erschöpft waren: Als sie Lachen und Musik hörten und der Geruch des Holzrauchs und der Kochfeuer in ihre Nasen zog, hatten sie es auf einmal sehr eilig. Denn ihnen war klar, dass eben diese Geräusche und Gerüche durch die Nachtluft drangen und man sie auf den bewaldeten Hängen und selbst noch auf den Gipfeln des Grenzgebirges wahrnahm. Und ihnen war ebenso klar, dass die Lagerfeuer so hell brannten wie ... Signalflammen.

Aber mehr noch waren sie sich des Lebens in Siedeldorf bewusst. Und all des heißen Szgany-Blutes ...

Im Dorf waren Jason Lidesci und Nestor Kiklu ihres Weges gegangen, während Nathan Kiklu seinem eigenen folgte. Die beiden strebten den Lagerfeuern zu, die bei Nacht an den Versammlungsplätzen loderten, Nestor ging zum Haus seiner Mutter an der Palisade.

Der freie Platz in der Mitte, auf dem das Hauptfeuer und zahlreiche kleinere Kochfeuer brannten, war jedem zugänglich. Dort hatte man bereits Tische und Stühle anlässlich der Rückkehr von Lardis und den anderen aufgestellt, denn die Szgany Lidesci ließen nur selten eine Gelegenheit zum Feiern verstreichen. Jason und Nestor wurden dort lautstark von ihren Freunden willkommen geheißen. Wenig später wurden sie auf etwas nüchternere Weise von den gesetzteren Bürgern und Würdenträgern der Stadt begrüßt und tauschten Neuigkeiten aus.

Die Letztgenannten wollten wissen, wie die Reise verlaufen war und wo Lardis und Andrei Romani steckten, wie weit sie hinter den jüngeren, leichtfüßigeren Angehörigen des Reisetrupps zurückgeblieben waren, was es Neues gab aus den anderen Städten und Dörfern des Ostens. Und so weiter. Jason und Nestor hielten sich mit ihren Auskünften zurück; jeder wusste, dass Lardis und Andrei alles zu gegebener Zeit auf ihre Weise berichten wollten. Tatsächlich war das Erzählen dessen, was sich zugetragen hatte, ein wesentlicher Bestandteil der Feierlichkeiten.

Schließlich zogen sich die beiden mit einem Krug Wein und zwei silbernen Bechern auf ein paar Stühle in der Ecke einer alten Steinmauer zurück. Sie waren nicht mehr wichtig; Lardis Lidesci und Andrei Romani waren die Hauptpersonen, und ihre Ankunft stand unmittelbar bevor. Bis dahin konnten Jason und Nestor sich unterhalten.

»Manchmal bereitet mein Vater mir Sorgen«, gestand Jason, nachdem er den Staub der Reise mit einem Mund voll süßen Weines heruntergespült hatte.

»Hah!«, grunzte Nestor. »Frag mich doch mal – mein Bruder bereitet mir ständig Sorgen!« Es klang mürrisch – ein sicheres Zeichen dafür, dass die Rede wieder auf Nathan gekommen war.

Jason überraschte das kaum. »Du gehst mit ihm zu hart ins Gericht«, sagte er.

»Meinst du?« Nestor hob eine Augenbraue. Er war achtzehn Monate älter als Jason und hielt Lardis' Sohn für klug, jedoch unbedarft, kaum die rechte Art Mann, eines Tages die Führung des Klans zu übernehmen, und gewiss nicht stark genug, ihn zusammenzuhalten und ihm Bedeutung zu verschaffen. Jason grübelte zu viel und war kein Mann der Tat. »Aber Nathan geht mit mir nicht zu hart ins Gericht, nicht wahr?«

»Nathan und hart?« Jetzt war Jason doch überrascht. »Aber er ist so weich wie ein Kind!«

Nestor nickte. »In einigen Dingen ist er ein Kind, stimmt schon. Und in anderer Hinsicht ist er ein Schwachkopf, ganz gleich, was dein Vater denkt! Aber ich bin sein Bruder, daher kenne ich ihn besser als jeder andere, und er hat noch etwas anderes, Unheimliches an sich.«

»Ach ja?«

Nestor nickte. »Wie du weißt, sind wir Zwillinge. Zwar von unterschiedlicher Art, aber unsere Verwandtschaft geht tiefer als die von üblichem Fleisch und Blut. Viel tiefer.« Abermals nickte er, doch zornig nun, wenn nicht wütend. »Ich meine, es würde mir nichts ausmachen, dass Nathan im Schlaf von all diesen sonderbaren Dingen träumt oder dass er in seinen Tagträumen lebt – wenn er mich nur damit in Ruhe ließe!«

»Aber das betrifft dich doch nicht!«, sagte Jason verdattert. »Was hat das denn mit dir zu tun? Also, ich habe noch nie Brüder gesehen, die so verschieden sind wie ihr beide!«

»Hah!«, schnaubte Nestor wieder. »Aber hier oben«, er tippte sich an die Stirn, »in unserem Geist, sind wir uns ähnlich genug.« Er beugte sich vor. »Hör zu, ich sage dir jetzt, wie es, seit ich denken kann, zwischen uns gewesen ist.« Er überlegte einen Augenblick.

»Unter anderem«, begann er, »träumt mein Bruder von Zahlen, ganzen Wellen von Zahlen, alle ohne Bedeutung, die in seinem Kopf wie ein aufgewühlter Fluss umherwirbeln! Es gibt da – ach, ich weiß nicht – dieses großartige ›Geheimnis‹ dahinter, das er entdecken möchte; nur hat er keine Ahnung, wie er das anstellen soll. Also geht er im Schlaf diese Zahlen wieder und wieder durch und versucht ihre geheime Bedeutung zu entschlüsseln. Alles gut und schön, darüber würde ich mich auch nicht beschweren – wenn er seine Träume nur für sich träumen würde!«

»Was?«

Nestor nickte. »Frag mich nicht nach dem Wie, aber ich ›höre‹ seine Träume! Ich kann ihn in *meinem* Kopf sehen, ich spüre, wie er sich in diesen verdammten Zahlen verliert! Für mich bedeutet eine Zahl nichts weiter als die Anzahl der Fische, die ich gefangen habe. Dividieren ist das Aufteilen der Jagdbeute, wenn ein Tag zu Ende geht, und Multiplikation ist das, was die Kaninchen machen. Alles, was ich an Gelehrsamkeit brauche und auch je verwenden kann, habe ich schon als Kind erhalten. Wenn ich etwas nicht an Fingern und Zehen abzählen kann, interessiert es mich nicht. Ich gehöre nicht zu den so genannten ›Weisen‹, die mit Runen spielen und auf Schiefertafeln herumkratzen, um alles festzuhalten und unsere Geschichte aufzuzeichnen oder die Entfernung zum Mond auszurechnen, den sie für eine andere Welt halten. Wenn die Dinge, die wir heute tun, Geschichte sind, bin ich nicht mehr. Und was die Entfernung zum Mond angeht: Wem soll dieses Wissen schon nützen außer den Wölfen, die ihre Herrin anheulen?«

Jasons Interesse war geweckt. »Du hörst wirklich seine Träume?«

»Nicht alle.« Nestor zuckte die Achseln und fragte sich auf einmal, ob er nicht zu viel preisgab. »Sein Verstand ist so tief wie ein Brunnen, und er hält eine Menge verborgen. Aber auch so wimmelt es in seinen Gedanken von fernen Welten und toten Menschen ... und natürlich Zahlen! Ich will ja gar nicht wissen, was dahinter steckt, verstehst du, wenn es nach mir ginge, wollte ich nichts mit Nathans verdammten Träumen und Schrullen zu tun haben! Aber ich kann nichts dagegen machen. Seine Träume schleichen sich irgendwie in die meinen, so dass er im Schlafen eine genauso schlimme Plage ist wie im Wachen!«

Jason schüttelte verwundert den Kopf. »Aber wie kannst du dir da sicher sein? Woher weißt du, dass ihr die gleichen Träume teilt? Hat er es dir gesagt? Das wäre ja schon ein Ereignis, denn er spricht ohnehin kaum ein Wort!«

»Das muss er gar nicht.« Nestor war des Themas überdrüssig. »Ich brauche nur mitten in der Nacht in unserem Zimmer wach zu werden, zu ihm zu sehen, wie er da liegt und schläft, und schon weiß ich Bescheid. Ab und zu, nicht oft, kann ich seine Gedanken so klar lesen wie die Fährte eines Wildschweins. Sie lesen und sie hassen!«

»Hassen?« Wieder wunderte Jason sich, diesmal über die hitzigen Worte seines Gegenübers und die Erregung, die in ihnen mitschwang. »Du hasst die Gedanken deines Bruders? Aber warum? Sind sie denn so voller Heimtücke?«

Doch Nestor verzog bloß den Mund, schüttelte den Kopf und seufzte schließlich. »Was denn, Nathan und heimtückisch? Nein, ich verabscheue, was er denkt, weil er so sanft und vertrauensselig ist wie ein Lamm!«

Jason fiel es sehr schwer, das alles zu verstehen. Am wenigsten verstand er Nestors so eigenartig gemischte Gefühle. »Du teilst die Träume deines Bruders und liest seine Gedanken.« Erstaunt schüttelte er den Kopf. »Nun, so wie ich das sehe, kann das nur eines bedeuten, Nestor: dass du, ihr beide, echte Szgany seid! In unserem Blut liegen Geheimnisse verborgen, die selbst wir nicht verstehen. Nun, du könntest sogar etwas von den Wamphyri in dir haben ...!« Rasch hob er die Hand zur Beschwichtigung (allerdings hätte Nestor sich an dieser Bemerkung wahrlich als Letzter gestört).

»... wie es ja bei den meisten von uns der Fall ist. Früher wüteten die Wamphyri wie eine Seuche unter uns, und noch heute treten Rückzüchtungen auf. Mein Vater glaubt, dass darin die Ursache für alle mystischen Kräfte der Szgany liegt, zum Beispiel für die Fähigkeit der Schicksalsdeuter, in Träumen und aus Handflächen zu lesen, und der Hellseher, die Geschehnisse an fernen Orten zu schauen.«

Nestor verzog das Gesicht. »Das glaubst du wirklich?« Offenbar war Jason noch unbedarfter, als er bislang vermutet hatte. »Kannst du mir in ganz Siedeldorf jemanden mit – na, wie heißt das noch gleich? – mystischen Kräften zeigen? Bin ich, Nestor Kiklu, etwa ein Mystiker? Wohl kaum, und ich will auch gar keiner sein. Nein, es liegt einfach daran, dass wir von derselben Mutter zur gleichen Zeit geboren wurden und gemeinsam aufgewachsen sind. Und trotzdem sind wir vollkommen unterschiedlich. Und obendrein ... habe ich genug von ihm!«

»Von deinem eigenen Bruder?«

»Ja«, antwortete Nestor. »Von dem Ärger, den er mir bisher bereitet hat, und von dem, den er mir noch machen wird.«

»Ah ja!«, sagte Jason. Denn er glaubte, wenigstens *das* zu begreifen.

Nestor funkelte ihn an. »Ah ja?«

Jason erkannte, dass er einen Fehler gemacht hatte und versuchte, das Thema zu wechseln. »Auf der Sternseite hast du gesagt, dass Nestor weder taub noch blöde sei. Und doch hast du ihn noch vor einem Augenblick einen Idioten genannt. Das passt doch nicht zusammen.«

Nestors Gesicht verfinsterte sich. »So manches passt nicht zusammen«, erwiderte er. »Zum Beispiel die Art und Weise, wie du um den heißen Brei herumredest! Na, komm schon, heraus damit.«

Jason schnitt eine Grimasse und zuckte unbehaglich die Schultern. »Misha«, sagte er. Ein einziges Wort, ein Name, der ihm wie ein schweres Gewicht von der Zunge rollte. Nestor war ein harter Bursche, und seine Fäuste nicht minder. Es wäre nicht das erste Mal, dass jemand sich eine blutige Lippe holte, nur weil er jenen Namen aussprach.

Nestor setzte sich auf, sein Brustkasten weitete sich, und grollend fragte er: »Was ist mit ihr?« Seine Stimme war rau, nicht mehr jung, sondern diejenige eines Mannes, fragend und bedrohlich zugleich. Sie klang nach Eifersucht.

»Als Kinder wart ihr drei unzertrennlich«, sagte Jason hastig. »Wir vier waren den ganzen Tag zusammen. Ich war ein Freund für sie. Aber dich und Nathan, euch beide hat sie geliebt. Das tut sie immer noch, da bin ich mir sicher.«

Nestor sackte in sich zusammen. »Ich mir auch«, sagte er düster. »Und das kann nicht sein. Natürlich hast du Recht, genau das ist es: Misha. Sie liebt uns beide, aber wen liebt sie mehr? Wenn ich es bin, dann deshalb, weil ich ein Mann bin und mich um sie kümmern kann. Wenn es Nathan ist, dann deshalb, weil er noch ein Kind ist und man sich um ihn kümmern muss! Ein echter Rivale würde mir nicht allzu viel ausmachen, mit so einem könnte ich fertig werden. Aber mit Nathan? Mit meinem lächerlichen, sprachlosen oder bestenfalls stotternden, bleichen, stoppelblonden Bruder?«

Jason nickte. »Jetzt verstehe ich, warum ihr euch auseinander gelebt habt. Ich habe es kommen sehen, schon vor vier oder fünf Jahren. Aber ich verstand nicht recht, worum es ging.«

Nestor war in Gedanken versunken und hörte ihm kaum zu. »Es gab Zeiten«, brach es aus ihm heraus, »da hätte ich sie mir einfach nehmen können – sogar mit Gewalt!« (Jason blickte erschrocken und schockiert drein.) »Vielleicht hätte ich es tun sollen. Das hätte alles ein für alle Mal geklärt. Aber Nathan ...

Nathan ... verdammt soll er sein! Ich weiß, dass er sie nur anlächeln muss, einfach nur anlächeln und ... und ...«

Jason starrte ihn an. »Und weiß er das auch? Was denkst du?«

Nestor setzte sich abermals auf und stürzte seinen restlichen Wein hinunter. »Nein«, sagte er. »Er hat keine Ahnung. Jetzt weißt du, warum ich ihn für einen Idioten halte. Er träumt die ganze Zeit von anderen Welten, unaufhörlich sucht er den Sinn des Lebens in einer Hand voll Zahlen – aber was sie betrifft, ist er unfähig, zwei und zwei zusammenzuzählen! Und wenn er es könnte – oder jemals täte – was dann? Ich kann ihn schon jetzt kaum noch ertragen. Wie sollte ich es aushalten, wenn die beiden je zusammenkommen? Misha und Nathan! Wer würde dann als Idiot dastehen?«

»Was wirst du tun?« Jason hatte die Sorge um seinen Vater schon fast vergessen.

Nestor goss neuen Wein in die Becher, griff zu und trank, als sei es Wasser. »Ich werde sie fragen, ob sie mich heiraten will, und zwar schon bald«, antwortete er. »Nein, ich werde ihr sagen, dass sie mich heiraten wird!«

»Und wenn sie nein sagt?«

»Dann gehe ich fort, weg aus Siedeldorf, und verlasse die Szgany Lidesci für immer! Was gibt es hier denn für mich? Du bist der nächste Stammesführer. Soll ich meine Tage etwa als Jäger verbringen, am Lagerfeuer alt werden, dort herumsitzen und Geschichten erzählen wie dein Vater? Entschuldige, Jason, aber das ist nichts für mich. Und welche Geschichten hätte ich schon zu erzählen? Wie ich eines Tages einen Fisch fing, einen Bolzen in einen Hasen jagte oder einen Wolf aufspießte, als er sich an meine Tiere heranmachte? Nein, die Zeit der Abenteuer ist mit den Wamphyri verschwunden. Ich wünschte mir, dass sie wiederkämen – das habe ich mir immer schon gewünscht! Was bringt es denn, stark zu sein in einer Welt, in der noch der Schwächste mir ebenbürtig ist? Ich muss mir einen Namen machen, aber wie? Und wo? Sicher nicht hier. Und nicht ohne Misha ...«

»Du bist ehrgeizig«, stellte Jason fest. Seine Augen hatten sich zu Schlitzen verengt.

»Und was ist daran falsch?«

»Es gefällt dir nicht besonders, dass ich eines Tages Anführer des Stammes sein werde.«

Plötzlich stand Nestor auf, schwankte ein wenig und hielt sich mit beiden Händen am Tisch fest, um das Gleichgewicht zu wahren. Die Reise war lang gewesen, und er war müde – sie waren beide müde – und der Wein war stark. »Vielleicht gefällt mir kaum noch irgendetwas an Siedeldorf«, sagte er mit schwerer Zunge. »Vielleicht sollte ich ohnehin verschwinden. Im Westen lässt es sich gut sein, und weit im Osten gibt es neue Gebiete. Man sagt sogar, dass es hinter der letzten Öde noch mehr Land gibt. Aber das Grenzland wird immer kleiner, und die Zeit verrinnt.«

»Du nimmst also Misha und gehst fort?«

Nestor schnaubte und schüttelte den Kopf. »Nein! Sie hat zwei Brüder, und beide sind große, starke Jungens! Also liegt die Entscheidung für den Augenblick noch bei ihr. Aber ich werde trotzdem gehen, ob mit oder ohne Misha. Und wenn Letzteres, dann kannst du sicher sein, dass ich eines Tages zurückkehre.«

Nun stand auch Jason auf. Er wich jedoch einen Schrittt zurück. »Dass du zurückkehrst? Und warum klingt das wie eine Drohung? Willst du etwa eine Armee mitbringen? Um Misha zu rauben? Oder ... hast du es auf das Gebiet meines Vaters abgesehen?«

»Machst du dir Sorgen?« Nestor verzog das Gesicht. »Um Lardis? Aber du bist doch derjenige, der dann wahrscheinlich der Anführer sein wird.«

»Sollte ich mich dann etwa vor einem alten Freund fürchten?« Jason blickte nun ebenso finster wie Jason. »Oh ja, vielleicht sollte ich das.« Er zuckte die Achseln und wandte sich ab. »Jedenfalls ist es höchste Zeit, dass ich nach Hause gehe. Meine Mutter wird schon auf mich warten.«

Für einen Augenblick veränderte sich Nestors Miene und

wurde weicher. Doch dann richtete er sich auf und drehte Jason den Rücken zu, als dieser sich abrupt zum Nordtor und dem dunklen Vorgebirge wandte. Und während sein junger Freund aus Kindertagen verstört und verärgert davonschritt, kaute Nestor auf der Unterlippe herum und sah hierhin und dorthin, vielleicht, um ihm nicht nachzurufen, er solle zurückkommen ...

Mittlerweile waren zahlreiche Menschen auf der alten Versammlungsstätte zusammengeströmt.Am Osttor entstand Bewegung und Rufe wurden laut. Lardis und Andrei waren angekommen. Aber in der Menschenmenge war keine Spur von Misha zu sehen. Wo war sie? Und wo steckte Nathan?

Nestor nahm den Krug, leerte ihn in einem Zug und wischte sich mit dem Ärmel über den Mund.

Heute Nacht!, schwor er sich. *Heute Nacht werde ich die Sache mit Misha ein für alle Mal klären. Oder ich werde sie mir vornehmen, so oder so. Und wenn Nathan auch nur irgendetwas von einem Mann an sich hat – falls er sich überhaupt um sie schert – vielleicht wird er* dann *endlich kläffen und die Zähne zeigen!*

Jason war durch das Nordtor in die Nacht verschwunden und hatte sich auf den Weg zu Lardis' Hütte oben auf der Anhöhe gemacht. Aber hier in Siedeldorf ... was war da los? Ein schrecklicher Tumult und laute Rufe. Wütende, zornige Rufe! War das Lardis, der da wie ein brünftiger Hirsch röhrte? Das konnte nur er sein. Seine Stimme war unverkennbar.

Nestor drängte sich durch die dichter werdende Menge, um festzustellen, worum es eigentlich ging ...

ZWEITES KAPITEL

Etwa zwei Stunden zuvor und nicht ganz zwanzig Meilen weiter östlich ...

... stieg die Lady Wratha aus dem Sattel ihres Fliegers und betrat eine Hochebene, die von den letzten Sonnenstrahlen noch warm war.

Sie trat an den Rand und blickte aus verschleierten Augen auf die Lichter einer Szgany-Stadt, die sich in den Windschatten des Grenzgebirges schmiegte, sah hinab auf die Lichter von Zwiefurt ... und lächelte. Sie lächelte mit dem Entzücken eines jungen Mädchens und gierte nach Zwiefurt mit dem gesamten Bösen eines uralten Schreckens.

Während sie am Rand des Plateaus darauf wartete, dass ihr kreisender Haufen Abtrünniger sich Landeplätze auf der mit kargem Gras bewachsenen Felsebene hinter ihr suchte, blickte sie auf die Sonnseite, die im Dämmerlicht des frühen Abends lag – ein Anblick, der Wamphyri-Augen seit vierzehn Jahren nicht zuteil geworden war – und ließ ihre Gedanken eine Weile zurückschweifen – zu ihrer Flucht aus Turgosheim über die Große Rote Wüste, entlang dieser unbekannten Gebirgskette und tief in die Alte Sternseite hinein ...

Im Unterschied zu Turgo Zoltes Flucht zur Zeit von Shaitan dem Ungeborenen verlief diejenige Wrathas vergleichsweise unkompliziert. Während Turgo verfolgt worden war und sich keine Erholungspause gönnen konnte, hatte Wratha keine solchen Widrigkeiten zu bestehen. Das war auch ganz gut so! Ihre Flieger waren keine großen Strecken gewöhnt, und trotz ihrer Prahlerei im großen Saal der Vormspitze waren ihre Luftkrieger alles in allem noch unerprobt. Oh, niemand konnte bezweifeln, dass es sich um hervorragende Kampfmaschinen handelte, aber was ihre Flugfertigkeit betraf, hatten sie keine Gelegenheit gehabt, diese am Himmel über Turgosheim auf die Probe zu stellen.

Letztlich war jedoch an ihrer Leistung nur wenig auszusetzen.

Sämtliche Flieger hatten die Durchquerung geschafft, und von den Kriegern war nur einer verloren gegangen.

Sie hatten vorgehabt, sich am Westrand der kleinen Bergkette, zu der Turgosheim gehörte, zu ›kräftigen‹ und mit den Aufwinden aus der Sonnseite so hoch wie möglich zu steigen, bevor sie den langen Gleitflug gen Westen antraten. Sie konnten natürlich nur bis zu jener Höhe aufsteigen, in der die hinter der Krümmung der Welt hervorbrechenden Sonnenstrahlen ihre Flugbahn kreuzten. Anfangs war dies nicht sehr hoch gewesen, denn die träge Sonne war erst vor kurzem untergegangen. Der zweite Abschnitt trat dann ein, wenn laut den Berechnungen die Kräfte der Krieger zur Hälfte erschöpft waren. Zu jenem Zeitpunkt sollten sie so hoch aufsteigen, wie es die Sonne und ihre Kraftreserven noch gestatteten, bevor sie schließlich weiter zur alten Sternseite glitten und hinabstießen.

Die Krieger lieferten den Hauptgrund zur Sorge. Denn wenn die Anstrengung am Ende einen Großteil ihrer Masse aufgezehrt haben würde, mussten sie auf ihre kargen Gasblasenreserven zurückgreifen. Der Gewichtsverlust glich dies in bestimmtem Umfang wieder aus, aber die Gleichung ging trotzdem nicht auf. Wenn es ihm an Kraft, Auftrieb und vermutlich sogar Willenskraft fehlte (denn obwohl kleine Geister formbar sind, bleibt ihre Konzentrationsfähigkeit doch begrenzt), war es gut möglich, dass sich ein müder Krieger zur Erde treiben ließ. Kündigte sich dies bei einer der Kreaturen an, sollte der Schwächling geopfert und noch in der Luft zerrissen werden, um den Rest mit Nahrung für die Reise zu versorgen.

Als es schließlich so weit war, musste Cankers Krieger den Preis bezahlen. Die Energien, die er für seine Landung in der Vormspitze aufgewandt hatte – die Verwüstung des großen Saales und der anschließende Start vom zerschmetterten Fenstersturz des Felsenturms – all das hatte zu seiner Erschöpfung beigetragen. Als sie auf dem Scheitelpunkt des zweiten Aufsteigens bemerkten, dass der Krieger allmählich nachließ, befahl Wratha, ihn zu töten.

Canker hatte – verständlicherweise, aber ohne Erfolg –

dagegen gewettert, doch letztlich war sein Protest lediglich eine Instinktreaktion gewesen. Er vermochte sich nicht durchzusetzen und musste seinen Widerstand schließlich aufgeben. Zu dritt waren die übrigen Krieger über Cankers müde Kreatur hergefallen und hatten sie kurzerhand zerrissen und verschlungen. Nachdem die Panzerung aus Knochen und Chitin zur Erde hinabgeregnet war, blieb nur noch ein dünnes Skelett übrig, das ziellos im Wind dahintrieb, bis sich die Gasblasen entleert hatten und die leere Hülle ins Vergessen hinabkreiselte.

Frisch gestärkt hatte die Gruppe ihre Reise fortgesetzt ...

Ab und zu zogen die Lady, die Lords und ihre Hand voll Offiziere Knorpelkorken aus den Löchern, die sie in die mit Knochenkämmen bewehrten Rückgrate ihrer Flieger gebohrt hatten, und nippten sparsam von der nahrhaften Markflüssigkeit ...

Sie schliefen abwechselnd. Während die einen in ihren Sätteln dösten, führten die anderen die Bestien und hielten sie auf Kurs ...

Über ihnen glitzerten wie Eissplitter die Sterne; unter ihnen erstreckte sich scheinbar endlos die Große Rote Wüste. Bis auf die schwachen Schatten, die die dahingleitenden Abtrünnigen im Sternenlicht warfen, bewegte sich nichts dort unten ...

Der Sonnunter ging langsam in einen Sonnauf über, und ihnen wurde unbehaglich zumute ...

Ab und zu gaben die Antriebsdüsen der Krieger ein warnendes Stottern von sich, die Tiere ließen nach, und selbst die bösartigsten Gedankenspitzen vermochten sie nicht mehr anzutreiben. Niemals würden diese Kreaturen sich gegen ihre Herrin oder ihre Meister wenden, aber es war gut möglich, dass sie sich letztlich in mörderischer Fresslust gegeneinander wandten ...

Dann erhoben sich in der Ferne mondbeschienene Berge, die dem unaufhaltsam an Höhe verlierenden Trupp allmählich näher rückten. Sie waren breiter, höher und weit größer als alle Berge von Turgosheim – und Wratha erkannte, dass dies nur die Alte Sternseite sein konnte. Südlich des gewaltigen Gebirges lag die Alte Sonnseite.

Die Antriebsdüsen schwiegen, und unter ledrigen Schwingen fing sich pfeifend der Wind, als die Flieger und die Kampfkreaturen ihre Rochenflügel und Seitenhäute zu Gleitflächen strafften. Und als am südlichen Horizont ein dünner Silberstreif erschien, fegten sie lautlos in niedrigem Flug über die ersten Gipfel der Ostausläufer der Sternseite ... und erspähten die ersten Lebenszeichen, seit sie Turgosheim verlassen hatten!

An der Nordflanke, in einer kleinen Felsensenke zwischen dem Vorgebirge und den hohen Bergen, stieg schwarzer Rauch von einem Kreis aus kleinen Feuern auf. In dem Kreis hüpften Gestalten umher und vollführten komplizierte, unbeholfene und scheinbar ziellose Sprünge und Drehungen. Kehliges, rhythmisches Grunzen und das lärmende Klappern von Zeremonienrasseln stiegen auf und vermischten sich mit dem Gestank nach Mist und brennendem Holz.

Hah!, sandte Spiro Todesblick der neben ihm fliegenden Wratha einen bitteren Gedanken. *Trogs! Etwa zwei Dutzend, die ihre Riten vollführen.*

Ihre gedankliche Antwort war finsterer, praktischer und wesentlich direkter. *Fleisch!*

Die Krieger wurden hinabbeordert. Zwei sollten zwischen dem Feuerkreis und den Bergen landen, um den Trogs den Weg zu ihren Höhlenbehausungen abzuschneiden, der dritte sollte dafür sorgen, dass keiner ins Vorgebirge entkam. Die Antriebsdüsen erwachten zu heißem, stinkendem Leben, die Krieger breiteten ihre Flügel zum Gleitflug aus und die runden Augen an der Bauchseite huschten aufmerksam umher, um nach Landeplätzen Ausschau zu halten. Brüllend und schnaubend setzten die Ungeheuer zur Landung an. Sie konnten es kaum noch erwarten.

Am Boden kamen die Zeremonien der Trogs von einem Moment auf den anderen zum Erliegen. Große, schwarze Augen musterten unter dunklen, fliehenden Stirnen hervor den von Sternen erleuchteten Himmel, entdeckten die kreisenden, grässlichen Gestalten, die rasch herabstießen. Einen Augenblick lang klappten die Trogs ungläubig die Münder auf.

Dann rannten sie schlurfend und taumelnd auseinander, wesentlich behänder, als die vorherigen Tänze zu ihren sonderbaren Riten es vermuten ließen. Doch es war zu spät.

Ein Dutzend Flieger verteilten sich in der Luft und setzten ruhig, wie ein Blatt, das zur Erde sinkt, am Boden auf. Sie fuhren elastische Tentakel aus ihren Bäuchen aus, stützten sich damit ab, und Wratha, ihre fünf Gefährten und ihre Vampir-Offiziere streiften sich die Kampfhandschuhe über und stiegen aus den Sätteln.

Was folgte, war ein Gemetzel!

Fünf, vielleicht sechs Trogs versuchten der mörderischen Schlinge der Wamphyri zu entkommen, die sie zu umschließen drohte. Drei durchbrachen den Kreis der langhalsigen Rochenflieger, deren rhombenförmige Köpfe ausdruckslos hin- und herschwankten. Nachdem sie den Kordon der schnaufenden, schnaubenden Krieger im Schatten des Gebirges durchbrochen hatten, schafften zwei noch den Rückweg zu den Höhlen. Von ganzen zwei Dutzend blieben nur diese beiden am Leben. Was den Rest betraf ...

Es war das reinste Schlachten. Wrathas Abtrünnige mähten alles nieder, ihre Handschuhe färbten sich rot. Heisere Schreie gellten durch die Nacht, wurden zu einem Gurgeln und verröchelten schließlich. Das Ganze dauerte höchstens drei Minuten, und am Ende senkte sich die Stille des Grauens über die Sternseite – eine Stille, die nur vom Keuchen einer Trog-Priesterin unterbrochen wurde, die Canker Canison lebend gefangen hatte. Rasend vor Begierde riss er ihr die Lumpen vom Leib und nahm sie drei Mal in rascher Folge – einmal in jede Öffnung – ehe er ihr die Kehle herausriss und den Schädel zerschmetterte. Während er das Blut trank, das ihr schwach schlagendes Herz noch immer hervorstieß, starrte er die anderen, die ihm zusahen, böse an. Sie war eine Trog gewesen – na und? Doch immer noch ein Weib, oder etwa nicht?

Der Rest folgte den üblichen Abläufen. Wamphyri, Offiziere, Krieger und Flieger fraßen und tranken sich satt. Doch als der ärgste Hunger gestillt war, hielt Spiro Todesblick inne, wischte sich den Mund am Ärmel ab, der sich rot verfärbte, und fragte schnaubend: »Und was nun?«

»Nach Westen«, antwortete Wratha, ohne nachzudenken, und tupfte sich mit einem bunten Szgany-Tüchlein über die vollkommen geschwungenen Lippen. »Bald steht die Sonne am Himmel, und wir brauchen einen Unterschlupf.«

»Dann sollten wir es behutsam angehen«, erklang die ölige, einschmeichelnde Stimme von Gorvi dem Gerissenen, »und den Weg vor uns erkunden. Denn wenn Maglore sich irrt und die Alten Wamphyri auf uns lauern ...«

Doch Wratha schüttelte nur den Kopf. »Nein. So sehr ich den alten Gedankendieb auch verabscheue, hat Maglore doch Recht. Wann habt ihr in Turgosheim das letzte Mal Trogs auf freiem Feld vorgefunden? Also, ich noch nie! Denn in Turgosheim gibt es uns, die Wamphyri. Und hier? Sie lassen alle Vorsicht fahren, tanzen im Schein ihrer Feuer herum, und wenn wir über sie herfallen, rennen sie wie die Hühner der Sonnseite in alle Richtungen davon! Nein, auf der Alten Sternseite gibt es keine Wamphyri. Das heißt, bisher gab es keine!«

Nachdem sie sich gesättigt hatten, ruhten sie sich eine Stunde lang aus, ehe sie aufsaßen und den Flug gen Westen antraten. Die satten, aber nicht müde gefressenen Krieger wurden in eine umgekehrte Pfeilformation befohlen, je einer an den Flanken und einer als Nachhut. So kehrten die Wamphyri in ihre lange verlassenen Gebiete zurück ...

Die Zeit verstrich, mit jedem Augenblick wurde es heller, und die gezackten Umrisse und ineinander verzweigten Konturen des Grenzgebirges traten immer deutlicher hervor, bis schließlich die Strahlen der aufgehenden Sonne die höchsten Gipfel golden färbten.

Als Wratha es erneut mit der Angst zu tun bekam, erspähte sie Karenhöhe, die letzte Felsenburg. Rings um jenen einsamen Reißzahn sah sie gewaltige Trümmer liegen, die wie die Überreste grässlich verstümmelter steinerner Riesen wirkten, deren Stümpfe wie von einem gewaltigen Feuer versengt schienen

– das war alles, was von den uralten Horsten der Wamphyri übrig war.

Doch ... es gab noch eine Felsenhöhe.

Bevor die Sonne ihre Abtrünnigen versengen konnte, führte Wratha sie in die gähnende Öffnung einer Landebucht. Sie war so groß wie die größte Stätte in Turgosheim und klaffte mehr als sechshundert Meter über der Sternseite an der Ostmauer der Feste. In dieser hohen, leeren, hallenden Höhle stiegen sie aus den Sätteln.

»Kümmert euch um die Krieger und die Flugtiere«, wies sie ihre Offiziere an, »und erst danach um euch selbst. Ich weiß nicht, wie hoch die Sonne sich erheben wird: Nach allem, was ich weiß, kann sie gut und gerne den halben Horst bescheinen! Sucht euch also Zufluchtsstätten, und zwar ohne Fenster! Oder wenn sie schon Fenster haben, sollten sie zumindest nach Norden gehen.«

Damit machte sie sich auf, die Felsenburg zu erkunden, und ihre fünf Gefährten folgten ihr auf dem Fuß.

Sie erklommen die Treppen.

Der Horst schien unendlich hoch zu sein, und Wratha versuchte, sich ihr Staunen nicht anmerken zu lassen. Sie erkannte, dass sie allein im oberen Drittel der Burg fünfhundert Knechte und Offiziere unterzubringen vermochte! Wie mochte es erst unten sein, wo der von Gängen und Höhlen durchzogene Berg sich zum Boden hin verbreiterte?

Nun, binnen ein- oder zweihundert Sonnuntern konnte die Stätte mit einem ganzen Heer gefüllt und uneinnehmbar gemacht werden! Bei dieser Höhe war sie ein riesiger Wachturm über die gesamte Sternseite, dem sich niemand ungesehen nähern konnte – schon gar nicht von Osten her. Denn Wratha hegte keinerlei Zweifel, dass sie eines Tages aus Turgosheim kommen würden, um sie zur Strecke zu bringen. Nur würden sie dann müde sein und ihr Blut dünn und ihre Krieger aus schwächlichem, verwässertem Material. Während sie ... nun, sie würde Wratha sein! Wratha die Aufgestiegene, allerdings höher aufgestiegen als Maglore,

Vormulac, Devetaki und all die anderen es sich je vorstellen konnten.

So sah sie es bereits vor sich; doch bislang hatte sie nur diese heruntergekommene, hallende, leere Hülle von einer Felsenburg.

Alles war von einer dicken Staubschicht überzogen. Hier und dort waren die knöchernen Wasserrohre geborsten, ebenso die komplizierten Gasleitungen. Die Knorpeltreppen knarrten gefährlich und mussten so bald wie möglich instand gesetzt werden. An den Fenstern, die in den schieren Fels geschnitten waren, hingen verschimmelte Vorhänge aus schwarzem Fledermauspelz, und in den leeren Lagerräumen hatten verfaulende Kokons sich schon lange in klebrige, vor sich hin gammelnde Seidenpfützen verwandelt. Allerdings waren die großen, roten Spinnen immer noch da und konnten je nach Bedarf weitere Kokons spinnen.

Die Werkstätten jedoch waren in gutem Zustand, und die großen Tanks nahmen es an Fassungsvermögen mit allen in Räudenstatt oder Saugspitze auf. Mit Hilfe von Canker und Vasagi, beide wahre Meister der Verwandlungskunst, konnte Wratha im Handumdrehen guten Braustoff bereitstellen. Allerdings waren die Kornkammern im Keller wahrscheinlich leer, die Kammern der Gastiere und die Methangruben enthielten wohl nicht mehr als Staub und Knochensplitter, und das Wasser in den Brunnen wimmelte sicher vor allerlei Krabbelgetier. Oh ja, es würde lange dauern, bis die Burg wieder instand gesetzt werden konnte. Aber wenn es so weit war, was für eine Festung würde sie dann abgeben!

Während Wratha ihre Begleiter, die gaffend durch die gewaltigen Räume der oberen Stockwerke stolzierten, aus halb geschlossenen Augen beobachtete, dachte sie: *Mein, alles mein – irgendwann.* Doch diesen Gedanken behielt sie für sich.

Die oberen Stockwerke ...

Sobald Wratha den ersten Blick darauf geworfen hatte, war ihr klar, dass dies die Burg einer Lady, dass der letzte Bewohner weiblichen Geschlechts gewesen war. Zum einen hingen dort

Spiegel: Goldplatten, die vollkommen flachgehämmert und auf Hochglanz poliert worden waren, so dass sie den reflektierten Zügen Wärme und Leben verliehen. Und diese Züge waren gewiss die einer Frau gewesen; denn Wratha wusste wohl, dass, obwohl alle Wamphyri-Lords eitel waren, nur die allereitelsten je ihre Wände derart geschmückt hätten.

Denn im Allgemeinen wurden Spiegel für gefährlich erachtet. Immerhin hatten sie in alten Zeiten nicht nur das Leben wiedergespiegelt, sondern – in Form von Sonnenlicht – ebenso gut auch den Tod! Vor langer Zeit, auf der Sonnseite von Turgosheim, hatte Wratha selbst einen silbernen Spiegel besessen, und zwar ungeachtet des Umstands, dass solche tödlichen Gegenstände und Metalle den Szgany seit undenklichen Zeiten verboten waren. Nun, jetzt konnte sie wieder ihr Gesicht betrachten und erneut die Schönheit bewundern, die ihr seit über einem Jahrhundert eigen war. Sie fragte sich, wer wohl zuletzt in diese Spiegel geblickt hatte. Ob sie schön gewesen war?

Zweifellos hatte sie eine schlanke Gestalt besessen! Denn im größten Schlafraum der geräumigsten Suite des zweitobersten Stockwerks fand Wratha mehrere Kleider, beziehungsweise das, was von ihnen übrig geblieben war. Sie zerfielen allmählich, doch falls Wratha allein und in entsprechender Stimmung gewesen wäre ... sie war sicher, dass sie ihr stehen würden. Also war sie gut gebaut gewesen, diese Lady, und jung dazu. Zumindest hatte sie äußerlich jung gewirkt.

Ihr Bett stand immer noch da. Es war hoch und breit, aus dicken Platten gebaut, und die polierten Holzstufen und das mit Schnitzereien verzierte Kopfteil waren noch erhalten. Von der hohen Decke hingen an Ketten hölzerne Stangen mit goldenen Ringen, an denen einst die herrlichsten Szgany-Vorhänge befestigt gewesen waren. Doch nun war alles fort, zu Staub zerfallen, und an ihrer Stelle hingen dicke Spinnweben herab. Auch das Bettzeug war von Flechten und pelzigem Schimmel überzogen.

Und der Rest des Raumes ...

Es gab ein Wasserbecken aus Onyx, in das Knochenrohre aus den Außenrinnen des Daches oder aus dem Raum eines seit langem vertrockneten Leitungswartes führten. Auf schmalen Regalen aus abgenutztem Knorpel lag allerlei wertloses Zeug und Nippes unter einer zentimeterdicken Staubschicht; das meiste davon stammte von den Szgany. Da waren Trockengestelle, unter denen Gasdüsen angebracht waren. Heizrohre führten zu einem großen, steinernen Badebecken, das gut und gerne zwei Personen Platz bot.

Mit wem hatte sie es geteilt, fragte sich Wratha und gestattete sich dabei ein Lächeln. Oder war sie in jeder Hinsicht eine Lady gewesen? Doch nein, Wratha wusste alles über die ›Ladys‹ der Wamphyri. Diese hier hatte sich nichts versagt, sondern all ihre kleinen Freuden genossen. Diese hier hatte gelebt!

Wratha sog die Luft ein, während sie durch die weiten Räume schritt, und fühlte sich hier mehr und mehr zu Hause. Zugleich hatte sie jedoch das Gefühl, dass die fünf an ihrer Seite ihr zunehmend wie Eindringlinge in ihrer Privatsphäre erschienen.

»Raus mit euch!«, fauchte sie ihre Gefährten schließlich an. »Das ist meine Stätte. All die oberen Stockwerke, die wir erkundet haben, gehören mir!«

»Waaas?«, brauste Gorvi der Gerissene auf. »Bist du wahnsinnig geworden? Hier oben ist doch für uns alle Platz genug! Auch für unsere Offiziere und für jeden Knecht, den wir in unseren Dienst zu nehmen gedenken!«

Trotz seiner wütenden Worte klang die Stimme des Gerissenen so glatt wie immer. Er war hoch gewachsen und schlank, das Haupt kahl geschoren bis auf eine einzige Locke, die ihm zu einem Knoten gebunden in den Nacken hing. Er war stets in Schwarz gekleidet, so dass der Kontrast zu seinem fahlen Fleisch ihn wie einen frisch von den Toten Auferstandenen wirken ließ. Seine Augen waren so tief eingesunken, dass sie kaum mehr waren als ein blutroter Schimmer. Dennoch entging ihnen nichts – das war Gorvi. Er mochte unheimlich sein, doch wer unter den Wamphyri war das nicht? Und Wratha schüchterte er schon gar nicht ein.

»*Meine* Offiziere!« Sie zog die Nase kraus und starrte ihn böse an. »Und alle Knechte, die *ich* in meinen Dienst zu nehmen gedenke! Aber ... habe ich gerade gehört, dass du mich wahnsinnig nennst?« Sie richtete ihren funkelnden Blick auf die Brüder Wran den Rasenden und Spiro Todesblick. »Der Wahnsinn ist doch eher *ihr* Fachgebiet, oder?« Ihre blutrot glühenden Augen schweiften zu Canker Canison, der wie ein Hund umherschlich und den Boden beschnüffelte. »Und was ihn betrifft, bin ich mir auch nicht allzu sicher!«

»Hör schon auf mit diesen Beleidigungen!«, schrie Wran. Seine Augen blitzten gefährlich, doch verrieten sie auch eine gewisse Bauernschläue. »Du tust doch nur so, als könntest du uns einschüchtern – nicht wahr, Wratha? Gorvi hat Recht: Wir alle sollten dabei ein Wort mitzureden haben.«

»Nein!« Wratha fasste ihn, alle fünf, ins Auge. »Jetzt gibst du, jetzt gebt *ihr alle* Ruhe und hört mir zu! Ich war diejenige, die sich alles ausgedacht und alles geplant hat. Ich habe euch zusammengeführt und unversehrt aus Turgosheim hierhergebracht. Ha, wenn ich nicht wäre, würdet ihr immer noch schmollend in euren erbärmlichen Hütten sitzen. Räudenstatt, fürwahr! Saugspitze! Irrenstatt! Mein Heim war noch das beste von allen – eine treffliche Felsenburg – deshalb habe ich auch am meisten verloren. Nun, jetzt hole ich es mir wieder. Und so werden wir es in Zukunft halten:

Gorvi der Gerissene. Wie dein Name schon sagt, bist du ein Eigenbrötler, der zu seinesgleichen nur wenig Vertrauen hat. Du bist durchtrieben und würdest dich in einer Stätte ohne Schlupfloch nicht sicher fühlen. Ich erhebe keinerlei Anklage, sondern stelle lediglich Tatsachen fest. Nimm dir also die weiträumige, breite Basis des Felsenturms – die zwei untersten Stockwerke, sagen wir? – zu deiner persönlichen Verwendung. Durch die Fenster hast du ein Dutzend Fluchtwege zur Ebene hin. Zudem hast du die Kontrolle über die Brunnen, was dir unseren Beistand garantiert, sollte jemals jemand vom Boden der Sternseite aus angreifen. Dies bedeutet jedoch auch, dass du für die Brunnen verantwortlich bist, und, am Zustand dieses

Ortes hier gemessen, werden sie sicher deine volle und dringliche Aufmerksamkeit erfordern. Diese Aufgabe können deine ersten Knechte übernehmen, die du beim nächsten Sonnunter ausheben wirst.

Wran und Spiro. Obschon ihr Brüder seid, sogar Zwillinge – die sich unter den Wamphyri für gewöhnlich verabscheuen – zieht ihr beide doch innerhalb gewisser Grenzen die Gesellschaft des jeweils anderen vor. So sei es: Sucht euch Wohnungen in den Ebenen unmitttelbar über denen von Gorvi, wo die Breite des Turmes euch beiden nicht nur reichlich Wohnraum, sondern auch ebenso reichlichen Platz für eure Privatbelange gewährt. Ich glaube, dass euch das zusagen wird. Zudem wird nach allem, was ich von den zahllosen zerfallenen Ruinen dieser Gegend gesehen habe, euer Verantwortungsbereich von großer Wichtigkeit sein! Nämlich die Aufsicht über die Abfallgruben und Methankammern. Denn mir ist aufgefallen, dass alle anderen Horste in ebendiesem Bereich verbrannt sind und von da ab zerschmettert wurden, und ich hege keinen Zweifel daran, dass diese Burg im Entwurf ähnlich gestaltet ist.

Vasagi. Wie ich warst auch du stets ein Einzelgänger. Ich schlage vor, dass du die Stockwerke unter den meinigen beziehst. Bei all der weiten Luft um uns herum soll uns keine Platzangst plagen! Sobald deine Krieger fertig gestellt sind, sollen sie sich meiner großen Lande- und Startrampen bedienen dürfen. Als Gegenleistung verlange ich nur ein bisschen Beistand bei der Herstellung meiner eigenen Kreaturen. Wie du siehst, erkenne ich deine Meisterschaft in den Wandlungskünsten sehr wohl an ...

Und die deinigen sind mir nicht weniger bewusst, Canker, und auch deine Unterstützung wäre mir willkommen! Du sollst den mittleren Platz einnehmen, die Stockwerke zwischen denjenigen der beiden Brüder und denen, die Vasagi gehören. Wenn der Mond am Himmel steht, können wir alle an deinen ... Gesängen ... teilhaben und mit Entzücken deiner Hingabe lauschen! Nun ja, es verbleiben dir kaum Aufgaben, aber was bedeutet das schon einem Künstler wie dir?«

Weder Canker noch die anderen ließen sich davon einlullen. Ihnen war klar, dass er, abgesehen von seiner Begabung für die Wandlungskunst, lediglich hier war, um die Reihen der Lady zu verstärken. Allerdings bedurften die ihm zugewiesenen Stockwerke durchaus einer Aufsicht, und wenigstens hatte sie die restlichen Pflichten aufgeteilt, ihre, wenn auch abseitige Verstandeskraft unter Beweis gestellt und ihren Führungsanspruch untermauert. Letztlich mussten sie es hinnehmen, doch bis dahin ...

»Es besteht kein Grund zur Eile«, sagte sie, noch während sie mit sich zu Rate gingen. »Draußen ist Sonnauf. Unsere Burschen werden sich um die Versorgung der Tiere und ihre eigenen Bedürfnisse gekümmert haben. Sie haben sich sicher schon zur Ruhe gelegt, und wir sollten es ihnen gleichtun. Wir haben eine lange, anstrengende Reise hinter uns, und bis die Sonne wieder untergeht, sollte uns nichts weiter beunruhigen. Sucht euch also Schlafstätten – etliche Stockwerke tiefer, schlage ich vor – und holt euren versäumten Schlaf nach. Bei Anbruch der Nacht haben wir alle reichlich zu tun.«

»Auf der Sonnseite?«, feixte Canker und zwinkerte ihr zu.

»Oh ja«, erwiderte sie. »Wo sonst?«

Und dieses Versprechen war es gewesen, das sie mehr als alles andere besänftigte ...

Schließlich war es Sonnunter geworden, und scheinbar war keine Zeit vergangen.

Denn Wratha und die anderen waren so erschöpft gewesen wie nie zuvor in ihrem langen Leben und hatten tief und traumlos geschlafen, ohne auch nur ein einziges Mal dem Ruf der Natur folgen zu müssen. Letzteres war nichts Besonderes. Der Stoffwechsel der Wamphyri vergeudete nur wenig; was nicht verbraucht wurde, wurde umgewandelt.

Kurz vor der Dämmerung wäre Wratha beinahe erwacht. Eine sonderbare Stimmung oder Furcht versetzte sie oder vielmehr den Vampir in ihr in Unruhe. Als sie die Augen aufschlug, glaubte sie einen Moment lang, die Sonne durch die unverhangenen Fenster hereinstrahlen zu sehen! ... Aber es war nur das Mondlicht! Sie stützte sich auf und sah die Nordlichter über den Eislanden wabern. Die öde Geröllllandschaft der Sternseite nahm eine eintönige, graue Aschenfarbe an, als der Mond hinter den Wolken verschwand. Als Wratha dann einfiel, dass sie ihr Schlafgemach in einem Zimmer der Nordseite eingerichtet hatte, entspannte sie sich wieder. Und als sie Cankers trauriges Geheul vernahm, das aus irgendeinem seiner finsteren Gemächer zu ihr empordrang, wusste sie, was sie aus dem Schlaf gerissen hatte. Beruhigt schlief sie wieder ein.

Doch als sie erneut erwachte, geschah es aus einem Wissen heraus! Sie wusste, dass das letzte goldene Funkeln von den Gipfeln des Grenzgebirges gewichen war, dass die gesamte Sternseite in Schatten gehüllt lag, und dass die anderen sich regten und von der hereinbrechenden Nacht aus dem Schlaf gerissen wurden. Von einem Moment auf den anderen schlug sie die Augen auf und fuhr sich mit der gespaltenen Zunge genießerisch, dürstend über die Lippen.

Sonnunter! Nun würde sie sehen, was dieses neue und doch uralte Land zu bieten hatte.

Wratha wusste, dass die anderen ebenso begierig wie sie darauf waren, endlich auf die Jagd zu gehen, und verlor daher keine Zeit. In den Flugrampen traf sie auf Gorvi und Vasagi, die ihren Offizieren Anweisungen gaben und ihre Tiere weckten. Kurz darauf stießen Canker, Wran und Spiro zu ihnen. Gorvi hatte schlechte Laune.

»Der Aufstieg ist mörderisch!« beschwerte er sich. »Den mache ich nicht noch einmal. Während der Rest von euch geschlafen hat, bin ich hinabgestiegen und habe die Runde durch meine Behausung gemacht. Dabei habe ich etwas festgestellt, was ihr nicht mitbekommen habt, dass nämlich die Sonne nur auf diese oberen Stockwerke scheint. Wratha, du kannst sie gerne haben! Unten habe ich eigene Flugrampen und Stallungen für meine Flieger. Wenn wir zurückkommen, bringe ich meine Tiere nach unten. Und du hast Recht, was die Brunnen betrifft: Sie sind verdorben. Sobald ich das notwendige

Material dazu habe, werde ich eine Kreatur erschaffen, die den Schleim frisst und das Wasser reinigt.«

»Du hast also keine Beschwerden?« Wratha war zufrieden.

Gorvi zuckte die Achseln und erwiderte mürrisch: »Nur dass ich im Keller hausen und die Brunnen versorgen muss, damit wir alle uns in ihr Wasser teilen. Was meine Stockwerke angeht, die Zimmer und ihre Einrichtung: Sie sind wohl ausgestattet oder werden es sein. Doch das ganze Gerede über Verantwortung hier und Arbeiten dort veranlasst mich zu der Frage, worin eigentlich deine Pflichten bestehen, Wratha? Ich meine, da du jetzt doch gewissermaßen an die Spitze aufgestiegen bist ...«

»Ich werde die Leitungswarte beherbergen und warten«, erwiderte sie rasch. »Ein Anwesen von diesen Ausmaßen wird mehr als einen benötigen, denn was nützt uns das Wasser, wenn wir es nicht verteilen können?« Sie warf Gorvi einen finsteren Blick zu. »Oder willst du etwa andeuten, dass ich mich vor der Verantwortung drücke?«

Ohne eine Antwort abzuwarten, wandte sie sich den Brüdern Wran und Spiro zu. »Habt ihr eure Stockwerke ebenfalls schon besichtigt?«

Obwohl sie einander körperlich glichen (oder vielleicht gerade deshalb), trugen die Zwillingsblutsöhne des Eygor Todesblick einander vollkommen entgegengesetzte Haltungen und Eigenheiten zur Schau. Der eine gab sich als grober Klotz, der andere wie ein vornehmer Herr. Zum größten Teil war ihr angeblich ererbter ›Wahnsinn‹ ebenfalls eine Pose, auch wenn dies unter den Wamphyri umstritten war und sich eine Unzahl an Gerüchten darum rankte. Allerdings bestand kein Zweifel daran, dass Wrans verheerende Raserei in Turgosheim berüchtigt gewesen war. Das hatte zu der allgemeinen Ansicht geführt, dass zumindest er von abartiger Geistesart sei.

Was das unterschiedliche Äußere betraf: Widersinnigerweise war es Spiro, der in Lumpen und Sandalen einherging und sich ein Stirntuch umgebunden hatte, um sich das Haar aus den Augen zu halten, während Wran sich makellos in Umhang und fein gearbeitete Lederstiefel kleidete, die auf der Sonnseite hergestellt worden waren. Rein körperlich fielen sie nicht besonders auf. Beide hatten breite Schultern, schmale Hüften (die allerdings bereits Fett ansetzten) und waren fast zwei Meter groß. Eine kleine, schwarze Warze an der Spitze von Wrans fleischigem Kinn trug im Verbund mit seiner eleganten Kleidung zur weiteren Unterscheidung von seinem Bruder bei.

Es war jedoch der zerlumpte Spiro, der auf Wrathas Frage, ob sie ihre Stockwerke bereits besichtigt hätten, antwortete: »Kurz gesagt – ja«, knurrte er, ganz seiner Art gemäß. »Wir haben ebenfalls eine verwendbare Flugrampe für Flieger und Kampfkreaturen, und wir werden es Gorvi gleichtun und bei der nächsten Gelegenheit unsere Tiere hinunterschaffen. Doch wie es scheint, wurden die Gastiere zurückgelassen, als die Stätte aufgegeben wurde. Sie sind in ihren Kammern eingegangen und verfault. Jetzt hat sich ihr Staub überall ausgebreitet, klebt in jeder Ecke und jedem Winkel und verstopft die Abzugsschächte. Wie du weißt, können Verunreinigungen zu Verstopfungen, üblen Gerüchen und sogar zu Explosionen führen. Das wiederum bedeutet: Ehe wir darauf hoffen können, Licht und Wärme in der Burg zu haben, muss zuerst alles gesäubert werden, die Kammerwände müssen gereinigt und die Rohre durchspült werden, um Löcher zu entdecken und alle Reparaturen sicher ausführen zu können.«

Wratha nickte. »Nun, bis zum nächsten Sonnunter – höchstens bis zum übernächsten – sollten wir für alle Arbeiten genug Knechte haben. In der Zwischenzeit werden wir damit leben müssen. Nun ja, wenn ich mich recht erinnere, war Luxus in Turgosheim ebenfalls selten!«

An Canker gewandt fuhr sie fort: »Wie steht es mit dir? Hast du ebenfalls Klagen vorzubringen?«

Er schüttelte den Kopf, dass seine Mähne flog. »Keine!«, bellte er. »Ich habe eine kleine, aber nützliche Werkstatt, eine Flugrampe und ganze Labyrinthe an Zimmerfluchten auf allen Stockwerken. Meine Fenster sind breit und gehen nach Norden, davor sind passende Balkons, von denen ich einen Blick auf den

Mond habe. Wenn ich singe ... vibrieren die Wände, als wären sie ein eigener Chor, und meine Gemächer füllen sich mit den Klängen! Jetzt brauche ich nur noch eine Hündin, die mir das Bett wärmt, und einen Knochen, an dem ich meine Zähne wetzen kann, und ich bin zufrieden!«

»Das alles und mehr wird dein sein,« nickte Wratha und wandte sich Vasagi dem Sauger zu. »Du bist der Letzte, doch keinesfalls der Geringste!«

Vasagi hatte keine Stimme im eigentlichen Sinn. Unter seiner flachen, gewundenen Nase lief sein Gesicht in einem rosigen Rüssel aus, der in einem bebenden Saugstachel endete. Doch der Sauger hatte seine Zeichensprache zur höchsten Vollkommenheit verfeinert. Noch im geringsten Blick, in jeder Neigung und Drehung des Kopfes, in jedem Stirnrunzeln und jeder Bewegung seiner langen, spitzen Finger lag eine Bedeutung. Dadurch und mittels seiner telepathischen Fähigkeiten, über die alle Wamphyri mehr oder weniger ausgeprägt verfügten, verstand man ihn ebenso deutlich wie jeden anderen auch, vielleicht sogar besser.

Ich habe keine Beschwerden, antwortete er ganz einfach mit einem komplizierten, beredten Achselzucken. Wratha hätte jedoch schwören können, dass sie ihn sagen ›hörte‹: *Sollte ich allerdings je Beschwerden haben, wirst du die Erste sein, die davon erfährt, meine Lady.*

Falls eine Drohung darin lag, so ging sie einstweilen nicht darauf ein. Aber sie würde sie nicht vergessen. In der Zwischenzeit gab es für alle genug zu tun.

»Aufgesessen!«, rief Wratha. »Hoch mit euch – auch die Krieger! Die Sonne steht hinter den Gipfeln, und auf der Sonnseite herrscht jetzt Dämmerung. Wenn Maglore Recht hat, werden wir nun sehen, was seit vierzehn Jahren niemand mehr erblickt hat.«

Damit brachen sie über die Geröllfelder gen Westen auf, dann ging es an der Mündung des großen Passes und der gleißenden Halbkugel des legendären Tores zu den Höllenlanden vorbei Richtung Süden. Schließlich erreichten sie das Plateau. Dort ...

... landeten Wrathas Abtrünnige und traten zu ihr an den Rand. Und als sie zur Erde und in die Gegenwart zurückkehrten, taten die Gedanken der Lady es ihnen gleich ...

»Dort!«, sagte sie und streckte ihren Finger aus. »Seht *dort!*« Unter ihnen, vielleicht drei Meilen entfernt im Windschatten der dämmrigen Berge, erhob sich eine Szgany-Stadt oder vielmehr ein Dorf auf einem leicht erhöhten Grund zwischen zwei Bächen, die von den Höhen herabplätscherten. Im Süden flossen die Bäche zusammen und bildeten einen Fluss, der durch den Wald strömte. Im Osten und Westen überspannten hölzerne Brücken das sprudelnde Wasser an natürlichen Furten. Das solcherart von Bergen und Bächen umfriedete Land reichte aus, die Siedlung zu versorgen.

Szgany! Vasagis abartiges Antlitz bebte vor Erwartung.

»Frauen!« Canker fiel auf die Knie und hätte dem Mond ein Dankgebet entgegengeheult, wenn Wratha ihn nicht mit einem finsteren Blick davon abgehalten hätte.

»Knechte in Massen!« Gorvis Raunen verriet sein Entzücken. »Und frische Offiziere, die ihre Arbeiten beaufsichtigen werden.«

»Fleisch für die Verwandlungen«, knurrte Spiro. »Der erste winzige Kern unserer Armee. Aber eine Siedlung, so groß wie diese? In Turgosheim sucht man so etwas vergebens!«

»Und alles unser«, nickte Wratha. »Aber ich glaube, dass ihr diesen Ort noch für klein halten werdet im Vergleich zu dem, was uns dort draußen erwartet!« Sie breitete die Arme aus, als wolle sie die gesamte Sonnseite umschließen, und die blutroten Augen ihrer Gefährten sogen gierig die Weite in sich auf – nach Osten und Westen hin den geschwungenen Horizont und dazwischen über ein Dutzend deutlich erkennbarer Lagerfeuer, die das dunkler werdende Land wie Glühwürmchen sprenkelten, so weit das Auge reichte. Im Süden lagen finstere, weite Wälder, und dahinter die Glutwüsten, die sich nun unter dem amethystgestreiften Himmel abkühlten. Alles in allem ein weites Land.

»Wie viele mögen es sein?« Wran schwieg für gewöhnlich, außer wenn die Leidenschaft ihn packte. Doch jetzt erhob er die Stimme. »Die Szgany, meine ich. Sind es zehntausend, was meinst du?«

»Was?« Wratha lächelte ihn an. »Auf der Sonnseite von Turgosheim gibt es doch schon so viele! Nein ... *fünfzig*tausend und mehr!«

Spiro packte seinen Bruder am Arm. »Denk doch, Wran! Fünfzigtau...!« Die Stimme versagte ihm, als seine Gefühle ihn überwältigten. Er räusperte sich. »Der Tribut wird gewaltig sein!«

»Tribut?« Wratha lachte auf. Es war das Lachen eines jungen Mädchens und wandelte sich sogleich zu dem einer Frau, wahrlich einer Lady. »Hier gibt es kein Tributsystem, Spiro. Wir nehmen uns, was wir wollen!«

»Ach ja?«, sagte Gorvi. »Aber wenn es so viele sind, können sie sich doch gewiss zur Wehr setzen? Wir reden eben erst davon, eine Armee aufzustellen, und sie sind bereits eine!«

Wratha schüttelte den Kopf. »Es sind Szgany, oh ja, doch wie es scheint, sind sie in den letzten vierzehn Jahren ebenso sesshaft geworden wie wir. Seht nur, wie sie sich angesiedelt, ihre Ländereien aufgeteilt, ihre Dörfer erbaut haben. Zur Wehr setzen, sagst du? Womit denn und gegen wen? Vielleicht gegeneinander, aber nicht gegen uns. Hast du die Trogs vergessen, die wir bei ihren Riten überfallen haben? Hier gibt es keine Wamphyri mehr, Gorvi! Wir sind Märchengestalten, mehr nicht!«

Das verblüffte Gorvi. Dieses eine Mal hatte sich die ihm eigene Schläue – sein umtriebiger Verstand, der aus allen Richtungen Schwierigkeiten erwartete und für gewöhnlich alles von allen Seiten betrachtete – gegen ihn gewandt. Er hatte ihm die einfachen Tatsachen verschleiert, die Wratha ihm gerade aufzeigte. »Aber natürlich!«, sagte er verdattert. »Sie sind unvorbereitet. Sie wissen weder, dass wir hier sind, noch, dass es uns überhaupt gibt!«

»Aber bald werden sie es wissen«, ermahnte Wratha ihn.

»Und dann wird es wie einst in Turgosheim zu spät sein – für sie! Dann entschließen sie sich vielleicht zum Kämpfen! Doch bis dahin sind wir zu zahlreich geworden. Und deshalb beginnen wir damit, unsere Zahl zu vergrößern – noch heute Nacht!«

Und warum lässt du uns dann warten? Vasagis Aussehen mochte fremdartig sein, aber seine gierigen Gedanken waren ganz die eines Wamphyri.

»Nur um euch daran zu erinnern, weshalb wir hier sind«, gab Wratha zur Antwort. »Ich weiß, dass ihr alle gewisse Bedürfnisse habt und auch, dass ihr sie für den Augenblick hintanstellen müsst. Noch haben wir nicht die Zeit, im Überfluss zu schwelgen, sondern wir müssen unsere Zukunft neu gestalten. Heute Nacht töten wir, doch nur um sie wieder auferstehen zu lassen! Heute Nacht vernichten wir, um zu erschaffen! Canker«, damit wandte sie sich diesem zu, »nimm dir so viele Frauen und zeuge so viele Vampirbälger, wie du willst, bis du erschöpft bist. Doch denke daran, dass wir anderen Knechte erschaffen werden! Nimm dir eine Szganyschlampe in deine Stätte mit, wenn es sein muss, aber dein Flieger bietet nur zwei Personen Platz. Wir werden feines, junges Szganyfleisch mitnehmen, um uns Offiziere zu erschaffen. Genug. Ich hoffe, du verstehst mich ...« Sie wandte sich Wran zu.

»Wran, du siehst heute Nacht blendend aus wie immer. Ein feiner Umhang, schöne Stiefel, und an deinem Gürtel dein guter Handschuh. Oh, aber wenn du in Raserei verfällst, werden dein Umhang und deine Stiefel von dem Blut verdorben werden! Oh ja, und all deine Mühe wäre vergebens. Töte also nach Herzenslust, schlitze mit deinem Handschuh auf, wie es dir beliebt, doch denke daran: Ein toter Mann ist *nur* ein toter Mann. Erst wenn er etwas von dir in sich trägt, wird er sich wieder erheben, vor Sonnenaufgang zur Sternseite wandern und im Innern deiner Behausung dein Knecht sein. Nun, ich weiß wohl, was man sich über deine Raserei erzählt, doch nicht heute Nacht, Wran, nicht heute Nacht. Lass uns stattdessen so verfahren: Verstümmle nicht, sondern töte einfach schnell und sauber, denn wir haben keine Verwendung für verkrüppelte

Knechte. Und jedes Mal, wenn du tötest, nimm dir einen Schluck von deinem Opfer – doch gib ihm zugleich etwas zurück! Auf diese Weise erschaffst du nützliche Vampire, Wran, und keine nutzlosen Leichen.«

Sie blickte die anderen an. »Das gilt selbstverständlich für euch alle ...

Jenen, die eure Knechte werden, gebt ihr folgende Anweisungen: Wenn sie untot auferstehen und vor der aufgehenden Sonne fliehen, sollen sie Getreide aus ihren Vorratslagern auf die Sternseite mitbringen, Nüsse und Früchte, Werkzeug und andere Metallgegenstände – doch nichts aus Silber! – und alles Webzeug, das sie tragen können. Sie können es auf Karren oder Wagen über den großen Pass bringen. Darum ist dieser Ort ja auch so gut geeignet, weil er so nah am Pass liegt ...« Sie hielt kurz inne, als ihr ein Gedanke kam. »Nun, ich glaube, das wäre alles.«

Die anderen wandten sich bereits ab, um ihre Flieger zu besteigen, als sie sagte: »Nein, wartet! Zwei Dinge noch.

Ich erinnere mich an eine Zeit – oh, es ist schon lange her – auf der Sonnseite von Turgosheim, als ich eine Tributantin der Szgany war. Ich wurde von den Wamphyri gefangen genommen und in die Obhut eines jungen Offiziers gegeben, der mich auf den Rücken seines Fliegers setzte. Und dann ... tötete ich ihn! Wenn ihr lebende Gefangene macht, stellt sicher, dass sie entweder gut gefesselt oder bewusstlos oder beides sind!

Und noch etwas: Lasst nicht zu, dass die Krieger sich überfressen. Einen Happen hier, einen Bissen dort, dass es ausreicht, sie zu nähren, nicht mehr.« Sie nickte heftig. »Also! Alles verstanden?«

Alle hatten verstanden. Abermals nickte Wratha. »Gut! Lasst euch nun von ihren Feuern leiten! Es bedeutet Ruhm für euch und die Hölle für sie. Wenn alles gut geht, gibt es später vielleicht noch eine Überraschung für euch ...«

Die Szgany von Zwiefurt wussten kaum, wie ihnen geschah. Zwei Krieger landeten bei den Brücken und zerstörten sie binnen weniger Sekunden, während der dritte am Zusammenfluss der beiden Bäche niederging und die fliehenden Einwohner zurück in die Siedlung trieb. Die Flieger wurden näher nach Zwiefurt gelenkt und umschlossen den Ort in einem Ring schwankender, grauer Urgestalten. Am Boden waren die rochenförmigen Tiere weitgehend harmlos, boten aber dennoch einen erschreckenden Anblick, und sie hatten von ihren Herren die Anweisung erhalten, sich auf jeden zu wälzen und ihn zu zermalmen, der ihnen zu nahe kam. Natürlich fraßen sie Fleisch, doch ihre Herren hatten es ihnen verboten. Ihre Nahrung wurde speziell zubereitet, und Wratha gedachte, diese Speise schon bald auf der Sternseite herzustellen.

Ihre Ankunft in Zwiefurt war jedoch nicht unbemerkt geblieben. Für einige der älteren Einwohner war das Wummern der Antriebsdüsen der Krieger ebenso unverkennbar wie die unförmigen, krakenähnlichen Umrisse, die die Sterne verdunkelten, als sie vorüberflogen, und der Gestank der ausgestoßenen Gase, der sich wie der dunstige Rauch von hundert Totenfeuern über das Dorf legte. Ein allgemeines Aufstöhnen des Grauens erhob sich, pflanzte sich fort und schwoll in der auf einmal stinkenden Dämmerung zu einem erstickten Aufschrei an: »Wamphyri! *Wamphyri!*«

Während die Angreifer beim Vormarsch auf das Dorf einen zähen Vampirnebel ausstießen, hörten sie das Geschrei, spürten das Entsetzen, das ihre Anwesenheit auslöste – und lachten. Es schürte ihre Wamphyri-Leidenschaften, und mit entflammter Wut warfen sie sich den fliehenden Bewohnern entgegen. Was folgte, war ein Blutbad.

Wratha und ihre fünf drangen über die Straßen ein und blockierten jeden Fluchtweg, so gut es ging. Von menschlicher Gestalt, jedoch von unmenschlicher Natur, waren sie in dem stinkenden, schleimigen Dunst bloße Umrisse ... bis die Menschen, die ihnen in die Arme liefen, ihre Augen sahen, ihre sich wandelnden, zerfließenden Gesichter und den die Verwandlung bewirkenden Geifer bemerkten, der ihnen von den Fängen troff!

Natürlich gab Wran sich der Raserei hin, doch besann er sich auf Wrathas Worte und hielt seine Wut in Zaum. Er hatte seinen Handschuh am Sattelknauf zurückgelassen, stattdessen stieß er seinen Opfern die krallenähnlichen Finger in die Brust, bis er das Herz berührte und sie zuckend zu Boden fielen. Dann kniete er sich zu ihnen nieder und biss sich an ihren Kehlen fest, um ihr Blut zu kosten. Dies wiederum übertrug das grässliche Fieber, das in seinem Blut wütete, auf sie. Auf diese Weise brachte er über gut und gern zwanzig Unglückliche innerhalb weniger Sekunden Tod und Untod zugleich.

Noch im ›Sterben‹ bekam jeder Einzelne die Anweisung mit, die aus Wrans scheußlichen Vampirgedanken zu ihnen drang: *Wenn ihr euch erhebt, um mich in meiner Stätte auf der Sternseite aufzusuchen, bringt mir all euren Besitz und euer Vieh! Sie gehören fortan mir! Doch denkt daran: Kommt, ehe die Sonne aufgeht! Denn unter dem Feuer der Sonne ist euer Szganyfleisch nichts als weiches Metall, und was geschmiedet wurde, kann wieder eingeschmolzen werden. Oh ja, selbst was ich erschaffen habe, kann auf ewig vernichtet werden.*

Binnen einer Stunde tötete er sechzig Menschen, Männer Frauen und Kinder. Weniger als ein Drittel davon würde die Sternseite erreichen. Denn ehe sie der Sonne entkommen konnten, mussten sie den Überlebenden des Überfalls entgehen; und natürlich gab es immer einige, die zu spät erwachten – oder auch gar nicht und mit einem Pfahl in der Brust weiterschliefen, bis sie verbrannt wurden. In gewisser Hinsicht war es eine Art natürlicher – oder auch unnatürlicher – Auslese.

Spiros Vorgehen war einfacher als das seines Bruders: Er packte die Menschen, die durch seinen Nebel flohen, biss ihnen ins Gesicht und streckte sie mit seinen Hammerfäusten nieder. Der Schmerz und der Schock besorgten den Rest. Sie starben nicht daran, sondern erwachten mit brummendem Schädel und einem sonderbaren Hungergefühl und hörten die Botschaft, die er in ihrem sich wandelnden Geist hinterließ.

Was Canker betraf, so musste er für die entsetzten Menschen, die aus der heimgesuchten Stadt flüchteten, wie ein zahmer Wolf wirken, der mit ihnen floh. Aber er war weder ein Wolf noch zahm. Er sprang auf allen vieren zwischen ihnen umher, suchte sich nur die Flinksten aus, und für jeden Mann erwählte er eine Frau. Canker war durchaus in Versuchung ... üppige, junge Schönheiten befanden sich unter den Fliehenden ... aber wie Wran der Rasende besann auch er sich auf Wrathas Worte. Warum sollte er seine Kraft hier auf der Straße vergeuden, wenn er später all diese Frauen nach Herzenslust auf jede beliebige Weise nehmen konnte? – Zumindest diejenigen, die durchkamen. Sein Zeichen war für ihn unverkennbar: Sie würden hinken, weil er ihnen die Beine aufgerissen hatte, um sie niederzustrecken, und zwischen Hals und Schulter waren sie etwas angeknabbert.

Gorvi der Gerissene lauerte im Schatten eines dunstverhangenen Eingangs. Von dort rief er den Vorbeilaufenden leise und drängend zu: »Rasch, hier drin ist es sicher!« Wenn sie eintraten, stolperten sie über den wachsenden Haufen der bisherigen Opfer, sahen die rauchenden Schwefelhöhlen seiner Augen und spürten den Stich seines Bisses.

Vasagi der Sauger wartete hinter einer Hausecke, griff sich jeden, der ihm zu nahe kam, und jagte ihm seinen zuckenden Saugrüssel tief durchs Ohr bis ins Gehirn. Vasagi vollführte dies mit einer einzigen fließenden Bewegung. Wenn ihn danach verlangt hätte, wäre seine Beute gewaltig gewesen. Aber es verlangte ihn nicht danach. Seine Botschaft an die Untoten war ähnlich einfach:

Es war Vasagi der Sauger, der von deinem Hirn gekostet und es seinem Willen unterworfen hat. Melde dich auf der Sternseite bei mir. Du wirst mich an meinem einzigartigen Antlitz erkennen.

So rückten die sechs, ihre Offiziere im Gefolge, vor und brachten Tod und Untod über das Dorf. Ein jeder von ihnen wütete mörderisch – bis auf Wratha.

Sie hatte ihren Handschuh angelegt, allerdings nur zum Schutz. Und obgleich sie niemanden tötete, war ihre Methode doch die einfachste von allen. Sie folgte den anderen dicht auf dem Fuße, huschte, während sie vorrückten, vom einen zum anderen und ging dann zu bestimmten männlichen Opfern.

Diese berührte sie und sagte: *Ich bin Wratha. Der dich getötet hat, ist für mich, was du für ihn warst: ein Nichts! Daher gehörst du mir. Wenn du zur Sternseite kommst, stelle sicher, dass du mich aufsuchst.*

Auf diese Weise suchte sie sich ihre Knechte zusammen, allesamt Männer und Jünglinge. Dennoch betrachtete sie sich bei weitem nicht als Diebin. Immerhin musste sie als Anführerin der Meute sicherstellen, dass für die anderen alles gut lief, und darum einen kühlen Kopf bewahren.. Sie konnte es sich nicht leisten, sich ablenken zu lassen, indem sie auch tötete. Derart entschuldigte sie sich vor sich selbst.

Tatsächlich verlief alles eine Zeit lang bestens ...

... bis die sechs und ihre Offiziere auf einen freien Platz in der Dorfmitte gelangten, auf dem mehrere Feuer brannten. Sie sahen einander an, während der Gestank der Krieger sich allmählich verflüchtigte. Nur ihr eigener Dunst umwaberte sie, und der Glanz des Sieges schien in ihren leuchtend roten Augen. Es war fast zu leicht gewesen. Nein, es *war* zu leicht gewesen!

Plötzlich fauchte ein Stimme hinter ihnen: »Mörderische – mutterlose – *Unwesen!*« Da die Stimme menschlich war und von einem Szgany stammte, verhieß sie an sich schon Gefahr. Die zwölf fuhren herum und duckten sich, sprungbereit, zur Abwehr. Über ein Dutzend Männer aus dem Dorf hatten sie eingekreist. Reife, erfahrene Männer – Männer aus den alten Tagen. In ihren Gesichtern stand das Grauen, aber auch Hass und Entschlossenheit, und sie hielten gespannte Armbrüste im Anschlag.

Wratha hatte es beinahe erwartet. Sie war einst selbst eine Szgany gewesen und wusste, dass es immer einige gab, die zurückschlugen, die nicht zur Gänze unterworfen werden konnten. Diese Leute zum Beispiel. In den alten Zeiten hatte sich diese Bande – diese Wanderer, die von einem Ort zum anderen zogen, um den Überfällen der Wamphyri zu entgehen – nie unterwürfig gezeigt. Sie hatten sich nie leichthin mit der Unterdrückung durch die Wamphyri abgefunden, sondern sich gewehrt. Und diese Männer ... kannten noch die alte Art zu kämpfen! Die tödlichen Bolzen hatten silberne Spitzen, die sie in Kneblasch getaucht hatten. In ihren Gürteln steckten lange Messer und Holzpflöcke!

Hierher!, rief Wratha ihrem Krieger zu. Im gleichen Augenblick eröffneten die Männer das Feuer.

Wrathas Offizier, ein blutüberströmter junger Mann, an dessen Handschuh nasse Fleischfetzen klebten (ihre Einschränkungen hatten nicht für die Knechte ihrer Leibwache gegolten), warf sich vor sie – und bekam einen Bolzen in den Hals! Gurgelnd riss er die Arme hoch, wurde gegen Wratha geschleudert – und sie fing ihn auf und hielt ihn wie einen Schutzschild vor sich.

Die anderen Offiziere verhielten sich ähnlich. Drei sprangen schützend vor ihre Herren, die übrigen stürmten Hals über Kopf der Gefahr entgegen. Mehrere Bolzen streckten einen von ihnen im Sprung nieder, spießten ihn auf und nagelten ihn an den Boden, doch der andere erreichte die rachdurstigen Männer. Er hieb nach links und rechts um sich. Blutschauer spritzten von seinem Handschuh, bis zischende silberne Schwertklingen ihn niedermähten.

Vasagi der Sauger kreischte lautlos auf, dass es seinen Mitstreitern durch Mark und Bein ging. Ein Bolzen hatte ihn in die Seite getroffen, und das Gift breitete sich von dort in seinem Vampirfleisch aus. Er war zwar ein Meister der Gestaltwandlung und würde alsbald das verseuchte Fleisch abstoßen und sich selbst heilen, aber sein Aufschrei fuhr wie ein Blitz in die fünf Wamphyri und spornte sie zum Handeln an.

Bis dahin waren sie von dem Angriff überrascht gewesen, wie betäubt, sogar Wratha, denn auf der Sonnseite Turgosheims wäre so etwas unmöglich gewesen. Doch nun ...

»Wran«, schrie Wratha auf, »jetzt magst du nach Belieben wüten!«

Gorvi fluchte und stieß einen schützenden Dunst hervor, der ihm allerdings kaum etwas nützte. Vasagi wankte, riss sich den Bolzen aus der Seite und schleuderte ihn von sich. Der Rest sprang den Offizieren im Handgemenge bei.

Die Männer des Dorfes luden nach. Einer von ihnen gab einen hastigen Schuss ab, einen Glückstreffer, der Cankers Offizier mitten ins Herz traf. Im nächsten Augenblick war Canker über dem Armbrustschützen und riss ihm die Kehle heraus ...

Wratha sah sich einem Mann gegenüber, der gerade nachgeladen hatte und ihr nun die Waffe vor die Brust hielt. Noch während er den Abzug drückte, umschloss ihre Hand die Spitze des Bolzens. Sie ignorierte den Schmerz, den der Kneblasch und das Silber verursachten (sie war ohnehin einigermaßen immun dagegen), ihre Faust umklammerte den Bolzen noch fester, und die gewaltige Kraft ihres Vampirs hielt ihn zurück. Doch die Armbrust selbst musste den Gesetzen der Physik folgen. Sie schoss zurück und der summende Draht zerteilte die Gurgel des Mannes, noch während Wratha ihn mit ihrem Handschuh aufschlitzte.

Gorvis Nebel senkte sich über alles, und Gorvi selbst stand in seiner Mitte. Sein Handschuh verwüstete das Gesicht eines Mannes und zerfetzte den Brustkorb eines anderen, als handle es sich um ein Bündel Reisig. Die Schreie der Toten und Sterbenden klangen den Wamphyri wie Musik in den Ohren.

Währenddessen ließ Wran seiner Wut freien Lauf, und sein Bruder Spiro tat es ihm gleich. Sie wüteten immer noch, als Gorvis Dunst sich hob und es offensichtlich wurde, dass keinerlei Gefahr mehr drohte. In der Ferne verklang das Geräusch davonhastender Schritte, doch das war alles. Die Toten lagen, wo sie gefallen waren.

Als Wran und Spiro sich wieder beruhigt hatten, war das stotternde Wummern von Antriebsdüsen zu hören, und Wrathas Krieger, dem kurz darauf die anderen folgten, begann über ihnen zu kreisen. Gorvi der Gerissene blickte von den Kriegern zu den blutigen Überresten der Männer, zwischen denen er stand und sagte sinnend:

»Sie haben sich also doch gewehrt ...«

Wratha antwortete mit einem Nicken: »Eine Hand voll von ihnen, die sich noch an die Alten Wamphyri erinnerten. Doch Widerstand dürfen wir unter keinen Umständen hinnehmen.«

»Sie sollen dafür bezahlen!«, verkündete Canker. »Los, verfolgen wir sie, bringen wir sie zur Strecke!«

Wratha sah Vasagi an und machte ein fragendes Gesicht. Seine Augen waren weit aufgerissen vor Zorn, während er sich die Seite hielt, doch er schüttelte den Kopf und sah zu seinem Krieger, der über die Dächer fegte. Er sandte ihm einen geistigen Befehl, und sofort ließ die Bestie sich auf mehrere dicht nebeneinander stehende Häuser fallen, die unter dem Aufprall zerbarsten.

»Der Sauger hat Recht«, erklärte Wratha. »Sollen die Narren doch fliehen, sich verkriechen und darüber nachdenken, und wenn sie zurückkehren, werden sie der Vergeltung der Wamphyri anheim fallen!«

Ihre Kreatur ließ sich ebenfalls herabstürzen und verwandelte weitere Holz- und Lehmhütten in einen Trümmerhaufen. Wrans und Spiros Krieger taten es ihr gleich.

Während ihre Ungeheuer sich im Schutt des Dorfes austobten, gingen Wratha, ihre Renegaten und die beiden verbliebenen Offiziere zu ihren Fliegern zurück. Bald würden die Krieger sich an den Opfern des kurzen Kampfes satt fressen, sowohl an den menschlichen Verteidigern als auch an den Vampir-Offizieren. Sie würden dafür nicht allzu lange benötigen ...

Später, bereits im Flug, sagte Wratha: *Wir haben alles erreicht, nur haben wir vier Offiziere verloren und keinen in unsere Dienste genommen. Wir haben also die Wahl. Wir können abwarten und neue Offiziere aus unseren Knechten erschaffen, wenn sie auf die Sternseite kommen, oder ...*

Die anderen warteten. Im nächsten Augenblick fuhr sie fort: *Wisst ihr noch, wie ich gesagt habe, dass ich, sofern alles gut läuft, noch eine Überraschung für euch habe?* Sie wussten es noch, und sie sagte: *Vasagi, bist du bereit?*

Mit seiner telepathischen Wahrnehmung, die diejenige der anderen an Schärfe und Klarheit übertraf, war sich der Sauger ihrer Gedankengänge bewusst. *Ja,* antwortete er so knapp wie immer.

Sie stiegen bis zur Höhe der Gipfel auf, und Wratha zeigte

gen Westen. *Die Nacht ist noch jung,* sagte sie, *und wir haben noch Offiziere in unseren Dienst zu nehmen. Sehen wir also nach, was uns diese wundervolle Sonnseite zu bieten hat!*

Die anderen erhoben keinen Widerspruch.

Zur gleichen Zeit, etwa zwanzig Meilen entfernt ...

... waren die drei jüngeren Mitglieder von Lardis Lidescis Reisegruppe auf ihrem Rückweg von der Sternseite nach Siedeldorf vorausgelaufen. Doch Lardis und Andrei Romani hatten immer noch eine gute Stunde Weges vor sich, ehe sie das Osttor der kleinen Stadt erreichen würden ...

DRITTES KAPITEL

Knapp eine Stunde später drängte sich in Siedeldorf Nestor Kiklu, dessen Aufmerksamkeit von der plötzlich in Unruhe geratenen Menschenmenge geweckt worden war, durch die umherlaufenden Leute, um nachzusehen, was passiert war. Und er sah, dass er Recht gehabt hatte. Es war Lardis Lidescis Stimme, die für die Aufregung verantwortlich war. Worum es dabei ging konnte er noch nicht sagen.

Vorn in der Menge, wo die Leute, die Lardis zu Hause willkommen heißen wollten, nun schockiert durch den Ausbruch ihres Anführeres stehen blieben, spürte Nestor, wie er unter einem ungewohnten Schwindelanfall ins Wanken geriet. Zusätzlich zu dem nächtlichen Durcheinander und seinem leidenschaftlichen Ausbruch vor ein oder zwei Minuten, als er mit Jason über Nathan und Misha gesprochen hatte, stieg ihm der Szgany-Wein rasch zu Kopf.

Schwankend blieb er stehen, lehnte sich an einen Wagen und wurde zu einem weiteren verdutzten Gesicht in der Menge.

Denn Lardis stapfte zwischen den zerfetzten, verwitterten Lederbespannungen und verfaulten Holzstreben eines alten, verfallenen Fallengerüstes umher und schimpfte, was das Zeug hielt! Der allzeit getreue Andrei Romani lief seinem Anführer hinterher, versuchte ihn zu beruhigen und beschwor zugleich die Menge, sich zurückzuhalten und nicht weiter zu bekümmern; der alte Lidesci sei bloß müde von der Reise. Aber auf Nestor und die anderen wirkte Lardis weniger müde als vielmehr ...

»... verrückt geworden!«, murrte eine Frau in seiner Nähe. »Er muss auf dem Weg hierher getrunken haben und ist jetzt voll wie ein Weinschlauch. Jetzt hört euch den Mann nur an! Spielt sich als großer Anführer auf und hat doch jahrelang auf der faulen Haut gelegen! Oder? Na, wenn seine Lissa wüsste, wie er sich hier aufführt, wäre sie schon hier unten und würde ihm die Ohren lang ziehen! Aber nein, sie wohnen ja in ihrer feinen Hütte auf dem Hang, weit weg von uns gewöhnlichen Leuten!«

Alte Krähe!, dachte Nestor. Er hielt zwar nicht viel von Lardis, aber alte Schachteln wie diese hier waren weit schlimmer. Und dennoch, was um alles in der Welt war in Lardis gefahren?

»Lardis!«, rief jemand in der Menge. »Was soll das denn, he? Du hörst dich gerade so an, als hättest du fünfzehn Jahre deines Lebens verloren und wärst in die schlechten alten Zeiten zurückgekehrt! Und was die Lockfallen und den anderen Schutt betrifft, haben wir es schon seit Ewigkeiten aufgegeben, sie in Stand zu halten. Wir hätten sie schon lange zu Brennholz verarbeiten sollen! Was soll also die Krakeelerei?«

Nun begriff Nestor allmählich und gelangte zu der Überzeugung, dass Lardis wohl doch verrückt geworden sei. Zumindest verhielt er sich seit der Überquerung des Passes seltsam. Um besser mitzubekommen, was vor sich ging, richtete er sich auf und trat näher.

Vor Wut schäumend und Andrei Romani immer noch auf den Fersen, umkreiste Lardis nun die Fallenanlage. »Ach ja?«, zischte er. »Seht euch nur den Zustand dieser Fallen an! Die Häute hängen in Fetzen, die Streben sind verfault. Was soll man mit so wurmzerfressenen Pfählen aufspießen können? Nichts, gar nichts! Sie zerbröseln, wenn man sie nur scharf ansieht. Und darauf soll sich ein Krieger aufspießen? Lachhaft! Welches Wesen würde sich je von diesem ... diesem *Unrat* bedroht fühlen?«

»Lardis.« Andrei versuchte mit ihm Schritt zu halten, packte ihn schließlich am Arm, um ihn aufzuhalten. Er sprach mit gedämpfter Stimme, aber Nestor hörte dennoch, was er sagte. »Lardis, du regst die Leute nur auf, beunruhigst sie, jagst ihnen Angst ein. Kann das nicht warten, bis du dich ausgeruht hast? Schließlich hast du keine Beweise, nicht wahr? Ich meine, du bist dir nicht *sicher,* oder?«

Nestors Kopf fühlte sich leicht an, ihm war schwindlig. Er fragte sich: Beweise wofür? Wessen war Lardis sich nicht sicher? Vielleicht war Lardis doch müde – oder vielleicht krank? Immerhin starrte er Andrei aus brennenden Augen an, blickte dann auf die murmelnde Menge, hob schließlich eine zitternde Hand an die schweißbedeckte Stirn. Doch nein, krank war er nicht, denn im nächsten Augenbölick wetterte er schon wieder los.

»Die Palisaden!«, schrie er und stapfte in ihre Richtung. »Ihr habt auf allen vier Seiten Tore hineingeschnitten. Nur stehen sie schon so lange offen, dass sie sich verzogen haben und sich nicht mehr schließen lassen. Und seht euch nur die großen Bolzenschleudern und die Katapulte an!«

Er verfiel in einen stolpernden Laufschritt, rannte die morschen Holzstufen am Zaun hinauf und zog an den Lederriemen eines Katapults, dessen Wurflöffel ihn noch überragte. Binnen eines Augenblicks war das verfaulte Leder in seinen starken Händen zu schimmligen Fetzen zerfallen. Angewidert ließ Lardis den Staub durch die Finger rieseln und sah sich um. Sein fiebriger Blick fiel auf die ausgefransten Zugseile, die von dem Schleuderarm hingen. Dann ließ er sich unter Lebensgefahr an ebendiesen Seilen wieder hinab zur Erde gleiten.

»Oh, mein Gewicht halten sie schon aus«, schnaubte er, als er unten aufsetzte. »Aber glaubt ihr, sie werden dem Zug standhalten, um den Kübel da gegen sein Kontergewicht herunterzuziehen, he? Das kann ich euch gratis sagen: Sie halten es nicht aus!«

»Lardis!« Andrei hatte es aufgegeben, vernünftig mit ihm reden zu wollen, und seine Stimme klang nunmehr rauer, zorniger – vielleicht auch traurig. »Mann, ich glaube nicht, – ich meine, es kommt mir so vor, als wärst du ... als wärst du nicht mehr verantwortlich!«

Lardis hatte sich abgewandt und strebte dem Südtor zu. Andrei folgte ihm noch immer und rief: »Lardis, bestehst du darauf, Recht zu haben? Aber, Mensch, das kannst du nicht! Das darfst du nicht!« Die Menge, die sich die Auseinandersetzung nicht entgehen lassen wollte, folgte den beiden wie ein Schatten. Doch offenbar war etwas von dem, was Andrei gesagt hatte, endlich zu Lardis durchgedrungen. Was? Was hatte er gesagt? Dass Lardis Lidesci nicht länger verantwortlich war? Meinte er damit etwa ›nicht ganz bei Verstand‹? Lardis wurde langsamer, verhielt und drehte sich um.

Als Andrei ihn einholte und weiter, nun geradezu flehend, auf ihn einredete, holte Lardis aus und streckte ihn mit einem einzigen Schlag nieder. Dann wandte er sich ab und ging mit schnelleren Schritten – aber stolpernd, wie ein gebrochener Mann – zum Südtor und dem dahinter liegenden Wald. Und diesmal ließ die Menge ihn ziehen.

Nestor schüttelte den Kopf, einerseits vor Erstaunen und andererseits, um den Nebel daraus zu vertreiben. Der Wein hatte sich wie eine Decke über sein Hirn und seine Zunge gebreitet. Alkohol mochte zwar die Sinne betäuben und den Verstand ausschalten, aber er entflammte auch die Leidenschaften.

Nestor war betrunken und erregte sich ob der Ereignisse, die doch gewiss den Anfang vom Ende für Lardis Lidesci bedeuteten, seinen Abstieg und Sturz – und den Aufstieg seines schwächlichen Sohnes Jason? Nestors Erregung stieg bei dem Gedanken an ...

... »Misha!« Er sprach ihren Namen laut aus, drehte sich um und stieß mit jemandem zusammen. Der andere, ein Junge, den er kannte und dessen Gesicht nur ein stirnrunzelnder, verschwommener Fleck war, bewahrte ihn vor dem Stolpern und sagte: »Misha? Ich habe sie vorhin gesehen, sie ist zum Haus eurer Mutter gegangen, glaube ich. Sag mal, was hältst du eigentlich von ...«

Aber Nestor hatte keine Zeit zu verlieren. Er wartete nicht ab, was der Junge zu sagen hatte, stieß ihn beiseite und machte sich stolpernd auf den Weg zu den Häusern, die im Westviertel der Einfriedung dicht gedrängt im Schatten des Zaunes und des Wachturms standen. Eines dieser Häuser war ihm ein Zuhause gewesen, seit er denken konnte, doch vielleicht war das nicht länger der Fall.

Der starke Wein schwappte in seinem Magen. Ähnlich aufgewühlt waren die Gedanken in seinem umnebelten Schädel:

Misha im Haus seiner Mutter ... Wer war sonst noch dort? ... Doch wohl kein anderer als Nathan! ... Die beiden zusammen wie ein Liebespaar, das sich nach langer Trennung wieder findet.

Nun, Nestor wusste genau, was er deswegen unternehmen musste!

Während das Gemurmel der Menge hinter ihm leiser wurde, lief er mit unsicheren Schritten durch die leeren, von niedrigen Hütten, Tausch- und Lagerstätten, Ställen und Bienenstockschuppen gesäumten Straßen. Mit jedem Herzschlag wuchs seine Entschlossenheit, und sein Weg schien immer klarer vor ihm zu liegen. Wenn sein Vorhaben ein Verbrechen war, dann war es zumindest gerechtfertigt. Jedenfalls in Nestors Augen.

Vor ihm erhob sich der Westwall, und da war Nana Kiklus Haus. Ein langes, schräges Holzschindeldach an der Vorderseite, und ein kürzeres nach hinten, das den Stall und die Scheune abdeckte. Zwischen den Fensterläden drang Lampenlicht und leises Stimmengemurmel nach draußen. Die Stimme seiner Mutter, Mishas perlendes Lachen und Nathans holpriges Stottern. Dort drinnen war alles nur Wärme und Licht.

Leicht wehmütig lauschte Nestor diesem Gedanken: alles Wärme und Licht ... Doch die schmale Gasse, die zum hinteren Teil des Hauses und dem Heuschober führte, war so finster wie seine Absichten. Mit einem Mal wurde ihm bewusst, wie finster sie tatsächlich waren, und vielleicht wäre er stracks zur Tür gegangen, hätte sich zu den anderen gesetzt und wäre am nächsten Morgen mit einem dicken Kopf, einem Seufzer der Erleichterung und reinem Gewissen aufgewacht. Aber das sollte nicht sein, denn in genau diesem Augenblick vernahm er Gelächter, die Tür öffnete sich einen Spalt breit, und er trat einen Schritt in den Schatten der Gasse zurück.

Dann hörte Nestor, wie seine Mutter Misha auf Wiedersehen sagte, wie die Tür sich schloss und die Schritte zweier Menschen langsam in seine Richtung kamen, als sie zu Mishas Haus gingen. Als er die Umrisse derer, die an ihm vorbeigingen, erkannte, sah er, wie ihr Arm sich unter den von Nathan gehakt hatte und das Sternenlicht auf ihrem Lächeln schimmerte.

Nestor war kalt wie Stein, doch das Feuer in ihm brannte so heiß wie die Hölle.

Er spürte, wie seine Füße ihn vorwärtstrugen, hatte sie jedoch ebenso wenig in seiner Gewalt wie die Hand, die sich zur Faust ballte und auf Nathans Kinn zuraste, es traf und seinen Kopf rücklings an die Mauer schleuderte. Misha hatte Zeit für ein einziges Aufkeuchen, als Nathan zusammenbrach, Zeit, mit weit aufgerissenen Augen zurückzutaumeln, Luft zu einem Schrei zu holen – der sich in einen entsetzten Ausruf verwandelte, als sie ihn endlich erkannte: *»Nestor!?«*

Während ihre Augen sich immer mehr weiteten, riss er sie an sich, hielt ihr den Mund zu und zerrte sie zappelnd und um sich tretend – jedoch lautlos – durch den Gang zum Scheunentor, dessen Riegel er mit dem Ellbogen anhob. Das darin gelagerte Heu roch süß und etwas stickig, und nur das Sternenlicht, das spärlich durch die losen Bretter in der Wand sickerte, durchbrach die tintenschwarze Dunkelheit.

Nestor war erregt. Mit der freien Hand riss er Misha das Kleid auf und tätschelte ihre festen Brüste. Sie spürte seine Härte, als er sich an sie presste. Und das Unglaubliche wurde zur Möglichkeit, sogar wahrscheinlich, als er sie halb ins Heu stieß, halb hinunterzog.

Misha hatte schon immer gewusst, dass Nestor stark war, aber die Stärke, die sie jetzt spürte, war die eines Schänders – gedankenlos und brutal. Sie hatte ihm nichts entgegenzusetzen. Sein Atem war heiß und roch süß nach Wein, seine Küsse waren grob und lüstern und seine Hände umso mehr, da sie abwechselnd ihre Brüste kneteten, ihre Beine auseinander drängten und sie auf dem Heu zurechtrückten. Bei jeder Bewegung, jedem keuchenden Atemzug riss er an ihrer Kleidung und an der seinen.

Sie begann sich heftig zu wehren – zog ihm die Nägel durchs Gesicht, stieß mit der Stirn nach ihm, biss ihn, wollte ihm das Knie in die Weichteile stoßen – doch vergeblich. Binnen Sekunden war ihre Kraft erschöpft. Hiflos, atemlos und keuchend war sie sicher, dass ihr Schicksal besiegelt war. Sie holte tief Luft, um loszuschreien. Nestor senkte sein Gesicht auf das ihre und presste ihr die Lippen auf den Mund, während sie sich aufbäumte und zappelte und ihn verzweifelt von sich zu stoßen versuchte, als er ihr das Kleid über ihre untere Gesichtshälfte schob ... und ihr ein Strahl des Sternenlichts in die Augen und auf die Stirn fiel.

Als er die Angst in Mishas Blick sah, zuckte Nestor innerlich zusammen. Vielleicht spürte sie die Veränderung, die ihn überkam und ebenso rasch wieder verschwand. »Warum?«, keuchte sie, als er mit ihrer Unterkleidung kurzen Prozess machte. »Nestor, warum?«

Er senkte sich auf sie herab, seine Hand glitt hinter sie, unter sie und zog sie auseinander: »Wenn dein Vater und deine Brüder es erfahren«, raunte er, »werden sie mich entweder umbringen oder dafür sorgen, dass wir heiraten. So oder so ist es dann entschieden.«

Sein Mund presste sich auf den ihren. Sie spürte, wie sein Glied zuckte, stieß und suchte, und fragte sich: *Heiraten? Aber warum hast du mich nicht einfach gefragt?* Schließlich hatte sie immer schon gewusst, dass es einer der beiden sein würde, Nestor oder Nathan. Sie hatte nur noch nicht gewusst, welchen der beiden sie wollte. Jetzt wusste sie es, und Nestor war es nicht.

Aber vielleicht erkannte sie das zu spät ...

Nana Kiklu kniete vor ihrem Herd und schnitt ein paar letzte Gemüsezutaten in die Suppe, die in einer Kupferpfanne vor sich hin blubberte. Bald kamen ihre Jungen nach Hause, Nestor von der Begrüßungsfeier und Nathan von Misha, die er heimbrachte. Vielleicht hatten sie schon gegessen, aber in ihrem Alter machte das keinen großen Unterschied. Und zu Hause schmeckte es immer noch am besten.

Nana lächelte, als sie an Misha dachte. Das Mädchen war wirklich hin und weg von den Jungen. Aber das war sie immer schon gewesen. Früher oder später würde sie ihre Wahl treffen, und Nana hoffte ... aber nein, sie durfte keine Partei ergreifen, und natürlich liebte sie sie beide und zog keinen dem anderen vor.

Aber Nathan, Nathan ...

Das Lächeln verschwand aus ihrem hübschen Gesicht und wurde zu einem Stirnrunzeln. Sie seufzte. Wenn Misha Zanesti es nicht tat, wer würde Nathan dann nehmen? Und wenn er erwählt wurde, was sollte dann aus Nestor werden? Die drei waren zusammen aufgewachsen, und ganz gleich wie es ausging, die Entscheidung würde schmerzlich sein und der Abschied voneinander schwer.

Wieder dachte Nana: *Nathan, ach Nathan!*

Misha verstand ihn und seine Art, jedenfalls zum Teil. Und was Nana betraf: Nun, sie verstand sie nur zu gut! Sie brauchte ihn nur anzusehen, um Harry Keogh, den Herrenzeuger, in ihm zu erkennen. Es war ein großes Glück, dass niemand die Ähnlichkeit je bemerkt oder darüber gesprochen hatte. Aber die Zeiten waren schwer gewesen, und die Menschen hatten genug damit zu tun, sich um ihre eigenen Angelegenheiten zu kümmern, und scherten sich nicht um die anderer Leute. Nathans Absonderlichkeiten waren erst so recht hervorgetreten, als er fünf war, in dem Jahr nach der letzten großen Schlacht, die seinen fremdartigen Vater ebenso wie die ersten und die letzten Wamphyri vernichtet hatte.

Gelegentlich, nicht allzu oft, hatte Nana bemerkt, wie Lardis Lidesci Nathan nachdenklich angesehen hatte. Doch selbst falls er etwas vermutete, würde Lardis niemals etwas sagen. Lardis – er war immer der Starke gewesen, der Beschützer. Außerdem kam er gut mit Nathan zurecht und mochte ihn – nun ja, jedenfalls so weit, wie man es bei jemandem erwarten konnte, der sich so sehr abseits hielt.

Nathan hatte sich immer abseits gehalten, ja, nur nicht von Misha, natürlich ... Damit war Nana wieder bei ihrem ursprünglichen Gedanken angelangt.

Nachdem sie mit dem Gemüse fertig war, seufzte sie erneut, stand auf, ging zum Fenster und blickte hinaus. Die Dämmerung wich nun rasch der Nacht; über dem Grenzgebirge leuchteten hell die Sterne, und ein nebliger Dunst rollte von den Bergen und über die unteren Hänge. In den alten Zeiten hätte ein solcher Dunst Nana einen Schauer über den Rücken gejagt, doch dieser Tage nicht mehr. Ihr Geist wanderte achtzehn Jahre und weiter zurück in ebenjene Zeiten – zu einer ganz bestimmten Nacht – im Garten des Herrn auf der Sternseite. Was sie damals getan hatte ... mochte ein Fehler gewesen sein, vielleicht auch nicht, aber ihre Jungen waren das Ergebnis, und daran wollte sie nichts ändern.

Nestor und Nathan hatten ihren wirklichen Vater nie kennen gelernt, und in Anbetracht der späteren Ereignisse war das wahrscheinlich auch ganz gut. Doch obgleich Harry für sie ein Fremder gewesen war (und es für immer bleiben musste), der unbekannte Bestandteil ihres Lebens, hatte er ihnen, vor allem Nathan, doch sein Zeichen aufgedrückt. Oh, Harry Herrenzeuger hatte beide ihrer Söhne gezeichnet, wie Nana wohl wusste, doch in Nathan brannte es wie ein Leuchtfeuer.

Brannte! Sie sog prüfend die Luft ein und ging wieder ans Feuer. Das konnte nicht angehen, dass sie ihre gute Pfannensuppe anbrennen ließ. Aber im Topf stand das Wasser tief und ruhig, siedete ein wenig, kochte nicht einmal über. Der Geruch musste von etwas anderem herrühren. Zuerst ein Geruch und dann ... ein *Geräusch*. Ein Geräusch, das Nana kannte.

Unmöglich!

Sie stürzte ans Fenster. Draußen lag der wabernde Nebel bleich im Mondlicht, konzentrierte sich an den Vorbergen und sandte Schwaden über die Nordmauer und durch Lücken in den Stämmen der inneren Einfriedung. Nana hatte einen solchen Nebel noch nie gesehen. Doch, das hatte sie! Das hatte sie! Aber es gab Dinge, die man lieber vergaß, und dieser Nebel gehörte dazu.

Wieder erklang das Geräusch – ein stotterndes Wummern – und ein Schatten verdunkelte im Flug die Sterne. Aus der Finsternis der Nacht trieb jener namenlose Brodem heran, jener Gestank aus der Erinnerung, dieser unmögliche Geruch. *Vollkommen* unmöglich! Aber wenn dem so war ...

... was bedeutete dann der plötzliche, nahe Tumult, den Nana im Dorf aufbranden hörte? Was bedeuteten diie Rufe und das

Brüllen? Was schrien die heiseren, entsetzten Stimmen der Szgany?

Sie brauchte nicht zu fragen, denn sie kannte die Antwort. »Wamphyri! *Wamphyri!*«

Als das wummernde Knattern der Antriebsdüsen diesmal näher erklang und das Haus erzittern ließ, galt Nanas einziger Gedanke ihren Jungen und dem Mädchen, das sie liebten: *Nathan! Nestor! Misha!*

Sie rannte zur Tür und riss sie auf.

Nathan! Nestor! Misha!

Aus allen Richtungen zugleich schien das Brüllen der Krieger zu erklingen, und über alles legte sich der Übelkeit erregende Gestank, den sie ausstießen. *Nathan! Nestor! Misha!*

Etwas Unglaubliches, Ungeheuerliches, Gepanzertes stürzte sich aus dem Himmel auf Nanas Haus herab. Gemeinsam mit den umliegenden Häusern zerfiel ihre Wohnstatt zu Staub. Als würde jemand auf einen überreifen Pilz treten, zerbarst das Haus zu Unrat und Trümmern. Die Tür flog aus den ledernen Angeln und sandte Nana im aufwallenden Straßenstaub zu Boden. Doch auch, als sie vor dem Fauchen und Brüllen davonkroch – vor den Schreien, die nun aus dem rauchenden Schutt der nahe gelegenen Häuser aufstiegen – wiederholte sie wieder und wieder: *»Nathan! Nestor! Misha!«*

Sie fragte sich, ob sie sie je wiedersehen würde.

Fünf Minuten zuvor in der Scheune ...

... spürte Misha, wie Nestor in sie einzudringen begann und keuchte verzweifelt: »Lass mich ... lass mich dir helfen.«

Er hob das Gesicht von ihren Brüsten und starrte sie ungläubig an. Doch als sie zwischen ihren Leibern nach unten griff, brachte er nur ein erstauntes »Was?« hervor.

Nestor konnte die Hilfe gut gebrauchen. Nicht allein, dass sein trunkener Zustand ihn behinderte, er hatte auch keinerlei Erfahrung. Trotz seiner Aufschneiderei und Prahlerei vor der Jugend von Siedeldorf und seiner scheinbaren Vertrautheit mit gewissen Dorfmädchen, war er ebenso jungfräulich wie Misha selbst. Tatsächlich sogar jungfräulicher als sie, denn sie schien zumindest gewisse Kenntnisse zu haben.

Sie packte ihn an der zuckenden, widerstrebenden Stelle und umklammerte mit schlanker Hand sein pulsierendes Glied unterhalb der Spitze. Als sie ihn zu bearbeiten begann, raunte er ein »Ahh!« und hob sich leicht von ihr, um ihr mehr Bewegungsfreiheit zu verschaffen. Sie ließ ihn keinen Augenblick lang los, koste weiter sein Fleisch und nutzte die Gelegenheit, ihn auf den Rücken zu rollen.

Er war jung und voller Lust; ihre Hand drückte und pumpte, und so konnte es nicht lange dauern.

Er lechzte danach, sie zu berühren, an ihr zu zerren, ihre warmen, straffen, schwitzenden Brüste zu spüren, und streckte eine zitternde Hand nach ihr aus – doch zu spät. Als seine Säfte hervorsprudelten und in langen, heißen Spritzern auf seinen Bauch klatschten, stöhnte Nestor auf und sank zurück ins Heu. Doch selbst als er dort lag und eine Mischung aus geistloser Ekstase und leerer Frustratiuon ihn erfüllte, spürte er doch, wie sie ihre Kleider richtete und sich von ihm zurückzog. Als er seiner Sinne wieder mächtig war, fragte er sich plötzlich:

Woher? Woher hatte sie gewusst, was zu tun war?

Er umklammerte ihr Handgelenk, ehe sie aufstehen und davonlaufen konnte, und seine Frage stand ihm deutlich ins Gesicht geschrieben. Ebenso wie die Antwort darauf in ihrem.

»Nathan!«, knurrte er, während sie ihm die Hand entriss, auf die Füße kam und vor ihm zurückwich. Er setzte nach, richtete sich auf die Knie auf. Wenn sie so viel von seinem doch nicht so schwachsinnigen Bruder gelernt hatte, wusste sie offensichtlich alles. Jetzt verlangte Nestor nur noch mehr danach, in ihr zu sein, und sei es lediglich aus schierer Laune.

Misha las die Absicht in seinem Gesicht, erschauerte vor Entsetzen und rannte zur Tür. Er warf sich ihr in den Weg und schlug sie zu. Indem er ihr drohend nachsetzte, während sie rückwärts durch die Dunkelheit stolperte, fragte er mit rauer Stimme: »Aber warum? Warum mit ihm? Warum Nathan?«

»Weil er ... jemanden brauchte.« Mishas Stimme war zu

einem angstvollen Flüstern geworden. »Weil er etwas brauchte. Aber hauptsächlich, weil es niemanden sonst gab, der sich um ihn gekümmert hat.«

»Na, jetzt werde ich mich um ihn kümmern!«, knurrte Nestor, und sein Kopf begann sich zu klären. »Aber zuerst kümmere ich mich um dich. Es gibt nämlich etwas, was ich brauche.«

Er packte sie und hob ihre Röcke, und als seine Hand sich um ihren Hals legte, erkannte sie, dass sie sich diesmal nicht wehren durfte. Aber sie konnte immer noch aufbegehren. »Nestor, bitte nicht!«, flehte sie ihn an.

»Was du für ihn getan hast, kannst du auch für mich tun.« Seine Stimme klang erstickt vor Lust und Zorn.

»Aber wir haben nicht ...«, schluckte sie, als er sie an die Wand drückte und sich zwischen ihre Beine zwängte. »Wir haben doch nie ...«

»Lügnerin!«, fauchte er. Denn vor seinem geistigen Auge hatte er sie gesehen: Nathan und Misha, wie sie ihre Lust herauskeuchten und ihr Fleisch pochte und bebte. Mit heiserer Stimme befahl er ihr: »Jetzt mach schon, steck ihn hinein. Und danach .. tu einfach so, als wäre ich Nathan.«

Es war wie eine Beschwörung.

»A-a-aber das bist du nicht!«, sagte eine stotternde Stimme. Sie kam von der offenen Scheunentür. Es war Nathan, dessen Umriss sich dort vor der Nacht abzeichnete, eine Hand vor dem Mund, die andere als Faust um den zolldicken Eisenholzriegel gelegt.

Nestor schluchzte halb auf, halb stöhnte er, als er Misha von sich stieß und Nathan an die Kehle sprang – und genau in die Breitseite des Eisenholzknüttels rannte! Der Hieb traf ihn ins Gesicht, lockerte ihm die Zähne, drückte seine Nase ein und streckte ihn wie eine Fliege zu Boden. Stöhnend lag er da und hielt sich den Kopf, während Misha auf Nathan zustolperte. Der stand mit gespreizten Beinen da und hatte den Riegel zu einem weiteren Schlag erhoben. Vielleicht wollte er es tun, vielleicht auch nicht, doch Misha wusste, dass sie es nicht zulassen durfte.

Nathan konnte es nicht. Noch ehe sie ihn erreichte, wandte er sich ab und ließ den Knüttel fallen.

Dann hörten die beiden den Aufruhr, der vom menschengefüllten Versammlungsplatz des Dorfes hervorbrach, und das Wummern kraftvoller Ausstoßdüsen über ihnen. Sofern sie diesen unheilvollen Laut schon einmal gehört hatten, waren sie zu jung gewesen, als dass er einen bleibenden Eindruck hinterlassen hätte. Dennoch war das Geräusch fremdartig, Angst einflößend, Unheil verkündend, ebenso wie der plötzliche Gestank, von dem es begleitet wurde.

Sie sahen sich an, hielten einander für einen denkbar kurzen Augenblick umklammert ...

... und wurden auseinander gerissen, als das Dach einbrach und die Scheune auseinander flog. Als ihre Welt um sie herum im Chaos versank, begann der Albtraum, den sie gerade erlebt hatten, seinen langen, kreiselnden Sturz von einer finsteren Höhe in umso lichtlosere Tiefen ...

Nestor war wieder ein zehn Jahre altes Kind und spielte in den Wäldern mit seinem Offizier Nathan und der Szgany-Sklavin Misha. Er war natürlich der Vampirlord Nestor. Das hatte er sein ganzes junges Leben lang sein wollen – das würde er immer sein wollen, mit keiner anderen Rolle würde er sich zufrieden geben – Wamphyri!

Aber so einfach die Handlung auch sein mochte, diesmal verlief das Spiel nicht wie geplant. Nathan und Misha hatten sich zusammengetan und waren aus dem Horst – einem grob zusammengezimmertem Baumhaus – in die Wälder geflohen, und Nestor beabsichtigte, sie zu finden und zu bestrafen. Tatsächlich sollten sie sich nach einer angemessenen Zeitspanne von ihm finden *lassen,* aber heute spielten sie offenbar nicht nach den Regeln. Und obwohl Nestor nach Leibeskräften mindestens eine halbe Stunde nach ihnen gesucht hatte, blieben sie unauffindbar. Daher kam sein wachsender Ärger, während er durch das grüne Waldesdickicht huschte, ab und zu stehenblieb und nach bekannter Vampirweise in der Luft schnüffelte, allmählich dem Zorn der legendären Wamphyri selbst gleich – zumindest nach den Maßstäben eines kleinen Jungen. Oh, wie er diesen ungehorsamen Offizier züchtigen würde, und erst die undankbare Szgany-Schlampe – wenn er sie entdeckte!

Normalerweise waren sie leicht zu finden. Er lehnte sich gegen den Wurzelstamm eines großen Baumes – stand dort völlig reglos, hielt in der oft übernatürlichen Stille des Waldes den Atem an – und wartete auf ein verräterisches Geräusch, ein verstohlenes Rascheln im Unterholz, das Knacken eines trockenen Zweiges, das verschwörerische Flüstern ihrer Stimmen. Oder wenn nicht Stimmen in der Mehrzahl, dann doch zumindest eine Stimme: die von Misha. Denn Nathan konnte oder wollte natürlich nicht sprechen, ohne zu sabbern und zu stottern wie ein Dummkopf. Daher war es Misha, die ihn anführte und das Flüstern besorgte, das Planen, das ... Betrügen?

Genau! Das war es! Betrügen! Spielverderberei. Denn mittlerweile hätte Nestor sie finden sollen, hätte sie gezüchtigt und losgeschickt, damit sie zur Strafe für ihn Nüsse und Beeren pflückten. Mit finsterer Miene hätte er breitbeinig bei ihnen gestanden, während sie den Korb seiner Mutter füllten. Das war der eigentliche Grund, weswegen sie sich überhaupt hier draußen aufhielten: um Nana Kiklus Korb mit wilden Früchten und Nüssen zu füllen. Nur war es stets eine gute Idee gewesen, die Arbeit in ein Spiel zu verwandeln.

Und jetzt rief er in den grünen Dunst, der ihn umgab: »Nathaaan! ... Mish-aaa!« ... und wartete auf ihre Antwort.

Ha! Da konnte er lange warten!

Also blieb nur eines übrig, die eine unfehlbare Methode. Nestor wendete sie nicht gerne an, denn sie kam ihm wie ein Eindringen vor. Wie damals, als er im hohen Gras der Vorhügel auf ein Liebespaar gestoßen war und ihnen bei ihrem Spiel zugesehen hatte. Er hatte es nie vergessen, lauter nackte Hinterteile und stoßende, zuckende Körper. Hatte wohl auch wehgetan, so wie es sich anhörte. Wenn das Liebe war, dann konnten die Großen sie gerne behalten! Doch zugleich hatte er auch gewusst, dass es nicht Recht war, ihnen zuzusehen ... was auch der junge Mann gewusst hatte, als es vorbei war und er endlich den Spanner bemerkte! Das war eine wilde Verfolgungsjagd gewesen. Nestor hatte von Glück sagen können, dass er ungeschoren davongekommen war.

Er wusste, dass das nicht dasselbe war, aber es war etwas Ähnliches, und er und sein Bruder hatten die ungeschriebene Regel, es niemals anzuwenden. Selbst die noch sehr jungen haben Dinge, die sie lieber geheim und ganz für sich behalten möchten. Besonders ihre Gedanken ...

Aber andererseits: Schlich Nathan sich nicht auch in seine Träume?

Natürlich würde Nathan wissen, was er getan hatte. Er würde ihn in seinen Gedanken spüren und sie ihm wie eine Tür vor der Nase zuschlagen. Ach, aber wenn er und Misha das Spiel so wie vorgesehen gespielt hätten, müsste Nestor es nicht tun, nicht wahr?

Er ließ sich mit dem Rücken gegen einen moosigen Stamm nieder, schloss die Augen und ließ seinen Geist schweifen. Irgendwo da draußen verbargen Misha und Nathan sich vor ihm. Irgendwo in den tiefen Wäldern, die sie drei so gut kannten, kauerten sein Bruder ... nein, zitterten sein »Offizier« und die Szgany-Sklavin Misha vor Grauen und verkrochen sich in den grünen Weiten des Waldes. Aber als Wamphyri konnte Nestor sie riechen! Er konnte seine Sinne erweitern oder einen Vampirnebel ausstoßen und es spüren, wenn die leckenden Schwaden ihre bebenden Körper berührten! Er konnte von weitem seinen Geistesblick auf sie legen und sehen, wo sie sich verkrochen hatten! Und wenn er auch nur den kleinsten Blick auf ihre Umgebung erhaschen konnte, würde er ihren Schlupfwinkel sofort erkennen!

So schweiften seine Gedanken umher, bis sie schließlich auf die von Nathan trafen. Es war nicht einfach und wäre noch schwieriger gewesen, wäre sein Bruder nicht abgelenkt gewesen, wäre er in sich gekehrt, wie es seine Gewohnheit war. Doch diesmal waren seine Gedanken nicht verschwommen: Sein Verstand war klar wie selten und konzentrierte sich auf etwas, das mit Nestor und dem Spiel nichts zu tun hatte. Tatsächlich konzentrierte er sich auf Misha …

… Misha, die nackt in einem flachen Gewässer schwamm, dessen Oberfläche vom Sonnenlicht gesprenkelt wurde, Misha, so schlank und beweglich wie ein Fisch und ebenso unschuldig. Misha, die unter dem Sonnenlicht auf ihrer braunen Elfenhaut silbern und golden funkelte, lachte, während sie Nathan neckte und herausforderte, mit ihr zu schwimmen. Und als Nestor Misha durch Nathans Augen sah – sie genauso sah wie Nathan – da war es, als sähe Nestor sie zum ersten Mal, aus einem ganz anderen Blickwinkel oder durch jemandes anderen Seele … was natürlich voll und ganz zutraf.

Schließlich bemerkte Nathan seine Anwesenheit, und Nestor spürte seinen Schreck, der ihn zusammenzucken ließ, weshalb er sich den Kopf an einem Baum anschlug. Im gleichen Augenblick verschwamm die Szene vor seinem geistigen Auge und löste sich auf. Doch zuvor hatte er noch den Ort wiedererkannt: das flache Wasser an der Flussbiegung, wo bunte Forellen zwischen den Kieseln spielten und Aale sich durchs hohe Wassergras wanden.

Nestor kannte sämtliche Abkürzungen: Binnen vier oder fünf Minuten konnte er dort sein, bevor Nathan Mishas Herausforderung annahm und ins Wasser stieg, und ganz sicher, ehe sie wieder draußen waren, sich abgetrocknet und angezogen hatten. So rasch konnte er dort eintreffen … aber das wollte er nicht.

Es war nicht so sehr, was Nestor durch Nathans Augen gesehen hatte, was ihn davon abhielt, denn das wäre ihm schon Antrieb genug gewesen. Es war vielmehr das, was er im inneren Wesen seines Bruders gespürt hatte, der Aufruhr der Gefühle in seinem unbewachten und einmal nicht misstrauisch gesinnten Verstand. Der junge Mann war in der Haut des kleinen Jungen gefangen, suchte daraus auszubrechen und hielt sich zugleich zurück in der Erkenntnis, dass er ein Fremder sein würde in einem fremden Land. Dann war da noch die Angst vor dem Erwachsenwerden, da er endlich zu erkennen gezwungen war, dass er ein Teil dieser Welt war und in ihr leben musste. Die einsamen Tiefen seiner Empfindungen, das Wissen darum, dass er ein Außenseiter war, die sichere Erkenntnis, dass er hier keinen Lebenszweck hatte und nirgends und niemandem zugehörig sein konnte mit Ausnahme von Nana und Nestor ... und natürlich von Misha.

All dies sammelte sich in Nathans bezaubertem Verstand, konzentrierte sich und wurde erleuchtet von diesem kristallklaren, unschuldigen Anblick: dem eines kleinen Mädchens, das nackt einherschwamm, lachte und wirklich, *unbestreitbar* wirklich war, als sei sie ein tragender Halt, eine feste Grundlage, einer der wenigen kostbaren, verlässlichen Faktoren in Nathans gesamter unwirklicher Welt, nach dem die Hand auszustrecken er sich fürchtete, falls auch sie sich als Trugbild herausstellen sollte.

Damals – zu jener wirklichen Zeit, dem Augenblick vor acht Jahren, als er der tatsächlichen Lage gewahr wurde, also vor dem Traum – damals hatte Nestor nicht verstanden, was er empfand. ›Liebe‹ war schon schwer genug zu begreifen, doch dies ging weit darüber hinaus. Es war auch viel zu schwer, die Eifersucht zu erkennen, die ihn zurückhielt, als er langsam und allein den Heimweg antrat, diesen kalten Abgrund, der sich zwischen ihm und seinem Bruder auftat und ihn wünschen ließ, dass Nathan wahrhaftig zu einer anderen Welt gehörte, und er bald dorthin verschwinden würde.

Eines hatte er allerdings erkannt: den Schmerz und die Wut, die Nathan in ihm ausgelöst hatte. Und Misha ebenfalls, jawohl. Wäre Nestor ein Wamphyri gewesen, dann ...

Aber das war er nicht, und Nathan und Misha waren nicht seine Knechte. Sie waren lediglich Kinder, die ein Spiel spielten. Zumindest war dies so gewesen, denn seit jenem Tag hatten sie es nie wieder gespielt ...

Nestors Traum löste sich langsam auf und wich einer erdrückenden Dunkelheit. Seine körperlichen Empfindungen erwachten wieder. Sie bestanden zu einem Großteil aus Schmerzen. Aus Schmerzen und Wut, einem entsetzlichen Gefühl der Beklemmung und einem unbeschreiblichen Gestank.

Der Traum wich allmählich von ihm, ja, aber der Schmerz blieb. Und die Wut!

Nathan trieb in einer Dunkelheit dahin, die von kurzen, grellen Blitzen schmerzhaft erleuchtet wurde, von Szenen aus der jüngsten Vergangenheit:

Misha lächelte ihn an, als sie seinen Arm eng an ihren Körper zog ... Nestor versuchte sie an der Wand der Scheune zu vergewaltigen, seine Stimme klang heiser vor Lust und Wut, seine Hände fuhren über ihren Körper und taten ihr weh ... der Riegel aus Eisenholz lag gut und hart und fest in Nathans Hand.

Dann hatte er Nestor damit geschlagen, so fest er konnte! Kurz darauf hatte ihn etwas weit Größeres noch wesentlich härter getroffen! Und jetzt umfing ihn diese beklemmende Dunkelheit, während seine Erinnerung langsam zurückkehrte.

Nestor war sicher, dass er nicht träumte. Träume waren für ihn etwas Besonderes, und das hier war keiner. Nein, dies war die Zeit zwischen Schlaf (oder Bewusstlosigkeit) und Erwachen, jene Spanne, in der die wirkliche Welt sich wieder aufdrängt und der Geist den Körper auf ein greifbareres Dasein vorbereitet. Er versuchte sich daran zu erinnern, was geschehen war, unmittelbar bevor die Welt einstürzte, damit er wusste, was er zu tun oder zu lassen hatte, wenn sich alles wieder zusammenfügte.

In solchen Augenblicken, jenen Momenten kurz vor dem Erwachen, in denen sein Geist wieder aus den bodenlosen Tiefen des Unterbewusstseins auftauchte, kam es vor, dass er etwas hörte. Manchmal konnte Nathan hören, wie die Toten in ihren Gräbern sprachen. Dann staunte er über das, was sie sagten, bis sie ihn bemerkten und verstummten.

Es war nicht unbedingt so, dass sie Nathan fürchteten. Vielmehr waren sie sich nicht sicher, mit wem sie es zu tun hatten, und hielten sich daher bedeckt. Das war auch verständlich, denn nach ihren Begriffen war es noch gar nicht so lange her, dass in dieser Welt *Kreaturen*, böser als jeder Mensch, ihr Unwesen getrieben und unter Lebenden und Toten gleichermaßen gewütet hatten. Unter den Lebenden um des Blutes willen, das das Leben ist, und unter Letzteren um des Wissens willen, das diese mit ins Grab genommen hatten. Kreaturen, Wesen, deren fremdartige Natur, deren *Zustand*, weder Leben war noch Tod war, sondern irgendwo dazwischen lag in einem wallenden, sonnenlosen Niemandsland, das Untod genannt wurde! Es waren die Wamphyri gewesen, die den einen oder anderen Nekromanten hervorgebracht hatten. Dies zählte zu den wenigen Dingen, vor denen die Toten sich fürchten. Deshalb betrachtete die Große Mehrheit Nathan mit Argwohn.

Davon wusste er jedoch nichts, nur dass er manchmal etwas von ihren Gesprächen aus den Gräbern aufschnappte und dass sie sehr geheimniskrämerisch taten, was ihn betraf. Er glich jemandem, der gezwungen war, durch ein Schlüsselloch zu blicken, ob er es nun wollte oder nicht.

Obwohl Nathan sie zu hören vermochte und sich vielleicht sogar mit ihnen hätte unterhalten können (wenn sie ihn nur gelassen hätten), war er weder ein Voyeur im eigentlichen Sinn des Wortes noch ein Nekromant. Letzterem kam er allerdings nahe – sehr nahe, vielleicht zu nah, obgleich ihm dies nicht bewusst war. Aber die Toten wussten es, und sie gingen kein Risiko ein. Einst hatten sie seinem Vater vertraut, und letzten Endes hatte selbst er sich in gewisser Hinsicht als zweischneidiges Schwert erwiesen.

Also blieb Nathan still liegen und lauschte, nicht aus bösem Vorsatz, allerdings auch nicht ganz ohne Absicht, sondern aus echter Neugier. Wenig später begann er die Gedanken der zahllosen Toten in ihren Gräbern zu hören, zuerst nur als bloßes Flüstern oder auch nur als Widerhall eines Flüsterns – dann vernahm er ein vielstimmiges Geflüster, das sich wie denkendes, unsichtbares Wurzelwerk durch die Erde ausbreitete und die Große Mehrheit im ansonsten ewigen Schweigen ihrer einsamen Ruhestätten miteinander verband.

Dies kam Nathan keineswegs seltsam vor – seit er denken konnte, hatte er zwischen Traum und Wachen den Toten gelauscht – doch diesmal war es etwas anderes. Ihre geflüsterten

Unterhaltungen waren so leise wie nie zuvor, sie klangen ängstlich, fragend, wenn nicht ... von Grauen erfüllt?

Denn dieses Mal waren Neuankömmlinge unter ihnen – zu viele, und es wurden immer mehr. Sie berichteten von einem uralten Schrecken, der wieder auferstanden war. Nathan bekam nicht alles mit. Doch schien es ihm, als höre er unter dem Raunen und all den störenden Nebengeräuschen das Rascheln Tausender vertrockneter Hände, die verzweifelt gerungen wurden. Und in dem Augenblick, bevor sie seine Gegenwart spürten, wurde ihm bewusst, dass ihre Furcht keinesfalls unbestimmt war, sondern sich im Gegenteil auf etwas sehr Greifbares bezog.

So viel erfuhr er und nicht mehr. Denn sobald sie seine Anwesenheit bemerkten ...

... wichen ihre Gedanken zurück und die Toten verstummten. Nur noch der Nachhall eines erschrockenen Schweigens verklang im ansonsten leeren Gedankenäther. Es geschah so plötzlich, dass Nathan keine Zeit hatte, herauszufinden, worum es eigentlich ging. Aber zumindest glaubte er zu wissen, warum sie ihn so rasch bemerkt hatten. Sie waren so wachsam gewesen wie nie zuvor, beinahe als hätten sie ... damit gerechnet, belauscht zu werden. Das Einzige, was ihm dabei Sorgen bereitete, war sein deutlicher Eindruck am Schluss, dass sie das Grauen, vor dem sie sich so sehr fürchteten, mit ihm in Verbindung brachten!

Zuletzt war auch noch der Name gefallen, geflüstert von abertausend vertrockneten oder schon lange zu Staub zerfallenen Zungen, der gleichbedeutend mit einem unermesslichen Schrecken war: Wamphyri!

Aber wie konnte das sein? Warum fürchteten die zahllosen, seit langem verfallenen Toten die Wamphyri, die doch selbst schon lange tot und auf ewig verschwunden waren?

Nathan wusste, dass er hier keine Antwort darauf finden würde, nun da die Toten in Schweigen verfallen waren. Also überließ er sie ihren geflüsterten Unterhaltungen und erhob sich aus seinen Träumen, um die Antwort anderweitig zu erfahren ...

… und stieg aus dem Traum in einen Albtraum auf! Mit einem Schlag kehrte die Erinnerung an die jüngsten Ereignisse in allen Einzelheiten zurück und nur die Antwort auf eine einzige Frage fehlte ihm: Was war hier geschehen? Doch schon während seiner ersten wachen Augenblicke erkannte Nathan, dass er die Antwort bereits besaß, denn die Toten hatten sie ihm genannt.

Diese Tatsache wurde auf grässliche Weise untermauert durch den fremdartigen Gestank, den die Krieger ausstießen, den Schutt und die Trümmer, zwischen denen Nathan lag, die fernen Schreie der Toten und Sterbenden und andere Laute, die man nur als … unmenschliches Gelächter deuten konnte. Falls nicht seine Fantasie ihm etwas vorgaukelte und Nathan plötzlich wahnsinnig geworden war, konnte all dies nur eines bedeuten. Die Wamphyri waren zurückgekehrt! Sie waren sogar hier in Siedeldorf!

Dies wiederum warf weitere Fragen auf: Wie lange war er ohne Bewusstsein gewesen? Vermutlich nur wenige Minuten, kaum mehr als fünf. Und was war mit Misha und seiner Mutter … und mit Nestor?

Mühsam richtete Nathan sich auf, kletterte unsicher aus den Trümmern der Scheune – und ging sofort wieder in Deckung! Denn keine fünfzig Meter zum Dorfplatz hin sah er den gewaltigen Umriss eines Kriegers, der sich gegen ein Tauschhaus warf und es in Schutt und Asche legte. Und oben am Himmel hatte ein großes, drachenförmiges Etwas die Flügel angelegt und stieß wie ein sonderbar gebildetes Blatt auf die Hauptstraße herab.

In dem Durcheinander aus Balken und Stroh zu Nathans Füßen stöhnte jemand auf. Misha!

Er zerrte an den Trümmern, schleuderte sie beiseite und starrte in Nestors zerschundenes, blutiges Gesicht. Er lag bewusstlos auf dem Rücken, zu drei Vierteln unter dem Schutt begraben. Ihn, nicht Misha, hatte Nathan stöhnen gehört. Noch während er auf ihn hinabblickte, stöhnte Nestor abermals auf. Doch dort, aus den Trümmern neben ihm, ragte ein schlanker, weißer Arm.

Das musste Misha sein!

Nathan grub sie aus und versuchte, Nestor dabei nicht noch mit weiteren Trümmern zu bedecken. Er gab ihr ein paar Klapse ins Gesicht, nahm sie in die Arme, raunte ihr ihren Namen ins Ohr. Im Licht der Sterne, das durch die Rauchschwaden und den Übelkeit erregenden Brodem fiel, wirkte sie beinahe durchsichtig, staubig, bleich. Er konnte nicht sagen, ob sie noch atmete oder nicht.

In der Nähe brüllte der Wamphyri-Krieger auf, als er zur Dorfmitte vorrückte. Nathan sah sich um. Hinter dem, was vom Haus seiner Mutter übrig war, war der Palisadenzaun nach außen gedrückt. Wo die großen Holzpfähle auseinander gesprengt worden waren, klaffte nun eine große Lücke, und dahinter lag finster der Wald. Noch nie war ihm die Dunkelheit so verlockend erschienen.

Nathan wusste, was zu tun war, was *er* zu tun hatte: Zunächst musste er Misha in Sicherheit bringen, dann nach seiner Mutter suchen, die wahrscheinlich unter den Trümmern ihres Hauses begraben lag, schließlich ein letztes Mal zurückkommen, um Nestor zu holen.

Er hob Misha auf und stapfte torkelnd aus den Trümmern zur Lücke in der Palisade. Aber auf halbem Weg hörte er Keuchen und Pfotengetrappel und blickte zurück. Eine große Wolfsgestalt – offenbar eines der gezähmten Tiere von Siedeldorf – kam von der Hauptstraße her und hielt nun direkt auf ihn zu; offenbar suchte das Tier menschliche Gesellschaft. Gut und schön, aber Nathan hatte schon genügend Probleme damit, das Mädchen, das er liebte, und seine Familie zu retten, ohne sich auch noch Sorgen um einen ...

Nathans Augen weiteten sich. Wie es schien, war der Wolf in eine dahintreibende Nebelwolke gehüllt, und ein Vorderlauf wirkte verdickt; etwas daran funkelte matt. Das Wesen war eher ein Zweifüßer denn ein Vierbeiner – es sprang angriffslustig nach vorne geneigt auf ihn zu und ließ sich nur auf alle viere nieder, um am Boden zu schnüffeln und dabei die großen Ohren lauschend hierhin und dorthin zu stellen. Schlimmer noch: Seine Augen waren blutrot. In der Finsternis glühten sie wie Laternen, und über seiner hinteren Hälfte trug das Wesen mit einem Gürtel befestigte Lederhosen!

Mit einem Mal erkannte Nathan, dass es nicht durch den Nebel hetzte, sondern dass der Nebel ihm entströmte!

Er hatte sämtliche alten Lagerfeuergeschichten über die Wamphyri gehört – über ihre Kräfte, ihre Mischwesen, ihre Tiergestalten – und wusste, womit er es zu tun hatte. Und ihm war klar, dass er ein toter Mann war.

Canker Canison kam herangesprungen und richtete sich knurrend auf, bis er genauso groß war wie Nathan, größer noch ...

Nathan versuchte ein letztes Mal, Misha auf die Beine zu stellen und wachzurütteln, aber ohne Erfolg. Er hob eine Hand, um das Hunde-, Fuchs- oder Wolfswesen abzuwehren. Doch vergebens. Canker blieb stehen und beugte sich vor. Er beschnüffelte Nathan, dann das Mädchen in seinen Armen und legte fragend den Kopf auf die Seite. »Deine?«, knurrte er.

Nathan hielt Misha von dem Ungeheuer fort. Canker lachte auf, packte ihn am Nacken und schleuderte ihn grob an die Palisadenwand. Misha sackte haltlos in sich zusammen. Canker fing sie auf, schnüffelte abermals an ihr und riss ihr binnen eines Augenblicks ihre letzten Fetzen vom Leib.

Noch während Nathan wie ein nasser Sack im hohen Gras am Fuß der halb zerstörten Wand zusammenbrach, seine Augen glasig wurden und ihm die Sinne schwanden, spürte er Cankers Blick auf sich ruhen, wusste, dass seine Schnauze zuckte und ihm der Geifer vom Kiefer troff, als er erneut lachte und sagte: »Nein, nicht deine – meine!«

Den gellenden Schrei einer grauengeschüttelten Frau, die durch die Straßen rannte, hörte Nathan nicht mehr. Denn er hatte bereits das Bewusstsein verloren. Er sah nicht, wie Canker Misha achtlos fallen ließ, um die neue Beute zu hetzen, und hörte nicht die Maxime, die Canker knurrend hervorstieß: »Besser eine Lebendige als eine Halbtote.« Er vernahm auch nicht Cankers halb gebelltes, halb gebrülltes »Warte,

Schätzchen, Canker kommt doch gleich!«, als dieser seinem verlorenen, entsetzten Opfer nachstürzte ...

Der Schmerz und die Wut ...

Und nicht nur innerlich, sondern auch äußerlich.

Eine Stunde später kämpfte Nestor sich wieder ins Bewusstsein zurück – langsam erst, dann mit Übelkeit erregender Geschwindigkeit! Wie zuvor Nathan erwachte auch er aus einem Traum in einen Albtraum. Allerdings hatte Nathan sich an alles erinnert, Nestor dagegen wusste nur noch sehr wenig, verstreute, undeutliche Bruchstücke der vorangegangenen Ereignisse. Hauptsächlich erinnerte er sich an den Schmerz und die Wut, die beide noch in ihm steckten. Er konnte jedoch nicht sagen, ob sie nun dem Traum oder der Wirklichkeit entsprangen.

Sein Körper war zu drei Vierteln unter Schutt, Staub und Stroh begraben und fühlte sich wie eine einzige große Wunde an. Sein Gesicht war zerschunden, und ein paar Zähne waren locker. An seinem Hinterkopf über dem rechten Ohr fühlte sich ein Stück seines Schädels weich an, wie zermalmt. Als er vorsichtig eine zitternde, forschende Hand an die Stelle hob, zuckten weiße Blitze durch sein Gehirn. Unter den tastenden Fingern schabte und verschob sich etwas – der geborstene Schädelknochen, der unter dem Druck seiner Finger leicht nachgab.

Er stellte sich die gleiche Frage, die auch sein Bruder gestellt hatte: Was war geschehen? Doch im Unterschied zu Nathan hatte er darauf keine Antwort. Noch nicht.

Er schob und stieß die Holzbretter beiseite, die auf ihm lasteten, hustete, als Staub und Gestank von oben her zu ihm drangen. Aber durch die so entstandene Lücke konnte er die Sterne sehen, Rauchschwaden und seltsame dunkle, rhombenförmige Umrisse, die über den Himmel zogen. Und er konnte ein wummerndes, spuckendes Donnern hören, das in der Ferne verklang.

Ja, und andere Laute: leise, ferne Schreie ... Stöhnen ...

Schluchzen ... jemand, der immer wieder verzweifelt und doch bar aller Hoffnung einen Namen rief.

Nestor stemmte die Füße in den Schutt, bekam die Arme frei, zerrte und schob sich in eine sitzende Stellung und stieß sich die Brocken von den Beinen. Er sah sich um und erkannte zunächst gar nichts. Es gab nichts, was seine glasigen Augen und sein betäubter Verstand aufzunehmen bereit waren. Doch, da war etwas, der hohe Palisadenzaun, der einen Augenblick lang seine Aufmerksamkeit fesselte. Aber auch er hatte sich verändert, wies etliche Lücken auf und neigte sich nach außen.

Nestor stand auf und stolperte aus dem Schuttberg. Was auch immer hier geschehen war, irgendwie schien ihm die halbe Kleidung vom Leib gerissen worden zu sein! Automatisch richtete er sich mit ungeschickten Fingern, wie ein Mann, der sich den Staub nach einem heftigen Sturz abklopft, seine Hosen und sein Lederhemd.

Langsam, mit schwankenden Schritten, bewegte er sich auf die Dorfmitte zu, fort von den Trümmern des Hauses seiner Mutter.

Das Haus seiner Mutter?

Woher kam dieser Gedanke? Er drehte sich um und blickte auf das frisch entstandene Chaos – auf die schwarzen, gesplitterten Balken und die rauchenden Schutthaufen unter der finsteren Staubwolke, die sich immer noch nicht gelegt hatte – und schüttelte langsam den Kopf. Nein, das Haus seiner Mutter war ein warmer und freundlicher Ort gewesen.

Auf seinem Weg schrien unaufhörlich Stimmen aus zerstörten Häusern. Da und dort stolperten Menschen wie Schatten umher und riefen um Hilfe oder nach vermissten Familienangehörigen. Flammen stiegen auf, wo Herdfeuer die verwüsteten Häuser zu Totenbränden werden ließen. Es gab nichts, was Nestor dagegen tun konnte, denn viel zu viele Menschen brauchten Hilfe. Außerdem benötigte er ebenfalls Hilfe.

Allmählich fielen ihm wieder Namen ein, und bruchstückhaft erinnerte er sich an ein Gespräch:

Jason, Misha, Nathan, Lardis, Andrei ... Nestor?

Jason: *»Was wirst du tun?«*

Nestor, knurrend: *»Es ist Mishas Entscheidung. Ich werde gehen, ob mit oder ohne Misha. Aber sei gewiss, dass ich eines Tages zurückkommen werde.«*

Misha, furchtsam: *»Weil ... weil er jemanden brauchte. Und ich war die Einzige, die Mitleid hatte. Aber Nestor ... warum tust du das?«*

Nestor, entschlossen: *»Wenn dein Vater und deine Brüder erfahren, was geschehen ist, werden sie mich umbringen.«*

Misha, erstaunt: *»Nein, das dürfen sie nicht. Du bist doch der Lord Nestor!«*

Nestor: *»Natürlich! Und ich fürchte keinen Menschen, denn ich bin ein Wamphyri!«*

Nathan: (Aber da war nichts, keinerlei Worte, nur ein endloser Strom von Zahlen, der durch Nestors Verstand schoss und bedeutungslose Muster bildete. Eines davon war ein seltsames Zeichen in Form einer auf der Seite liegenden Acht, wie eine Apfelschale oder ein gekräuselter Holzspan. Über dem Rauschen und Wirbeln der Zahlen erhob sich das ferne, trostlose Geheul der Wölfe. Und über allem lag ein gequältes Gesicht, das ihn in seinen Bann schlug, vollkommen traurig, einsam und ... vorwurfsvoll?)

Lardis: *»Dies ist der Ort, an dem die Mächte der Höllenländer und der Wamphyri aufeinander getroffen sind und sich gegenseitig auslöschten.«*

Andrei: *»Aber jetzt sind sie fort und nicht mehr als Staub und Gespenster, und wir sollten sie ruhen lassen.«*

Nestor zornig: *»Was denn – Gespenster? Die Wamphyri? Niemals! Ich bin der Lord Nestor!«*

Die Stimmen kamen und gingen: Stimmen aus der Vergangenheit, aus der Gegenwart, aus der Fantasie. Stimmen aus der Wirklichkeit des Kindes, der Wirklichkeit des Erwachsenen und auch aus der Unwirklichkeit. Sie alle suchten ihn zu erreichen, und doch drang keine zu ihm durch. Sie wirbelten in seinem verletzten Kopf durcheinander. Erinnerungen verschmolzen mit Hirngespinsten, bloßen Einbildungen, als sein früheres Leben entschwand und zu einem einzigen, sich ständig wiederholenden Satz wurde: *Ich bin Nestor von den Wamphyri!* Bis es sicher schien, dass die Gegenwart, die sich so sonderbar und zusammenhanglos wie ein Traum darstellte, auch nur ein Traum sein konnte, dem allein der unbewusste Wille seines Schöpfers Substanz verlieh. Erleichtert sagte Nestor sich, dass er nur träumte.

Zwischen den rauchenden, von Flammen durchschossenen Ruinen nahe der Ostmauer flatterte nicht allzu weit entfernt ein einzelner Flieger auf einen Schutthaufen zu und reckte seinen langen Hals gen Himmel. Nestor blieb kurz stehen, um ihn zu beobachten, und bekam flüchtig mit, dass auf einem Sattel am Halsansatz des Wesens ein Reiter saß. Einen Augenblick später schnellte sich der Flieger auf kraftvollen Sprunggliedern wieder in die Höhe, stieg über die Ruinen und gewann in einem weiten Kreisflug an Höhe. Nestor spürte seinen Schatten, als er über ihm dahinzog, und starrte dem riesigen, keilförmigen Umriss, der sich schwarz vor den Sternen abzeichnete, mit offenem Mund nach. Er fragte sich, was dies zu bedeuten hatte.

Dann setzte er torkelnd seinen Weg fort. Den Kopf immer noch in den Nacken gelegt, den leeren Blick auf die fremdartige Gestalt gerichtet, lief er taumelnd durch den stinkenden Rauch und verstreuten Schutt, bis er stolperte und etwas Nasses, Warmes gegen seine zerrissene Hose spritzte.

Vor sich sah er den zerschmetterten Körper eines Mannes liegen, dem das Gesicht von den Schädelknochen gefetzt worden war. Aus der aufgerissenen Kehle sprudelte in kurzen Stößen ein dunkelroter Strahl. Doch noch während Nestor darüber nachsann, quoll der rote Strahl nur noch krampfhaft und unregelmäßig hervor, verlor an Kraft und versiegte schließlich gurgelnd. Mit ihm endete auch das Leben des Mannes.

Doch dies war nur ein Leichnam unter vielen. Als Nestor sich umblickte, sah er weitere Leiber, die nahezu alle völlig reglos dalagen.

So erreichte er den alten Versammlungsplatz, jenes weite, offene Feld, das nicht ganz in der Mitte von Siedeldorf und etwas näher zur Ost- als zur Westmauer hin lag. Dort entdeckte er innerhalb des allgegenwärtigen Todes noch Leben. Dies jedoch erst später.

Das Osttor brannte. Gelbe und orangefarbene Flammen loderten hoch über die Palisade. Offenbar war das Tor absichtlich angezündet worden. Der breite Weg, der vom Tor zum Versammlungsplatz führte, war von Leichen übersät. Nestor erinnerte sich undeutlich daran, dass hier zuvor eine Menschenmenge gestanden hatte. Doch obwohl die Leichen zahlreich waren, ergaben sie in ihrer Gesamtheit noch keine ›Menge‹. Also waren etliche entkommen. Doch wovor?

Wamphyri!, sagte eine Stimme in einem fernen Winkel seines Verstandes.

Eine andere sagte: *Unmöglich! Es gibt keine mehr!*

Und eine dritte, die ihm gehörte, sagte beharrlich: *Aber ich bin der Lord Nestor!*

Der Rauch klärte sich langsam und der von den Vampiren erzeugte Dunst löste sich allmählich auf und versickerte im Boden. Menschen kamen aus ihren Verstecken, stolperten zwischen den Toten umher, schrien auf und rauften sich die Haare, wenn sie tote Freunde, Geliebte oder Verwandte fanden. Mitten auf dem Platz stand zwischen umgestürzten Tischen und den verstreuten, nun verdorbenen Überresten eines Festmahls ein junger Mann, der vielleicht fünf oder sechs Jahre älter als Nestor sein mochte, über dem Körper seines Mädchens und riss sich das Hemd auf, schlug sich auf die Brust, schrie sein Leid heraus. Sie war ausgezogen worden, und ihr nackter Leib war von Schürfwunden übersät, zerschrammt, geschändet.

Nestor trat näher und starrte den Mann an. Er glaubte, ihn zu kennen ... von irgendwoher. Auf seiner Stirn zeigten sich Falten, als er sich fragte, wie es kam, dass er so vieles wusste und doch so wenig verstand. Dann sah er, wie die zerschundenen Brüste des Mädchens sich hoben und senkten, und bemerkte, dass ihre Hand sich leicht bewegte. Als ihr Kopf sich schlaff in Nestors Richtung drehte, sah er ein seltsam mattes Lächeln auf dem Gesicht der Schlafenden oder Bewusstlosen.

Er trat näher heran, berührte den schluchzenden Mann am Arm und sagte: »Sie ist nicht tot.«

Mit wildem Blick wandte der andere sich zu ihm um, packte ihn wütend und schüttelte ihn, als sei er eine Stoffpuppe. »Natürlich ist sie nicht tot, du Narr – du elender Narr! Sie ist schlimmer als tot.« Damit stieß er Nestor von sich und sank neben dem Mädchen in die Knie.

Nestor blieb verdutzt stehen und wiederholte die Worte des anderen: »Schlimmer als tot?«

Der Mann sah auf, musterte ihn aus rot geränderten Augen und nickte schließlich. »Ah, jetzt erkenne ich dich, Nestor Kiklu, schmutzig wie du bist. Aber du gehörst zu den Glücklichen, die zum Ende jener Zeit geboren wurden. Du bist zu jung, um es zu wissen. Du erinnerst dich nicht daran, wie es war, und erkennst daher nicht, wie es wieder sein wird. Aber ich erinnere mich, und das nur allzu gut! Ich war sechs Jahre alt, als die Wamphyri den Zufluchtsfelsen überfielen. Danach sah ich, wie mein Vater einen Pfahl durch das Herz meiner Mutter trieb, sah mit an, wie er ihr den Kopf abschnitt und sie den Flammen übergab. So war es damals ... und so muss es jetzt wieder sein.« Er ließ den Kopf hängen, warf sich schluchzend über das Mädchen und umklammerte ihren nackten Leib.

Auf dem Platz war eine Hand voll weiterer Männer aufgetaucht, aber sie waren anders – härter, älter. In jungen Jahren, die sie im Schatten der Wamphyri verbracht hatten, waren sie hart geworden, und nun beseelte sie eine grimmige Absicht. Instinktiv schien Nestor diese Dinge zu wissen. Außerdem hatte er das Gefühl, dass er diese Männer kennen sollte, aber ihre Namen fielen ihm nicht ein. Sie rannten im Laufschritt zur Ostmauer, wo ihnen Mitstreiter auf dem hohen Laufgang zuwinkten und sie zur Eile antrieben.

Nestor folgte ihnen etwas langsamer und versuchte zu verstehen, was einer der Männer auf dem Laufgang ihnen zurief. In der stillen Nachtluft, die nur von den zaghaften, benommenen, zitternden Stimmen weiterer Überlebender und dem Prasseln und Knistern der Flammen erfüllt war, waren seine Worte klar und deutlich zu hören. Und obgleich es harte

Worte waren, klang seine Stimme belegt, als unterdrücke er ein Schluchzen.

»Jetzt ist es zu spät, ihr Dummköpfe«, schrie er. »Habe ich nicht versucht, euch zu warnen? Das wisst ihr doch, oder! Und ihr habt mich für verrückt gehalten! Und jetzt ... glaube ich bald selbst, dass ich wahnsinnig bin! All die Jahre des Aufbaus, der Vorbereitung – in Rauch aufgegangen, verschwunden für nichts und wieder nichts. Und all das gute Szgany-Blut so sinnlos vergossen ...«

Endlich fiel Nestor wieder ein, wer der Mann war: Lardis Lidesci, den selbst die Wamphyri einst respektiert hatten. Und neben ihm stand Andrei Romani auf dem Laufgang. Gemeinsam hatten sie eine große Bolzenschleuder gespannt und einen gewaltigen Eisenholzbolzen mit einer silberbesetzten, mit Widerhaken versehenen Spitze in die Schussrinne auf dem massiven Rahmen eingelegt. Dafür brauchte es Kraft, aber die hatten sie.

Mit einem Mal erinnerte Nestor sich an die Namen der anderen, die rings um in her standen. Andrei Romanis Brüder Ion und Franci waren dabei, und der Kleine, Drahtige war der Eberjäger Kirk Lisescu. Sie und Lardis waren sagenhafte Kämpfer gewesen zu jener Zeit, als die Wamphyri ihre Jagdzüge auf die Sonnseite unternahmen und die Szgany in Angst und Schrecken versetzten. Kirk Lisescu hatte sogar eine Waffe aus jener Zeit bei sich, eine ›Schrotflinte‹ aus einer anderen Welt. Aber Nestor wusste, dass es derartige Dinge, außer in Träumen, schon lange nicht mehr gab. Sie waren vorbei und vergangen. Oder etwa nicht?

Während er noch verdutzt darüber nachdachte, hatten sich die Männer der Ostmauer genähert. Oben auf dem Laufgang brüllte Lardis wieder los und deutete zum Himmel über Nestor! Ein Schatten fiel auf ihn und verfinsterte die Sterne.

Nestor sah zu dem einzelnen Flieger hoch, der hin und her seine Stemmkurven zog, dann verhielt und dabei an Höhe verlor. Einen Augenblick lang schien er wie ein Falke auf der Flügelkante zu verharren, ehe er den Kopf senkte, die Hautflügel anlegte und in einen lang gezogenen Sturzflug überging. Er schoss direkt auf den kummergepeinigten jungen Mann zu, der über seiner geschändeten Geliebten schluchzte. Der Reiter beugte sich tief über den Sattel, griff nach dem Hals der Kreatur und lenkte sie mit Stimme und Geist.

Plötzlich schnappte etwas in Nestors benebeltem Verstand ein. Denn falls dies ein Traum war, dann war er gründlich missraten. Und wenn es *sein* Traum war, sollte er doch wohl eine gewisse Kontrolle darüber ausüben können. Er torkelte wieder auf die mitgenommene Gestalt zu, die mitten auf dem offenen Platz über dem Mädchen kauerte, und schrie im Laufen eine Warnung: »Pass auf! Du da, *pass auf!*«

Der Mann blickte auf, sah, wie Nestor auf ihn zurannte und hinter ihm die anderen ihre Waffen in Anschlag brachten – offenbar auf ihn! Dann warf er einen Blick über die Schulter, sah das Wesen, das aus dem Himmel auf ihn herabstieß, keuchte ein wortloses Nein und rettete sich mit einem Hechtsprung in die Mulde einer leeren Feuerstelle. Als er aus dem Sichtfeld verschwand, zog der Flieger unschlüssig nach links und rechts, reckte dann den Hals und – flog geradewegs auf Nestor zu!

Nestor kam schlitternd zum Stehen und erkannte plötzlich, dass dies weit mehr war als nur ein Albtraum. Das war Wirklichkeit, die an Schwung gewann und mit jedem donnernden Herzschlag näher auf ihn einstürmte. Verzweifelt blickte er um sich, sah auf allen Seiten nur offenes Feld und nirgends eine Deckung. Hinter ihm brüllte jemand: »Runter!« Ein Armbrustbolzen zuckte über ihn hinweg. Dann ...

... war der Flieger über ihm, und die Unterseite seines Halses, dort, wo sie sich zum zerfurchten, flachen Bauch hin erweiterte, klaffte zu einem großen Maul oder einer Tasche auf, die mit Knorpelhaken besetzt war! Nestor warf sich herum, rannte los und spürte einen üblen Windhauch, als der Flieger so tief herabstieß, bis er nur noch wenige Zentimeter über dem Boden schwebte. Im nächsten Augenblick riss ihn der fleischige Vorsprung des Beutelrandes von den Füßen und umfing ihn.

Ehe die Dunkelheit ihn umschloss, sah er die Läufe von Kirk

Lisescus Schrotflinte aufblitzen. Auf dem Laufsteg der Umfriedung zerrten Lardis Lidesci und Andrei Romani wie rasend die große Bolzenschleuder herum. Dann ... bohrten sich Knorpelhaken in Nestors Kleidung, und feuchtklebrige Finsternis umfing ihn.

Er wand sich und rang um Atem, vermochte sich jedoch nicht zu befreien. Er bekam weder Licht noch Luft. Stattdessen atmete er üble Dämpfe ein, die wie ein Narkosemittel auf ihn wirkten und ihm das Bewusstsein raubten. Das Letzte, was er spürte, war ein heftiger, bebender Aufschlag. Das Fleisch der Kreatur, das ihn umschloss, zog sich zusammen. Darauf folgten heftige, taumelnde Flugmanöver.

Die Glieder wurden ihm schwer wie Blei, während der Flieger verzweifelt um Höhe rang.

TEIL FÜNF
VAMPIRE! – DIE ZERSTREUTEN STÄMME – DIE SUCHE

ERSTES KAPITEL

Lardis und Andrei schliefen, als die Suchtrupps Nathan fanden und ihn gemeinsam mit fünf anderen zurückbrachten. Zu diesem Zeitpunkt war der Sonnunter schon zu einem Drittel verstrichen. Nathan hatte mehr als neun Stunden bewusstlos im Gras am Fuß der Westmauer gelegen. Er war immer noch ohne Bewusstsein, als man ihn ohne viel Federlesen rücklings auf einen großen Holztisch legte, der aus den Trümmern am Versammlungsplatz geborgen worden war. Dort wurden die Überlebenden – und zwar sämtliche – daraufhin untersucht, ob sie den Angriff *tatsächlich* überlebt hatten.

Vieles war mittlerweile geschehen, und noch immer gab es jede Menge zu tun. Nach dem Angriff – nachdem Wratha und ihre Helfershelfer ihr Schlimmstes gegeben, das Beste genommen, den größten Teil des Restes geraubt und sich wieder zurückgezogen hatten – hatte Lardis die Führung übernommen, hastige Anweisungen erteilt und war dann in halsbrecherischem Tempo zu seiner Hütte auf der Anhöhe gerannt, wo er gegen alle Vernunft seine Frau und seinen Sohn wohlbehalten und am Leben anzutreffen hoffte.

Doch er bezweifelte, dass er sie dort finden würde. Denn er wusste, dass Lissa, wenn er unterwegs war, stets brennende Lampen in die Fenster der Hütte stellte, damit er den Rückweg nach Hause fand. Und Jason hatte er nicht mehr gesehen, seit er ihm mit den Kiklu-Jungen ins Dorf vorausgelaufen war. Der sanfte Schimmer von Lissas Lampen war vor dem dunklen Gebirgshang über Meilen hinweg gut zu sehen – tatsächlich hatte Lardis ihn durch die Baumwipfel scheinen sehen, als er und Andrei sich Siedeldorf näherten – doch nun sah er dort nichts mehr. Während er sich wie ein Rasender über die steile Seite des Hanges emporkämpfte, fragte er sich, wer oder was diesen Schimmer wohl noch gesehen hatte, und warum sein Sohn nicht herabgekommen war, als der Tumult begann. Er musste doch gesehen haben, dass das Dorf brannte.

Es konnte natürlich sein, dass Lissa den verdächtigen Dunst an den Hängen bemerkt, darauf die Lampen gelöscht und Jason im Haus zurückbehalten hatte. Es konnte sein ...

... Aber es war nicht so. Denn als Lardis schließlich ankam, lag sein Heim in Schutt und Asche. Danach wühlte er eine geschlagene Stunde lang wie ein Verrückter in den Trümmern, fand jedoch weder Lissa noch Jason. In gewisser Hinsicht war dies eine Erleichterung für ihn: Zumindest waren sie – möglicherweise – noch am Leben! Aber es war auch die größte Tragödie, die Lardis je erlebt hatte. Denn er wusste weder, wo sie waren, noch, wie es ihnen ging.

Hatten die Wamphyri sie mitgenommen? Um sie zu benutzen, sie abzuschlachten, vielleicht sogar ... zu verwandeln? Der Gedanke war ihm unerträglich. Daher hatte er eine Zeit lang gar nichts gedacht, sondern nur in dumpfem Schweigen zwischen den Trümmern gesessen, um zu trauern oder sich auf die Trauer über ihren Verlust vorzubereiten. Als Andrei sich neben ihn setzte – schweigend, einfach nur da war, um still das Leid mit ihm zu teilen – wandte sich Lardis' unausgesprochene Qual bereits nach außen und wurde zu einem unerschütterlichen Hass und kalter Wut.

Aber obgleich sein Verlust schwer wog, war ihm doch klar, dass er nicht der Einzige war, der etwas verloren hatte. Als er schließlich zu Andrei aufblickte und mit seiner altvertrauten, rauen Stimme ein »Nun?« knurrte ... da wusste sein langjähriger Freund und Verbündeter, dass Lardis wieder der Alte war. Grimmig nickte er und sagte: »Früher warst du ein Mann aus Eisen, mein Freund. Jetzt ist es an der Zeit, wieder zu Eisen zu werden. Wir stehen dort unten bereit.«

Lardis stand auf, richtete sich kerzengerade auf und schüttelte seine Müdigkeit ab.

»Dann lass uns ans Werk gehen«, sagte er einfach. Mehr nicht.

Etwa auf halbem Weg nach unten blieb er kurz stehen und bat Andrei um Verzeihung, dass er ihn geschlagen hatte, auch dafür, dass er einsam und allein tief im Wald jenseits des Südtores gewesen war, um dort verbittert mit sich und der Welt zu hadern, als die Wamphyri ihren verheerenden Schlag gegen Siedeldorf führten.

Darauf erwiderte Andrei nur: »Für beides hast du meine Verzeihung, doch nur, wenn du mir vergibst, dass ich je an dir gezweifelt habe ...«

Seitdem hatten die beiden getan beziehungsweise in die Wege geleitet, was getan werden musste. Zwischendurch holten sie etwas Schlaf nach, Letzteres aus schierer Erschöpfung. Zum Glück waren sie sowohl körperlich als auch seelisch am Ende, so dass sie von Träumen verschont blieben. Andernfalls wäre ihnen ihre Aufgabe unmöglich geworden. Arbeiten dieser Art sorgten nicht für angenehme Träume. So schliefen sie nun in einem nahe des Versammlungsplatzes hastig aufgestellten Zelt, als Nathan Kiklu und fünf andere aus der Dunkelheit in das Licht der Lampen und des prasselnden Hauptfeuers gebracht wurden.

Lardis und Andrei war das Musterungsverfahren nicht neu, die Untersuchung oder Befragung der Verwundeten nach einem Überfall der Wamphyri. In den alten Zeiten hatten sie zahlreiche solcher Verfahren erlebt. Aber der letzte Überfall war achtzehn Jahre her, und sie waren nicht mehr daran gewöhnt. Natürlich waren jedes Mal die Freunde und Familien der zu Untersuchenden anwesend. Ihre dunklen Szgany-Augen schimmerten im zuckenden Feuerschein und schienen ihrerseits stumm die Befragenden auszuforschen.

Doch wenn der Schrecken nicht jetzt auf Geheiß freier Menschen geschah – Menschen, die immer noch sie selbst waren – würde er nur später und aus ganz anderer Richtung kommen. Das war jedem Einzelnen klar.

Lardis trat an den Tisch. Er erschauerte unter der Decke, die um seine Schultern lag, und knotete die Ecken unter seinem Kinn fest. Die verschiedenen Brandherde waren schon vor

Stunden gelöscht worden. Seitdem hatte die Nacht sich abgekühlt ... oder vielleicht lag es auch an ihm. Wenigstens hatte der Gestank der Ungeheuer sich mittlerweile verflüchtigt. Er sah zu den Berggipfeln auf, deren Ränder unter dem Licht der Sterne bläulich schimmerten. Auf den Gipfeln lag kein Dunst mehr. Außerdem schlugen die Wamphyri während eines einzigen Sonnunters nur selten am gleichen Ort zweimal zu. Für gewöhnlich folgten ihre Überfälle der sinkenden Sonne nahezu auf dem Fuße, wenn sie am hungrigsten waren.

Es erschien ihm unwirklich, dass ihm diese Dinge jetzt wieder einfielen. Dennoch war ihm klar, dass es notwendig war, sich dies alles vor Augen zu führen.

Die erste Gestalt auf dem Tisch war eine Frau in mittleren Jahren, sie war vielleicht sechsunddreißig. Lardis riss sich zusammen, rieb sich den Schlaf aus den Augen und richtete den prüfenden Blick auf ihr Gesicht. Er kannte sie: Alizia Gito. Ihr Mann war seit drei Jahren tot; auf der Jagd in den Bergen hatte er sich bei einem Sturz das Rückgrat gebrochen. Am Zeigefinger seiner linken Hand trug Lardis einen Goldring, in den ein großer, flacher, glatter Stein eingelassen war. Den hielt er ihr vor den offenen Mund und suchte nach einem Anzeichen dafür, dass sie atmete. Geduldig wartete er darauf, dass der polierte Stein beschlug, und schließlich wich das Funkeln des Steines einer undurchsichtigen Feuchtigkeit. Sie atmete, aber nur schwach und sehr langsam. Dies bewies an sich noch gar nichts, nur dass sie lebte. Lardis hatte schon Menschen sterben sehen und wusste, dass ihr Atem oft auf diese Weise schwand. Oh, aber er wusste auch, wie gut der Untod das Leben nachzuahmen verstand!

Alizas Gesicht war böse geprellt und der Kiefer sah aus, als sei er gebrochen, aber sie wies keine für Lardis ersichtlichen Wunden auf. Keine Einschnitte, und der Hals war unverletzt. Er rief zwei ältere Frauen heran. »Zieht sie aus ...«

Ein hagerer junger Mann trat vor, packte Lardis am Arm und knurrte tief in der Kehle. Lardis sah ihn ausdruckslos an und fuhr fort: »... aber lasst der armen Frau ihre Würde. Breitet eine Decke über sie.«

Der junge Mann war Nico, einer von Alizias Söhnen. Er war etwa siebzehn Jahre alt. Lardis erkannte ihn und erkundigte sich nach seinem jüngeren Bruder: »Vladi?«

Nico ließ Lardis' Arm los und schüttelte den Kopf. In seinen Augen schimmerten Tränen. »Geraubt«, berichtete er schluckend. »Ich hatte mich unter einem Karren versteckt. Gegen Ende blickte ich hervor und sah, wie einer von ihnen Vladi über den Kopf schlug, ihn auf den Sattel seines Fliegers warf und sich davonmachte. Später habe ich meine Mutter gefunden. Ist sie ...?«

»Ich weiß es nicht.« Lardis konnte nur die Achseln zucken und den Kopf schütteln. »Ich muss unter diese Decke sehen, um es festzustellen. Hör zu, ich habe heute Nacht schon viele Frauen angesehen. Mir bedeutet es nichts, aber ich weiß, dass es dir viel bedeutet. Wenn du willst, können wir zusammen nachsehen, hm?« Er legte einen Arm um die hängenden Schultern des anderen. Und sie sahen nach.

Alizia war jetzt nackt; sie war ohnehin schon halb nackt gewesen. Lardis sah ... eindeutige Anzeichen, aber er musste sichergehen. »Nico, ich will sie berühren und umdrehen«, sagte er. »Kannst du mir helfen?« Vorsichtig drehten sie sie auf den Bauch. Auf den Schenkeln und den Hinterbacken waren tiefe Eindrücke wie von Klauen zu sehen. Einige davon bluteten.

Lardis erschauerte und ließ die Decke fallen. In seinem Gesicht arbeitete es, als er einen Schritt zurück trat und drei Männern zunickte, die taktvoll in einigem Abstand warteten. Einer von ihnen war Andrei Romani.

»Nein!«, keuchte Nico. Seine Stimme war leise, ein bloßer Hauch.

Lardis packte ihn am Arm, hielt ihn zurück. Die Scharfrichter – die drei Gnadenhenker – traten rasch vor. Nico stieß einen hohen, schrillen Schrei aus, aber Lardis umfasste seinen Nacken mit einem festen Griff und drehte ihm den Kopf zur Seite.

Die drei hoben Alizia mitsamt ihrer Decke an und trugen sie

ans Ende des Tisches. Dort trieben sie ihr einen Pfahl ins Herz. Zunächst klang es nass und fleischig, dann knirschte es, als die Rippen brachen. »Aber sie ist doch am Leben, sie lebt doch!«, gurgelte Nico. »Sie ist meine Mutter! Ich komme aus ihrem Leib!«

»Ja«, sagte Lardis zwischen zusammengebissenen Zähnen und verstärkte seinen Griff, »doch was jetzt in ihr ist, muss dort bleiben. Sie ist nicht mehr die Mutter, die du gekannt hast, sondern ein bösartiges, untotes Wesen. Aber du hast Glück, denn bald ist sie erlöst und wirklich nur noch tot. Also vergib uns, wenn du kannst, und sei dankbar!«

»Du ... Bastard!« Nico spie ihm ins Gesicht. Auf dem Tisch seufzte seine Mutter und richtete sich in eine sitzende Haltung auf!

Um den Rand des Pfahles zwischen ihren Brüsten stand das Blut, und Blut sickerte ihr aus dem Mund, weil sie sich auf die Unterlippe gebissen hatte. Aber ihre Augen standen offen, und sie erblickte Nico. Wieder seufzte sie aus blutigen Lippen und streckte die Arme nach ihm aus. »Mein Sohn! Nico!« Und als Lardis dem Jungen das Gesicht ein weiteres Mal wegdrehte, enthauptete Andrei sie mit einem einzigen sauberen Streich seiner hell schimmernden Sichel.

Nico hatte in Lardis' Armen das Bewusstsein verloren. Kirk Lisescu nahm ihn auf und brachte ihn zu Leuten, die sich um ihn kümmern würden. Die Teile von Alizia Gito wurden in der Decke zu einem weiteren Feuer auf der anderen Seite des Platzes getragen und dort verbrannt.

Lardis ließ den Kopf hängen. Andrei trat an seine Seite. »Wappne dich«, sagte er. »Unsere Arbeit ist erst halb getan.«

Lardis sah ihn an, und sein Gesicht war hohl vor Kummer. »Das waren meine Leute, und ich bringe sie um.«

Der andere schüttelte den Kopf. »Wir bringen *diese Wesen* um«, sagte er. »Oder sollen wir sie leben lassen, damit sie in den Wald fliehen, sich verstecken und beim nächsten Sonnunter zurückkommen und uns töten?«

Lardis wandte sich halb ab, nickte dann und blickte zum

nächsten Leib auf dem Tisch. Da sah er, dass es Nathan Kiklu war. Man hatte ihn bereits ausgezogen und eine Decke über ihn geworfen. Lardis trat heran und sagte: »Nathan! Oh nein ... schlimmer kann es nicht mehr kommen! Er hätte Großes erreichen können. Er hatte etwas Besonderes an sich, etwas Besseres.«

Er warf die Decke beiseite und suchte Nathans Körper ab. Prellungen gab es jede Menge, aber keine Schnitte. Er war nicht geschändet worden, und in seinen Mundwinkeln stand kein Blut. Während Lardis ihn untersuchte, hustete er und begann sich stöhnend zu regen.

Mit einem Mal wirkte Lardis aufgeregt. »Weißt du«, sagte er mehr zu sich selbst, »weißt du – ich glaube, er ist in Ordnung!« Doch sofort verwandelte sich seine freudige Erregung in Niedergeschlagenheit. »Aber sein Bruder Nestor – wir haben gesehen, wie der Flieger ihn geraubt hat!«

»Er ist verschwunden«, nickte Andrei, »wie so viele andere.«

»Das wissen wir nicht mit Bestimmtheit.« Lardis hob Nathans Kopf an und gab ihm einen heftigen Klaps. »Wir haben dem Biest einen ordentlichen Bolzen verpasst!«

Wieder nickte Andrei. »Oh ja, und Kirks Schrotflinte hat den Reiter aus dem Sattel geholt!« Er blickte zur Seite. Nicht weit entfernt war ein Wamphyri-Offizier mit Silbernägeln an ein schweres Holzkreuz genagelt worden. Er hing dort wie ein blutig-nasser Lappen, allem Anschein nach tot, ganz sicher aber nicht bei Bewusstsein. »Aber der Flieger ist weg, welche Hoffnung besteht also noch für Nestor? Wenn die verletzte Bestie ihn fallen ließ, hat der Sturz ihn umgebracht, dasselbe dürfte der Fall sein, wenn sie gemeinsam abgestürzt sind. Am schlimmsten wäre es, sollte das Vieh es bis nach Hause schaffen.«

Nathan hustete wieder und rollte den Kopf in Lardis' Armbeuge herum. Lardis sah Andrei an und sagte: »Wohin nach Hause? Ja, ich weiß schon, Karenhöhe – aber woher stammen sie? Hier sind die Hurensöhne vielleicht Neulinge, aber in ihrem teuflischen Spiel kennen sie sich aus. Sie waren mit allem ausgestattet! Sie hatten Flieger, Krieger; sie trugen Handschuhe! Woher kamen sie also?«

Andrei blickte wieder zu dem Offizier am Kreuz. »Wenn der da wieder zu sich kommt, finden wir es vielleicht heraus. Aber sehen wir den Tatsachen ins Auge: So oder so hat er kaum eine Wahl. Wenn er redet, geht er auf den Scheiterhaufen, und wenn er nicht redet ... dann auch. Ich persönlich bin der Ansicht, wir sollten ihn gleich verbrennen. Was ist, wenn sie zurückkommen, um ihn zu befreien?«

Lardis schüttelte den Kopf. »Das werden sie nicht tun. Sie haben jetzt andere Dinge im Kopf.« Einen Augenblick lang dachte er an Lissa und Jason, dann schob er ihr Bild von sich. Wenn er hier weitermachen wollte, musste er den Gedanken an sie verdrängen.

»Aber«, fuhr er fort, »wenn sie vermuten, dass es kein Unfall war und wir den hier tatsächlich runtergeholt und getötet haben ... dann werden sie sich ein paar Fragen stellen. Sie sind hier fremd und wissen noch nicht genau, wozu wir in der Lage sind. Dieser Überfall auf uns war ihr erster, und sie hatten den Vorteil, uns vollkommen unvorbereitet zu finden. Trotzdem ist es möglich, dass wir einen Offizier getötet haben, und das bedeutet, dass wir auch einen von ihnen töten könnten. Das wiederum garantiert, dass sie irgendwann, vermutlich beim nächsten Sonnunter, wiederkommen werden – und das *nicht nur* aus bloßer Neugier. Dass wir also den da gefangen haben, ist ein Punkt zu unseren Gunsten und schlägt besonders zu Buche, wenn wir ihn zum Reden bringen. Er *muss* reden – ich will wissen, wer sie sind! ... Und wenn uns das im Moment nichts nützt, dann doch später!«

Das war keine leere Drohung, und Andrei wusste es. Ihm war klar, dass Lardis eines Tages von den Händen der Wamphyri sterben würde. Es ging gar nicht anders, denn jetzt hieß es: er oder sie – bis zum bitteren Ende. Und er war nur ein Mensch und sterblich, während sie anscheinend ewig lebten.

Nathan erwachte. Lardis bemerkte es sofort, denn plötzlich versteifte sich der Nacken des Jungen in seiner Armbeuge, und

Nathan hörte auf zu atmen. Er hatte die Luft angehalten. Starr und reglos lag er da, wie versteinert, weil er wusste, was sich hier abgespielt hatte, und keine Ahnung hatte, was jetzt um ihn herum vorging. Schließlich öffnete er die Augen – zunächst nur einen Spalt, dann weiter, bis er Lardis sah. Dann erst entspannte er sich und atmete aus.

Doch Lardis blieb hart. Er kniff die Augen zusammen. Noch war er nicht ganz davon überzeugt, dass der Junge außer Gefahr war. »Nathan«, sagte er, »kannst du mich hören?«

Nathan nickte und Lardis half ihm, sich aufrecht hinzusetzen. Nathan sah, wo er sich befand, bemerkte, dass er nackt war, und zog die Decke enger um sich. Während Lardis ihn stützte, blickte er über den Tisch. Am einen Ende lagen mehrere Gestalten auf dem Rücken, am anderen sah er einen großen, nassen, rot schimmernden Fleck. Zuletzt entdeckte er den Wamphyri-Offizier an seinem Kreuz, und vor Schreck blieb ihm die Luft weg. Unwillkürlich fletschte er die Zähne.

Lardis konnte das gut verstehen. Man brauchte keine allzu große Erfahrung zu haben, um einen Vampir zu erkennen, wenn man ihn sah – nicht, wenn die Bestie gerade dabei gewesen war, sich zu verwandeln wie diese hier, als der Silberschrot aus Kirk Lisescus Doppellauf sie aus dem Sattel gefegt hatte. Der Vampir hatte gelacht oder etwas gerufen, prallvoll mit Blut und wahnsinnig vor Gier, als sein Tier herabstieß, um ein letztes Opfer an sich zu reißen. Und obwohl seine Augen geschlossen waren, stand ihm die Erregung noch deutlich sichtbar ins Gesicht geschrieben.

Die gestreckten Kiefer standen offen. Die Reißzähne waren mindestens einen Zoll länger als die anderen Zähne, die ebenfalls so gezackt waren wie die Gipfel des Grenzgebirges. Die Gesichtsmuskeln zogen im Krampf das graue Fleisch von den klaffenden Kiefern, erstarrt in wahnwitzigem Gelächter, vielleicht auch in plötzlicher, unerträglicher Todespein, als er völlig unvorbereitet getroffen wurde. Die breiten Nüstern in der platten Nase, deren Rücken sich schon zu kräuseln begann – all dies waren sichere Zeichen für seinen Zustand: Er war schon seit langem ein Vampir. Noch war er kein Wamphyri, aber im Laufe der Zeit wäre er dazu geworden.

Nathan nahm dies alles auf und noch mehr. Er bemerkte den lackschwarzen Schimmer der Stirnlocke des Offiziers. Ein silberner Nagel, den man durch den Knoten gerammt hatte, hielt den Kopf aufrecht. Nathan konnte nicht wissen, dass der Glanz des Haares von dem Menschenfett herrührte, das der Vampir zum Einölen benutzte. Er sah, dass die muskelbepackten Arme des Mannes durch Gelenke und Ellbogen waagerecht festgenagelt waren, und dass die großen Hände schlaff herunterhingen. Die Finger dieser Hände waren anderthalbmal so lang und breit wie die seinen, und ihre breiten, flachen Nägel waren zu Hornmeißeln zugefeilt. Nathan wusste nicht, dass die Kraft dieser Kreatur so gewaltig war, dass sie mit diesen Händen einem Menschen das Herz im Leib zermalmen oder ihm die Wirbel aus dem Rückgrat reißen konnte.

»Ein hässlicher Kerl, was?« Lardis' Stimme troff vor Hass.

Nathan riss den Blick von der Gestalt am Kreuz und nickte. Als er zum Himmel aufsah und die Stellung der Sterne gegen die Berge bemerkte, zuckte er zusammen und machte Anstalten, vom Tisch herabzusteigen.

Alle Szgany vermochten die Zeit an den Sternen abzulesen, doch keiner war darin so gut wie Nathan. Er erkannte, wie lang er ohne Bewusstsein gewesen war. Und in der Zwischenzeit ... was war aus seiner Mutter geworden? Was aus Misha?

Lardis packte ihn an der Schulter. »Hier geblieben, Junge!«, knurrte er. »Zuerst erzählst du mir, wie du an die Prellungen auf deinem Rücken gekommen bist. Das sieht ja schlimm aus!«

Nathan nickte. »Ein ... ein Wesen – ein Wolf, ein Mensch, ein Fuchs, ich weiß es nicht – hat mich gegen die Palisade geschleudert.«

Lardis' Augen waren immer noch misstrauisch zusammengekniffen. Aber er hatte tatsächlich Berichte über ein Mischwesen unter den Wamphyri-Banditen gehört. Grässliche Berichte. »Er hat dich weggeschleudert? Er hat dich nicht gebissen?«

Nathan umklammerte seinen Arm. »Er ... hat mir Misha aus

den Armen gerissen!« Seine Augen hatten sich geweitet, und Tränen standen darin, als das Grauen ihn wieder überfiel. Dann schüttelte er Lardis ab, stieg vom Tisch und knickte ein, sobald seine Beine sein Gewicht auffingen. Vom Nackenansatz bis zum Kreuz war sein Rückgrat eine einzige Säule aus glutflüssiger Pein, und er wäre gestürzt, hätte Lardis ihn nicht aufgefangen.

»Versuche jetzt nicht blindlings loszurennen, Junge. Dazu bist du nicht in der Verfassung. Was getan werden kann, wird schon getan.«

»A-aber meine Mutter und Misha!« Er blickte sich wie betäubt um. »W-wo sind meine Sachen? Und w-was ist mit N-N-Nestor?«

Lardis öffnete den Mund ... aber er brachte nur ein »Ach!« hervor und wandte sich ab.

»Nestor?« Mit einem Mal klang Nathans Stimme fest.

Lardis musterte ihn stirnrunzelnd. Unter anderen Umständen wäre das sicher komisch gewesen, denn das war der größte Schwung an Worten, den jemals irgendjemand aus Nathan herausgeholt hatte, soweit er sich erinnern konnte! Lag das nun am Schock oder woran sonst? Was war in ihn gefahren? *War* etwas in ihn gefahren? »Bist du sicher, dass es dir gut geht?«

»Was ist mit Nestor?« Nathan blickte ihn unverwandt aus seinen seltsamen, unergründlich blauen Augen an.

Lardis blieb nichts anderes übrig, als ihm die Wahrheit zu sagen. Er hatte zu viel zu tun und noch nicht einmal die Zeit gefunden, seinem eigenen Leid die Zügel schießen zu lassen. Er konnte sich nicht auch noch mit den Tränen der anderen befassen. »Geraubt!«, sagte er. »Wir haben es gesehen. Ein Flieger hat ihn gepackt und davongetragen. Der Kerl da am Kreuz war der Reiter. Kirk hat ihn aus dem Sattel geholt. Andrei und ich haben seinem Biest einen Bolzen in den Bauch gejagt. Aber wir konnten es nicht aufhalten. Es hat abgehoben und ist mit Nestor weggeflogen. Tut mir Leid.«

Nathan machte Anstalten, sich stolpernd abzuwenden. Ebenso wie Lardis sparte er sich seine Gram für später auf. Doch eines musste er noch sagen. »Meine Mutter war in unserem Haus«, sagte er. »Sie ist verschüttet!«

Abermals hielt Lardis ihn zurück. »Nathan, warte. Wir haben alle eingestürzten Häuser durchwühlt.« Er rief eine Frau mit einer primitiven Karte des Dorfes zu sich, die mit Holzkohle auf ein Stück Stoff gezeichnet worden war, und fragte: »Was ist mit Nana Kiklu?«

Die Frau brauchte gar nicht auf die Karte und ihre verschmierten Zeichen zu sehen. Sie hatte Nana gut gekannt und schwieg. Unter ihrem schwarzen Umhangtuch schüttelte sie nur den Kopf.

»Rede!«, schrie Nathan sie an, und Lardis trat überrascht einen Schritt zurück. »Was soll das?«, brüllte Nathan. »Ein Kopfschütteln – was soll das bedeuten? Habt ihr meine Mutter gefunden? Ist sie tot? Sprich!«

Die Frau, die selbst auch Verluste erlitten hatte, fand schließlich die Sprache wieder und schluchzte: »Deine Mutter ist nicht hier, Nathan. Man hat sie nicht gefunden. Weder deine Mutter noch das Zanesti-Mädchen, Misha, die bei euch war. Ihr Vater kam hierher, um zu sehen, ob man sie gefunden hat. Er war vollkommen außer sich und raufte sich die Haare! Heute Nacht hat er nicht nur Misha, sondern auch noch einen Sohn verloren!«

Misha verloren! Endlich wurde Nathan die Wahrheit zur Gänze bewusst. Er setzte sich in den Staub und stützte den Kopf in die Hände. Er spürte keine Tränen, nur eine gewaltige Müdigkeit. Denn er erkannte jetzt, dass er erwachen – wahrhaftig erwachen – und ein Teil dieser Welt werden musste, die er von sich geschoben hatte. Vorher ... war sie nicht wichtig gewesen. Eigentlich war nichts sonderlich wichtig gewesen. Diese Welt war nicht die seine gewesen, er hatte sie nicht einmal für wirklich erachtet, weil er dachte, dass sie nichts für ihn bereithielt. Von wenigen Ausnahmen abgesehen waren ihm alle Menschen wie fremde Wesen vorgekommen. Aber Mishas Verlust war Wirklichkeit, und er konnte ihn nicht leugnen. Der eine warme Fleck in seinem Herzen war nun leer und kalt.

Nein, da gab es noch einen anderen warmen Platz, den bis jetzt seine Mutter eingenommen hatte. War sie auch verloren? Dann musste sein Herz vollständig zu Eis werden. Er wandte sich an Lardis. »Hat jemand gesehen, wie meine Mutter geraubt wurde?«

Lardis seufzte. »Nathan, ich habe eine Menge zu tun. *Viel zu viel* zu tun und zu wenig Zeit dafür. Aber wenn alles getan ist, sei gewiss, dass ich nachfragen werde. Du bist nicht der Einzige, der Fragen hat. Bis Sonnauf wissen wir Bescheid, wer geraubt wurde, wer ermordet und wer geschändet oder verwandelt wurde. Und bis dahin werden wir auch ... alles verarbeitet haben. Aber im Augenblick kann nichts getan werden. Wenigstens nicht von dir.«

»Und was soll ich tun?«

Lardis zuckte die Achseln und seufzte. »Such dir einen warmen Platz. Schlafe ein bisschen.«

»Und du? Brauchst du keinen Schlaf?« Erstaunlicherweise gab Nathan sich beinahe trotzig. Lardis hätte so etwas vielleicht von seinem Bruder Nestor erwartet, aber von Nathan?

»Ich schlafe später«, antwortete er rau und wandte sich ab. »Doch zuerst ... habe ich noch zu tun. Also mach dich davon, ich bin beschäftigt!«

Nathan schüttelte den kurz geschorenen, blonden Schopf. »Wenn du stark sein kannst, kann ich es auch. Wie könnte ich überhaupt schlafen? Lardis, ich ... ich habe *niemanden* mehr!«

Lardis hörte die Leere in seiner Stimme wie einen Widerhall auf die Leere, die in ihm selbst herrschte, und dachte: *Ich habe auch niemanden mehr, nicht mehr. Bis auf dich vielleicht.*

Aber laut sagte er: »Dann sei woanders stark, zumindest für den Augenblick. Dies ist ein blutiger Ort, Nathan, und wir haben blutige Arbeit zu verrichten ...«

Dann war keine Zeit mehr zum Reden, denn Andrei hatte die Decke von dem nächsten Verwundeten gehoben und winkte heftig. Lardis ging zu ihm hin und sah in die Richtung, in die Andrei zeigte. Der Mann unter der Decke war in den Hals gebissen worden, weit auseinander liegende Einstiche waren über dicken, blauen Arterien verschorft. Er hatte keinen Atem mehr, auch keinen Puls, und lag ganz still.

Nathan wich einige Schritte zurück und beobachtete das Geschehen. Er musste alles lernen, was es über diese Dinge zu wissen gab, denn das war kein Spiel mehr, das er, Nestor und Misha in den Wäldern spielten.

Die Wamphyri waren Wirklichkeit, ebenso wie das Grauen, das sie brachten.

Lardis riss einen Schmuckknopf aus seinem Ärmelaufschlag, öffnete der Leiche die kalten, grauen Finger der linken Hand und schloss sie um ein kleines Silberglöckchen, das er in die Handfläche drückte. Dann trat er zurück und wartete. Nach kurzer Zeit ...

... stöhnte der ›Tote‹ auf (Lardis war sich ziemlich sicher gewesen, dass er untot war, musste ihn aber trotzdem überprüfen) und erbebte unter einem Schauer, der seinen ganzen Körper schüttelte. Seine Augenlider flatterten, blieben aber gnädigerweise geschlossen. Er war noch nicht zum Erwachen bereit, doch selbst in der Bewusstlosigkeit beschützte das Gift in ihm den Parasiten, der in ihm steckte. Seine Hand zitterte auf den Tischbrettern, öffnete sich und schleuderte in der Zitterbewegung das Silberglöckchen beiseite. Schließlich seufzte er auf und lag wieder still. Lardis nickte entschlossen.

Mit angespannten Gesichtern traten die Henker vor, und Nathan sah, was Lardis mit ›blutiger Arbeit‹ gemeint hatte. Er zwang sich dazu, bei dieser einen Hinrichtung, nur dieser einen, zuzusehen, und ihm wurde übel. Es übertraf die schlimmsten Albträume seiner Kindheit und alles, was er je an Lagerfeuergeschichten gehört hatte.

Hagere Gestalten huschten durch die Nacht und trugen in Decken gehüllte Leichen davon, während Lardis Lidesci sich als Schiedsherr über Leben und Tod erwies. Und vor dem unwirklichen Hintergrund des rötlichen, rauchgeschwängerten Feuerscheins und dem entsetzlichen Geruch nach verbranntem Fleisch wurde Nathan endlich von seinen tief sitzenden geistigen Fesseln befreit, wurde zu einem Szgany-Mann der Sonnseite und ließ die abgeschüttelte Larve seiner sonderbaren Außerweltlichkeit hinter sich.

Zumindest die Hülle.

Aber ein Mensch besteht aus mehr als nur Fleisch und Blut. Solange er bei Bewusstsein ist, kann ein Mensch seinen Körper und zu einem großen Teil auch seine Gedanken beherrschen. Doch wenn er schläft ...? Gehören seine Gedanken dann noch ganz ihm selbst?

Als er noch klein war, hatte Nathan manchmal seine Mutter gefragt: »Warum reden die Wölfe mit mir, wenn ich schlafe? Warum höre ich all die Toten flüstern?« Dann schien sie sich in sich zurückzuziehen wie die Blumen bei Sonnunter, und ein unruhiger Blick erfüllte ihre Augen. Sie hieß ihn dann still sein und sagte ihm, dass man so etwas nicht fragte, denn diese Fragen seien sonderbar und die Leute würden sie nicht mögen oder verstehen.

Das waren nur einige der seltsamen Fragen, die Nathan nicht zu stellen gelernt hatte, bis er überhaupt kaum noch etwas fragte und lieber schwieg. Selbst in seinen Träumen hatte er gelernt, meist zu schweigen. Aber das war damals gewesen, in seiner Kindheit.

Und dies war das Heute, und er war ein Mann ...

Lardis hatte Nathan fortgeschickt, um sich ein warmes Plätzchen zu suchen und zu schlafen. Aber er konnte nicht schlafen. Es hätte Nathan nicht überrascht, wenn er nie wieder geschlafen hätte. Stattdessen wandte er sich von Lardis' und Andreis ›blutiger Arbeit‹ ab – von dem, was auf dem großen Tisch geschah, von der ungeheuerlichen, jedoch notwendigen Untersuchung der Toten und Untoten durch die Lebenden, solange diese noch lebten – und ließ sich im Schneidersitz am Fuß des Kreuzes nieder, an dem der Wamphyri-Offizier an seinen silbernen Nägeln hing.

Jemand brachte Nathan seine Kleidung, und er kleidete sich gedankenlos, fast unwillkürlich an, setzte sich dann wieder erschauernd mit der Decke um die Schultern hin und wartete darauf, dass der Offizier das Bewusstsein wiedererlangte. Denn Lardis hatte vor, diese Kreatur zu befragen, diesen Mann oder einstigen Mann, und ganz gleich, welch grausame Methoden der alte Lidesci anwenden würde, Nathan wollte mit eigenen Ohren hören, welche Antworten sie brachten. Er war nun ein Szgany und hatte sich einen Eid geschworen – was zwar niemand mitbekommen hatte, aber doch einen Eid, der nur schwer zu erfüllen war. Um seine Feinde vernichten zu können, musste Nathan sie zuerst verstehen.

In der Nähe brannte ein kleineres Feuer, an dem ihm allmählich warm wurde, bis er langsam einnickte. Und obwohl er es für unmöglich gehalten hätte, rollte er sich wenig später auf der Seite zusammen und schlief ein. Damit begann ein Heilungsprozess, der jedoch nur zum Teil körperlicher Natur war. Hauptsächlich war es eine Gelegenheit für seinen Geist, endlich anzuerkennen, dass er tatsächlich und unbestreitbar existierte. Zugleich verarbeitete er damit einige der ungeheuerlichen Dinge, die ihm endgültig klar gemacht hatten, dass dies die Wirklichkeit war.

Dies waren nur einige der Gründe, aus denen er schlief: um Geist und Körper zu heilen und damit sein Unterbewusstsein eine Art Ordnung in das Chaos der ihn umgebenden Wirklichkeit brachte. Doch sein Geist war anders als der anderer Menschen. Ebenso komplex wie das Erbgut, das ihn zum Abbild des Geistes eines anderen gemacht hatte, war er der lebende Beweis für den allgemein gültigen Satz: ›Wie der Vater, so der Sohn.‹ Der einzige Unterschied zwischen ihm und seinem Vater, dem Totenhorcher, bestand darin, dass Harry Keogh in seiner Welt den Vorteil der mathematischen Wissenschaft genossen hatte, sowie die Gesellschaft unzähliger Toter, die ihn liebten, anstatt ihn zu fürchten. Wohingegen in dieser Welt ... die Große Mehrheit vor vielem Angst hatte und meinte, nur noch einander trauen zu können. Darum mieden sie Nathan auch weiterhin, wenn seine Träume den ihren zu nahe kamen. So wie jetzt ...

Er spürte, dass sie ihn ausschlossen und sich in die Stille ihrer Gräber zurückzogen. Rascher als je zuvor hatten die zahllosen Toten ihn bemerkt und von sich gewiesen. Ihm blieb nichts anderes übrig, als von den Lebenden zu träumen.

Der Gedanke an Misha beherrschte ihn. Also träumte er von ihr. Nicht, wie er sie zuletzt gesehen hatte, in den Klauen eines Tiermenschen, (davor schreckte sein Geist zurück), sondern in kurzen Bildern aus ihrem Leben. Als Kind, als Mädchen und als junge Frau.

Zuerst als Kind:

Misha, wie er sie zum ersten Mal gesehen hatte, splitternackt, schlank, schimmernd und munter wie ein Fisch im Wasser, wie sie durch das sonnengesprenkelte, flache Wasser schwamm und ihm zurief, sich doch zu ihr zu gesellen. Auf seltsame Weise hatte ihre Unschuld ihm die seine geraubt! Obgleich er noch ein Kind gewesen war, waren seine Gedanken schon die eines Mannes. Danach hatte es andere Gelegenheiten gegeben, aber seinen sinnlichen Teil hielt er vor ihr verborgen. Sie hatten als Kinder zusammen gespielt, ohne dass das Geschlechtliche etwas bedeutet hätte, bis sich die Dinge im Lauf der Jahre änderten.

Einmal waren sie schwimmen gewesen. Als sie sich wieder angekleidet hatten, balgten sie am Flussufer miteinander – bis sie sich in die Arme fielen und sie seine Erektion fühlte. Er hatte gespürt, wie ihr der Atem stockte und sie etwas zurückwich. Doch schließlich siegte die Neugier. Sie hatte ihren Arm wie zufällig über seinen Unterleib gelegt, um zu sehen, wie der kleine Stab sich verhielt, der da in seiner Hose pochte.

Misha hatte ältere Brüder und war nicht blind. Sie wusste über diese Dinge Bescheid.

Eines Tages, als er fünfzehn war (sie war knapp ein Jahr jünger), waren sie auf einen Pflaumenbaum gestoßen. Es war schon spät im Jahr und die Früchte sehr reif. Nathan hob sie hoch, bis sie an die schimmernden, rotblauen Pflaumen herankam, und mehr denn je bemerkte er, wie ihre Schenkel in feste runde, noch leicht jungenhafte Hinterbacken übergingen.Als sie die Arme reckte, fielen ihm ihre knospenden Brüste auf. Als sie dann einige Früchte gepflückt hatte, lockerte er seinen Griff und ließ sie zwischen seinen Händen heruntergleiten.

Der Anblick ihrer braunen Beine, die das hochrutschende Kleid freilegte, versetzte ihn in Erstaunen.

Sie hatte seine Blicke gespürt und auch ihn, als sie die Zehen zum Waldboden streckte. Da hatte sie atemlos und wie unwillkürlich gesagt: »Sieh nur! Dein kleiner Mann zappelt wieder ...«

Und als er sich verlegen und errötend abwandte, hatte sie ihn am Ellbogen festgehalten.

»Warte, Nathan! Es ist schon gut. Ich verstehe das. Er zappelt vor Freude – vor Freude über mich!«

Denn ihre Brüder hatten ebenfalls Freundinnen, und Misha wusste, wie sie mit ihren Frustrationen umgingen und ihren überschäumenden Gefühlen Erleichterung verschafften. »Du solltest ihn rauslassen«, sagte sie zu Nathan und hielt ihn immer noch fest, »bevor er noch platzt!«

Und in der Geborgenheit des hohen Grases unter dem Pflaumenbaum hatte sie flüsternd und staunend die violette Farbe seiner geschwollenen Eichel mit der straffen Haut der reifen Pflaumen verglichen und ihn zum Höhepunkt gestreichelt. Seitdem hatte sie ihn drei lange Jahre auf diese Weise zufrieden gestellt und ihm gestattet, dieses zärtlichste aller Komplimente zu erwidern. Doch war sie über ihre Jahre hinaus klug und hatte nicht ein einziges Mal zugelassen, dass er in sie kam.

»Oh nein!«, sagte sie, wenn sein Fleisch zu sehr drängte. »Denn wenn ich Kinder bekomme, muss ich sie etwas lehren können, und das kann ich nicht, wenn ich noch so vieles zu lernen habe. Außerdem habe ich mich noch nicht entschieden. Vielleicht liebe ich dich, Nathan, aber ich bin mir nicht sicher. Was ist, wenn ich einen anderen entdecke, den ich wirklich liebe? Dann ist es zu spät! Wenn ich dein Fleisch jetzt sofort in meines lasse, lege ich mich vielleicht fest, ohne es zu wollen.«

Als sie erst vor einem Jahr in der Dämmerung spazieren gegangen und stehen geblieben waren, um sich an einem grasbewachsenen Ufer zu liebkosen, hielt sie ihn pochend in der Hand, und Nathan hatte gesagt: »E-e-er will dich auch küssen. Wo dich nur meine F-finger geküsst haben.«

Und spontan hatte sie ihn tief in den Mund genommen, um ihm den Stachel zu ziehen.

Danach hatte sie gesagt: »Da. Fleisch ist Fleisch, Nathan, aber auf diese Art entsteht kein neues Fleisch.« Damit hatte sie ihm den Finger auf den Mund gelegt und gesagt: »Schhhh! Sag jetzt nichts, gib keine Widerworte! Wir sind jetzt erwachsen. Gib mir noch ein Jahr, und dann – werde ich mich entscheiden. Aber es wird nicht leicht sein. Mein Vater und meine Brüder kennen viele Männer in Siedeldorf, und sie kennen dich. Oh, ich weiß – ich *weiß*, dass du ganz anders bist, als sie auch nur vermuten können – aber das macht es nur umso schwerer, sie davon zu überzeugen. Und es könnte ohnehin jemand anderer sein!«

Der einzige Jemand, der in Frage kam, konnte nur Nestor sein. Nathan wusste das, und er hatte geschwiegen. Nur ... Fragen hatte er sich schon gestellt. Denn es hatte auch Gelegenheiten gegeben, bei denen Nestor und Misha allein gewesen waren, und wer konnte schon sagen ...?

... Doch nein, denn Nestor war hinter den anderen Mädchen des Dorfes her, und Nathan hatte niemanden außer Misha. Das machte doch einen Unterschied, oder?

Da nun sein Bruder in seine Träume gelangt war, glitt Nathan weiter vorwärts in die Gegenwart. Misha war nun kein kleines Mädchen mehr, sondern eine junge Frau, die im Haus seiner Mutter saß und im Licht der Lampen und dem Schein des Feuers wie eine Wildblume wirkte.

Klein, aber langbeinig – elfengleich wie die Geschöpfe der Szgany-Sagen, die tief im Wald leben sollten – war Misha Zanesti der Brennpunkt der Faszination in Nathans Welt. Tatsächlich drehte seine Welt sich allein um sie, und zwar so sehr, dass es ihm schwer fiel, sich auf das zu konzentrieren, was sie und seine Mutter sprachen, da er doch nur Misha ansehen wollte. Auch jetzt, in seinem Traum, fiel ihm nicht mehr ein, was sie damals gesprochen hatten, doch ganz sicher wusste er noch, wie Misha ausgesehen hatte.

Ihr samtenes Haar war dunkel wie die Nacht und schimmerte im Sonnenlicht wie eine Rabenschwinge. Nathan hatte noch nie so schwarzes Haar gesehen. So groß und dunkelbraun waren ihre Augen unter den geschwungenen schwarzen, ausdrucksvollen Brauen, dass auch sie fast schwarz wirkten. Sie schimmerten aufmerksam, wenn sie Nana Kiklus warmer, tiefer Stimme lauschte, und ab und zu nickte sie ihr Verständnis und ihre Zustimmung. Ihr Mund war klein, gerade und süß unter einer kecken Stupsnase, die, obschon sie sich gelegentlich in echter Zigeunermanier aufblähte, nichts Falkenhaftes oder Strenges an sich hatte. Ihre Ohren liefen leicht spitz zu und zeichneten sich hell unter ihrem welligen Haar ab, das ihr in Locken auf die Schultern fiel.

Sie mochte nicht so wild, redegewandt oder kokett sein wie gewisse Szgany-Mädchen aus Siedeldorf, doch sie war mindestens genauso hübsch wie die anderen. Misha ermangelte es nicht an Feuer, wie Nathan wusste, aber sie verbarg es in sich und ließ es dort brennen. So war er der einzige (außer vielleicht Nestor?), der ihr inneres Strahlen erkannte. Es schimmerte wie ihre vollkommen weißen Zähne in der Sonne. Ah, aber wenn es sein musste, konnte sie diese Zähne auch zeigen, und er kannte einige Dorfbengel, die Mishas scharfe Zunge gespürt hatten, wenn sie zu vertraulich werden wollten! Diese Burschen konnten von Glück sagen, denn sie hätten noch viel mehr zu spüren bekommen, wenn er ... wenn Nathan ... aber das lag nicht in seiner Art. Zumindest war es damals nicht seine Art gewesen.

Jedenfalls konnte Misha gut auf sich aufpassen. Sie wusste, was sie wollte. Ihm fielen ihre Worte ein: »Wenn ein Mädchen sich zur Schau stellt und wie eine Schlampe aufführt, kann sie auch nur erwarten, wie eine behandelt zu werden. Das tue ich nicht, und das werde ich auch nie tun!«

Doch bei Nathan hatte sie sich immer so verhalten, wie es ihr gerade in den Sinn kam. Dafür war er dankbar ...

Seine Mutter und Misha entschwanden aus Nathans Traum und machten Nestor Platz. Nestor, wie er durch die Straßen von Siedeldorf stolzierte, von den Mädchen bewundert und von seinen Freunden so verehrt, wie der stotternde Nathan gemieden wurde. Nestor war stark und stolz, er mochte arrogant sein, aber kein gewalttätiger Rüpel, das nie. Bis zu jener letzten Nacht, in der er seine Körperkraft einsetzte, um jemand anderem seinen Willen aufzuzwingen.

Nestor, der Nathan während all der Jahre ihrer Kindheit umsorgt und beschützt hatte und sich auch um Misha kümmerte, bis er erkannte, wie sehr sie und Nathan sich zueinander hingezogen fühlten.

Jetzt war Nestor verschwunden, gefangen, von einem Wamphyri-Flieger auf die Sternseite verschleppt.

Nein!, sagte eine Stimme in Nathans Traum. Er erkannte sie auf Anhieb. Es war eine geistige Stimme, und telepathische Stimmen - sogar das Geraune der Toten - waren ihren körperlichen Gegenstücken nicht unähnlich; sie ›klangen‹ nicht anders als laut sprechende Stimmen auch. Doch dies war kein Toter, der da sprach, nicht einmal eine ›Person‹, obgleich Nathan ihn stets als solche erachtet hatte.

Nein, erklang die geistige Stimme wieder wie ein Fauchen, Husten, Bellen in Nathans träumendem Verstand. *Dein Bruder – unser Onkel – ist nicht auf die Sternseite verschleppt worden. Das Flugwesen, das ihn gefangen nahm, ist östlich von hier auf der Sonnseite abgestürzt.*

Nathan beschwor ein Bild desjenigen herauf, der da zu ihm sprach. Er hatte einen eigenen Namen für ihn: Blesse, nach dem schrägen weißen Streifen über der flachen Stirn, der von der linken Augenbraue bis zum rechten Ohr reichte, als sei das Fell dort von Frost gezeichnet. Blesse, dessen Augen in der Dämmerung die Farbe dunkelbraunen Wildhonigs hatten und bei Nacht gelblich leuchteten. Er war schlank, aber nicht mager, bestand ganz aus Muskeln und konnte besser und vor allem schneller klettern als eine Bergziege. Hinzu kam, dass er weit intelligenter war als der Rest des Rudels! Nathan bewunderte und achtete ihn und wusste, dass dies auf Gegenseitigkeit beruhte. Warum sonst sollten die wilden Wölfe des Grenzgebirges Nathan ›Onkel‹ nennen und ihn in seinen Träumen aufsuchen? Manchmal kamen sie sogar in seinen wachen Stunden zu ihm.

Der graue Bruder las Nathans Gedanken. Sie waren wesentlich klarer, als dies sonst in Träumen der Fall war. *Weil du unser Onkel bist!,* beharrte er. *Meiner und der Onkel der beiden, die du ›Stutz‹ und ›Grinser‹ nennst, meiner Brüder aus demselben Wurf. Und weil du und wir eines Blutes und eines Geistes sind, so sind wir neugierig, wie es dir ergeht, und bekümmern uns um dein Wohlbefinden. Wir glauben, dass unser Vater sich das gewünscht hätte …* (Ein geistiges Achselzucken, das Flattern eines grau bepelzten Ohres.) *Du bist nicht von unserer Art, aber wir sind verwandt. Du bist unser Onkel, ebenso wie Nestor. Doch du bist derjenige, der uns versteht. Von allen Szgany erfasst allein du, Nathan, unsere Gedanken und antwortest darauf.*

Nathan hatte nie verstanden, weshalb die Wölfe ihn in ihre Ahnentafel aufgenommen hatten. Es konnte nur ein Kompliment sein; so sah er es jedenfalls und war damit zufrieden, ihr Freund zu sein. Doch jetzt schien es, als sollte die Freundschaft mit den Wölfen Früchte tragen.

»Was ist mit Nestor?«, fragte er begierig. »Lebt er noch?«

Unsere grauen Brüder in Siedeldorf sahen, wie er im Maul des Wesens verschwand, erklang knurrend die Antwort. *Er wurde hochgerissen, verschleppt und gen Osten zum Grenzgebirge davongetragen. Doch in den Hügeln und entlang der Bergkette verfolgten wir den unbeholfenen Flug des Wesens. Ein dicker Bolzen hatte sich in sein Fleisch gebohrt, und in seinem verwundeten Zustand konnte es die Berge nicht überwinden. Flüssigkeiten rannen ihm aus der Wunde, es stürzte in einem Kiefernwald zu Boden und verendete an den Hängen über einer Szgany-Siedlung. Und so befindet sich dein Bruder, unser Onkel Nestor, nicht auf der Sternseite, sondern hier auf der Sonnseite. Aber … ich kann nicht sagen, ob er noch lebt. Angehörige des Rudels waren in der Nähe, aber nicht nahe genug. Und die Menschen in jenem Dorf fürchten sich vor allen Wesen, die nicht menschlich sind. Oh ja, sie fürchten sogar fremde Menschen! Die Graue Bruderschaft muss sich von dort fern halten.*

»Welches Dorf war das?« Nathan konnte seine Aufregung kaum bezähmen und wäre beinahe aufgewacht. »Wo ist der

Flieger abgestürzt? Wenn Nestor noch am Leben ist, muss ich ihn finden. Er ist alles, was ich noch habe.«

Du hast uns.

»Er ist der einzige Mensch, den ich noch habe.«

Du hast den Lidesci. Er war der Freund unseres Vaters, noch ehe wir geworfen wurden.

»Aber Lardis Lidesci ... ist nicht meines Blutes.«

(Der Wolf nickte weise.) *Das Dorf ist von hier aus das nächstgelegene gen Osten, zwischen den Flüssen.*

»Zwiefurt?«

Wir glauben, so heißt es. Aber, Nathan, du hast noch deine Mutter und ein junges Weibchen der Szgany. Wir haben euch zusammen gesehen, und sie ist stets in deinen Gedanken.

»Misha? Ich weiß nicht, ob sie noch lebt. Und falls sie lebt, weiß ich nicht, wo oder wie lange noch. Sie wurde von einem ... von einem Menschenhund geraubt! Einem Tierwesen. Einem Wamphyri!«

Der Herr, unser Vater, war ein Wolfsmensch, ein Werwolf.

Nathan schüttelte den Kopf. »Euer Vater kann nicht wie dieser gewesen sein. Ihr seid Tiere, Nichtmenschen. Aber der hier war eine ... eine Bestie! Er war unmenschlich!«

Wir kennen ihn. (Wieder dieses weise Kopfnicken.) *Jenseits des Passes im Osten haben die grauen Brüder gehört, wie er zu Karenhöhe den Mond ansingt. Denn er verehrt unsere silberne Herrin auf ähnliche Weise wie wir. Aber du hast Recht: Er ist nicht wie wir. Wir sind ... Tiere, und er ist eine Menschenbestie.*

»Wamphyri«, sagte Nathan, »oh ja ...«

Und deine Mutter? Was ist mit ihr?

»Ich weiß es nicht. Vielleicht wurde sie verschleppt; ich bete zu meinem Stern, dass sie nicht geraubt wurde. Vielleicht ist sie in die Wälder geflohen. Doch wenn sie das getan hat, warum ist sie dann nicht zurückgekehrt? Wisst ihr etwas von ihr?«

Nein. Von Nestor haben wir nur durch Zufall erfahren. Wir wünschen dir für deine Suche nach ihm Glück.

»Verlässt du mich jetzt?« Nathan ließ ihn nur ungern ziehen.

Viel Neues ist geschehen. (In Nathans Geist schienen Blesses goldene Augen ihn anzuglühen. Doch das gelbe Feuer in ihnen verblasste, und die telepathische Stimme des Wolfes wurde leiser und erklang wie aus weiter Ferne.) *Seltsame und ungeheuerliche Geschöpfe sind zur Sternseite gekommen und unternehmen von dort aus ihre Raubzüge zur Sonnseite. Die Wälder und Berge sind nicht mehr sicher, weder für Wolf noch Mensch. Auf diese Schwierigkeiten haben wir keine Antwort, doch es gibt zumindest einen, der sie vielleicht kennt. Jetzt gehen wir, um mehr darüber herauszufinden.*

Verzweifelt versuchte Nathan, ihn zurückzuhalten, sich an den einzigen vertrauten Faden zu klammern, wie unheimlich, schwach und unglaublich dieser auch sein mochte, um in einer Welt zu bestehen, die binnen weniger Stunden zu einem Alptraum geworden war. »Antworten? Aber auf die Wamphyri gibt es keine Antworten.«

Vielleicht hast du Recht. Vielleicht auch nicht. (Die Stimme wurde immer leiser und begann allen Sinn und Zusammenhang zu verlieren. Wie sonst sollte Nathan die nächsten Worte, die er hörte, verstehen?) *Aber unsere Mutter spricht mit unserem Vater, der dein Bruder ist. Wenn jemand die Antworten kennt, dann er. Deshalb gehen wir, um mit jener zu sprechen, die uns einst säugte.*

»Mit eurer Mutter, einer Wölfin?«

Oh ja, an einem geheimen Ort, wo ihre bleichen Knochen liegen ...

Es schien, als umheule Nathan ein kalter Wind, während die Wolfsstimme aus seinen Träumen entschwand ...

... doch es war nur die kalte Nachtluft, die über sein Gesicht strich, als ihm jemand die Decke vom Kopf zog. Er blinzelte gegen den Feuerschein und sah, dass Lardis neben ihm kniete und ihm die Decke wegzog. »Nathan«, knurrte der alte Lidesci. »Hoch, Junge, fort mit dir. Der, den du so brav bewacht hast, erwacht, und ich habe etwas mit ihm zu besprechen.«

Wie es Traumgespinste so an sich haben, verflüchtigte sich auch dieser Traum, sobald Nathan wach war. Nathan vergaß, was er über die unmöglichen Verwandtschaftsbeziehungen zu den Wölfen gehört hatte; seine Wölfe hatten ihn immer schon Onkel genannt, daher sah er darin nichts Sonderbares oder

Neuartiges. Es war nichts Behaltenswertes. Doch an dem, was er über Nestor erfahren hatte, klammerte er sich fest und wiederholte es wieder und wieder:

Der Flieger, der Nestor forttrug, ist im Osten in der Nähe von Zwiefurt abgestürzt.

Der Gedanke erschien ihm sonderbar, dass er erst gestern am Spätnachmittag mit den anderen aus Lardis' Reisegruppe auf dem Nachhauseweg durch Zwiefurt gewandert war. Seither schien es, als sei ein neues Zeitalter angebrochen. Ein Zeitalter der Finsternis.

Vielleicht hatte er laut gesprochen, noch ehe er ganz wach war. Denn Lardis hakte sofort nach: »Eh? Zwiefurt? Was ist damit?«

»Ich ... ich habe geträumt«, gab Nathan zur Antwort. »Ich glaube, von Zwiefurt.« Schon vor langer Zeit hatte er gelernt, nicht über seine Träume zu sprechen. Vor allem nicht über die sonderbaren.

Aber Lardis schüttelte besorgt den Kopf. »Nein, das war kein Traum. Zwiefurt wurde gestern Nacht überfallen; es war der Auftakt zu dem, was uns hier passiert ist. Während du geschlafen hast, ist eine Hand voll Flüchtlinge hier eingetroffen, und du musst unsere Gespräche mitbekommen haben. Zwiefurt gibt es nicht mehr. Die Menschen wollen nicht mehr dorthin zurück. Die Stämme sind zerstreut, Nathan, und wir müssen wieder zu Wanderern werden. Die Tage werden unser sein und die goldene Sonne unsere einzige wahre Freundin, aber die langen, dunklen Nächte werden ihnen gehören – den Wamphyri!«

Der Wamphyri-Offizier stöhnte und regte sich an seinem Kreuz. Nathan stand auf, lockerte seine verkrampften Glieder, und seine Prellungen begannen zu schmerzen. Er warf einen Blick auf die Sterne über dem dunklen Grenzgebirge und sah, dass es schon nach Mitternacht war. Er hatte noch nie so lange an einem Stück und an ein und derselben Stelle geschlafen. Seine Blase war voll, und er verspürte ein dringendes Bedürfnis.

Er stolperte in die Schatten und fand eine Stelle, an der er sich erleichtern konnte. Der Boden hatte bereits Vampirdunst, Kriegergestank und ungerächtes Szganyblut abbekommen. Da konnte ein bisschen Urin auch nicht mehr schaden. Nathans Gedanken waren bereits so zynisch und bitter geworden wie der Geschmack in seinem Mund ...

Als er zurück an das Kreuz kam, war der Wamphyri-Offizier wach. Er drehte den Kopf so weit in alle Richtungen, wie der silberne Nagel durch seinen Haarknoten es zuließ, und starrte finster auf die Hand voll Männer, die sich zu seiner Befragung versammelt hatten. Einen Augenblick lang richtete sich der scharlachrote Blick des Vampirs auf Nathan, brannte sich in seine Seele und ließ ihn einen Schritt zurückweichen, bevor er weiterglitt. Nathan stellte keine Bedrohung dar; er war bloß ein Junge und damit unwichtig. Aber mit den Männern verhielt es sich anders. Besonders mit diesem hohläugigen Anführer des Szgany-Abschaums, der wie ein Affe aussah.

Vratza Wransknecht ließ den Blick seiner blutroten Augen auf Lardis ruhen und funkelte ihn an. »Mensch«, krächzte er, »du bist dem Untergang geweiht.« Seine Augen huschten nach links und rechts und nahmen die silbernen Nägel wahr, die ihn am Kreuz festhielten. »Für das, was du getan hast und mir noch antun wirst, wird mein Herr und Meister Wran dir deine Eingeweide in den Rachen stopfen, dir das Herz bei lebendigem Leib herausreißen, es dampfend verschlingen und deine Überreste an seine Krieger verfüttern. Wer du auch *warst,* du bist bereits tot!«

Lardis sah zu ihm auf, neigte den Kopf ein wenig und schnupperte argwöhnisch, verächtlich in der Luft. Er sah zu den Männern, die ihn umstanden, Kirk Lisescu, Andrei Romani und seinen Brüdern und noch ein oder zwei anderen, ehe er fragte: »Steigen oder fallen die Worte von seinen Lippen? Ich glaube, sie fallen. Oder ist es der Gestank der Krieger, der in der Nachtluft hängt? Nein, der ist im Vergleich hierzu ein süßes Lüftchen. Mir scheint, wir haben uns geirrt und hätten ihn höher annageln müssen. Doch was soll's ... Gestank ist bloß Gestank.«

Die Muskeln des Vampirs verkrampften sich, als er die grauen

Arme an den silbernen Nägeln spannte. Ein Schauer ließ seinen Körper erbeben, dann stöhnte er und hing still. Doch einen Moment später hob er den Kopf, starrte Lardis so böse an wie zuvor und sagte: »Oh ja, mach du nur deine Witze, solange du noch kannst. Denn all dies hier«, er schnaubte auf und ruckte leicht mit dem Kopf in einer kleinen, höhnischen Geste, die ganz Siedeldorf als Nichtigkeit abtat, »ist Vergangenheit. Und deine Leute sind schon Staub. Jeder deiner Männer, jede Frau, jedes Kind – sie alle sollten ab jetzt jeden Atemzug zählen und ihn auskosten, als wäre es ihr letzter. Denn die Glücklichen haben nur noch sehr wenig zu atmen. Denjenigen, die dieses Glück nicht haben, sollen die zweifelhaften Freuden der großen Burg auf der Sternseite zuteil werden, von den Mühlen, in denen ihre Knochen zu Mehl gemahlen werden, bis zu den Pferchen der Krieger und den brodelnden Methangruben. Sie sollen Nahrung werden für die Lust meines Herrn, Fleisch für sein Verwandlungswerk, Futter für seine Bestien. So soll es geschehen.«

Jemand hatte Lardis einen Hocker gebracht, auf dem er sich niederließ. Er stützte den Ellenbogen auf ein hochgelegtes Knie und das kantige Kinn auf die schwielige Hand. Er sah den Gefangenen fast gleichgültig an, aber alle, die ihn kannten, hätten gewusst, wie unheilsschwanger seine Stimme klang, als er ruhig antwortete: »Bist ein geschwätziger Hurensohn, was?« Dann kam die nüchterne Frage:

»Hast du einen Namen, Vampir, oder reicht es dir, wenn man sich deiner als Gestank und eine schwarze Rauchwolke, die von unserem Feuer aufsteigt, erinnert?«

Die Kreatur fuhr zusammen und blickte noch finsterer drein. Sie begann an ihrem Kreuz zu zittern. Das Silberschrot vergiftete den Körper des Vampirs ebenso wie die langen Silbernägel, die seine Handgelenke, seine Ellbogen und die zuckenden Muskeln seiner Waden an das eisenharte Holz fesselten. Nach den Maßstäben der Vampire war er schwach, aber nach menschlichem Ermessen immer noch stark. Wäre er von seinem Kreuz losgekommen, hätte er selbst jetzt noch Tod und

Verwüstung unter seinen Folterern gesät, bis ihm jemand einen Bolzen ins Herz gepflanzt hätte. Diese Art des Abgangs hätte er vorgezogen: In der einen Minute in blutigen Kampf verstrickt, in der nächsten mit einem Bolzen durch die Brust und schließlich mit abgetrenntem Kopf, der in einem Blutschwall durch die Luft flog. Danach mochten sie ihn verbrennen. Aber nicht, solange er noch am Leben war.

Es schien, als hätte Lardis seine Gedanken gelesen. »Ach ja?«, sagte er. »Hast du etwa Angst vor dem Feuer?« Er wusste, dass dem so war. Vampire brannten nur langsam, das Wesen in ihnen setzte sich in der Regel bis zum Ende zur Wehr.

Kirk Lisescu war kurz weggegangen und kehrte nun mit einem Spaten zurück. Er pfiff leise vor sich hin, beugte seinen hageren, muskulösen Rücken vor dem Kreuz und begann in der lockeren Erde zu graben. Immer wenn das Spatenblatt den Hochpfahl traf, erzitterte dieser leicht. Lardis blickte den Offizier an, nickte in Kirks Richtung und sagte:

»Er gräbt vorne. Irgendwann wird das Kreuz den Halt verlieren und in das Feuer dort fallen.« Er stand auf und deutete lässig mit dem Daumen hinter sich, wo eine lange, tiefe Grube ausgehoben war, in der rot glühende Scheite und Kohlen glosten. »Puhh!« Lardis wischte sich über die Stirn. »Ganz schön heiß!« Er schritt auf und ab, die Hände auf dem Rücken verschränkt und das Kinn leicht vorgereckt, ohne dass es bedrohlich wirkte, und fuhr gelassen fort:

»Wenn du natürlich etwas zugänglicher wirst und redest – na, dann wird mein guter Freund hier vielleicht mit dem Graben einhalten und zuhören, was du zu sagen hast!« Er zuckte die Achseln. »Eigentlich ist es ganz einfach! Solange du redest, bleibst du am Leben, wenigstens solange du uns etwas Interessantes zu erzählen hast. Und wenn du zu reden aufhörst, brennst du. Du hast uns übrigens immer noch nicht deinen Namen gesagt, oder woher du kommst oder wie viele von deiner Sorte es gibt ... *oder überhaupt irgendetwas, das wir auch nur ansatzweise interessant finden könnten!*«

Lardis stieß die letzten Worte fast fauchend hervor, bleckte die Zähne, stürzte vor, riss Kirk Lisescu den Spaten aus der Hand und machte sich nun seinerseits mit aller Kraft ans Schaufeln, bis das Kreuz erbebte, ein unheilvolles Knarren von sich gab und sich ganz leicht auf das Feuer zu neigte.

Aber diese geringe Neigung reichte aus. Endlich rückte der Vampir mit der Sprache heraus ...

ZWEITES KAPITEL

»Meinen Namen?«, plapperte die untote Kreatur am Kreuz und starrte mit hervorquellenden roten Augen auf die Feuergrube, in die er vornüber kippen würde, wenn er vorher nicht redete. »Ist das alles, was ihr wissen wollt? Meinen Namen und ein paar nutzlose Informationen? Nun gut, was immer es euch auch nützen mag, man nennt mich Vratza Wransknecht. So, was kann ich euch noch erzählen?«

Lardis warf den Spaten beiseite, trat einen Schritt zurück und atmete tief durch. Dann sah er zu seinem Gegenüber auf, nickte und lächelte ohne jeden Humor. »Du hast also den Namen deines Herrn angenommen, was? Und hattest du auch vor, eines Tages in seine Fußstapfen zu treten?«

Unter gesenkten Brauen versprühten die roten, zu Schlitzen zusammengekniffenen Augen des Vampirs ein wahres Feuerwerk der Abscheu. »In Turgosheim«, knurrte er, »verfügte Lord Wran der Rasende über mehrere Offiziere. Hier und jetzt hat er nur einen – mich! Ja, ich wollte ein Wamphyri werden!«

Wieder nickte Lardis. »Turgosheim, ja? Und wo, bitte schön, liegt Turgosheim?«

Der andere starrte ihn finster an, blähte die Nüstern, schwieg ... bis Kirk Lisescu wieder nach dem Spaten langte.

»Im Osten!«, schrie Vratza auf und riss an den Silbernägeln, bis die blauen Adern in seinem Arm zuckend hervortraten, doch vergebens. Er mochte sich das Fleisch zerreißen, aber die Nägel bekam er nicht heraus. »Im Osten«, krächzte er wieder, entspannte sich, so gut es ging, und hing bebend und keuchend da. »Hinter der Großen Roten Wüste. Dort gibt es Berge, einen kleineren Gebirgszug – ebenso wie hier gibt es eine Sternseite im Norden und eine Sonnseite im Süden – aber alles ist kleiner. Turgosheim liegt in einer Schlucht vor der Sonne verborgen. Dort waren wir zu Hause, aber Wratha hat uns hierher gebracht.«

»Wratha?« Lardis neigte den Kopf zur Seite. »Ein Frauenname? Heißt das, ihr werdet von einer Lady angeführt?«

»Wratha die Aufgestiegene, eine Lady, oh ja. Unter ihrer Führung haben wir Turgosheim verlassen.« Vratza redete wie ein Wasserfall; Lardis brauchte nur noch seine Fragen zu stellen.

»Warum hat sie euch hierher gebracht?«

»Weil in Turgosheim nichts mehr zu holen war. Zu viele Vampire, zu wenige Sonnseiter.«

»Ah ja.« Lardis reckte den Hals und kniff die Augen zusammen. »Und wie viele Lords gibt es in Turgosheim?«

»Über vierzig, nicht ganz fünfzig. Einschließlich der Ladys.«

»Und wie viele sind jetzt hier?«

»Sechs. Wratha und ihre fünf Gefährten.«

»Und Offiziere?«

»Ich selbst und noch einer.«

Lardis senkte das Kinn. »Was? Sechs von ihnen und nur zwei von euch?«

»Vier von uns starben letzte Nacht«, sagte Vratza finster, »als wir von der Sternseite kamen, um ein Dorf östlich von hier zu überfallen.«

Andrei Romani nickte und klatschte beifällig in die Hände. »Gut gemacht, Zwiefurt!«, schmunzelte er grimmig. »Endlich eine gute Nachricht. Wenigstens waren sie vorbereitet!«

»Nein.« Vratza schüttelte den Kopf. »Wir waren unvorbereitet. Einige Männer wehrten sich, damit haben wir nicht gerechnet! In Turgosheim wäre so etwas undenkbar gewesen. Aber als wir danach hier zuschlugen, waren wir in der Tat vorbereitet. Was mich betrifft, so habe ich lediglich Pech gehabt ...«

»Großes Pech«, sagte Lardis leise, »denn es wird dich das Leben kosten – oder wie auch immer du diese abscheuliche Daseinsform nennen willst. Eigentlich tun wir dir damit sogar einen Gefallen.«

»Ihr wollt mich trotzdem verbrennen?«

»Das weißt du doch.«

»Und das nennst du einen Gefallen? *Hah!* Wieso sollte ich weiter mit dir reden?«

»Um etwas länger zu leben«, antwortete Lardis, während Kirk den Spaten wieder in die Erde rammte.

Das Kreuz ruckte heftig und Vratza schrie: »Nein, wartet!« Nach kurzem Schweigen stöhnte er: »Was noch?«

Lardis strich sich nachdenklich übers Kinn. »Sechs Wamphyri und zwei Offiziere – nein, nur einer. Wie steht es mit Knechten?«

»Nur die, die wir in Zwiefurt in Dienst genommen haben. Und vielleicht einige von hier.«

»Oh ja, aber nur sehr wenige«, versetzte Lardis zähneknirschend. »Denn wir haben reichlich Erfahrung im Umgang mit euren Opfern!« Er ballte die Fäuste und machte unwillkürlich einen Schritt nach vorn. Andrei Romani packte ihn am Arm und brachte ihn zum Stehen.

Doch seine Wut war schon wieder verflogen, und Lardis war wieder Herr seiner Sinne. Seufzend ließ er die Schultern hängen. »Wir haben uns um sie gekümmert«, sagte er. »Um die meisten ... nehme ich an.«

Er wies die Bilder der ausgezehrten, anklagenden Gesichter der Menschen, die er untersucht und für verseucht befunden hatte, von sich und versuchte sich wieder auf die anstehende Aufgabe zu konzentrieren. Doch es fiel ihm schwer, denn er war todmüde. »Krieger«, knurrte er schließlich. »Wie viele?«

»Drei«, kam die Antwort. »Aber sie werden weitere erschaffen, sobald sie das Material dazu haben.«

»Das Material?« Lardis konnte ein Erschauern nicht unterdrücken. Dieses Albtraumwesen sprach von Menschen – anständigen Menschen, guten Szgany – die von den Wamphyri in Monster verwandelt werden sollten! Er spürte die Galle in seinem Innern aufsteigen und mit ihr seine Wut und ewigen Hass. Ihm war klar, dass er nicht mehr lange mit Vratza Wransknecht zu sprechen vermochte.

Doch für den Augenblick musste er sich beherrschen und seine Gefühle zügeln. Also sagte er: »Etwas klingt hier wie eine Glocke ohne Klöppel – hohl. Du sagst, dass die Wamphyri aus diesem Turgosheim nur mit einer Hand voll Offiziere und Kriegern hier einrückten? Wurden sie etwa in die Verbannung geschickt?«

»Nein, nicht in die Verbannung«, antwortete Vratza. Die Schmerzen, die die Silbernägel verursachten, trieben ihm den Schweiß auf die Stirn. »Aber sie hätten die Lady Wratha verbannt, wenn sie herausgefunden hätten, was sie getan hat. Die Sache verhält sich so: Flugfähige Krieger sind in Turgosheim verboten. Aber wie ihr gesehen habt, haben Wratha und ihre Genossen Kampfgeschöpfe erschaffen, die fliegen können. Sie mussten es heimlich in der Abgeschiedenheit ihrer Stätten tun. Es war die einzige Möglichkeit, sich den Einschränkungen von Turgosheim zu entziehen und hier ein neues Leben zu beginnen. Doch sie wurden schließlich entlarvt und mussten fliehen.«

Lardis runzelte die Stirn und kratzte sich am Kopf. »In Turgosheim gibt es keine Krieger?«

»Keine flugfähigen, dafür andere. Einige kleinere Geschöpfe werden in den Türmen und Stätten gehalten, andere streifen durch den Boden der Schlucht von Turgosheim und halten Eindringlinge fern.«

Lardis versuchte sich ein Bild des Gesagten zu machen und nickte bedächtig. Er sah seine Männer an, kniff die Augen zusammen und setzte die Befragung fort: »Aber auf lange Sicht – ich meine jetzt, da die Lady Wratha ihren Weg hierher gefunden hat – ist es durchaus möglich, dass die anderen eigene Ungeheuer heranzüchten und ihr folgen, nicht wahr? Hat sie es deshalb so eilig, weitere Offiziere, Krieger und Knechte zu erschaffen?«

Vratza wurde an seinem Kreuz immer schwächer. Das fremdartige Ding in seinem Leib, das ihn zu einem Vampir machte, war vergiftet. Sein Körper konnte sich nicht regenerieren, und jede einzelne der kleinen Silberkugeln, die ihn in die Brust getroffen hatten, schmerzte höllisch. Dennoch, trotz seiner Qualen, begann er Lardis Lidesci in einem neuen Licht zu sehen. Er nickte, soweit der Nagel durch seinen Haarknoten es zuließ, und knurrte: »Ich erkenne ... ich sehe schon ... dass sie mit einem wie dir ... noch alle Hände voll zu tun haben werden. Ich nehme an, ich ... bin nicht der erste Wamphyri-Knecht, mit dem du ... die ein oder andere Stunde in ... *höflichem* Gespräch verplaudert hast. Schade, dass wir uns nicht als gleichberechtigte Gegner begegnet sind.«

»Oh ja, wohl wahr!«, sagte Lardis und schnaubte verächtlich. »Gleichberechtigt, ach ja? Du mit deinem Handschuh und der Kraft von fünf Männern, untot und kaum zu töten? Hah! Weißt du noch, wie du geraubt wurdest? Nennst du das vielleicht gleichberechtigt? Nein, versuche nicht an meine Menschlichkeit zu appellieren, Vratza Wransknecht. Denn was dich und deinesgleichen betrifft, bin ich fürwahr selbst ein Ungeheuer!«

Kirk Lisescu zupfte ihn drängend am Ellbogen. »Mach weiter«, raunte er. »Er wird schwächer. Hol aus ihm raus, was es zu hören gibt, und dann mach Schluss.«

Vratza starrte sie finster an. »Ich habe die Ohren eines Vampirs«, knurrte er. »Euer Geflüster klingt in ihnen wie Schreie! Aber du hast Recht! Ich bin schwach und mache es nicht mehr lange. Ihr solltet jetzt gehen und mich sterben lassen. Das ist mein Wunsch.«

»Noch ein paar Fragen«, sagte Lardis, »und dann werde ich mich persönlich deines Wunsches annehmen.«

»Nein! Nein!«, begehrte Vratza stöhnend auf. »Es ... es reicht jetzt. Ich ... ich bin am Ende.« Er ließ den Kopf hängen und erschlaffte an den Nägeln.

Lardis nickte grimmig. »Du bist also am Ende, ja?«, wiederholte er die Worte seines Gegenüber. »Na klar, und ich bin der Dorftrottel, der von einem Rebhuhn mit ›gebrochenem‹ Flügel von einem Nest voller Eier fortgelockt wird!«

Vratza erwiderte nichts, sondern blieb einfach hängen, auch als Kirk Lisescu den Spaten wieder aufnahm.

Lardis wartete eine Weile und sagte dann: »Vratza, hör mir zu. Wir können nicht hier bleiben, sondern müssen weiterziehen – wir alle, das gesamte Dorf. Und wir haben gewiss nicht vor, dich mitzunehmen. Du wirst also sterben, das will ich nicht verhehlen. Doch wie du stirbst, liegt bei dir. Du hast die Wahl! Beantworte uns noch ein paar Fragen, und du stirbst schnell, ohne dass du etwas spürst. Du kannst aber auch bis zum Morgen dort hängen bleiben, wenn die Sonne aufgeht. Dann erleidest du den – für jemanden wie dich – schlimmstmöglichen Tod. Hör zu. Du hast Recht, ich habe auch früher schon mit Vampiren zu tun gehabt. Ich habe gesehen und gehört, wie deinesgleichen im Sonnenlicht schmilzt. Erst wird die Haut schwarz und beginnt sich abzuschälen, schwarzer Rauch wallt auf, während dein Körperfett zerläuft, dann kommen die schrecklichen Schreie, wenn deine Gedärme platzen und dir die Augäpfel über die Wangen rollen. Nach ein oder zwei Stunden, höchstens drei, hängst du dort als schwarzes, teeriges Lumpending, aus dem die Knochen hervortreten und dessen schwarzer Schädel zu einem letzten Schrei erstarrt ist! Ist es das, was du willst, Vratza Wransknecht?«

Vratza zuckte etwas, gab jedoch keine Antwort.

»So sei es.« Lardis nickte. Dann erhob er die Stimme: »Männer, bindet diese Kreatur noch fester, mit gutem Silberdraht um Arme, Beine und Hals. Und hämmert ihm noch ein paar Nägel rein, damit seine Krämpfe ihn nicht losreißen, wenn die ersten Sonnenstrahlen ihn erfassen. Dann räumt das Dorf. Wir ziehen in einer Stunde ab.«

»Wartet!« Die roten Augen des Vampirs öffneten sich, während er sich erneut, aber nicht mehr so heftig, gegen die Nägel stemmte, die sein Fleisch durchdrangen. Dann ließ er sich keuchend und nun wirklich erschöpft hängen und warf Lardis böse Blicke zu, in denen jetzt jedoch Hilflosigkeit und Verzweiflung standen.

»Ich bin ohnehin so gut wie tot«, röchelte er. »Euer Silber kreist mir im Blut. Aber ... habe ich dein Wort? Wirst du rasch und sauber Schluss machen?«

Lardis nickte und knurrte: »Das ist mehr, als du je jemandem zugestanden hast.«

Vratza legte den Kopf zurück gegen das Kreuz, schloss die Augen, atmete tief ein und sagte: »Ein Bolzen wird nicht ausreichen. Lange, sehr lange, war ich Wrans Knecht. Ich bin dem Wamphyri-Zustand sehr nahe gekommen ...«

Lardis nickte und sagte leise: »Das habe ich bemerkt. Sei gewiss, dass wir das beachten werden.«

»Dann ... stelle deine verfluchten Fragen und mach der Sache ein Ende!«

Etwas seitlich hinter dem Kreuz, wo der gekreuzigte Vampir sie nicht sehen konnte, legten Andrei Romanis Brüder gespannte Armbrüste auf dem nunmehr leeren Tisch bereit, und Kirk Lisescu ließ den Doppellauf seiner Schrotflinte einrasten. Sie wollten nicht, dass Vratza ihre Vorbereitungen bemerkte, falls er sein Schweigen doch noch bis zum Ende wahren sollte. Seltsamerweise empfanden sie keinen Hass mehr gegen ihn, nur noch stille Entschlossenheit; denn dieser Vampir war am Ende.

Lardis sagte: »Du hast uns von der Lady Wratha berichtet, die die sechs Wamphyri anführt. Und von deinem Herrn Wran dem Rasenden. Jetzt erzähle uns auch den Rest. Wer sind sie, und woran können wir sie erkennen?«

Vratza hob den Kopf und starrte über das verwüstete, rauchende Siedeldorf. Er schien zur Nacht zu sprechen:

»Gorvi der Gerissene ist einer von ihnen«, sagte er. »Wie sein Name schon sagt, ist er glattzüngig und schlüpfrig wie Öl. Dann ist da Spiro, Wrans Bruder, den man Todesblick nennt. Spiro und Wran – sie sind Zwillinge, und ihr Wamphyri-Vater hatte den bösen Blick. In seiner Jugend konnte er Menschen töten – Szgany töten und ihre Herzen zum Platzen bringen – indem er sie nur ansah! Das haben die Brüder auch schon versucht, allerdings bislang ohne nennenswerten Erfolg. Außerdem ist da Lord Vasagi, auch als Vasagi der Sauger bekannt. Ich werde nicht versuchen, ihn euch zu beschreiben, aber ... wenn ihr ihn seht, erkennt ihr ihn sofort. Zuletzt und nicht als Geringster ist da noch Canker Canison, der den Mond ansingt und wie ein Hund oder Fuchs umherspringt, aber aufrecht auf zwei Beinen ...«

Ein erstickter Aufschrei – halb Keuchen, halb Ausruf – drang aus den zuckenden Schatten außerhalb des Feuerscheins, und Nathan Kiklu stolperte in den Lichtkreis, ohne den starren

Blick von der schrecklichen und doch tragischen Gestalt am Kreuz zu nehmen.

Nathan hatte im Schatten eines umgekippten Karrens jenseits des schwachen Scheins der Feuergrube gestanden und allen Fragen von Lardis und allen Antworten von Vratza Wransknecht gelauscht. Er hatte alles mitangehört. Noch bis vor einem Moment war sein Blick leer gewesen, nur ein seltsamer Ausdruck hatte in seinen Augen gelegen und das Licht der Sterne und des Feuers hatte sich darin gespiegelt. Doch plötzlich war er so aufmerksam wie noch nie. Er trat vor, blieb neben Lardis stehen und warf einen unbarmherzigen Blick auf das elende Geschöpf am Kreuz.

»Was war das?«, sagte er. Seine klare, jugendliche Stimme durchschnitt die raue Nacht wie ein Messer. »Was hast du da von einem Wesen gesagt, das wie ein Hund oder Fuchs umherspringt? Canker Canison hast du ihn genannt?«

Der Vampir neigte den gewaltigen Kopf, um Nathan zu betrachten. Er erkannte ihn wieder. Nathans Gesicht war eines der ersten gewesen, auf die sein Blick gefallen war, als er vor dem Verhör das Bewusstsein wiedererlangte. Da hatte der Junge noch einen verängstigten Eindruck gemacht. Stolpernd war er so weit zurückgewichen, dass der Blick aus Vratzas blutroten Augen ihm nicht mehr folgen konnte. Jetzt war er zwar immer noch etwas unsicher auf den Beinen, aber er hatte keine Furcht mehr vor ihm.

Vratza war wahrlich tief gesunken. Sogar Kinder wagten ihn anzusehen, ohne sofort zurückzuschrecken!

Fauchend kräuselte der Vampir die fleischige Oberlippe und zeigte Nathan die gegabelte Zunge und die dolchförmigen Zähne. Doch immer noch blieb der Junge stehen. Bis der Vampir schließlich lächelte – falls man das, was er mit seinem Gesicht anstellte, als Lächeln bezeichnen konnte – und sagte: »Ich war in deinem Alter, als ich dem Tribut zugeteilt wurde. Seitdem ... bin ich einen langen Weg gegangen.« Er blickte Lardis an. »Sogar bis zum Ende.«

Lardis legte einen Arm um Nathans Schultern. »Der Bursche

hat ... er hat ein gewisses *Interesse* an der Angelegenheit.« Doch als er Nathan ansah, fragte er sich, ob das, was er da machte, vernünftig war.

»Ach ja?« Vratza neigte fragend den Kopf zur Seite.

Nathans linker Mundwinkel zuckte leicht. »Es ... es geht um mein Mädchen. Dieses Hundewesen, Canker, hat mich niedergeschlagen und sie mitgenommen. Seitdem ... haben wir sie noch nicht gefunden.«

»Aha!«, sagte Vratza gleichmütig. Und als gäbe es Nathan nicht, huschten seine Augen wieder zu Lardis. »Ist es damit getan? Bin ich fertig?«

Lardis nickte. Kirk Lisescu und die anderen nahmen ihre Waffen auf und traten hinter dem Kreuz hervor in den Lichtkreis.

Vratza erblickte sie, und Feuer und Blut sprangen ihm in die Augen. Er öffnete das Albtraummaul und zischte. Seine gespaltene Zunge vibrierte in der rot gerippten Höhlung seines Mundes.

»Nein, wartet!« Nathan schüttelte Lardis' Arm ab und zeigte mit ruhiger Hand auf das Ungeheuer am Kreuz. »Ich will, dass du mir alles über Canker Canison und Misha sagst. Wie wird es ihr ergehen?«

»Nein!« Lardis baute sich vor Nathan auf und breitete die Arme aus, als wolle er einen Schrecken abwehren. Was auch der Fall war. »Vratza, sage ihm nichts! Deine Zeit ist gekommen.« Er warf einen Blick auf seine Männer, die bereitstanden, und nickte ihnen zu. Aber der Vampir sprach bereits – zu Nathan.

»Meine letzte Handlung«, sagte er mit einer Stimme, die wie blubbernder Teer in einem Vulkanloch klang, »auf dass deine Träume fortan nur noch darum ihre Schreckenskreise ziehen. Du fragst nach Canker? Und nach deinem Mädchen?«

»Ja.« Nathan musste es wissen. Hinter ihm hoben die Männer die Waffen und brachten sie in Anschlag.

»Canker nimmt sich Frauen nur zu einem einzigen Zweck!«, gurgelte Vratza. »Um sie zu benutzen. Und wenn er sie benutzt hat – auf jedwede Weise, die ihm zusagt – schüttelt er sie zu Tode wie ein Wolf eine Ziege!«

»Schweig!«, brüllte Lardis.

Eine Armbrust surrte und der Bolzen traf Vratza dicht neben dem Herzen, grub sich in seine blutige, aufgerissene Brust, bis nur noch die Befiederung herausragte. Er verkrampfte sich und hustete Blut, sog die Luft ein – und redete weiter! Während seine Stimme zu einem Kreischen wurde, das schließlich in wahnwitziges Gelächter überging, sagte er: »Junge, siehst du diesen Schaft in mir, wie er mich zerreißt? So wird sie gerade zerrissen. Und Cankers Schaft ist genauso hart und rau. Sei gewiss, dass er ihr das Herz aus dem Leib rammeln wird! Oh – ha, ha, haaaa!«

Nathan schwankte, sein Gesicht war so bleich wie ein Laken, und Mund und Augen wirkten wie eingestanzte Löcher. Als ein zweiter Bolzen neben dem ersten einschlug (den Vampir jedoch immer noch nicht tötete, denn die Männer schossen hastig, um Vratza zum Schweigen zu bringen, und verfehlten deshalb ihr Ziel), sagte der junge Mann flüsternd:

»Und jetzt ... jetzt will ich, dass du stirbst.«

Kirk Lisescu gewährte Nathan diesen Wunsch. Zwei rasch aufeinander folgende Schüsse verwandelten den Kopf des Vampirs in einen blutigen Brei, als der Silberschrot die letzten Gesichtszüge auslöschte.

Blut spritzte weit umher. Donnernde Echos hallten von der Palisadenwand und wurden von den Hügeln zurückgeworfen. Lardis zerrte Nathan grob zurück, um ihn vor dem roten Sprühregen in Sicherheit zu bringen. »Das Zeug willst du doch nicht an dir haben«, keuchte er. »Oder? Sogar die Luft, die dieser Bastard atmet, ist verpestet!«

Ein zweites Mal schüttelte Nathan ihn ab, dann taumelte er in die Nacht, um sich zu übergeben. Als er laute Rufe hörte, blickte er zurück. Vor dem Schein des Feuers sah er das Kreuz mit dem daranhängenden Wesen als schwarze Silhouette – doch der Umriss führte ein grässliches Eigenleben!

Vratza Wransknecht hatte erwähnt, dass er kurz davor gestanden hatte, zu einem Wamphyri zu werden, und er hatte Recht gehabt. Untotes, wandelbares Fleisch bildete Nester aus sich windenden Tentakeln, die aus seinen Gedärmen, seiner Brust und anderen Partien seines gewaltigen Körpers hervorschossen. Peitschend und zitternd legten sie sich um die Balken des Kreuzes und hielten ihn fest. Doch die Männer hatten Wurfseile über die Enden des Querbalkens geworfen und zogen so lange, bis er nach vorn kippte und in die Feuergrube fiel.

Nathan hörte das Zischen und sah weißen Dampf oder Rauch aufsteigen, der bald schwarz werden würde. Lardis hatte schon richtig gesagt: Binnen einer Stunde würde Vratza nur noch aus Gestank und einer Rauchwolke bestehen. Nichts sollte von ihm übrig bleiben ...

... bis auf die scheußliche Szene, die er Nathan ausgemalt hatte. Und die mochte sehr wohl ein Leben lang überdauern ...

Später kehrte Nathan zum Haus seiner Mutter zurück und durchstöberte die Trümmer. Er war nicht davon überzeugt, dass die bisherigen Helfer alles in ihrer Macht Stehende getan hatten. Um ganz und gar sicherzugehen, legte er noch den Boden der Scheune frei, nachdem er mit dem Haus fertig war. Und fand nichts, nicht einmal einen Blutfleck.

Er stand an der Stelle, an der er Misha in den Armen des fauchenden, rotäugigen Ungeheuers erblickt hatte, senkte den Kopf, biss die Zähne zusammen und ballte die Fäuste. Aber er weinte nicht. *Nein,* sagte er sich, *ich werde keine Träne vergießen, ehe ich nicht sein Blut vergossen, seinen zottigen Kopf abgetrennt, den Gestank seines brennenden Fells gerochen und seine letzte schwarze Rauchspur vom Winde verweht gesehen habe!*

Dies war sein Eid als Szgany.

Er schlief ein. Vor dem Morgengrauen ging er zum Haus der Zanesti-Familie, das unbeschädigt geblieben war. Mishas Vater und ihr überlebender Bruder saßen schweigend, bleich wie Gespenster, herum. Bisher hatten sie nicht allzu viel für Nathan übrig gehabt, doch jetzt barg Mishas Vater Nathans Kopf an seiner Brust und weinte. Nathan weinte nicht. Und Mishas Bruder sagte (vielleicht gedankenlos, aber das konnte man ihm verzeihen): »Sie hat nie einen Mann gekannt, und sie hat nie bei einem gelegen. Früher hätte ich jeden umgebracht, der sie nur ansieht! Und jetzt würde ich ihn küssen – weil Misha ihn geliebt hat!« Dabei hatte er Nathan fast hoffnungsvoll angesehen.

Aber der Junge konnte nur den Kopf schütteln und sagen: »Denkt immer daran, ihr habt euch.« Diese Worte eröffneten ihnen, dass Nathan niemanden mehr hatte, wenngleich das nicht seine Absicht gewesen war. Ehe sie etwas sagen konnten, verließ er sie und suchte nach Lardis, nur um festzustellen, dass dem alten Lidesci die gleichen Zweifel wie ihm gekommen waren und er zu den Ruinen seiner Hütte auf dem Hang gegangen war.

Nathan gesellte sich zu ihm, als Lardis den Schutt durchwühlt hatte. Als er eintraf, sah er ihn zwischen den Überresten seines Gartens sitzen. Sein Blick, so leer wie seine Seele, war nach Süden gerichtet. Lardis wartete auf den ersten Lichtschimmer, der die weite, leichte Kurve versilbern würde, die den Rand der Welt darstellte. Als Lardis endlich bemerkte, dass Nathan da war, kehrte wieder Leben in seine Augen ein. Er zwinkerte einmal und sah zu ihm auf.

»Was hast du vor, Lardis?«, fragte Nathan. »Wird es so sein, wie du es Vratza Wransknecht gesagt hast? Wirst du mit deinen Leuten ausziehen und sie wie in den alten Zeiten zu Wanderern werden lassen, um sie vor den Wamphyri zu bewahren?«

Lardis schüttelte den Kopf. »Einige werden weiterziehen«, erwiderte er rau. »Kannst du es ihnen verdenken? Aber ich werde hier bleiben. Nicht hier oben, verstehst du, sondern in Siedeldorf. Ich vermute, dass ziemlich viele bei mir bleiben werden. Vielleicht, wenn wir zumindest diese eine Methode der Wamphyri für unsere Zwecke verwenden, werden wir sie am Ende doch noch besiegen.«

»Indem wir ihre Methoden verwenden?«

Lardis nickte: »Wenn die Wamphyri etwas haben, kämpfen sie, um es zu behalten. Besonders, wenn es um ihr Territorium geht. Sie sind schrecklich revierbezogen, Nathan. In den alten

Zeiten ging es bei den meisten ihrer Kriege um ihre jeweiligen Reviere, um ihre großen Horste, die Felsenburgen der Sternseite. Oh, es ging ihnen auch um Blut und den reinen Spaß an der Freude; aber meistens doch um Territorialfragen. Das hat sie auch zum Krieg gegen den Herrn getrieben, und deshalb wurden sie vernichtet. Und deshalb sind sie nun zurückgekehrt.«

»Und wie willst du Siedeldorf halten?«

»Indem ich es verteidige! In diesem Sonnauf wird in Siedeldorf so viel gearbeitet werden wie nie zuvor. Du wirst schon sehen! So viel zu tun ... ich sollte nicht hier herumsitzen ... ich muss nach unten!« Er stand auf.

Nathan fasste ihn am Arm. »Ich werde es nicht sehen«, sagte er und schüttelte den blonden Kopf. »Ich werde nach Osten gehen.«

Lardis war enttäuscht. »Du lässt mich im Stich?«

»Das nicht«, erwiderte Nathan. »Ich bin hergekommen, um herauszufinden, was du vorhast, damit ich weiß, wo ich dich finden kann. Aber zuerst muss ich Nestor finden.«

»Nestor?« Lardis' Augenbrauen ruckten hoch. »Na, man sollte glauben, du wärst letzte Nacht nicht dabei gewesen! Nestor ist im Maul eines Fliegers zur Sternseite gebracht worden, Nathan. Sieh, ich habe keine Zeit für so etwas, deshalb sage ich es geradeheraus: Nestor ist tot oder Schlimmeres als tot! Kriegst du das in deinen Schädel?«

Nathan folgte ihm die aus dem Hang gehauene Treppe hinab. »Aber ihr habt den Flieger mit einem Bolzen aus einer der großen Armbrüste verwundet«, entgegnete er. »Und wenn er abgestürzt ist? Ich habe sogar geträumt, dass er abgestürzt ist – auf den Waldhängen oberhalb von Zwiefurt.«

Lardis drehte sich zu ihm um. »Du hast davon geträumt? Ach ja, und bist du nun ein Seher? Seit wann?«

Ein Seher? Bin ich das?, fragte Nathan sich. *Nein, ich glaube nicht. Aber meine Wölfe reden mit mir, und manchmal höre ich die Toten in ihren Gräbern raunen ...*

Er zuckte die Achseln. »Nein, ich bin kein Seher – aber ich

weiß, wann ich hoffen muss, wenn die Hoffnung alles ist, was ich noch habe. Und ich vermute, dir geht es ähnlich. Bist du nicht deshalb hier heraufgekommen – um nachzugraben, wo du bereits genug gegraben hast, obwohl du weißt, dass du nichts finden wirst?«

Nach kurzem Schweigen seufzte Lardis, nickte, wandte sich um und setzte den Abstieg fort. »Dann wirst du gehen müssen«, sagte er. »Nur – wenn dein Stern dir wohlgesonnen ist und mir der meine – versprich mir, dass du eines Tages zurückkehren und mein Sohn sein wirst.«

»Ich habe das Gefühl, dass ich das schon bin«, sagte Nathan. Das stimmte zwar nicht. Widersinnigerweise entsprach es aber auch der Wahrheit. Denn gewiss war der alte Lidesci ihm so sehr ein Vater gewesen wie kein anderer. Und doch runzelte Nathan hinter Lardis' Rücken nachdenklich die Stirn. Denn einen Augenblick lang schien er sich an etwas aus seinem Traum der vergangenen Nacht zu erinnern ... an etwas, das die Wölfe zu ihm gesagt hatten? Über eine Verbindung zwischen seinem Vater – seinem leiblichen Vater, Hzak Kiklu – und ihnen? Irgendeine Blutsverwandtschaft zwischen ihnen? Nannten sie ihn deshalb ihren Onkel?

Verdutzt schüttelte Nathan den Kopf. Wie konnte das sein? Denn ganz offensichtlich war *ihr* Vater doch ein Wolf gewesen!

Das war alles so rätselhaft und verwirrend. Aber so verhielt es sich oft mit Nathans Träumen. Einige Dinge erschienen ihm so wirklich und fest wie der Boden unter seinen Füßen, während andere so vage und flüchtig waren wie Wellengekräusel auf einem Teich oder der Frost auf den hohen Gipfeln vor Tagesanbruch. An manche Dinge erinnerte er sich, andere vergaß er nur zu gerne, meistens, weil er sie nicht verstand. Seiner Ansicht nach war es das Beste, wenn man sich an das hielt, was man verstand, und sich nicht mit Hirngespinsten abgab.

Das war ein Fehler, doch Irren war nun mal menschlich, vor allem wenn man so unter Druck stand wie Nathan ...

In den Stunden nach Tagesanbruch stellte Nathan sich, während er nach Zwiefurt wanderte, immer wieder dieselbe Frage: *Warum sollten sie wohl meine Mutter rauben?*

Er hätte es verstanden – und sich selbst für dieses Verständnis verabscheut, wenn man sie geschändet, vampirisiert oder auch bloß abgeschlachtet hätte. Schließlich war es vielen anderen so ergangen. Aber geraubt? Nana Kiklu war kein junges Mädchen mehr. Andererseits war sie eine warmherzige und schöne Frau. Zumindest hatten ihre Söhne sie immer so gesehen – und dies völlig unvoreingenommen, besonders Nathan.

Aber ... verschleppten die Wamphyri die Menschen denn wahllos? Kümmerte sie menschliches Leben so wenig, dass sie einfach alles und jeden raubten, schändeten, benutzten oder verschleuderten? Vielleicht war dies tatsächlich der Fall.

Oder folgten auch sie nur einem einfachen Regelwerk: Blut ist Blut, und Fleisch ist bloß Fleisch. Wenn ein Jäger Hunger hat, schert er sich dann darum, dass das Kaninchen, das er erlegt, eine schöne Fellzeichnung hat? Ist es ihm wirklich wichtig, ob es über die besten Jahre schon hinaus ist? Und was ist mit einem Schuster? Welchen Unterschied macht es für ihn, welches Tier das Leder für seine Sandalen liefert, solange es biegsam und widerstandsfähig ist?

Andererseits waren die Wamphyri ehemals Menschen gewesen, und die ›Tiere‹, auf die sie Jagd machten, waren ebenfalls Menschen – Männer und Frauen! Sie jagten also nicht nur, um Fleisch zu bekommen oder auch Nachschub, um daraus ihre monströsen untoten Kreaturen zu machen, sondern auch aus ... anderen Gründen. Es ging Nathan nicht aus dem Kopf, und er fragte sich, ob Nana dasselbe Schicksal ereilt hatte wie Misha Zanesti. *Falls* Nana geraubt worden war.

Und wenn nicht? Was war dann mit seiner Mutter geschehen, und wo war sie jetzt?

Nathan hatte gesehen, wie eine ungeheure, schwer gepanzerte Kampfkreatur eine Spur der Verwüstung durch die Straßen von Siedeldorf gezogen hatte, und er wusste, dass die Streitbestien der Wamphyri Fleischfresser waren, auf ihre Art ebenfalls

Vampire. Vielleicht war das die Antwort. Schrecklich, zugegeben, aber wenigstens ging es schnell. Konnte es sein, dass das Ungeheuer, das ihr Heim zum Einsturz gebracht hatte, auch mit seiner Mutter davongeflogen war? Wenn das zutraf, wäre sie sofort tot gewesen. Aber es gab keine Spur von ihr, nichts, nicht einmal, wie Nathan schaudernd in Erwägung zog, eine Blutlache.

Das traf auch auf Mishas Fall zu, nur mit der Ausnahme, dass das Bild, das Vratza Wransknecht ihm mit voller Absicht so grausam ausgemalt hatte, immer noch brennend durch Nathans lebhafte Vorstellungskraft geisterte. Canker Canisons schlabbrige Hundestimme hallte durch die Korridore seines Gedächtnisses, und er befürchtete das Schlimmste! Obwohl er sich selbst für diesen Gedanken hasste, konnte er ihr doch nur den Tod wünschen.

Während er über einen alten Pfad der Wanderer einherschritt, schweiften seine Gedanken ein oder zwei Stunden zurück, als er und Lardis vom Haus auf dem Hang nach Siedeldorf hinabgestiegen waren. Lardis' alte Kampfgefährten hatten ihn dort erwartet, und sämtliche Bürger von Siedeldorf – diejenigen, die noch verblieben waren – hatten sich auf dem zentralen Versammlungsplatz eingefunden, um zu hören, was er zu sagen hatte. Lardis' Worte waren einfach, treffend und für ihn ganz und gar typisch gewesen:

»Alles ist wieder so wie vor zwanzig Jahren«, hatte er gesagt. »Die Wamphyri sind wieder da, und wir sind ihre Jagdbeute, ihre Nahrung, ihr Zuchtvieh. Die Dörfer werden bald zerfallen, und die Szgany werden sich in alle Winde verstreuen und sich in kleinen Gruppen über die gesamte Länge und Breite der Sonnseite verteilen. So jedenfalls hätten sie, die Wamphyri, es gerne. Aber es hat sich einiges geändert!

Wir haben uns hier in Siedeldorf eine Heimat aufgebaut, und wir wandern nicht mehr. Der Ort gehört uns! Wir haben ihn mit der Kraft unserer Hände erbaut – und damit werden wir ihn auch verteidigen! Und unsere Hände sind *wahrlich* stark, sogar gegen die Wamphyri! Letzte Nacht ... wurden wir überrascht. Beim nächsten Mal ist es anders, wenn wir diese Kreaturen bezahlen lassen – und zwar teuer! Denn wie ich schon deutlich gemacht habe, ist es meine Absicht, mich ihnen zu widersetzen. *Meine* Absicht, oh ja ...

Ihr habt allerdings die Wahl. Ich will nicht drum herum reden, die Gefahren sind groß, und ich werde niemanden bitten, zu bleiben, der sich ihnen nicht stellen will. Seid euch einer Sache gewiss: Ganz sicher werden Menschen sterben – aber ebenso gewiss auch Wamphyri! Die Wahl ist also ganz einfach!

Zieht auf eigene Faust los und werdet wieder zu Wanderern, wenn ihr darin eure Zukunft seht, und ich werde keine Einwände erheben. Lebt, so gut ihr könnt, wie wir einst gelebt haben, ohne zu wissen, was der nächste Sonnunter für euch bereithält. Auf dem Land, das durch meine Zeichen begrenzt ist, könnt ihr ungehindert umherziehen. Doch eines sage ich euch: Wenn ihr euch bei Sonnunter in der Gegend von Siedeldorf aufhaltet, kommt nicht hierher, um Hilfe zu erbitten. Jene, die dafür kämpfen wollen, sind willkommen, aber wer mich im Stich lässt, mag für immer fortbleiben.

Nun, ich sehe, dass einige bereits aufgebrochen sind. Wohlan, ich wünsche ihnen Glück. Aber wer von euch ebenfalls gehen will, sollte es jetzt tun. Es bringt mir nichts, zu Leuten zu sprechen, die sowieso nicht auf mich hören wollen ...« Danach hatte Lardis kurz gewartet, aber niemand hatte sich geregt. Wer gehen wollte, war bereits gegangen. Schließlich fuhr Lardis fort: »Nun gut. Ich erwarte Folgendes von Euch:

Ihr Männer nehmt eure Anweisungen von mir entgegen. Ihr Frauen ebenso. Wenn ihr letzte Nacht Mann oder Frau verloren habt, trauert nicht, sondern sucht euch jemand anderen. Wenn ihr einen Sohn oder eine Tochter verloren habt, trauert nicht, sondern *hasst!* Und aus eurem Hass müsst ihr Kraft schöpfen!

Ihr Alten und Kranken, die ihr nicht arbeiten oder helfen könnt ... ihr *könnt* arbeiten, ihr *könnt* helfen! Nicht durch wütende Kämpfe oder schwere Arbeit, sondern in den Bereichen, in denen eure Hilfe am dringendsten benötigt wird: beim Hegen der Feuerstellen, beim Ernten der Waldfrüchte, bei der

Pflege der Tiere. Ihr seid diejenigen, die die Bauarbeiter und Kämpfer verpflegen müssen, und wenn sie Zeit haben, sich auszuruhen, geht sicher, dass sie es dabei behaglich haben, so behaglich es eben geht. Denn wir haben alle unseren Teil zu leisten. Nun zu den Aufgaben ...«

Nathan war dabei gewesen. Er hatte alles gehört, was der alte Lidesci sagte, und er hatte ihn dafür bewundert.

Lardis wusste, was er wollte. Er vergaß nichts, und binnen der nächsten knappen halben Stunde war Siedeldorf in eine Emsigkeit verfallen, die es seit vierzehn Jahren nicht mehr gesehen hatte. Und die Menschen taten genau das Gleiche wie damals: Sie rüsteten sich zum Krieg! Nathan kam sich vor wie ein Deserteur, denn er wusste, dass er bald gehen würde.

Er hatte es Lardis gesagt. Dieser hatte erwidert: »Sohn, du hast mir deine Gründe hinreichend erklärt. Ich bleibe dabei: Komm eines Tages hierher zurück. Hier wird es immer einen Platz für dich geben! Doch bevor du gehst ...« Er hatte nach Ion Romani gerufen, der eine endgültige Liste der Opfer der vorigen Nacht zusammengestellt hatte.

Auf ein Rindenstück waren die Zeichen derjenigen gekritzelt, die gesehen wurden, wie die Wamphyri sie verschleppten, die Namenszeichen derjenigen, die man abgeschlachtet oder verwandelt aufgefunden hatte, und auch derjenigen, die einfach vermisst wurden. Von den Letztgenannten waren einige wenige mittlerweile zu Vampirknechten geworden, die sich vor der Sonne in den Wäldern oder in tiefen Berghöhlen verbargen und dort auf die Nacht warteten, um den Weg zur Sternseite anzutreten.

Natürlich standen auch die Namen von Nana Kiklu und Misha Zanesti auf der Liste. Sie wurden, ebenso wie Nestor, als vermisst geführt. Nathan war klar, dass Lardis es nicht über sich gebracht hatte, die drei dorthin zu schreiben, wo sie seiner Überzeugung nach stehen müssten, nämlich unter tot und für immer verloren. Nein, denn seine Frau und sein Sohn waren an der gleichen Stelle aufgeführt.

Dann hatten Lardis und Nathan sich umarmt, und der Junge

hatte seinen kleinen Reisebeutel aufgenommen und Siedeldorf hinter sich gelassen, um den Weg nach Zwiefurt anzutreten ...

Später erinnerte sich Nestor kaum an seinen kurzen Flug in der stinkenden Bauchtasche des verwundeten Fliegers. Selbst wenn er bei Bewusstsein geblieben wäre (was unmöglich war, denn die Ausdünstungen der Kreatur waren giftig und betäubend; es war nur einem gewaltigen Willensakt zu verdanken, dass er vor seiner Entführung überhaupt auf den Beinen geblieben war), hätte er sich doch nur an Dunkelheit und klammen Gestank erinnert und an biegsame Knochenhaken, die ihn fest in der Beutelhöhle hielten.

Auch daran, wie die Bestie immer stärker ins Trudeln geraten war, weil sie nicht mehr die Kraft aufbrachte, hoch genug zu steigen, um die Gipfel der Berge zu überwinden, erinnerte er sich nicht. Als die Kreatur direkt über die Baumdecke flog, streifte der Bolzen, der immer noch in ihrem Körper steckte, die Wipfel und verfing sich zwischen den Ästen. Der Flieger stürzte ab und brach durch Tannenzweige und dorniges Unterholz, wo er krampfhaft zuckend auf einem bewaldeten Steilhang oberhalb Zwiefurts liegen blieb. Dabei wurde Nestor halb aus dem klaffenden Bauchschlitz geschleudert. Doch an nichts von all dem konnte er sich später erinnern.

Das Wunder bestand darin, dass er diese Strapazen überlebt hatte ... Vielleicht war es auch gar nicht so verwunderlich. Immerhin bestand der Flieger aus dem Gewebe der Vampire, Nestor hatte seine Körperausdünstungen eingeatmet, und die Fettabsonderungen des Fangbeutels waren in seine zahlreichen Schürfwunden und Schnitte gelangt. Sie reichten zwar nicht aus, ihn zu verwandeln, unterstützten jedoch seine Heilung. Dies, seine Jugend, seine gute körperliche Verfassung und sein *Überlebenswille* verbanden sich und halfen ihm, den Absturz zu überstehen.

Doch die Heilung benötigte Zeit, und das größte Heilmittel war der Schlaf. Nestor schlief am Waldhang über dem verwüsteten Dorf Zwiefurt, wo die zuckenden, reinigenden Flammen der Totenfeuer die Nacht erhellten und, wie in Siedeldorf, hohläugige Menschen durch den Schrecken und das Chaos stolperten, die Wrathas Überfall hinterlassen hatte. Es war der Schlaf der Erschöpfung, des schweren körperlichen Schadens, der Schlaf, zu dem auch die Gifte beitrugen, die ihn einerseits betäubten und andererseits seine beschädigten Körperfunktionen stützten und wiederherstellten. Es war ein heilsamer Schlaf, zumindest was seinen Körper betraf ...

Vielleicht hätte die Kälte ihn dennoch getötet. Aber der groteske Flieger war immer noch eben so am Leben, sein Leib war immer noch warm, und aus dem zuckenden Beutelschlitz ragten nur Nestors Kopf, seine Schultern und ein baumelnder Arm. Der Rest seines Körpers war noch immer ›ungeboren‹ in einem abartig gebildeten Schoß aus Knorpel und bebendem, fühllosem Fleisch. Die ganze Nacht hindurch tropften Körperflüssigkeiten und Lebenskraft des Wesens auf den lehmigen Boden, und was noch an Wärme in der Kreatur war, reichte Nestor zum Überleben.

Er durchschlief die längste Nacht seines Lebens, erwachte wenige Stunden vor dem Morgengrauen, wand sich zappelnd aus dem Fangbeutel des Fliegers, stürzte die letzten paar Zentimeter zur Erde hinab und landete auf einer weichen Unterlage aus Moos und faulendem Blattwerk. Über ihm hing der zerschmetterte Leib der Kreatur an gesplitterten Tannenstümpfen und bildete ein durchhängendes, rhombenförmiges Dach. Lange blieb er dort liegen und versuchte wieder Herr seiner Sinne zu werden.

Am schwersten war sein Gedächtnis in Mitleidenschaft gezogen. Als Nestor schließlich die Kraft aufbrachte, eine kurze Strecke weit wegzukriechen, sich aufzusetzen und zu untersuchen, woher der Schmerz kam, hatte er keinerlei Erinnerung mehr an seine Vergangenheit. Jedenfalls keine deutlichen. Vor seinem geistigen Auge schwebten verschwommene Gesichter, die ihm irgendwie bekannt vorkamen, verzerrt und verzogen, Szenen aus seiner Kindheit und seiner Jugend, er sah sogar etwas von der Gewalt vor sich, zu der er erst vor kurzem gegriffen hatte. Doch alles war so unbestimmt und zusammenhanglos, dass es ihm nicht gelang, die einzelnen Teile zusammenzufügen, so sehr er sich auch bemühte.

Die eine unbestreitbare ›Tatsache‹, die eine Antwort, die immer wieder aufblitzte, wenn er sich fragte, woher er kam und wer er war, war der stets wiederholte Satz: »Ich bin der Lord Nestor.« Damit war ihm nach recht kurzer Zeit immerhin klar, wer er war. Aber was für ein Lord war er?

Sein Hinterkopf fühlte sich immer noch weich an, und unter der aufgeschrammten, geschwollenen Haut und den Blutergüssen rutschten die zersplitterten Knochenstücke hin und her und taten höllisch weh. Aber zumindest konnte er die Stelle vorsichtig berühren, ohne dass ihm gleich übel wurde. Abgesehen davon, dass vor seinen Augen noch Sterne tanzten, konnte er in der beginnenden Morgenröte gut sehen. Außer in seinem aufgequollenen Gesicht – seine Nase war nun bestimmt krumm, und er spürte die Stelle, an der die Knochen sich aneinander fügten, seine Lippen waren aufgeplatzt und ein paar Zähne wackelten – schienen weder im Körper noch in den Gliedern irgendwelche Knochen gebrochen zu sein. Kurz, er wusste, dass er, was auch immer er überstanden haben mochte, wahrscheinlich weiter am Leben bleiben würde. Sicher, er war hungrig und hatte Durst für zwei, aber ein guter Appetit war üblicherweise ein Zeichen für gute Gesundheit.

Mit diesen Gedanken blickte er auf die Feuer in Zwiefurt und den schwarzen Rauch, der wie ein Leichentuch über dem Dorf hing, herab und fragte sich, ob er dort wohl ein Frühstück bekommen konnte. Wahrscheinlich schon, schließlich war er ein Lord. Außerdem fragte er sich, ob er dort wohl einige Antworten finden könnte, Hinweise auf sein Geschick und das der Welt im Allgemeinen.

Was den zu drei Vierteln toten Flieger betraf: Nestor hatte seinen grotesken Kadaver nur als riesigen, ungewöhnlichen Klumpen in der Dunkelheit der Bäume wahrgenommen, als Lederdecke oder -zelt, wahrscheinlicher noch als unförmigen

Wirrwarr herabgefallener Zweige. Weiter hatte er nicht darüber nachgedacht.

Um was es sich wirklich handelte und dass dieses Wesen ihn hierher gebracht hatte, dass er daraus hervorgekrochen war – diese Dinge waren ihm vollkommen entfallen. Doch als die Dämmerung der Morgenröte wich, die aufgehende Sonne die Gipfel beschien und ihr goldenes Licht wie ein langsam sich senkender Vorhang auf die Baumgrenze zuglitt, hatte er Gelegenheit, das Wesen genauer in Augenschein zu nehmen. Denn jetzt gab es eindeutige Lebenszeichen von sich!

Es versuchte, die gebrochenen Flügel zu bewegen, reckte den urweltlich anmutenden Hals zum Himmel und stieß einen zischenden, kollernden Schrei aus. Aber die zersplitterten Tannen hatten die Hautflügel durchbohrt und die zarten Hohlknochen zermalmt, und mit seinen Säften war auch alle Kraft aus ihm gesickert. Aufgespießt, flugunfähig und zerbrochen konnte die Kreatur nur über ihrem Schicksal verzweifeln, denn das vampirische Gewebe in ihm spürte den Sonnenaufgang so sicher wie ein Magnetstein den Nordpol, nur wurde der Flieger davon abgestoßen statt angezogen. Wenn er noch flugfähig gewesen wäre.

Nestor ging mit unsicheren, vorsichtigen Schritten um die dreieckige Tannengruppe am Rand des Steilhangs herum, in die der Flieger gestürzt war. Er musterte die schiefergraue Lederhaut des Wesens, den langen Hals, den keilförmigen Kopf und die stumpfen, ausdruckslosen Augen. Der Kopf war zwar gewaltig, grob und aufgequollen, doch hatte er etwas unbestimmt und verstörend Menschliches an sich. An den tentakelähnlichen Sprunggliedern allerdings, die das Wesen mit jedem Flügelschlag in den von Tannennadeln übersäten Waldboden stemmte, als wolle es sein Abheben unterstützen, war ganz und gar nichts Menschliches. Sie erinnerten Nestor an ein wimmelndes Madennest, das aus dem Bauch eines toten Tieres hervorbricht.

Am Halsansatz, der sich zu den zurückgelegten Flügeln hin verbreiterte, war ... da nicht eine Art Sattel angebracht?

Vielleicht wäre Nestor wieder unter die Baumdecke gekrochen, um sich die Sache aus der Nähe anzusehen, aber die Kreatur bäumte sich so heftig auf, dass er befürchtete, sie könne auf ihn herabstürzen, darum zögerte er. In diesem Augenblick erfasste das sich stetig ausbreitende Sonnenlicht das Wesen – und verschlang es!

So jedenfalls kam es Nestor vor.

Der Wald füllte sich sofort mit Dampf und Gestank, und die Haut des todgeweihten Fliegers schrumpfte ein und verfärbte sich von Schiefergrau zu einem ungesunden Blau. Auf einmal wirkte sie wie zerbröckelnder Bimsstein. Durch den Körper des Fliegers lief ein Zittern; er schwoll an und platzte an einem Dutzend Stellen auf, aus denen dampfend das Fett quoll! Das Wesen schrie auf – ein Laut, so hoch und durchdringend, dass er Nestor durch Mark und Bein ging. Das Zittern wurde heftiger und hörte erst auf, als einige der zersplitterten Tannen nachgaben und der Flieger zum Waldboden rutschte.

Dort setzte die Sonne ihr reinigendes Werk fort. Ihre Strahlen fielen durch die Bäume und verwandelten das Ungeheuer in Matsch und schwarzen, rauchenden Unrat. Doch Nestor erkannte recht bald, dass dies noch Stunden dauern konnte, und angesichts des giftigen Gestanks und der ekelhaften Masse wartete er das Ende nicht ab.

Vor seinem geistigen Auge erwachten jedoch weitere Bilder zum Leben, und als er den Waldhang zum nahen Dorf hinabkletterte und ein übler, fauliger Hauch von dem sich auflösenden Flieger ihn umwehte, ›erinnerte‹ er sich an einen früheren stinkenden Windhauch ...

... Wind in seinem Haar, ja, und dunkle, rhombenförmige Gestalten, die auf den Aufwinden unter funkelnden, eisblauen Sternen dahinglitten – Flieger wie das Wesen dort hinter ihm. Ihre Reiter saßen stolz und Furcht einflößend in ihren Sätteln. Ein ferner Schreckensschrei erstarb in der Morgenluft, wie auch die Szene in den Gewölben seiner Erinnerung verblasste. »Wamphyri!«

Wamphyri? Der Schrei war Wirklichkeit gewesen. Er war von dem Dorf, das am Zusammenfluss der beiden Bäche lag, zu ihm heraufgeweht; aber der Lord Nestor ignorierte ihn, um sich den Erinnerungen, die er weckte, zu ergeben.

Nestor hielt inne, blickte zurück, den Hang hinauf, wo immer noch Dunst und Nebel zwischen den Tannen hervorquollen und sich wie in Zeitlupe über den Rand des Steilhangs ergossen. War das etwa *sein* Flieger gewesen? Das konnte nicht sein. Schließlich stand er mitten im Sonnenlicht und empfand keinerlei Unbehagen.

Aber andererseits ... fühlte er sich in den warmen Sonnenstrahlen denn *wohl?* Hatte er sich darin je wohl gefühlt?

Lord Nestor von den Wamphyri ...

Es erschien ihm wie ein Traum, wie ein Spiel, das er als Kind gespielt hatte. Jetzt fiel ihm wieder ein, wie er seine menschliche Beute tief im Wald gejagt hatte, wie er sie gewittert und mit sämtlichen wachen Vampir-Sinnen aufgespürt hatte! Nur ... was war mit seinen Vampir-Sinnen geschehen?

Er war also ein Vampir – tatsächlich ein Wamphyri? Er wich vor der Sonne zurück, die sich nicht weiter an ihm störte und weiterhin den südlichen Horizont beschien.

Demnach war er also ein Vampir gewesen! Aber wenn das stimmte, wie konnte ein Untoter wieder ins Leben zurückkehren? Warum sollte er das überhaupt wollen? Und was war mit den Menschen dort unten in Zwiefurt? Wie würden sie ihn empfangen, wenn er zu ihnen ging?

Er verzog das Gesicht, setzte sich in das hohe Gras am Hang und dachte über seine Lage nach. Er musste sich in Acht nehmen. Er musste sich erst selbst kennen lernen, ehe er es wagen konnte, sich anderen zu zeigen. Doch was war mit seiner Vergangenheit? Wenn jemand ihn fragte, was konnte er ihm dann sagen? Dass er der Lord Nestor von den Wamphyri war? Wohl kaum!

Eine Bewegung riss ihn aus seinen Gedanken.

Ein Kaninchen kam aus seinem Loch, zwinkerte mit seinen rosa Augen und stellte die Ohren nach allen Seiten, ehe es vorsichtig loshoppelte. Plötzlich stieß es einen schrillen Schrei aus, als sich eine Drahtschlinge um seinen Hals zog. Durch das wilde Zappeln des Tieres löste sich ein beschwerter Zweig aus seiner Klemme, schwang in die Höhe und erhängte so das arme Geschöpf.

Das war endlich etwas, was Nestor kannte und begriff: Jagen und Fallen stellen. Was machte es schon, dass es nicht seine Falle gewesen war. Es war sicher klüger, wenn er seinen Hunger hier stillte statt in Zwiefurt, wo die Menschen ihm mit Argwohn begegnen würden.

Nur wenige Schritte entfernt war Nestor das Glitzern eines Feuersteinfelsens aufgefallen, der aus der flachen Erde ragte. Mit einem faustgroßen Stein schlug er ein paar gute Feuersteine davon ab, holte das Kaninchen und trug alles Notwendige für ein Kochfeuer zusammen.

In einem Kreis aus hohen Findlingen, der ihm Schatten und Deckung zugleich gewährte, bereitete er sein Essen zu. Wenn der Rauch seines Feuers unten gesehen wurde, hielt man ihn wahrscheinlich für einen einsamen Jäger, der sich in den Hügeln sein Frühstück briet.

Aber aus einem Grund, der ihm noch nicht recht klar war (vielleicht hing es mit den vielen Feuern zusammen, die unten brannten, dem schwarzen Qualm und dem nur zu vertrauten Gestank, der in der Hitze und dem Rauch emporstieg), vermutete Nestor, dass die Menschen im Dorf an diesem Morgen andere Probleme hatten, als sich große Gedanken um ihn zu machen ...

Ohne dass Nestor es wusste, näherte sich etwa zwanzig Kilometer westlich der Stelle, wo er sein Frühstück kochte und aß, sein Bruder Nathan in raschem Lauf Zwiefurt. Er hatte Siedeldorf ...

... bereits seit über einer Stunde verlassen, als Misha Zanesti von Süden her durch den Wald kam und durch das Südtor das Dorf betrat. Ein Mädchen, das zum Wachdienst am Tor abgestellt war, sah und erkannte sie. Ihr Auftauchen wurde Lardis Lidesci gemeldet. Misha wollte sich ebenfalls bei Lardis melden, doch nicht ehe sie zu Hause vorbeigeschaut hatte.

Kaum hatte sie das Haus ihres Vaters betreten, überschlug sich alles vor Freude. Unter Lachen, Fragen und Tränen wurde Misha herumgewirbelt, fast zerdrückt, hochgehoben! Und immer wieder starrten die anderen sie nur an, lachend und weinend zugleich!

Sie wollten erfahren, wo sie gesteckt hatte, was ihr widerfahren war, einfach alles! Doch Misha wollte erst wissen, was mit ihrem Bruder war und mit Nathan. Darauf wurde alles still, denn ihr Bruder Eugen war von den Wamphyri geraubt worden. Was Nathan betraf: Ja, er war hier gewesen. Und ihr überlebender Bruder Nicolae dachte an Nathans Besuch und daran, wie erleichtert er darüber gewesen war, und sagte: »Misha, den solltest du so rasch wie möglich heiraten – heute noch!« Ihr Vater schwieg dazu, was bedeutete, dass er einverstanden war.

Unterdessen klopften Lardis und Andrei Romani an die Tür. Varna Zanesti kannte den Grund; und Misha kannte ihn ebenfalls. Denn Nana Kiklu, die noch genau wusste, wie es zur Zeit der Wamphyri gewesen war, hatte sie vorgewarnt, was kommen würde. Misha wusste also, was sie erwartete. Lediglich ihr Vater, der riesige, aufbrausende Varna, hatte keine Ahnung. Weder er noch sein Sohn Nicolae, der nur geringfügig kleiner, ansonsten jedoch genau wie sein Vater war. Sie ließen Lardis und Andrei ein, doch sobald die Tür wieder geschlossen war, polterte Varna los:

»Lardis, wie du siehst, ist meine Tochter wieder da. Aber meine Gefühle befinden sich in Aufruhr, und ich warne dich: Tue nichts, was mich wütend macht. Du brauchst Misha doch nur anzusehen, um zu erkennen, dass sie wohlauf und bei guter Gesundheit ist.« Wie ein finster dreinblickender Felsen ragte er vor Lardis auf, und seine riesigen Hände ballten sich zu Fäusten.

Varna war ein wahrer Riese. Doch obwohl er die meisten Männer der Szgany Lidesci überragte, hatte seine Größe auch ihre Nachteile: Er bewegte sich nur langsam und behäbig. Mit seinen dichten, schwarzen Augenbrauen, dem ebenfalls schwarzen Bart und seinem gewaltigen Brustkorb wirkte er beinahe brutal. Und wenn ihm oder den Seinen Gefahr drohte, konnte er das auch sein. Varna war ein sehr entschlossener (hinter seinem Rücken meinten manche sogar: störrischer) Mann, und sein Sohn war kaum weniger massig und nicht weniger resolut.

Gleichmütig legte Nicolae einen Bolzen in die Schussrinne seiner Armbrust und sagte: »Andrei Romani, du bist mein älterer Stammesbruder, und ich achte dich. Aber wenn du auf Vampirjagd bist, solltest du es am besten woanders tun. Das Mädchen ist meine Schwester.«

Bevor die anderen auch nur ein Wort sagen konnten, stellte Misha sich zwischen die vier und sagte: »Lardis, Andrei, ihr habt nichts von mir zu befürchten. Wenn ich untersucht werden muss, dann tut es hier und jetzt, in meinem eigenen Heim, und seid gewiss, dass ich es verstehe. Denn erst heute Morgen haben mir Nana Kiklu«, sie hielt kurz inne, sah Lardis an und lächelte, »und deine Frau Lissa gesagt, wie der Ablauf vonstatten geht. Daher bin ich bereit.«

Plötzlich hatte Lardis das Gefühl, die Knie würden ihm weich. Er klappte den Mund auf, und seine dunklen Augen wurden so groß wie Untertassen. Er achtete weder auf Varna noch auf Nicolae, trat zwei Schritte vor und packte das Mädchen an den Armen, sowohl um sich Halt zu verschaffen als auch um sie festzuhalten. Und dann hauchte er geradezu die Worte hervor: »Du ... du hast das von Lissa erfahren? Heute Morgen?«

»Ja, oh ja!«, erwiderte sie. »Während wir in der Nähe des Aussätzigen-Dorfes auf den Sonnauf warteten!«

Lardis trat taumelnd zurück, schlug sich mit der Hand vor die Stirn und rief: »Ach! Die Kolonie der Aussätzigen! Natürlich – ich erinnere mich – ja!«

Vor etwa zehn Jahren hatte Lissa ihn einmal begleitet, als er die Grenzen seines Gebietes abschritt. Sie hatten eine Meile von der Kolonie ihr Lager aufgeschlagen, und damals hatte er Lissa gesagt: »Wenn wir uns in den alten Zeiten bei Einbruch der Nacht in dieser Gegend aufhielten, haben wir unser Lager immer so dicht wie möglich an der Stätte der Aussätzigen aufgeschlagen. Denn einer Sache konnte man sicher sein: dass kein Lord der Sternseite hier jagen würde! Denn die Lepra erfüllt ihre finsteren Herzen mit Schrecken, und sie stellt für die Wamphyri eine ebenso große Gefahr dar wie sie, die Wamphyri, für uns!«

Und dank der Gnade ihres Sterns hatte Lissa sich an seine Worte erinnert ...

DRITTES KAPITEL

»Lardis«, sagte Misha, als er mit offenem Mund dastand und nicht wusste, was er sagen sollte, und schier zerbarst unter seinen vielen Fragen, »sieh dir erst das hier an.« Sie zupfte eine kleine Knoblauchzehe, Kneblasch, wie die Szgany es nannten, von einer Zwiebel, die mit mehreren anderen auf einem Regal über dem Herd lag, steckte sie in den Mund und begann zu kauen. Dann verzog sie das Gesicht, was jedoch eine ganz normale Reaktion war, und schluckte. »So«, sagte sie. »Für den Rest des Tages darf ich niemanden mehr anhauchen! Aber das ist die Sache wert. Jetzt gib mir eins von deinen Silberglöckchen.« Er fischte eins aus der Tasche und reichte es ihr. Misha rieb es zwischen den Handflächen, hängte es kurz an den Goldring in ihrem linken Ohr, drückte es sich an die Wange und führte es schließlich an die Lippen.

Sie gab ihm das Glöckchen zurück, ging zur Tür und riss sie weit auf. Das Tageslicht brandete herein und ergoss sich schimmernd über ihr schwarzes Haar, als sie ins grelle Licht der Morgensonne hinaustrat. Und während sie die Röcke wirbelte, die Nana Kiklu ihr während der langen Nacht geflickt hatte, sagte sie: »Unter all dem Dreck ist meine Hautfarbe noch die alte, Lardis, nicht etwas das leblose Grau eines Vampirs. Wenn ich gebadet habe – und das habe ich bitter nötig! – wirst du schon sehen. Doch sage mir: Was hältst du von der Bluse, die ich trage?«

Er sah genauer hin und erkannte, dass es eine von Lissas Blusen war. Die Machart und das Stickwerk seiner Frau waren unverkennbar. Endlich war er überzeugt, und nichts anderes hatte er letztlich gewollt. »Ja, ja.« Er zog sie wieder ins Haus. »Die hast du auch von Lissa, ich weiß. Aber jetzt ... erzähle mir von Jason!«

Misha sah ihn an. In Lardis' Gesicht spiegelten sich Freude und Erwartung, aber auf das ihre hatte sich ein Schatten gelegt. Ihr Vater und ihr Bruder kannten diesen Ausdruck; sie sahen zu, dass Lardis sich hinsetzte und Andrei in seiner Nähe war, und zogen sich dann still in eine kühle, schattige Ecke zurück.

»Lissa hoffte«, begann Misha unbeholfen, »sie hoffte, dass du – dass du es ihr sagen könntest.«

Lardis stöhnte auf und ließ den Kopf hängen. Doch sogleich hob er ihn wieder und sagte: »Vor einer Stunde hatte ich alle Hoffnung aufgegeben, was euch betrifft, und jetzt sagst du mir, dass meine Frau am Leben und gesund ist.« Er sah sie scharf an. »Ihr ... ihr geht es doch gut, oder?«

Misha nickte. »Ein paar Beulen und Prellungen, das ist alles. Sie ist knapp davongekommen – wie wir alle – aber das erzähle ich euch gleich.«

Lardis seufzte. »Demnach muss es für meinen Sohn ebenfalls noch Hoffnung geben. Ja, da bin ich mir sicher. Doch jetzt erzähle mir den Rest, und lass dir Zeit dabei, ich werde dich nicht unterbrechen. Aber erzähle alles, damit ich keine törichten, unbeholfenen Fragen mehr stellen muss.«

Sie nickte und begann: »Dein Haus auf dem Hang wurde zuerst überfallen. Aber Lissa hatte den Dunst, der sich von den Hügeln her ausbreitete, bemerkt. Sie löschte die Lampen und trat hinaus in den Garten. Ein Flieger hat euer Haus zerstört, Lardis. Er kam von Osten, folgte dem Verlauf des Vorgebirges und landete auf deiner Hütte. Sie ist unter dem Gewicht zusammengebrochen. Und auf dem Wesen – ritt ein Mensch!«

»Ein Wamphyri, ja«, knurrte Lardis. »Oder einer ihrer Offiziere. Ich hatte gedacht, dass es womöglich ein Krieger gewesen sein könnte, der alles verwüstet hat. Aber wenn ich jetzt darüber nachdenke, war der Gestank nicht ganz so schlimm.« Mit einem Nicken bedeutete er Misha, fortzufahren.

»Dieser Mann – dieser Vampir – war hochgewachsen und schlank und hatte kleine, tief liegende Augen«, fuhr das Mädchen fort. »Er war ganz in Schwarz gekleidet und trug einen schwarzen Umhang und schwarze Stiefel. Bis auf einen Haarknoten war sein Schädel rasiert. Er sah aus wie eine Leiche, bewegte sich aber so schnell und geschmeidig wie eine Schlange. Aber obwohl er ein mächtiger Wamphyri war, wirkte er nervös, vorsichtig, verstohlen. So zumindest hat Lissa ihn beschrieben.«

Lardis schwieg und dachte: *Gorvi der Gerissene? Schon möglich.*

»Lissa hatte sich zwischen den Bäumen hinter dem Haus versteckt«, erzählte Misha weiter, »und konnte von dort aus alles beobachten. Das war ein Fehler, denn der Vampir spürte ihre Gegenwart! Er war sicher, dass ihm keine Gefahr drohte, stand im Garten, die Hände in die Hüften gestemmt, und witterte Lissa! Sie spürte seine hypnotische Macht und ihr war klar, dass er sie entdeckt hatte.

Sie versuchte an dem Vampir-Lord vorbei über die Treppe am Hang zu entkommen. Doch er verstellte ihr den Weg und zeigte ihr seinen Kampfhandschuh. Dann trat er an sie heran und sagte ›Wo ist dein Mann? Wo sind deine Söhne? Zeige mir deine Töchter?‹ Er packte sie an den Haaren (da wäre Lardis beinahe aufgesprungen), und dann tauchte Jason auf!«

»Jason!«, stieß Lardis hervor.

»Er war von Siedeldorf heraufgestiegen«, sprach Misha atemlos weiter, »und musste entdecken, dass diese Kreatur seine Mutter bedrohte. Mit einem Wutschrei warf er sich, ohne zu zögern, auf den Vampir. Das Ungeheuer wurde abgelenkt, ließ Lissa los, wandte sich Jason zu und schlug mit dem Handschuh nach ihm. Jason duckte sich und stach mit dem Messer nach seinem Gegner. Die Silberklinge glitt an den Rippen des Vampirs ab, öffnete ihm den Unterarm und verfing sich im Handschuh, den Jason ihm aus der Hand wand. Jasons Messer war rot vom Blut des Vampirs!«

»Und was dann?« Lardis konnte kaum an sich halten.

»Lissa sah dein Beil in einem Baumstumpf stecken ...«

»Meine Axt?«, fiel Lardis ihr erneut ins Wort. »Eine Axt, wie es in dieser Welt keine zweite gibt – und ich habe sie im Garten liegen lassen? Regen und Rost preisgegeben? Da könnt ihr mal sehen, wie nachlässig ich geworden bin! Jazz Simmons hat mir diese Axt geschenkt; er brachte sie aus den Höllenlanden mit. Seit neunhundert Sonnaufs benutze ich sie, und sie ist immer noch scharf! Aber erzähle doch weiter.«

»Sie zerrte das Beil aus dem Stumpf«, fuhr Misha fort, »und machte Anstalten, den Vampirlord anzuspringen, während er sich die Seite und den Arm hielt. Er sah, wie scharf die Schneide war, und erkannte, dass sie ihm selbst in den Händen einer Frau den Kopf nehmen konnte. Und Lissa und Jason wollten ihn umbringen! Nun, vielleicht war er ja auch ein Feigling ...«

»Das sind sie allesamt!«, rief Lardis.

»... jedenfalls ist er vor ihnen geflohen und riss im Laufen seinen blutigen Handschuh wieder an sich. Und als er hinter seinen Flieger hastete, der sich in den Trümmern deiner Hütte wälzte, hörte Lissa ihn rufen: ›Auf sie! Zermalme sie!‹

Die Kreatur machte Anstalten, sich auf sie zu werfen, und sie rannten in verschiedene Richtungen davon. Lissa wurde von der Schwinge des Fliegers gestreift und über den Rand des Steilhangs geschleudert! Seit ... seitdem hat sie Jason nicht mehr gesehen. Sie brach durch die Dornranken, das Farnkraut und die Schösslinge am Hang und stürzte fast bis ganz nach unten. Sie hat sich die Kleider zerrissen – siehst du, hier und hier musste die Bluse genäht werden – und ihre Hände und Arme ebenfalls, aber nicht schlimm. Und als sie endlich zum Halten kam, wollte sie gleich wieder hochklettern!«

Lardis stöhnte und hielt sich den Kopf. »Was für eine närrische Frau habe ich geheiratet!« Doch voller Stolz fügte er hinzu: »Was für eine *Frau!*«

»Nun hör doch zu«, sagte Misha. »Sie wäre auch wieder hinaufgeklettert, um ihrem Sohn gegen den Vampirlord beizustehen, aber sie ist ausgerutscht und den Rest des Hanges bis ganz nach unten gestürzt! Sie war halb betäubt und vor Schreck kaum bei sich, als sie sich nach Siedeldorf aufmachte, wo sie dich zu finden hoffte, um dir zu sagen, was geschehen war. Aber am Nordtor ... sah sie, dass das Dorf in Flammen stand, und erblickte die Wesen, die in den Straßen wüteten.

Lissa war erschöpft und hatte Angst. Sie wollte sich im Wald ein Versteck suchen und umging Siedeldorf in westlicher Richtung. Dort stieß sie auf Nana Kiklu. Nachdem ihr Haus zerstört worden war, hatte Nana sich in den Wäldern verborgen gehalten, aber als es etwas ruhiger zu werden schien, war sie durch eine Lücke in der Palisade zurückgekehrt, um nach ihren Söhnen zu suchen. Statt ihrer hat sie jedoch mich gefunden. Ich habe Nana mein Leben zu verdanken.

Sie schleppte mich fort, brachte mich wieder zu Bewusstsein ... und als ich wach wurde, kam Lissa weinend durch die Nacht gestolpert. Nana beruhigte sie und wollte dann wieder zurück nach Siedeldorf. Aber mittlerweile strichen überall Ungeheuer umher. Ihr Gebrüll, und dann die Schreie ... es war furchtbar. Nana konnte Lissa und mich nicht allein lassen. Wir ... wir waren einfach am Ende. Ich schäme mich so – dass ich so schwach gewesen bin!«

»Es gibt nichts, wofür du dich schämen müsstest, Mädchen«, brummte Varna Zanesti. In seiner Stimme lag ein Beben. Er trat vor, legte die Arme um sie und funkelte Lardis finster an. »Diese Weiber«, knurrte er. »Die sind mutiger als wir alle zusammen!«

Lardis nickte, aber weder er noch Varna ahnten, wie sehr das gerade auf Misha zutraf. Denn sie hatte mit keinem Wort erwähnt, weshalb sie sich so nahe bei Nana Kiklus Haus aufgehalten hatte. Wie zuvor Nathan verschwieg auch sie Nestors schändliches Verhalten.

»Ich muss etwas wissen«, sagte sie nun rasch. »Wo ist Nathan? Mittlerweile müsste er doch hier sein ... oh!« Sie überspielte ihre Verlegenheit. »Und Nestor selbstverständlich auch! Nana brennt natürlich darauf zu erfahren, wie es den beiden geht.«

»Oh ja, ›natürlich‹«, wiederholte ihr Vater viel sagend – und verstummte im nächsten Augenblick; denn er dachte an Nathans Bruder und die arme Nana Kiklu. Nach allem, was sie getan und durchgemacht hatte, verbarg sie sich immer noch in der Kolonie der Aussätzigen und wusste nicht, dass ihr Sohn von den Wamphyri verschleppt worden war.

Dann berichtete Lardis Misha mit leiser Stimme von Nestor und erklärte ihr, warum Nathan nicht da war. Weil Nathan annahm, der Flieger, der Nestor entführt hatte, sei irgendwo östlich von Siedeldorf abgestürzt, war er losgezogen, um zu sehen, ob er ihn dort finden könne. Misha war traurig, dass sie ihn verpasst hatte, doch zur gleichen Zeit war sie froh, dass er Nestor nichts nachtrug. Denn letztlich war aus dessen üblem Verhalten ja kein Schaden entstanden. Falls Nestor noch am Leben war, konnten sie dadurch vielleicht wieder versöhnt werden.

»Nathan wird doch wieder zurückkommen«, sagte sie, nachdem Lardis geendet hatte, »nicht wahr? Ich meine, ob er Nestor nun findet oder nicht ... er kommt doch wieder?«

»Aus freien Stücken?« Lardis zuckte die Achseln. »Sofort? Dafür kann ich mich nicht verbürgen. Oh, ich möchte schon, dass er wiederkommt – und du auch, ich weiß. Aber Misha, er geht davon aus, dass du ebenfalls entführt worden bist! Was gibt es hier also noch für ihn?« Als Nathan sie nämlich zum letzten Mal sah, erklärte Lardis, hatte Misha sich in den Klauen eines geifernden Wamphyri-Mischwesens befunden, das auf allen Vieren lief.

»Ach!« Ihre Hand flog zum Mund. »Nana hat dieses Geschöpf auch gesehen!«, stieß sie hervor. »Sie war gerade durch die Lücke in der Palisade geschlüpft und sah, wie das Hundewesen mich fallen ließ, um einer armen Frau nachzujagen, die geschrien hat wie am Spieß. Aber das bedeutet ja ... Nathan war auch dort, nur wenige Schritte entfernt!«

Lardis nickte. »Er hat im Gras am Fuß des Zaunes gelegen, ja. Wenn Nana Kiklu sich die Stelle genauer angesehen hätte, dann hätte sie ihn vielleicht sogar entdeckt. Aber bei dem Vampirdunst und allem – allem, was da geschah – und du und Lissa, die Hilfe brauchten ...«

Mishas Augen weiteten sich. Unwillkürlich wandte sie sich zur Tür. Wohin sie wollte, war klar; aber ihr Vater versperrte ihr den Weg. »Nein!«, sagte er. »Ich verbiete es dir! Die alten Szgany-Pfade vor den Hügeln sind selbst unter den besten Umständen für ein Mädchen nicht sicher. Und jetzt verbergen sich im Dickicht und in den Höhlen verwandelte Menschen, die von der Sonne auf ihrem Weg zur Sternseite festgehalten wurden. Andere sind unterwegs, die Rache wollen und Jagd auf sie machen! Ich will dich kein zweites Mal verlieren, Misha.« Er wandte sich an seinen Sohn. »Aber Nicolae ...«

Jetzt widersprach Lardis. »Was denn, bin ich noch der Anführer unseres Volkes, oder ist Varna Zanesti jetzt an meine Stelle gerückt, um meine Arbeit zu tun und das Denken für mich zu erledigen? Du bist ein guter, starker Mann, Varna, keine Frage, und dein Sohn hier ebenfalls; aber Nicolae ist nicht unbedingt der schnellste Läufer, den wir haben! Außerdem habt ihr beiden schon genug getrauert, jetzt solltet ihr euch erst einmal freuen. Solange ich hier das Sagen habe, lasse ich nicht zu, dass ihr euch wieder trennt. Schließlich brauche ich euch beide, tatsächlich euch drei, hier in Siedeldorf. Hier gibt es reichlich zu tun! Andererseits habe ich einige gute Läufer zur Hand. Einer von ihnen wird Nathan nacheilen.« Er wandte sich zu Andrei Romani und nickte ihm zu. »Kümmere dich darum.«

Während Andrei davonhastete, richtete Lardis das Wort wieder an Misha. »Ich liebe Nathan Kiklu wie einen Sohn und bin mir sicher, dass mehr in ihm steckt, als man allgemein annimmt. Werdet ihr beide euch zusammentun?«

Sie warf einen Blick auf ihren Vater, und Varna zuckte die Achseln. »Es ist deine Entscheidung, Tochter. Doch es ist wahr, der Junge war hier, um nach dir zu suchen, und ich muss zugeben, dass er mir wie ein passender Schwiegersohn vorkam.«

Nicolae nickte und fügte hinzu: »Ich nehme ihn als Bruder an.«

»Gut!« Lardis ergriff Varnas muskulösen Unterarm.

Mit einem Mal schien der alte Lidesci wie aus einem Albtraum zu erwachen. Er richtete sich auf, straffte die Schultern, als wolle er ein unsichtbares Gewicht von sich werfen, und sagte zu Varna und Nicolae: »Man könnte eure Hilfe bei der Reparatur der Palisade gebrauchen; es ist schwere Arbeit. Und dann müssen die großen Katapulte und Bolzenschleudern wieder auf Vordermann gebracht werden. Außerdem ist Dimi Petrescu davon überzeugt, das schwarze Pulver aus den Patronen und

Granaten des Herrn nachmachen zu können. Der alte Dimi hat während der letzten achtzehn Jahre immer wieder daran gearbeitet, aber nun ist er müde geworden und braucht die Kraft Dritter, um feinste Holzkohle zu brennen, Steine zu brechen und Schwefel und Eisen zu Staub zu zermahlen.«

Er nickte. »Also ... wir haben einen langen Tag vor uns, Männer, aber man kann nicht sagen, dass er schlecht angefangen hätte. Jetzt müssen wir nur zusehen, dass es weiterhin so gut läuft!« Damit wandte er sich an Misha:

»Mädchen, so wie ich es sehe, hast du heute schon mehr als genug getan. Trotzdem muss ich dich noch um eine Sache bitten. Wenn ich zwei oder drei gute Burschen zusammenbringe und sie bewaffne, kannst du sie dann zur Kolonie der Aussätzigen führen und Lissa und Nana Kiklu sicher nach Hause bringen? Ich bitte dich deshalb darum, Misha, damit wir Zeit sparen. Du kennst die ganze Geschichte, du hast ein einfühlsames Wesen und kannst den Frauen am besten erzählen, was mit ihren Söhnen passiert ist. Was sagst du dazu?«

Misha willigte ein, wie er nicht anders erwartet hatte. Sie nickte und sagte: »Wenn deine Eskorte so weit ist, bin ich ebenfalls bereit ...«

Binnen einer halben Stunde war sie mit Lardis' ›guten Burschen‹, drei erprobten und vertrauenswürdigen Freunden, in den Wäldern unterwegs. Der Weg war nicht allzu schwierig. In Luftlinie betrug die Strecke vielleicht sieben Meilen, neun, wenn man den gewundenen Pfad in Betracht zog. Misha kannte allerdings sämtliche Abkürzungen und alle Furten, die über die unzähligen Bäche führten. Als sie in der letzten Nacht durch die Finsternis gelaufen waren und nur das Licht der Sterne und ab und zu der Mond ihren Weg beschien, hatte Nana Kiklu zwar die Kraft und den Willen aufgebracht, aber Misha hatte ihr den Weg gewiesen.

Da hatten sie fünf Stunden gebraucht, doch wie sie feststellte, würden sie nun keine zweieinhalb Stunden für den Weg benötigen. Bis dahin musste Lardis' Läufer auch Nathan auf dem Weg nach Zwiefurt eingeholt haben. Da die Länge eines Sonnseitentages über einhundertzwanzig Stunden betrug, konnten die beiden schon wieder vereint sein, wenn der Morgen erst zu einem Drittel verstrichen war. Bis dahin würde sie todmüde sein, doch noch beflügelte der Gedanke an Nathan Mishas Schritte.

Nana und Lissa hatten ihr Lager weniger als hundert Meter vor der Siedlung der Aussätzigen am Waldrand aufgeschlagen. Dahinter erstreckte sich eine weite Savanne, die in eine immer karger werdende Steppe überging und schließlich zu jener größtenteils unbewohnbaren Wüstenregion wurde, die allgemein als Glutland bekannt war. Dort draußen, keine zwanzig Kilometer von der Kolonie der Aussätzigen entfernt, gab es kaum etwas, das der Rede wert war: Sand, ausgedörrte Erde, Felshaufen, Schlangen, Skorpione und anderes giftiges Getier, dazu eine Hand voll verstreuter Eingeborenenstämme. Mit Letzteren hatte es folgende Bewandtnis:

Als in den alten Zeiten die Szgany noch echte Wanderer gewesen waren, hatten diese primitiven Wüstennomaden, die kaum weiter entwickelt schienen als die Trogs der Sternseite, mit ihnen gelegentlich Tauschhandel getrieben. Zu Mittsonnauf trafen sie sich in dem trockenen Savannenstreifen zwischen Wüste und Wald und tauschten fein gearbeitetes Eidechsenleder und Heilsalze gegen die Messer, Kurzwaren, Wein, Kürbis und Kneblasch der Szgany ein. Und hier am Rand des alten Lidesci-Gebietes betrieben die Nomaden ihren Handel wie einst, nur dass sie ihre Geschäfte jetzt mit den Aussätzigen tätigten. Nana Kiklu wusste dies ganz sicher, denn weit draußen in der Savanne hatte sie eine hohe, biegsame Stange gesehen, an der ein flatternder Fetzen hing.

Schon als sie als junges Mädchen mit einem kleinen Stamm umhergewandert war, hatte sie solche Zeichen gesehen und wusste, dass der träge im Wind wehende Fetzen den Handelsplatz der Nomaden bezeichnete. Vermutlich, dachte sie, war es ganz gut, dass die Aussätzigen eigenen Handel trieben, und sei es mit den geheimnisvollen Nomaden, die kaum jemand kannte;

denn die meisten Szgany kamen gar nicht erst in die Nähe des Aussätzigendorfes. Die Lepra wirkte unter ihnen nicht minder ansteckend als bei den Wamphyri.

Allerdings war die Kolonie von den Szgany Lidesci nicht ganz aufgegeben worden. Im Gegenteil: Lardis' Vater war es gewesen, der ihren Grundstein gelegt und die ersten Hütten unter den Bäumen am Waldrand erbaut hatte. Und das war so gekommen:

Vor vierundzwanzig Jahren hatte sich ein guter Freund des älteren Lidesci mit der Krankheit angesteckt. Ehe sich die Symptome zeigten, war die Heimsuchung schon auf sämtliche Mitglieder seiner Familie übergesprungen. Zu jener Zeit, als die Wamphyri noch herrschten, waren die alten Sitten einfach und streng gewesen: Die Kranken wurden aus dem Lager verbannt, um allein umherzustreifen, bis sie starben. Wenn sie zurückzukehren wagten, drohte ihnen ein noch früherer Tod. Von einigen Stämmen wusste man, dass sie Aussätzige gleich an Ort und Stelle töteten. Doch Lardis' Vater hatte das nicht über sich gebracht und stattdessen am Rand des Szgany-Gebietes die Kolonie der Aussätzigen erbaut, um der Familie seines Freundes Obdach zu geben.

Als andere Aussätzige von dem Ort hörten, waren sie aus der Wildnis, von den verschiedensten Stämmen, gekommen. So entstand die Kolonie. Und sieben Jahre später, als Siedeldorf aufgebaut war und erblühte, war es ein weiterer Lidesci gewesen, nämlich Lardis, der regelmäßig Vorräte an die Kolonie schickte und so jenen half, die sich zumeist nicht selbst helfen konnten. Obwohl die Szgany Lidesci in jenen frühen Jahren kaum im Überfluss schwammen, fand sich doch immer genug, um etwas davon den Aussätzigen zu geben.

Jetzt hatten die Aussätzigen Gelegenheit, sich dafür zu revanchieren.

Das in etwa ging Nana Kiklu durch den Kopf, als sie im Schatten eines Baumes am Waldrand stand und an die Ereignisse der letzten Nacht dachte. Nicht an die leidvollen Bilder, die Zerstörung ihres Hauses, oder daran, dass sie nicht in der Lage gewesen war, zurückzukehren, um nach Nathan und Nestor zu suchen. Der Kummer darüber würde erst nachlassen, wenn sie wieder mit ihren Jungen vereint war. Nein, sie dachte daran, wie sie in der Kolonie der Aussätzigen angekommen war. Sie war vollkommen erschöpft gewesen, denn sie und Misha Zanesti hatten sich darum gekümmert, dass Lissa Lidesci sicher und gesund hier ankam. Die arme Lissa, zerkratzt von Dornen und Gestrüpp und halb außer sich von dem, was sie gesehen und erlebt hatte.

Aber obwohl Nana die körperliche und geistige Stärke aufgebracht hatte, war es doch Lissa gewesen, die zu diesem Ort riet, und Misha hatte das Kunststück fertig gebracht, sie hierher zu führen. Für Misha Zanesti war dieser Wald in ihrer Kindheit ein gewaltiger, prachtvoller Spielplatz gewesen. So hatten alle drei ihren Teil beigetragen, bis der Wald schließlich hinter ihnen lag und sie im Mondschein auf die Savanne hinaustraten.

Auch da hatte Misha noch den Weg gewusst oder ihn erraten. Sie hatte die Sterne betrachtet, ihre Meinung kundgetan, dass sie zu weit nach Westen abgekommen waren, und ihre Gefährtinnen am Rand des weiten Graslands in die andere Richtung geführt. Bis sie schließlich im Schatten riesiger Bäume, die vor der unwirtlichen Wüste wie Wächter in die Höhe ragten, weichen Lampenschimmer erblickt und erkannt hatten, dass es die Kolonie sein musste.

Zu guter Letzt hatten sie einen niedrigen Zaun erreicht. Am Tor stand ein kapuzenverhüllter Wächter, der seine Laterne in die Höhe hielt und mit einem heiseren Raunen die undeutliche Frage stellte: »Wer kommt da? Seid ihr Aussätzige?«

»Nein, keine Aussätzigen«, hatte Nana geantwortet und ihre Augen von dem grellen Schein der Laterne abgewandt, »aber Freunde derjenigen, die hier leben.«

»Keine Aussätzigen?« Der andere schrak zurück. »Dann geht – und zwar rasch! Wir Aussätzigen haben keine Freunde. Und hier leben wir nicht, es ist vielmehr so, dass wir hierher kommen, um zu sterben ...«

»Keine Freunde?« Jetzt hatte Lissa ihre Stimme wiedergefunden. »Nicht einmal Lardis Lidesci, dem dieses Land gehört, dessen Vater diesen Ort errichtet hat und dessen Weib ich bin?«

»Ahh!«, machte der andere, und als er die Laterne höher hielt, erhaschten die Frauen einen kurzen Blick auf sein Gesicht. An einer Wange war der graue Knochen sichtbar, und seine Nasenlöcher klafften weit auseinander und waren völlig zerfressen. »Der Lidesci? Sein Weib? Aber mitten in der Nacht? Und du ...«, er schwang seine Laterne zu Misha, »... erst ein Mädchen, aber ganz zerzaust, voller Schrammen, und deine Kleidung ist zerrissen? Und ... und ... das Weib des Lidesci, sagst du?« Er wandte sich wieder Lissa zu. »Aber ebenfalls zerzaust und in Fetzen! Sprich, was geht hier vor?«

»Alter Mann«, jetzt erhob Misha die Stimme, »schwere Zeiten sind angebrochen, und wir müssen die Nacht hier verbringen und den Sonnauf abwarten.« In aller Unschuld streckte sie die Hand nach seinem Ärmel aus.

»Ahhh!«, sagte er wieder, doch diesmal keuchend, und zog sich rasch aus ihrer Reichweite zurück. »Ich bin nicht ... nicht *alt.*« Bedächtig schüttelte er den Kopf. Doch schon im nächsten Augenblick fuhr er fort: »Was meinst du mit schweren Zeiten?«

»Die Wamphyri haben sich wieder auf der Sternseite breit gemacht«, verkündete Nana atemlos. »Heute Nacht haben sie Siedeldorf überfallen!«

Endlich hatten sie Eindruck gemacht. »Die Wamphyri!«, krächzte der Aussätzige und schwankte aufgeregt vor und zurück. »Was denn? Sie sind wieder zurück, sagt ihr?« Unvermittelt fuhr er herum und hinkte einen Pfad entlang zu den Holzhäusern zwischen den Bäumen.

»Warte!«, rief Misha ihm nach. »Wir können die Nacht nicht im Freien verbringen!«

Er warf einen flüchtigen Blick über die Schulter. »Ich halte nur Wache«, sagte er heiser. »Aber auch wir haben einen Anführer. Wartet hier, ich hole ihn.«

Wenig später kehrte er zurück. In seiner Begleitung befanden sich einige weitere Aussätzige, die ähnlich gekleidet waren wie er. Einer von ihnen war hochgewachsen und zog das Bein nach. Offenbar hatte er große Schmerzen. Die Ärmel seines Mantels schienen von den Ellbogen abwärts leer zu sein ... aber seine Kapuze war zurückgeworfen, und sein Gesicht war zu sehen. Es war unversehrt. Er war bleich und hohlwangig und hatte dunkle, ausdrucksstarke Augen.

»Ich bin Uruk Piatra«, sagte er und blickte die Frauen an. »Die anderen nennen mich Uruk den Langlebigen. Und du ...« – er musterte Lissa lange und eingehend, ihr ovales Gesicht mit den sanften Mandelaugen, ihre ranke, schlanke Gestalt – »Ja, du bist Lardis Lidescis Weib. Du bist nicht zum ersten Mal hier, nicht wahr?«

»Ich bin mit meinem Mann hier gewesen«, sagte sie und nickte. »Als er die Grenzen abschritt. Schon zwei Mal, aber vor langer Zeit.«

»Oh ja, vor langer Zeit«, pflichtete Uruk ihr bei, »als ich noch meine Hände hatte.« Er blickte sie alle der Reihe nach an und blinzelte im gelben Schein der Laternen. »Aber man hat mir etwas Schreckliches berichtet – dass die Wamphyri zurückgekehrt sind und die Sonnseite überfallen haben!«

Mittlerweile hatte Lissa sich wieder in der Gewalt. »Es ist wahr«, bestätigte sie. »Leider! Wir kommen aus Siedeldorf. Als wir es zuletzt sahen, stand es in Flammen. Vampire streiften durch die Straßen, mordeten, schändeten, erschufen sich Knechte. Aber ich weiß noch, wie mein Mann mir vor langer Zeit sagte, dass dieser Ort vor ihnen sicher ist. Deswegen sind wir hierher gekommen, um uns während der Nacht vor den Vampiren zu verbergen und um Unterschlupf vor dem Wald und den Tieren darin zu suchen – zumindest bis Sonnauf. Dann werden wir überlegen, was wir als Nächstes tun.«

Der Anführer der Aussätzigen schüttelte den Kopf, und der gequälte Ausdruck auf seinem Gesicht steigerte sich noch. »Entsetzlich!«, sagte er. »Doch das Grauen hat viele Gesichter. Ich weiß wohl, es wäre ein Albtraum, würde eine Frau den Wamphyri in die Hände fallen, und es wäre noch schlimmer, wenn sie am Leben bliebe. Doch *hier* zu leben ... bedeutet ebenfalls einen langsamen, qualvollen Tod. Ihr riskiert ihn allein durch eure Anwesenheit.«

Nana Kiklu reichte es endgültig. »Wir werden also von Aussätzigen abgewiesen!« Bitterkeit klang aus ihren Worten. »Dann werden wir hier vor eurem Tor schlafen. Bringt uns nur saubere Decken und eine Laterne, dann geben wir schon selbst auf uns Acht.«

Uruk Piatra sah sie an und nickte langsam. »Mein Zustand«, sagte er, »macht mich nicht weniger zu einem Menschen. Einst war ich ein Szgany wie ihr. Kein Lidesci, nein, aber ich bin ein Mann. Und auch jetzt kenne ich meine Pflicht. Ich meinte schlicht dies: Ich kann euch um euretwillen nicht zu uns einladen. Aber sicher können wir euch mehr bieten als Decken und eine Laterne! Wenn neue Aussätzige hierher kommen, bauen wir ihnen Unterkünfte. Bis diese jedoch fertig sind, müssen Zelte genügen. Ich schlage vor, dass ihr eures dort drüben unter den Bäumen aufstellt.«

Nana wollte etwas sagen und ließ stattdessen den Kopf hängen.

Erneut nickte er. »Es ist in Ordnung. Ich verstehe schon. Wenn ich euch nur ansehe, kann ich erkennen, wie sehr ihr gelitten habt.«

Er gab seinen Begleitern Anweisungen. Die Aussätzigen gingen zu ihrer Hüttenansammlung und kehrten wenig später mit einem Zelt, Decken, Gemüse, einem Eisentopf und einem Dreibein zurück. »Bleibt hier«, sagte ihr Anführer zu Nana, Lissa und Misha, »während sie euer Zelt unter den Bäumen aufschlagen und ein Kochfeuer entfachen. Eure Suppe müsst ihr euch allerdings selbst kochen, am besten mit dem Wasser dort aus dem Bach.«

Während ihnen ihre Zuflucht vor der Kälte der Nacht bereitet wurde, erzählten die drei Uruk ihre gesamte Geschichte ...

So war es ihnen in den frühen Stunden der vergangenen Nacht in der Kolonie der Aussätzigen ergangen. Doch nachdem sie ihr Lager aufgeschlagen hatten, um dort abzuwarten, bis die

Nacht vorüber war, galten ihre Sorgen weniger ihnen selbst als vielmehr ihren Lieben.

Nanas Gedanken drehten sich natürlich um Nathan und Nestor.

Im Schlaf wie in ihren wachen Stunden fragte sie sich, wie die beiden wohl die Verwüstung Siedeldorfs überstanden hatten, bis sie schließlich zitternd bei Anbruch des Morgengrauens die Augen aufschlug. War es für ihre Söhne auch so furchtbar gewesen? Wahrscheinlich noch schlimmer! Und wie ging es ihnen jetzt, in diesem Augenblick?

Im Licht des frühen Morgens verspeiste Nestor in den Hügeln oberhalb von Zwiefurt sein Kaninchen und streckte sich im hohen Gras aus, um ein wenig zu verdauen. Währenddessen quoll hinter und über ihm der eklige Dampf des nunmehr zu drei Vierteln vom Sonnenlicht verflüssigten Fliegers wie ein schäumender Wasserfall über die Kante eines steilen Vorsprungs den Hang hinab. Dabei hatte der Ausstoß mittlerweile nachgelassen.

Nathan schritt auf alten Wanderer-Pfaden zwischen dem Wald und dem Hügelland weiter gen Zwiefurt. Er war versucht, seinen Bruder auf eine Weise aufzuspüren, die er seit seiner Kindheit nicht mehr angewendet hatte. Das hieße zwar, seinen leichten, meilenfressenden Dauerlauf für ein paar Minuten zu unterbrechen, was ihm eigentlich nicht recht war. Doch sollte er Erfolg haben, wären zumindest seine Gedanken nicht mehr in Aufruhr.

In seinem ganzen Leben war Nathan sich noch nie so deutlich der Tatsache bewusst gewesen, dass er nur eine Hälfte eines Zwillingspaares war. Als sollten seine und Nestors körperliche Unterschiede noch unterstrichen werden, spürte er die neue Kluft zwischen ihnen wie eine riesige Schlucht, die immer weiter klaffte, je näher er ihrem Rand kam. Er wusste, dass Misha Zanesti nur ein Teil davon gewesen war, dass sich der Graben schon lange aufgetan hatte und das Mädchen lediglich der Auslöser gewesen war.

Aber es war alles so rasch gekommen. Zuerst Misha:

Wegen ihrer Liebe zu Nathan (oder eher wegen Nestors Eifersucht) hatten die Brüder sich einander entfremdet. Die Rivalität, deren Saat in ihrer Kindheit gelegt worden war, hatte sich schließlich zwischen sie gestellt. Nun waren sie nicht die ersten Brüder, die mit diesem Problem zu tun hatten, und über kurz oder lang hätten sich die Dinge schon wieder eingerenkt. Besonders jetzt, da ... jetzt, da Misha ...

Doch nein, Nathan brachte es nicht über sich, darüber nachzudenken – dass Misha bei dem Hundewesen Canker Canison war – nicht auf die Weise, die Vratza Wransknecht so genüsslich beschrieben hatte. Und dennoch musste er es, denn in Siedeldorf hatte er einen Eid gegen die Wamphyri geschworen und besonders gegen Canker. Obgleich sein Inneres sich zusammenkrampfte, entwich seiner Kehle dennoch ein leises Knurren, als er *sein* Bild vor seinem geistigen Auge heraufbeschwor! Oh ja, sein Schwur galt nun doppelt, wenn nicht dreifach; denn die Wamphyri waren auch für das, was immer mit seiner Mutter geschehen war, und für die Trennung von seinem Bruder verantwortlich. Was Letzteres anging ... konnte er nur hoffen, das diese Trennung nicht von Dauer war.

Es war so entsetzlich, so furchtbar, dass er sie alle verloren hatte – seine Mutter, Misha und Nestor. Er wusste nicht und wollte auch gar nicht wissen, welche Auswirkung der Tod seines Bruders auf ihn haben würde, aber er vermutete, dass es dem Verlust eines noch größeren Teils seiner selbst gleichen würde – vielleicht sogar des letzten verbliebenen Teils.

Denn er und Nestor hatten sich den Schoß und die Milch ihrer Mutter geteilt und in die Liebe ein und desselben Zigeunermädchens – auch wenn sie den einen wie einen Bruder und den anderen um seiner selbst willen geliebt hatte. Aber ihr Blut war eins, und selbst ihre Gedanken schienen aus dem gleichen Stoff gemacht zu sein. Wenigstens waren sie sich ähnlich genug, dass sie sich manchmal berühren konnten.

Genau das hatte Nathan jetzt vor. Er wollte den Geist seines Bruders berühren und dadurch Gewissheit erlangen, dass er noch lebte. Und wenn er dort nichts fand, nur eine Leere? Dieses Risiko musste er eingehen – entweder wieder ein Teil zu sein von etwas, das zumindest *früher* ganz gewesen war, oder noch leerer zu sein als die Hülle, die er gegenwärtig bewohnte.

Da ihm diese und andere Gedanken durch den Kopf wirbelten und seinen Verstand geradezu umnebelten, war dies kaum der beste Zeitpunkt für ein derartiges Experiment. Trotzdem entfernte Nathan sich ein Stück vom Pfad, ließ sich mit dem Rücken gegen einen Felsen gelehnt nieder, schloss den Tag aus, seine heftige Abscheu gegen die nächtlichen Banditen, alle anderen Gefühle, einfach alles, und ließ seinen Geist treiben ...

Die Toten wichen vor ihm zurück!

Er spürte ihr Erschrecken, ihr Grauen. Doch diesmal war Nathan – wie er hoffte – an den Lebenden interessiert. Hoch auf den Hügeln stellten sich grau bepelzte Ohren auf, und in düsteren Höhlen glommen dreieckige Augen. Dort waren drei beieinander, die seine Gedanken so gut kannten, als seien es ihre eigenen: Blesse, auf dessen Stirn das weiße Zeichen seiner Mutter prangte, Grinser, dessen feuchte, schwarze Lefzen ständig zuckten, als wolle er ein Lächeln zurückhalten; Stutz, dem der Schwanz gekürzt worden war, als er noch ein Welpe war und mit dem Wurf einer mutigen Füchsin spielen wollte.

Sogleich errieten sie Nathans Absicht, aber diesmal konnten sie ihm nicht helfen. Denn keiner von ihnen strich bei Tag umher, und sie hatten nichts Neues von Nestor erfahren. Nachts wäre es vielleicht etwas anderes gewesen. Aber nicht jetzt.

Nathan grüßte sie dennoch, worauf sie ein wenig winselten, sich wieder zusammenrollten und weiter ihren Betrachtungen nachhingen. Und er ließ seine Gedanken weiterschweben, weitertreiben ...

... bis sie auf ein Bewusstsein trafen, das er kannte und doch auch wieder nicht! Es erschien ihm anders, verändert, wie ausgelöscht. Allerdings nicht sauber ausgelöscht, sondern eher so, als habe jemand mit einem schmutzigen, blutverschmierten Lappen darübergewischt. Es war Nestor, und doch war er es nicht.

Nathan konnte das nicht verstehen. Es schien, als wisse Nestor selbst nicht, wer er war! Und in seinem Innern brodelte eine gewaltige Wut, die sich aus Schmerzen, Enttäuschung, Not, Ehrgeiz, Verlust und neu Entdecktem zusammensetzte!

Nathan war so erschrocken, dass er vor dem Fremden zurückschrak, der sein Bruder war – und sich ruckartig gegen den Felsen aufsetzte!

Sämtliche Gedanken kamen wie geprügelte Hunde wieder zurückgeschlichen und stürzten ihn in nur noch größeren Aufruhr, als er seinen Weg nach Osten fortsetzte ...

Nestor schlief, und sein Körper schöpfte neue Kraft aus der Nahrung, die er zu sich genommen hatte. Im Schlaf durchwanderte er ein zartes Traumgespinst – das in dem Augenblick zerriss, als das fremde *Wesen* in seinen Geist eindrang!

Fremd, ja, und ein verhasster Feind! Er erkannte ihn an dem Mahlstrom aus Zahlen, Zeichen, bedeutungslosen Gleichungen und mathematischen Formeln, hinter denen das Wesen seine Identität und seine Absicht verbarg. Derselbe Widersacher, der ihm schon zeitlebens zugesetzt hatte! Nestor erzitterte trotz des starken Sonnenscheins, schlug die Augen auf ...

... und sah zu zwei Männern auf. Der eine war etwa so alt wie er, der andere wesentlich älter, und sie hatten ihn schlafend angetroffen!

Der Widersacher aus seinen Träumen war vergessen. Er sah die Männer, bemerkte, dass sie in ebendiesem Moment einander ansahen und nicht ihn, schloss rasch wieder die Augen und tat so, als schlafe er noch immer. Aber was er gesehen hatte, stand deutlich vor seinem geistigen Auge. Der Jüngere der beiden kniete neben ihm. In seiner verkrampften Faust hielt er ein Messer, dessen scharfe Klinge im Sonnenlicht wie flüssiges Silber schimmerte. Der schlanke, junge Mann hatte die Augen weit aufgerissen und schien furchtbare Angst zu haben. Der andere, ein mürrisch dreinblickender, wettergegerbter Mann in mittleren Jahren, stand aufrecht neben ihm und hielt eine geladene Armbrust in seinen braunen, kräftigen Händen. Er hatte die Stirn gerunzelt und schien leise vor sich hin zu brummen:

»Klaust mir ein Kaninchen aus der Falle, ja, Bursche? Und was machst du überhaupt hier oben? Besonders an diesem Morgen, nach der letzten Nacht ...«

»Kein Vampir«, flüsterte der Kniende und sprach immer

noch über die Schulter zu dem Älteren, »sonst läge er nicht hier in der Sonne. Und sieh ihn dir doch nur an, er ist ganz zerschunden und zerkratzt! Vielleicht ist er allein auf der Jagd gewesen und aus den Bergen vertrieben worden? Was meinst du, Vater?«

»Was ich meine?« Die Antwort klang tief und knurrend vor Argwohn und erbarmungslosem Hass. »Oh, ich sage dir, was ich glaube – dass die blutsaugenden Schweinehunde sich ein paar neue Tricks haben einfallen lassen und dass der hier irgendein übler Wamphyri-Zögling ist! Er hat sich noch nicht so weit verändert, dass die Sonne ihm etwas anhaben könnte ... na und? Du hast doch seinen Flieger da oben gesehen, ganz zerlaufen, und die schwarzen Knochen ragen aus der fauligen Schweinerei heraus. Der Zufall ist doch zu groß, dass wir da oben so ein Ding finden und den da weiter unten. So sehe ich das!«

Nestors Flieger? Er fiel ihm wieder ein. Es war eines der wenigen Dinge, an die er sich erinnern konnte. Aber wie hatte der Ältere der beiden ihn genannt, einen Wamphyri-Zögling? Hah! Der Mann hatte keine Ahnung! Denn Nestor war kein elender Knecht, sondern ein Lord! Er war Lord Nestor von den Wamphyri!

Das Wort brannte ihm wie Feuer im Blut – *Wamphyri!*

Behutsam, ganz vorsichtig machte er sich bereit aufzuspringen. Seine Arme waren bequem auf der Brust verschränkt, ein Knie leicht angewinkelt. So weit, so gut.

»Was machen wir mit ihm?«, wollte der Kniende wissen.

»Zuerst wecken wir ihn auf«, knurrte der andere und fuhr widerwillig fort: »Dann ... sollten wir ihn nach Zwiefurt hinunterschaffen und ihn dort untersuchen. Ich würde nur ungern einen Fehler machen.«

Zu spät!, dachte Nestor. *Du hast schon zu viele gemacht.*

Er spürte, wie die Hand des Jüngeren ihn oberhalb des Ellbogens packte und schüttelte, und hörte ihn barsch sagen: »Du da, wach auf!« Danach überschlugen sich die Ereignisse.

Nestors Augen sprangen auf! Er streckte seine Finger aus,

und mit einer fetzenden Bewegung schlug er den Messerarm zur Seite. Zugleich wand er seinen Arm aus dem Griff des Jungen. Da ihm plötzlich beide Hände weggerissen wurden, stürzte der Junge nach vorn. Nestor nahm die Gelegenheit wahr, stieß ihm das angewinkelte Knie zwischen die Beine und riss den Kopf hoch, um ihn mit der Stirn mitten ins Gesicht zu treffen.

Lippen, die sich vor Schreck und Entsetzen zu einem Zähnefletschen verzogen hatten, platzten in einem Blutschauer auf; Zähne und Knochen knirschten mit einem Übelkeit erweckenden Laut; der überraschte Aufschrei des Jungen erstarb in einem rotflüssigen Gurgeln, als Nestor nach dem Messer griff. Er entwand es der erschlaffenden Hand des anderen und schnitt sich dabei in die Finger. Doch der durchdringende Schmerz spornte ihn nur weiter an.

Der ältere Mann hüpfte nach links und rechts, versuchte seine Waffe in Anschlag zu bringen und schrie dabei: »Stich ihn ab! Bring den Hurensohn um!« Er hätte gerne geschossen, aber sein Sohn war ihm im Weg, und er konnte nicht erkennen, dass Nestor nun das Messer hatte. Plötzlich hob der Körper seines Sohnes sich gut dreißig Zentimeter über den anderen, auf dem er lag, und begann krampfhaft zu zucken. Dann wurde der Junge von Nestors Arm und Knie beiseite gestoßen, sein Gesicht eine schreckliche, blutige Masse, in der anstelle des Mundes ein japsendes Loch klaffte. Blut quoll auch von dem Schlitz in der Jacke, aus dem Nestor gerade das Messer zog.

»Sohn!«, schrie der Vater gequält auf. Mit hervortretenden Augen musste er den kurzen Todeskampf seines Sohnes mit ansehen, sah, wie er auf dem blutüberströmten Gras erschlaffte.

»Du!«, knurrte er hasserfüllt, richtete seine Waffe auf Nestor und betätigte den Abzug. Doch Nestor war aufgesprungen, sein Arm schnellte nach vorn, und das rotbefleckte Messer flog durch die Luft! Nestor war gut mit dem Messer, und diesmal stand ihm das Glück zur Seite. Die Klinge traf den Mann in den Hals, genau in das knöcherne V unmittelbar unter dem Adamsapfel, und drang bis zum Nackenwirbel durch.

Er brach zusammen. Der Mann war tot, bevor er die Erde berührte. Daher sah er nicht mehr, dass sein Bolzen Nestor in die Seite traf und sein Fleisch durchbohrte. Er sah es nicht mehr, aber weiter oben am Hang waren andere, die es sahen.

Nestor hörte ihre Rufe, sah vom Boden auf, da er von dem Einschlag niedergestreckt worden war, und sah sie durch den blutroten Nebel der Qual, der ihn umspülte: Vier oder fünf Männer, etwas weniger als zweihundert Meter entfernt, die in halsbrecherischen Sprüngen und langen Sätzen über den Hang auf ihn zugerannt kamen – Vampirjäger!

Nestor schob die Finger in den Riss in seiner Jacke und zerrte ihn auseinander. Der Bolzen war ihm unterhalb des Brustkorbs in die rechte Seite gedrungen und hatte eine Rippe am Rücken gestreift, aus dem die mit Widerhaken besetzte Spitze hervorstach. Die Befiederung ragte vorne heraus, und aus beiden Löchern quollen dicke Blutstropfen. Eine fünf Zoll lange Brücke aus weißem, angeschwollenem Fleisch schien die beiden Wunden wie eine Fettrolle zu verbinden.

Nestor dachte nicht lange nach. Mit der rechten Hand packte er den Bolzen an der Spitze, mit der linken an der Befiederung und bog den Holzschaft zu sich, bis er zerbrach. Er sah, wie sich die Haut an seiner Seite nach außen wölbte, als der Schaft das weiße Fleisch verdrängte, und verlor beinahe das Bewusstsein. Aber er wusste, dass dies dann wahrscheinlich das Letzte wäre, was er in seinem Leben tun würde. Außerdem war die Spitze abzubrechen nur die halbe Arbeit gewesen. Jetzt musste er den Bolzen herausziehen.

Das tat er, ohne innezuhalten. Er musste einen Brechreiz unterdrücken, als rot das Blut hervorschoss. Dann zog er sich die Jacke fester um den Körper, kam irgendwie auf die Beine und begann den steilen Hang hinabzuklettern. Doch vor Schwäche und Verzweiflung klopfte sein Herz bereits wie rasend, und der Atem drohte ihm zu stocken. Die Männer hinter ihm – blutrünstige Szgany – würden ihm keine Sekunde Ruhe gönnen, und sein Leben wäre keinen Pfifferling mehr wert, wenn sie ihn erst einmal in den Fingern hatten. Es würde das Messer, den Pfahl, die Flammen für Lord Nestor von den Wamphyri bedeuten!

Er hinkte zum Rand eines Abhangs und blickte hinab. Unten sah er, wie der Fluss sich in die brodelnde Gischt eines Wasserfalls verwandelte. Der weißschäumende Wasserlauf erstreckte sich bis zu den Terrassen und zerstörten Brücken von Zwiefurt. Doch über dem Zischen und Brodeln des aufgewühlten Wassers konnte er hinter sich die zornigen Schreie seiner Verfolger hören.

Er warf einen Blick zurück, sah erhobene Waffen und wutverzerrte Mienen, brüllte ihnen seinen Trotz entgegen – und sprang!

Nicht ganz zwei Stunden später traf Nathan in Zwiefurt ein. Die Stadt war ein Trümmerhaufen – ein Pestloch, in dem Überlebende mit ausdruckslosen Gesichtern einherstolperten, ein Hexenkessel aus misstrauischen, argwöhnischen, rachelüsternen Möchtegern-Kämpfern, ein Chaos aus entsetzten, halb verrückten Menschen, in dem nichts an die Ordnung und Disziplin erinnerte, die in Siedeldorf herrschten.

Auf den Zugangswegen zum Dorf standen Wachen, die Nathan sofort aufhielten, nachdem er den Fluss im seichten Furtwasser durchquert hatte. Von der stolzen Brücke war nur ein Damm aus Holztrümmern übrig, die tief in den Schlamm gedrückt waren. Man erkannte Nathan als Angehörigen von Lardis Lidescis Wandertrupp wieder, der erst am vorigen Abend auf seinem Weg nach Westen Richtung Siedeldorf hier durchgekommen war, und gestattete ihm, das zerstörte Dorf zu betreten.

Das Chaos war nicht zu übersehen. In den Ruinen zweier Gestreidespeicher schwelten immer noch Brände. Die Toten – beziehungsweise ihre Einzelteile, wenn sie zuvor vampirisiert worden waren – wurden durch Straßen geschleift, die kaum noch als solche zu erkennen waren, und auf Scheiterhaufen verbrannt. Von überallher erklang das nervenzerfetzende Wehklagen der Frauen und das Weinen der Kinder. Innerhalb eines Kreises aus mehr oder weniger unversehrten Holzhäusern war die Zerstörung nahezu vollständig und weit schlimmer als in Siedeldorf. Zahlreiche Häuser waren regelrecht zermalmt worden; offenbar hatten die Wamphyri und ihre Kreaturen sich dort vollends ausgetobt.

Als er sich dem in der Mitte gelegenen Dorfplatz näherte, auf dem die Anführer und Ältesten der Szgany Zestos gerade eine Versammlung abhielten, wurde Nathan Zeuge der Entdeckung und Vernichtung einer Vampirsklavin, die zu lange geschlafen hatte. Männer mit Fackeln trieben sie aus ihrem Versteck unter dem Dachvorsprung eines Hauses. Sie wurde auf die Straße gejagt und umzingelt. Als der Sonnenschein sie traf, schrak sie zurück und versuchte sich zu bedecken. Dabei zeterte und plapperte sie und verfluchte die Männer mit derart obszönen Ausdrücken, dass Nathan seinen Ohren nicht trauen wollte.

Völlig außer sich, mit grauer Haut und Augen, die wie Schwefel glosten, trotzte sie schließlich den Fackeln und warf sich auf den Mann, der ihr am nächsten stand. Als sie ihn anfauchte, war deutlich zu sehen, dass ihre Eckzähne unnatürlich lang, weiß und spitz waren!

Der Bolzen, der sie niederstreckte, war nicht minder spitz, und die Messer, mit denen sie ihr den Kopf abtrennten, waren scharf ...

Dann erreichte Nathan den Versammlungsplatz im Schatten eines großen, hastig errichteten offenen Zeltes. Als die Versammlung auseinander ging, erkannte er Karl Zestos, den ältesten Sohn des vorherigen Anführers von Zwiefurt. Sein Vater Bela Zestos war tot, im Kampf gegen die Vampir-Räuber gefallen. Wenn Karl aus den Resten seines Volkes eine genügend große Anzahl unter seiner Führung versammeln konnte, würde er selbst ein König der Wanderer werden.

Die Trauer trübte das Wiedersehen der beiden. In aller Kürze erzählten sie einander, was ihnen widerfahren war. Dabei erfuhr Nathan einige Einzelheiten des nächtlichen Überfalls auf Zwiefurt, die in Siedeldorf noch nicht bekannt waren. Vor allem zeigte er sich an Canker Canison interessiert. Doch als er den Grund dafür nannte ... wurde Karls Gesicht aschfahl.

»Mein Freund«, sagte Karl und schüttelte den Kopf, »du solltest dafür beten, dass deine Misha tot ist! Ich habe Berichte vernommen ...«

»Ich weiß«, fiel Nathan ihm ins Wort. »Und wenn ich nur daran denke, bin ich schon versucht, ihr den Tod zu *wünschen!* Aber das ist nicht möglich, und darüber bin ich froh.«

»Ich verstehe«, erwiderte Karl und nickte. Dann musterte er Nathan mit einem Stirnrunzeln. »Aber etwas kommt mir seltsam vor. Ich habe dich ganz anders in Erinnerung, nicht nur von der Farbe deiner Haut und deiner Haare her, die unter den Szgany selten ist, sondern auch deshalb, weil du still und in dich gekehrt warst. Du hast doch einen Bruder, nicht wahr? *Ihn* habe ich als offen und redegewandt im Gedächtnis!«

»Bin ich etwa offen und redegewandt?« Das überraschte Nathan. »Vielleicht habe ich dann durch Nestors Verlust gewonnen.« Er erklärte, was er damit meinte, und erläuterte sein Vorhaben: dass sein Bruder geraubt worden war und dass er davon ›geträumt‹ habe, der Flieger sei in den Hügeln in der Nähe abgestürzt.

»Das ... erinnert mich an etwas«, sagte Karl, aber sein Stirnrunzeln grub sich nur noch tiefer ein. »Heute Morgen waren einige der Männer in den Hügeln. Sie haben dort nach Verwandelten gesucht, denen die Flucht aus der Stadt gelungen war. Dir ist sicher klar, dass etliche Leute verschwunden sind. Jedenfalls entdeckten sie einen Flieger und ... einen Mann. Oder zumindest einen Jüngling.«

Nathan packte ihn am Arm. »Einen Jüngling? War er noch am Leben?«

»Er war – am Leben, als sie ihn fanden, ja«, antwortete der andere. »Aber ob er ›lebte‹?« Er zuckte die Achseln. »Möglicherweise war er untot.«

Nathan stöhnte auf. »Das musst du mir erklären.«

Karl erzählte ihm die Geschichte, soweit sie ihm bekannt war, und schloss mit den Worten: »Er ist in die Stromschnellen gesprungen und wurde weggerissen. Sie sahen, wie er im aufgewühlten Wasser untergegangen ist, aber sie haben ihn nicht wieder auftauchen sehen.«

»Und du sagst ... dass er zwei Männer ermordet hat?«

Der andere konnte nur nicken. »Man hat ihn dabei gesehen, ja.«

Nathan schüttelte den Kopf. »Dann kann es nicht Nestor gewesen sein!«

Wieder zuckte Karl die Achseln. »Wer hätte es sonst sein können? Die Beschreibung, die ich erhalten habe, passt auf ihn. Außerdem hast du mir berichtet, wie die Dinge in Siedeldorf stehen. Woher willst du also wissen, dass Nestor nicht vampirisiert wurde, ehe der Flieger ihn verschleppt hat? Das kannst du nicht wissen.« Er seufzte. »Ich kann dich gut verstehen, Nathan, aber ich glaube, du solltest ihn vergessen und nach Hause gehen zu denen. Dort warten sie sicher schon auf dich.«

Nathan lachte bitter auf. »Da gibt es niemanden mehr!«

»Dann schließe dich mir an«, drängte Karl. »ich brauche gute, starke, junge Männer. Ich werde meine Leute von hier fortbringen und die Lebensweise meines Vaters wieder aufnehmen, bevor er diesen Ort erbaute – ich werde wieder ein Wanderer sein.«

Doch Nathans Gedanken kreisten immer noch um Nestor, und er sagte sinnend: »Von den Höhen fließen zwei Zuflüsse. In welchen der beiden ist er gesprungen?«

»In denjenigen, der zur Westfurt fließt«, gab Karl zur Antwort. »Aber was hast du vor?«

»Ich werde nach seiner Leiche suchen«, sagte Nathan. »Dann weiß ich Bescheid – so oder so.«

Der andere nickte. »Viel Glück. Doch Nathan, wenn du ihn findest ... pass auf!«

Nathan fand Nestor zwar nicht, doch dafür traf er auf jemanden, der ihn gesehen hatte.

Er sprach mit den Wächtern an der zerstörten Brücke. Sie hatten einen Mann flussabwärts treiben sehen. Im Wasser war

Blut gewesen, und der Mann war reglos mit dem Gesicht nach unten im Wasser getrieben. Sie hätten ihn ja herausgezogen, bemerkten ihn aber erst, als er an dem schlüpfrigen Damm vorbei war und weitertrieb. Entweder handelte es sich um ein ermordetes Opfer des nächtlichen Überfalls oder um einen Vampirknecht, der an den Hängen von der Sonne überrascht worden war.

Jedenfalls war das schon über zweieinhalb Stunden her. Mittlerweile hatte er sich gewiss flussabwärts in den Wurzeln verfangen oder war auf den Grund gesunken und lag nun im Schlamm zwischen den Wasserranken ...

Nathan dankte ihnen, watete durch den Fluss und folgte dann seinem Lauf. Er nahm einen Pfad, den die Fischer des Dorfes nutzten, spähte dabei die überwucherten Ufer aus und folgte dem schnellen Wasser bis zu der Stelle, wo der Fluss mit seinem Gegenstück zu einem breiten, grünen Strom zusammenfloss. Von Nestor erblickte er nicht die geringste Spur. Die meisten Menschen hätten an diesem Punkt aufgegeben, nicht jedoch Nathan. Wenn es sein musste, würde er dem großen Fluss den ganzen Tag lang folgen. Und wenn die Nacht hereinbrach? ... Nun, dann würde sie eben hereinbrechen. Was machte das schon?

Fünfzehn Minuten, nachdem Nathan die Brücke an der Westfurt hinter sich gelassen hatte, erreichte Lardis' Läufer den Übergang. Auf seinem Weg war er immer wieder von Vampirjägern aufgehalten worden.

Mittlerweile waren die Wachposten an der Furt abgelöst worden. Einer berichtete, er habe einen Mann aus Siedeldorf mit Karl Zestos auf dem Dorfplatz reden sehen. Rasch setzte der Läufer seinen Weg nach Zwiefurt fort, ohne zu erfahren, dass Nathan weniger als drei Meilen entfernt war, nur eben in der anderen Richtung.

Nachdem er Karl gefunden und mit ihm gesprochen hatte, kehrte der Läufer eilends zu der eingestürzten Brücke zurück. Diesmal konnten die Posten nur mit den Achseln zucken.

Sie vermuteten, Nathan habe sich wieder auf den Weg nach Siedeldorf gemacht. Wahrscheinlich waren die beiden auf verschiedenen Pfaden aneinander vorbeigelaufen. Es schien die einzig logische Erklärung. Also gab der Läufer die Verfolgung auf und machte sich auf den Rückweg ...

SECHSTER TEIL
DIE SZGANY SINTANA – ZWIST IM HORST – DIE THYRE

ERSTES KAPITEL

Als der Fluss in einer trägen, weiten Kurve durch den immer dichter werdenden Wald gen Osten bog und sich so sehr verbreiterte, dass das andere Ufer kaum noch in seinen Einzelheiten zu erkennen war, stand Nathan kurz davor, sich geschlagen zu geben. Mittlerweile war der Morgen zur Hälfte vorbei, und er war erschöpft. Seit dem ersten Tageslicht war er ununterbrochen unterwegs gewesen, also seit etwa zweiunddreißig Stunden. Und seitdem der Pfad nach etwa vier oder fünf Meilen südöstlich von Zwiefurt geendet hatte, war er nur sehr mühsam vorangekommen.

Nun hatte er sich auf einer sonnenbeschienenen Lichtung am Ufer zu einem Nickerchen in das hohe, süß duftende Gras gelegt und war gerade am Eindösen, als er erschrocken das vertraute Klapklapklap gespaltener Hufe, dann das Knirschen und Knarren von Wagen und das Geklimper von Zaumzeug und Szgany-Glöckchen vernahm. Irgendwo hinter dem hohen Flussufer musste ein alter Pfad der Wanderer verlaufen, denn die Geräusche stammten von einer vorbeiziehenden Zigeunergruppe.

Darin irrte Nathan sich. Wie er feststellte, nachdem er den Fluss hinter sich gelassen hatte, sich durch das Blattwerk eines Gebüsches kämpfte und den alten Pfad betrat, zogen sie nicht vorbei, sondern schlugen gerade ihr Lager auf. Und als er auf dem alten, ausgefahrenen Pfad auftauchte, erblickten sie ihn ebenfalls.

Braune, seelenvolle Augen begegneten dem Blick seiner blauen Augen über den Pfad hinweg, und Nathan erstarrte, als das Mädchen wieder ins Dickicht zurückglitt und verschwand. Mit einem Mal wurde ihm bewusst, dass seltsame Zeiten herrschten und die Menschen keinesfalls erwarteten, dass aus dem Wald vor ihnen ein wilder Mann auf die Straße sprang! Andererseits waren sie viele, und Nathan war allein. Außerdem stand die Sonne hoch, und so war die Chance, dass sich Vampire in den Wäldern herumtrieben, nur gering.

Ganz sicher war ihnen klar, dass die alte Gefahr von der Sternseite zu neuem Leben erwacht war; das zeigte sich gleich bei ihrer ersten Begrüßung. »Reißt die Berge nieder«, sagte eine sanfte Szganystimme von der Seite, und Nathan zuckte zusammen und fuhr herum.

Er sah einen hochgewachsenen, hageren, unglaublich verwitterten Mann von unbestimmtem Alter, der lässig mit der Schulter an einem Baum lehnte. Nathan erkannte auf den ersten Blick, dass diese Leute *echte* Wanderer waren, Szgany im ursprünglichen Sinne des Wortes. Sie hatten nie an festen Orten gelebt. Die Behaglichkeit des Dorflebens hatte sie nie länger als eine Nacht von ihrem Weg abgebracht. Ihr ganzes Leben lang waren sie umhergezogen und waren ebenso ein Teil der Wildnis wie die Tiere des Waldes.

Das konnte bedeuten, dass sie von der Rückkehr der Wamphyri vielleicht doch noch nichts wussten. Denn unter den echten Wanderern waren die alten Sitten noch erhalten, und die Grußformeln – die sowohl Verwünschung als auch Segensspruch sein konnten, was ganz vom jeweiligen Fall abhing – waren immer noch sehr lebendig. »Reißt die Berge nieder«, hatte der Mann gesagt, und Nathan kannte die Antwort darauf. Er hatte sie ab und zu vernommen, wenn Wanderer in Siedeldorf hielten, um ihre Felle einzutauschen, Messer und Äxte zu schärfen und aus der Hand zu lesen. Er hatte sie gehört, aber noch nie selbst gebraucht. Denn damals hatte er mit niemandem sprechen wollen und auch nicht müssen. Nun standen die Dinge jedoch anders, und so sagte er:

»Oh ja, reißt die Berge nieder. Lasst die Sonne mit aller Kraft auf den letzten Horst scheinen und ihn zerschmelzen!«

Der Mann erkannte Nathans Kenntnis des alten Fluches an und nickte, doch zugleich runzelte er die Stirn und sagte: »Und dennoch ... bist du kein Wanderer. Vielleicht hat uns dein Dorf früher willkommen geheißen. Wir machen euch Dorfmenschen keinen Vorwurf daraus, dass ihr euch zur Sesshaftigkeit entschlossen habt. Wir besuchen euch ab und zu, und manchmal tut es uns gut, mit anderen zu reden. Wir halten es nur für Narretei, sich wie Schimmel an einem Baum auf einen Ort zu beschränken. Denn wenn der Baum stürzt, fällt der Schimmel mit ihm ...«

Er zog die rechte Hand, die er bis jetzt verborgen gehalten hatte, hinter dem Baumstamm hervor und ließ die Sicherung seiner geladenen Armbrust einrasten. Dann nickte er abermals und sagte: »Ja, eine Narretei – besonders jetzt, da die Wamphyri zurückgekehrt sind! Nun ja, wir haben immer schon gesagt, dass sie wiederkommen. Kannst du mir einen besseren Grund nennen, all diese Jahre auf dem Wanderpfad zu verbringen?«

Nathan schüttelte den Kopf. »Eben deshalb bin auch ich unterwegs«, antwortete er. »Aber ich laufe nicht vor ihnen davon, sondern ich suche nach ... nach meinem Bruder, der ihnen zum Opfer gefallen ist. Ich habe ihn letzte Nacht in Zwiefurt ... *verloren.* Man hat dort einen Mann in den Fluss stürzen sehen. Ich dachte, dass er das vielleicht sei und dass ich ihn finden könne, wenn ich dem Fluss folge.«

»Und hast du ihn gefunden?«

»Nein«, sagte er und schüttelte den Kopf. Dann trat er vor und streckte die Hand aus. Sie umklammerte den Unterarm des anderen, und Nathan sagte: »Ich bin Nathan Kiklu von den Szgany Lidesci.«

Der andere lächelte freudlos. »Szgany, sagst du? Die Szgany Lidesci? Von Siedeldorf? Na ja, es stimmt schon, dass zumindest der alte Lardis mal ein Wanderer war! Ich bin Nikha Sintana, und das sind meine Leute. Wir sind letzte Nacht ebenfalls in Zwiefurt gewesen, und ich verlor ebenfalls einen Bruder. Zumindest jemanden, der mir ein Bruder geworden wäre. So viel zur Sicherheit in den Dörfern! Und was das Davonlaufen betrifft ...«

Sofort erkannte Nathan seinen Fehler und lenkte ein. »Dich zu kränken oder zu beleidigen, lag nicht in meiner Absicht!«

»So habe ich deine Worte auch nicht aufgefasst.« Der andere schüttelte den Kopf. »Wir laufen tatsächlich weg, oder? Sollen wir denn in einem brennenden Baum sitzen bleiben, vergiftetes Wasser trinken, uns Steine um den Hals binden und sie in den Fluss schleppen? Sollen wir in einem Dorf leben und große Gemeinschaftsfeuer entfachen, um die Wamphyri zum Festmahl zu bitten?« Wieder schüttelte er den Kopf. »Ich glaube, dass nun ziemlich viele fortlaufen werden, so wie ich und die meinen. Aber die letzte Nacht – was für ein Fehler! Ausgerechnet diese Nacht mussten wir uns aussuchen, um sie in Gesellschaft von Sesshaften zu verbringen!«

Während Nikha Sintana sprach, musterte Nathan ihn eingehend. Das tat er ganz offen; es entsprach der Art der Szgany im Umgang mit Fremden. Und was er erblickte, beeindruckte ihn.

Nikha war, nun, vermutlich zwischen fünfunddreißig und fünfundvierzig Jahre alt. Die genaue Zahl seiner Lebensjahre war nicht zu bestimmen. Seine durchdringenden, hellwachen braunen Augen, die wettergegerbte Haut, die geschmeidigen, schlanken, muskulösen Arme und seine mühelos unverkrampfte Haltung ließen ihn alterslos erscheinen. Wenn Nikha sich gegen einen Baum lehnte, dann sank er nicht etwa dagegen. Der Baum schien ihm nicht nur eine Stütze zu sein, sondern wurde eins mit ihm und ließ seine Kraft auf ihn übergehen. Tatsächlich schien die Kraft der Natur aus jeder seiner Bewegungen zu sprechen.

Seine Hakennase war fast so scharf gebogen wie der Schnabel eines Habichts, wirkte jedoch nicht grausam. Hinter seinen undurchdringlichen Augen verbarg sich ein wacher Verstand. Dennoch wich die breite Stirn so flach zurück wie die eines Wolfes. Er hatte schmale Lippen, die so zerfurcht waren wie alte Baumborke und wohl nicht oft lächelten, doch zur gleichen Zeit kam Nathan nicht umhin, die Lachfältchen um Augen und Mund zu bemerken. Alles in allem erinnerte ihn Nikha Sintana mit seinem dunkelgrauen, schulterlangen Haar an nichts so sehr wie an eine große, hagere Jagdeule.

Der Wanderer schwieg und wartete darauf, dass Nathan

etwas erwiderte. »Es tut mir Leid, dass du jemanden verloren hast«, sagte Nathan. »Ich fühle mit dir und kenne deinen Schmerz gut. Denn so wie ich hast auch du einen Bruder verloren.«

Nikha nickte. »Das Leid meiner Schwester ist allerdings größer. Sie wollte ihn heiraten. Das hätte ihn zu meinem Bruder gemacht.«

»Ah!«, sagte Nathan leise.

Er sah sich um. Die Zigeuner hatten ihre Tiere in den Schatten des Waldes geführt. Mehrere Zelte wurden errichtet. Unter einem Dreibein aus grünen Ästen rauchte bereits ein Kochfeuer, das mit trockenem Rindenzunder gespeist wurde. Wie Schatten bewegten sich Männer unter den Bäumen. Eine Armbrust surrte, und eine Taube fiel auf die sonnengesprenkelte Lichtung. Ein Junge strebte mit einer Angelrute dem Flussufer zu und sammelte dabei Larvenköder ein. Diese ganze, fast unbewusste Betriebsamkeit hatte etwas sehr Natürliches, etwas sehr Ansprechendes an sich. Nathan fühlte sich in Gesellschaft dieser Menschen ... behaglich. Nur war Behagen ein Gefühl, das er sich nicht leisten konnte.

Er straffte die Schultern und sagte: »Ich sollte meine Suche fortsetzen.«

Nikha ergriff ihn am Arm. »Ab und zu haben wir in Siedeldorf Halt gemacht. In den alten Zeiten und den neuen Tagen war Lardis Lidesci uns stets ein Freund. Ich bin kein Mann, der Schulden auf sich lädt, doch wenn sie auftreten, versuche ich sie stets zu begleichen. Du bist erschöpft, Nathan Kiklu. Du siehst aus, als würdest du gleich umkippen. Du kannst genauso gut bei Freunden schlafen statt allein am Fluss, und wenn du dich ausgeruht hast, iss mit uns. Auf diese Weise wird irgendwann in der Zukunft meine Schuld auf dich übertragen sein. Aus kleinen Schulden dieser Art werden Freundschaften geschmiedet.«

Nathan spürte, wie die Erschöpfung ihm die Knochen schwer werden ließ, und ihm fiel wieder ein, dass er eigentlich hatte schlafen wollen. Außerdem war sein Rücken mittlerweile ein einziger blauer Fleck, der so sehr schmerzte, dass er sich wohl bald nicht mehr rühren konnte, falls er sich nicht vorher ausruhte. »Es ist wahr, ich bin müde«, sagte er. »Aber ich möchte euch keine Umstände machen.«

»Das ist auch nicht der Fall«, entgegnete der andere. »Wir schlagen hier unser Lager auf, essen und schlafen. Du bist zur rechten Zeit zu uns gestoßen. Unser Leben mag kurz sein, aber die Tage der Sonnseite sind lang. Wenn die Sonne hoch steht, können wir wenigstens ruhig schlafen. Und was deine Suche betrifft: Der Fluss ist breit, die Ufer sind überwuchert, zu beiden Seiten erstreckt sich meilenweit der Wald. Ich begreife dein Bedürfnis, aber ich kann nicht sagen, dass ich dich um die Aufgabe, die du dir gestellt hast, beneide. Eine Rast kann nicht schaden ... und dann wird etwas gegessen, um dich für den Weg zu stärken, einverstanden?«

Damit war die Entscheidung getroffen. »Ich stehe in deiner Schuld«, sagte Nathan.

Nikha führte ihn an einem kleinen Wagengespann vorbei ins Lager. »Mein Wagen«, sagte Nikha. »Ich habe ihn mit meiner jüngeren Schwester geteilt und mich um sie gekümmert, bis sie zur Frau gereift war. Als Eleni dann einen Mann in Zwiefurt fand – oder vielleicht fand er auch sie – haben wir ihnen aus Tierhäuten ein Zelt errichtet. Bei unserer nächsten Ankunft in Zwiefurt wollten sie heiraten – der heutige Tag war dafür vorgesehen! Aber als wir letzte Nacht ein kleines Fest feierten ... nun, du weißt ja, was passiert ist. All diese Pläne wurden zunichte. Jetzt wird sie sich eine Zeit lang in ihr Zelt zurückziehen und um diesen Mann trauern, den sie nie näher kennen lernen durfte.« Seine Stimme verhärtete sich. »Aber sie wird ihn schon bald vergessen haben, und das Zelt kann man immer noch brauchen. Vielleicht ist es ganz gut so.«

Nathan warf ihm einen raschen Blick zu, der vielleicht etwas zu eindringlich war. Nikha sah sein Stirnrunzeln und hob entschuldigend eine Augenbraue. »Wenn sie ihn gut gekannt hätte, wäre ihre Trauer nur größer. Und was, wenn sie Kinder gehabt hätten?«

»Das ist eine grausame Sichtweise«, sagte Nathan geradeheraus.

»Weil ich mich an die grausamen Zeiten gut erinnern kann«, antwortete Nikha. »Und ich fürchte, es werden noch grausamere auf uns zukommen.« Er hielt kurz inne, um ein Lasttier am Ohr zu kraulen, eine von zwei Bergziegen, die an der Deichsel seines Wagens angeschirrt waren. Zottig wie eine übergroße Ziege und von vergleichbarer Intelligenz – aber weniger ›zickig‹ und mit breiteren Schultern und kräftigeren Beinen – warteten die beiden Tiere klaglos, dass jemand sie ausschirrte und zur Weide führte. Das Tier wandte den Kopf, blökte dankbar und ließ sich von Nikha hinterm Ohr kratzen.

»Oh ja«, fuhr er schließlich fort, als spreche er zu sich selbst oder sogar zu dem Tier, »von jetzt an werden die geringfügigsten Bequemlichkeiten sehr selten sein, vermute ich mal. Für Mensch und Tier gleichermaßen ...«

Unterdessen ließ Nathan seine Blicke über das Lager schweifen. Es gab zwei Wagengespanne und einen flachen, mit einer Plane überspannten Karren, ein halbes Dutzend Bergziegen nebst zwei Jungtieren und einige Ziegen, die hinter den Wagen angebunden waren. An deren Außenseiten hingen all jene Werkzeuge und Gerätschaften, die man zum Wanderleben brauchte. Jeder Gegenstand war umwickelt worden, um ungewolltes Geklimper und Geklapper zu vermeiden. Am Rand der Lichtung standen drei große Zelte im Schatten der Bäume. Und schließlich hatte das Lager noch zwei eigene Wölfe, einen Rüden und eine Wölfin. Sie waren gute Jäger, versorgten sich selbst und gaben rechtzeitig Laut, wenn sich Eindringlinge näherten – was auch erklärte, warum Nikha Sintana schon so zeitig auf Nathans Eintreffen reagiert und ihn erwartet hatte.

Glaubte man Lardis Lidescis Lagerfeuergeschichten, hatte es einst Hunderte von Gruppen wie diese gegeben. Kaum größer als wenige Familienverbände, konnten sie wie Schatten im Wald verschwinden oder sich bei Wamphyri-Überfällen in kleinen Höhlen verbergen und gaben schwierigere Ziele ab als die größeren, auffälligeren Stämme der Wanderer. Einige Bemerkungen Nikha Sintanas deuteten darauf hin, dass er ein Einzelgänger war, und die Größe seiner Gruppe schien dies zu bestätigen. Nathan kam es jedoch eher so vor, als handle er nach einem Grundsatz aus alter Zeit, demzufolge ›klein‹ gleichbedeutend war mit ›sicher‹.

Alles in allem bestand die Gruppe aus dreizehn Menschen: vier Männern einschließlich Nikha, drei Frauen und fünf Kindern, von denen das jüngste ein Säugling und der älteste der halbwüchsige Junge war, der zum Angeln gegangen war. Die dreizehnte Person ... war Eleni Sintana, die Schwester, die Nikha erwähnt hatte.

Als Nathan aus dem Unterholz auf den Pfad gestolpert war, hatte er Eleni nur ganz kurz zu Gesicht bekommen, doch im gleichen Moment hatte er etwas in ihren Augen erblickt, das eine Saite in ihm zum Klingen brachte ... vielleicht hatte es *tatsächlich* an ihren Augen gelegen, die denen von Misha so sehr glichen. Jedenfalls war er sich ihrer Anwesenheit seither durchaus bewusst gewesen, vermied es aber, sie direkt anzusehen. Die Wanderer waren häufig sehr wachsam, was ihre Frauen betraf, und sie mochten es nicht, wenn Fremde zu kühn wurden. Nathan sah, wie sie etwas abseits der Lagermitte mit einer Axt tote, abgefallene Äste zu Feuerholz zerkleinerte.

»Das ist Eleni«, bestätigte Nikha seine Vermutung, während sie über die Lichtung gingen, »meine Schwester. Sie hackt Feuerholz, um sich abzulenken.«

Sie sah auf, als sie nähertraten – blickte Nathan an und lächelte schwach – und er erkannte, dass es tatsächlich an ihren Augen lag. Das überraschte ihn, denn er hatte geglaubt, dass nur Mishas Augen so warm, dunkel und freundlich sein konnten. Offensichtlich hatte er sich geirrt. Vielleicht lag es auch daran, dass Misha ihm in letzter Zeit nicht aus dem Kopf gegangen war, dass ...

»Das ist Nathan Kiklu«, sagte Nikha und unterbrach seinen Gedankengang – und vielleicht auch ihren. »Ein Mann aus Siedeldorf, von Lardis Lidescis Leuten. Er müsste sich waschen und könnte eine Schlafstelle gebrauchen und eine Decke, die ihn wärmt, bis das Essen fertig ist. Kümmerst du dich darum, kleine Schwester?«

Sie nickte und richtete sich auf. Da sie nun einander vorgestellt worden waren, gestattete Nathan es sich, sie anzusehen.

Sie mochte zwanzig oder einundzwanzig Jahre alt sein und war eine typische Szgany. Sie war biegsam und grazil, ihre Bewegungen geschmeidig, sie hatte schimmerndes schwarzes Haar, eine leuchtend gebräunte Haut und einen vollen und zugleich sinnlichen Mund. Ihr haftete etwas an, das so wild war wie die Wälder, mehr noch als ihrem Bruder, und hätte Nathan es nicht besser gewusst, hätte er geglaubt, dass sie nur eine einzige Stimmung kannte, eine Lebenslust, die freudig bis zur Neige ausgekostet werden wollte. Ihr tiefes Lachen lockte und reizte, ohne jedoch zu verführen. Denn sollte Eleni sich schließlich der Liebe ergeben, würde ihr Mann alles bekommen, was sie ihm zu geben hatte.

Im Großen und Ganzen war Nathan recht naiv. Er neigte dazu, solche Einschätzungen gleich bei der ersten Begegnung vorzunehmen. Manchmal lag er damit sogar richtig. Eleni *sollte* so sein, und vielleicht würde sie eines Tages auch wieder so werden. Doch im Augenblick ... war sie nur klein und traurig und einsam.

Als Nikha wieder zu seinem Wagen und seinen Tieren zurückging, setzte Nathan an: »Dein Bruder hat mir erzählt« – er hielt inne – »ich meine, du sollst nur wissen, dass wir uns in gewisser Weise ähnlich sind. So wie du deinen Mann verloren hast, habe ich mein Mädchen verloren.«

Sie nickte ernst und erwiderte: »Ich weiß, wie groß dein Verlust ist, man sieht es in deinem Blick. Ich wusste es von dem Moment an, als ich dich sah. Aber in deinen sonderbaren blauen Augen habe ich noch weit mehr gesehen, Nathan! Alle möglichen seltsamen Dinge stehen darin, und du bist nicht sehr darauf bedacht, sie für dich zu behalten.«

Er war überrascht, denn er wusste nicht ganz, was sie damit meinte. Vielleicht hatte er sie zu offen angesehen. Sofort wandte er den Blick ab. »Bin ich ... zu kühn gewesen? Wenn ich diesen Eindruck gemacht habe, dann ...«

»Nein, nein, das nicht«, unterbrach sie ihn. »Und wenn du es gewesen wärst, was dann? Zigeuner sind nun mal kühn. Wenn jemand beliebt ist, beschwert sich keiner, und wenn man ihn nicht mag, sagen wir, dass er zu kühn ist. Nein, du bist schon seit langem traurig, doch jetzt durchlebst du deine schlimmste Zeit.«

Er schüttelte den Kopf, runzelte die Stirn und rieb sich das Kinn. »Aber woher ... wie kannst du das wissen?« Ihr Lächeln wurde wärmer.

»Ach, ich lese aus der Hand«, sagte sie und schleuderte sich mit einer Kopfbewegung die Ringellocken aus den Augen. »Wie meine Mutter vor mir. Nur ist es viel leichter, in Gesichtern zu lesen! Und wie ich schon sagte, dein Gesicht – und besonders dein Blick – erzählt eine lange, traurige Geschichte.« Sie hob die Hand und berührte ihn an der Stirn. »Solche tiefen Furchen in einem so jungen Gesicht.« Staunend schüttelte sie den Kopf. Doch bevor er sie weiter befragen konnte, sagte sie: »Genug davon für den Augenblick. Komm mit zu meinem Zelt. Nikha sagt, du brauchst eine Waschgelegenheit. Das bekommen wir hin. Und dann beschaffe ich dir eine Decke.«

Neben ihrem Zelt stellte sie ein Dreibein und eine Schüssel auf und holte heißes Wasser vom Feuer. Ein Rindenstück ergab einen reinigenden, milchigen Saft, mit dem sich Nathan Gesicht und Hände wusch. Als Eleni ihn beobachtete, bemerkte sie, wie er jedes Mal zusammenzuckte, wenn er die Arme ausstreckte.

Er hatte die Lederjacke ausgezogen, trug aber immer noch sein Hemd. »Zieh es aus«, sagte sie.

Er warf ihr einen fragenden Seitenblick zu. Sie waren fast allein auf der Lichtung. Die Männer waren auf der Jagd, die Frauen kümmerten sich um ihre Sprösslinge oder versahen andere Pflichten; Nikha fütterte seine Tiere. »Was soll ich ausziehen?«

»Dein Hemd. Als du dich gebückt hast, ist es hochgerutscht. Ich habe deine blauen Flecken gesehen. Hat man dich geschlagen?«

Geschlagen? Nein, nur beiseite geschleudert – von einem Wesen, das so stark ist wie vier Männer! Dem Wesen, das meine Misha raubte. »Ein Wamphyri-Lord hat mich fast umgebracht«, gab er schließlich zur Antwort. »Vermutlich habe ich Glück gehabt.«

Er versuchte über seine Schulter in den Stoff des Hemdes zu greifen, schaffte es aber nicht. Vielleicht war das auch ganz gut so. Nikha war zurückgekommen und saß auf dem Treppchen seines Wagens. Als Eleni Nathans Blick sah, fragte sie: »Machst du dir Sorgen, dass mein Bruder uns zusieht? Das brauchst du nicht.« Und noch ehe er antworten konnte, trat sie vor, ergriff mit beiden Händen den Saum seines Hemdes, hob ihn hoch, und als er sich bückte, zog sie ihm das Hemd über den Kopf.

»Jetzt weiß dein Bruder ganz genau, dass ich zu kühn bin«, stöhnte er. »Oder dass du es bist!«

Da lachte sie zum ersten Mal, und ihr Lachen klang so tief und kehlig, wie er vermutet hatte. »Nathan, Nikha wird entzückt sein!«, verkündete sie ihm. »Erkennst du denn nicht, dass er immer noch versucht, mich zu verheiraten?« Aber als sie das Ausmaß seiner Prellungen sah, erstarb ihr Lachen. »Du meinst, du hättest Glück gehabt?«, wiederholte sie seine Worte. »Dein Rücken müsste eigentlich an drei Stellen gebrochen sein! Jetzt warte mal.«

Sie lief an Nikha vorbei in den Wagen und kam wenig später mit einem Lederbeutel zurück, in dem sich eine Salbe befand. »Das stinkt zwar, aber es hilft!«, sagte sie, während sie das Zeug großzügig auf seinem Rücken verteilte. »Beim nächsten Sonnauf sind die Schmerzen vorbei, und bis Mittag sind die Prellungen verschwunden. Ich garantiere es. Wenn wir durch die Dörfer ziehen, garantieren wir Zigeuner für sämtliche unserer Erzeugnisse!« Und wieder lachte sie.

Dann half sie ihm, sein Hemd wieder anzuziehen, nahm ihn mit in ihr Zelt und gab ihm eine Decke. Ihr Bett bestand aus einer wasserdichten, mit Daunen, Kräutern und getrocknetem Farn ausgestopften Lederhaut. Das war für Nathan mehr als genug und er erhob keine Einwände. Als er sich hinlegte, warf sie die Decke über ihn, und er schlief, noch ehe sie das Zelt verlassen und die Plane zugezogen hatte ...

Zahlen bildeten einen Strudel, der Nathan in sich sog, ihn immer wieder herumwirbelte und in den zentralen Wirbelschlund aus Algebra-Gleichungen hinabzerrte. Nathan wehrte sich nicht dagegen. Für jeden anderen wäre dies ein Albtraum gewesen, aber nicht für ihn. Im Unterschied zu den Toten, die mit Nathan hätten sprechen können, es jedoch nie taten, waren die Zahlen seine Freunde. In gewisser Weise ›sprachen‹ sie zu ihm; nur besaß er nicht die mathematischen Kenntnisse, um ihre Sprache zu verstehen. In einer Welt, die kaum eine Wissenschaft kannte, hatte Nathan keine Ahnung von Mathematik. Was bereits die erste Stunde instinktiv, intuitiv in ihm geweckt hätte, hatte nie eine Chance gehabt, sich zu entwickeln. Bisher jedenfalls nicht.

Aber er begriff sehr wohl, dass die Zahlen ihn – oder wenigstens seine Gedanken – manchmal an andere Orte, in andere Bewusstseine zu tragen vermochten. Es war Teil einer telepathischen Begabung, die er mit Nestor teilte. Dazu gehörte auch, dass er seine Gedanken schweifen lassen und eine Verbindung zu seinem Bruder herstellen konnte. Eine weitere Fähigkeit, über die er allein verfügte, gestattete es ihm, mit seinen Wölfen zu reden. Solange er wach war, musste er seinen Willen schon sehr anstrengen, um dies zu erreichen, und selbst dann gelang es ihm nicht immer. Doch wenn er schlief, hatte er keinerlei Kontrolle darüber. Dann schien seine Begabung selbstständig zu arbeiten, gelegentlich auch mit Hilfe dessen, was Nathan schon seit langem den ›Mahlstrom der Zahlen‹ nannte.

Jetzt befand er sich in diesem Mahlstrom, doch nur einen Augenblick lang. Im nächsten Moment spürte er, wie er ausgestoßen, davongeschleudert wurde und dann hinabstürzte – in Wasser! In den Fluss!

Und weil er nach Nestor gesucht hatte, war er nun Nestor. Er war eins mit dem Geist seines Bruders. Er wusste, was Nestor wusste, fühlte, was Nestor fühlte, sah, was dieser sah. Nämlich nichts.

Nathan wusste, wie sich ein ›totes‹ Bewusstsein anfühlte. Dies war ähnlich, und doch war es gleichzeitig weniger als der Tod. Denn die Toten wussten vieles, und dieser Verstand – Nestors Verstand – wusste gar nichts! Nathan glaubte zu verstehen, was das bedeutete: dass sein Bruder gerade gestorben war und von den anderen, die vor ihm gegangen waren, noch nichts gelernt hatte.

Er spürte, was Nestor spürte: nichts. Oder vielleicht spürte er doch etwas oder war sich einer Sache bewusst – des sanften Dahinfließens von kaltem, oh so kaltem Wasser, seine Lungen waren voll davon und drückten ihn wie Blei herab, und er spürte das erste vorsichtige Knabbern eines kleinen, neugierigen

Fisches. Er sah, was sein Bruder sah: nichts. Oder vielleicht dunkelgrünes Flusskraut, das an seinem verschwommenem Sichtfeld vorüberglitt und das Bild vor seinen aufgerissenen, starren Augen immer mehr ausfüllte ... bevor die letzte Dunkelheit ihn umfing!

Und da erkannte er, dass Nestor tot war, ertrunken und auf ewig für ihn verloren.

Er schreckte auf ...

... und sah, dass Eleni Sintana neben ihm kniete. Ihre braunen Augen blickten ängstlich in die seinen. Sie hatte seine Schultern gepackt und drückte ihn unter Wasser. Nur ... da war gar kein Wasser. Endlich holte er tief Luft, hörte auf sich zu wehren und ließ zu, dass sie ihn sanft in die von seinem Körper eingedrückte Höhlung ihres Bettes zurückschob.

»Ein Traum?«, fragte sie besorgt.

Nathan nickte. Er spürte, wie ihm der kalte Schweiß von der Nasenspitze tropfte. *Mehr als nur ein Traum, Eleni,* wollte er sagen. Aber er konnte nicht, weil er wusste, dass sie es nicht vestehen würde. Doch als er in ihr Gesicht aufsah, in ihre Augen ... erinnerte sie ihn so sehr an seine Mutter ... und an Misha ... und er wünschte sich, dass sie ihn in die Arme nehmen würde, um ihn zu beschützen.

Er bemerkte, dass sie gerade dazu ansetzte – da erklang Nikhas sanfte Stimme vom Eingang des Zeltes: »Das Essen ist fertig, Nathan. Kommst du?«

Der Bann war gebrochen.

Nathan gesellte sich zu den anderen, aber er war schweigsam und hatte keinen Appetit. Mit dem Essen war alles in Ordnung, auch mit der Gesellschaft, nur mit ihm nicht. Denn jetzt wusste er, dass er allein war, ganz und gar allein, und was er für sein Erwachen in dieser Welt gehalten hatte, war nur der Anfang vom Ende gewesen. Die Wamphyri hatten aus seiner Fantasiewelt die Realität geschmiedet – hatten alles verändert, ihm gezeigt, wer er war und wohin er gehörte – und ihn dann doch seiner Wurzeln beraubt. Jetzt trieb er haltlos wie Nestors Leiche dahin, und nicht einmal das Schlingkraut dessen, was hätte sein können, vermochte ihm Halt zu geben.

Denn das letzte Bindeglied war zerbrochen. Nestor war tot, und in seinem Herzen spürte Nathan dieselbe Kälte, die seinen Bruder umfing.

Zwei Meilen flussabwärts in einer kiesigen, flachen Flussschleife, schrie ein stämmiger, bärtiger Fischer auf, warf seine Angel beiseite und stürzte bis zu den Oberschenkeln ins Wasser.

Er hatte einen dahintreibenden Baumstamm beobachtet, der aus dem Hauptstrom ins flache Uferwasser getrieben war. Und weil er wusste, dass manchmal Fische im Schatten von Treibgut schwammen, dachte er, dass sich bei diesem großen Holzstück wohl auch ein großer Fisch aufhalten musste. Doch als der Stamm näher zum Ufer trieb, hatte er sich plötzlich mit einem trägen Ruck gedreht, und gleich darauf hatte der Fischer erkannt, dass das, was da mit ihm angetrieben worden war und nun ins klare Wasser sackte, alles andere als ein Fisch war!

Das war kaum einen Lidschlag her. Jetzt watete Brad Berea zu dem Stamm und stieß ihn beiseite, sank im Kies auf die Knie und zerrte den Leib eines jungen Mannes, der langsam über den Boden trieb, an die Oberfläche. Die Kleidung des Jungen war zerlumpt; er selbst war schlaff, kalt ... und tot? Nun, sehr wahrscheinlich. Aber sein Fleisch war noch fest, seine Glieder waren noch nicht starr und seine Lippen nicht blau genug für einen Toten.

Tatsächlich war Nestor Kiklu tot oder dem Tod so nahe, wie es eben ging. Mehrere Sekunden lang hatte er sich in diesem Zustand befunden, doch noch war sein Geist nicht entflohen. Was sein Bruder Nathan empfunden hatte, war nicht der wahre Tod gewesen, sondern der letzte Schlaf, der in den Tod übergeht. Dieses Mal war der Schlaf jedoch unterbrochen worden.

Brad Berea trug Nestor ans Ufer, schleifte ihn mit den Füßen voran hinaus, um das Wasser aus ihm strömen zu lassen, und klopfte ihm so lange auf die Brust, bis er würgend Schlamm, Krautfetzen und noch mehr Wasser hervorhustete. Er röchelte es heraus, lag still ... und atmete!

Er atmete – wenngleich mühsam und flach – und langsam, aber sicher kehrte wieder ein Anflug von Leben in ihn zurück.

Zumindest in seinen Körper …

Nach ihrer Mahlzeit ruhten Nikha Sintana und seine Leute sich aus. Später wollten sie in den Wald ausschwärmen und etwas gründlicher jagen. Solange es Tag war, mussten sie Wild herbeischaffen, um sich und ihre Familien durch die lange Nacht zu bringen. Nach der – hoffentlich – erfolgreichen Jagd konnten sie sich entspannen. Dann spielten sie, machten Musik und besprachen, was sie als Nächstes tun würden. Die Pläne des wandernden Volkes waren immer nur kurzfristig, ganz gleich, ob die Wamphyri umgingen oder nicht. Gegen Mittag wollten sie wieder unterwegs sein.

Beim Essen hatte Nikha Nathan seine Pläne unterbreitet. Er und seine Gruppe wollten auf dem alten Pfad weiter gen Süden bis zu dem schmalen Streifen Grasland ziehen, der an die Glutwüste grenzte. Nikha kannte dort eine Quelle, die in all den Jahren seines Wanderlebens noch nie augetrocknet war. Das Wild wurde nie knapp, und die Früchte des Waldes wuchsen stets reichlich. In den Wäldern am Rand des Graslandes, weitab von den üblichen Revieren und Wegen der anderen Wanderer, wollte Nikhas Gruppe ihre Wagen im Unterholz verbergen, sie grün einfärben, damit sie im Laub nicht zu sehen waren, und ihre Zelte in der Deckung der hohen Bäume aufschlagen.

Kurz gesagt wollten sie ihr Wanderleben eine Zeit lang aufgeben, und sei es nur, um zu sehen, woher der Wind wehte. Und wenn der Ort sich als gut und sicher erwies, blieben sie vielleicht auf Dauer dort. Sich dort anzusiedeln, ging Nikha natürlich gegen den Strich. Ihr Dasein wäre abgeschieden und eintönig ohne nennenswerte Gesellschaft und ohne Verbindung nach außen. Aber zumindest waren sie dann am Leben und fristeten ihr Dasein mehr oder weniger zu ihren eigenen Bedingungen.

Die Wamphyri würden andernorts reichere Beute finden. Die Kunde von ihrer Rückkehr breitete sich zwar schon aus, aber viele Siedlungen würden erst davon erfahren, wenn es schon zu spät war. In Zwiefurt und zahlreichen anderen Ortschaften lebten alte Menschen, die nicht wegziehen konnten oder wollten und den Vampiren zum Opfer fallen würden. Und von den bedrohten Dörfern südlich des Grenzgebirges würden bald zahlreiche Flüchlingsgruppen aufbrechen, deren Anführer die notwendigen Fähigkeiten für das Überleben in der Wildnis vergessen oder nie erworben hatten. Ganz sicher würden die Wamphyri sie als Erste erwischen.

In Siedeldorf und vielleicht noch einigen wenigen anderen Orten würden die Menschen sich widersetzen, kämpfen und über kurz oder lang sterben. Die Vampire *liebten* den Kampf, und solche Widerstandsnester stellten für sie eine unwiderstehliche Herausforderung dar. All das verschaffte Nikha und seiner Gruppe eine Atempause, genügend Zeit, sich in ihrem geheimen Versteck anzusiedeln, Schlupflöcher auszumachen und sich auf alles, was an Scheußlichem eintreten konnte, vorzubereiten.

Als eine der allerersten Maßnahmen wollten sie weitere Wachwölfe heranziehen und sie auf fremdartige Anblicke, Geräusche und Gerüche abrichten ...

Mit etwas Glück entdeckten die Vampire ihr Lager vielleicht nie – und falls doch, würden sie feststellen, dass seine Bewohner in die Wälder oder ins Grasland geflohen waren. Jeder Narr musste erkennen, dass man, je näher man am Sonnenaufgang lebte, desto sicherer war vor der Vampirsklaverei, vor Tod und Untod.

Warum sollten die Wamphyri sich die Mühe machen, die meilenweiten Wälder zu überfliegen, wenn sie ihren Blutzoll doch so viel näher an ihrer Heimat eintreiben konnten? Denn ein Überfall am Südrand der Sonnseite bedeutete eine umso längere Entfernung zur Sternseite, die es vor Sonnauf zu überwinden galt. Ein Nebenaspekt, aber er ergab Sinn.

Nikha erzählte Nathan all dies aus einem bestimmten Grund. Er wollte ihn zur Mitreise verlocken. Und so erkannte Nathan, dass Eleni Recht gehabt hatte: Nikha warf die Rute nach einem Ehemann für sie aus, bevor er und seine Leute in der Einöde untertauchten. Nun, Nathan vermutete, dass er es schlechter treffen konnte. Doch zunächst ...

... galten seine Gedanken Misha, auch wenn sie verschollen oder tot war ... oder schlimmer als tot. Misha und Nestor, ja. Wenn Nathan Nestor doch nur finden, ihn aus dem Fluss ziehen und ihm ein anständiges Begräbnis geben könnte. Auch wenn die zahllosen Toten es nicht über sich brachten, mit Nathan zu sprechen, war er sich doch sicher, dass sie ihm zumindest ein wenig Zeit für ein paar Worte mit seinem Bruder gestatten würden – um sich ein letztes Mal mit ihm auszusprechen ...

Deshalb murmelte er am Ende des Mahles und der Gespräche einige unbeholfene Entschuldigungen und schlug den Weg zum Fluss ein. Eleni schwieg und ging in ihr Zelt. Nikha Sintana jedoch, der das Bett in seinem Wagen aufsuchen wollte, ging Nathan nach und ergriff ihn am Arm. »Du willst also nicht mit uns kommen?«

»Ich kann nicht«, erwiderte Nathan. »Um Elenis willen würde ich es vielleicht tun, wenn sie mich haben will – und wenn du meinst, dass ich einen guten Ehemann für sie abgebe. Doch erst muss ich ein letztes Mal versuchen, Nestors Leiche zu finden. Ich muss ihn finden und begraben, damit ich weiß, wo er ist. Denn ich glaube ... dass er sich ganz in der Nähe befindet. Es ist nur so ein Gefühl.«

»Ich verstehe.« Nikha nickte und reichte Nathan eine Haut, auf der ein Weg zu ihrem Lager verzeichnet war. »Wir werden jetzt schlafen, dann gehen wir auf die Jagd, und danach ziehen wir weiter«, sagte er. »Am Mittag sind wir fort, und bei Sonnunter haben wir unseren neuen Lagerplatz erreicht, den ich seit so vielen Jahren im Gedächtnis habe. Wie lange wird deine Suche dauern?«

Nathan zuckte verzweifelt die Achseln. »Bis ich keine Hoffnung mehr habe, ihn zu finden. Vielleicht ist es schon jetzt hoffnungslos, aber ich muss es versuchen. Und Nikha, ich kann nicht einmal beschwören, dass ich dann noch kommen werde. In meinem Kopf sind Dinge ... ich habe Erinnerungen, die so frisch sind, als wären sie erst gestern geschehen ... es ist nicht leicht, wie ein Schilfrohr im Wind hin und her zu schwanken. Es sieht nur leicht aus.«

Nikha nickte. »Nun gut. Doch wenn du dich entschließen solltest ... nun, ganz gleich wie du dich entschließt, sieh nur zu, dass du uns vor Sonnunter einholst, denn danach wird dir kein Feuer mehr den Weg weisen, und es könnte gefährlich sein, sich uns unangekündigt zu nähern.«

Dann umklammerten sie ihre Unterarme zum Abschiedsgruß, und durch die Bäume konnte Nathan Elenis Blick auf sich spüren, bis er zwischen den Sträuchern des Unterholzes verschwand ...

Er suchte das Flussufer ab, bis der Nachmittag zur Hälfte verstrichen war. Schließlich verwandelte sich der Boden auf seiner Seite des Flusses in einen unpassierbaren Sumpf, und die überhängenden Zweige waren derart mit Kriechgewächsen und wucherndem Blattwerk besetzt, dass das Wasser ganz schwarz, trübe und undurchsichtig wurde. Wenn sein Bruder dort unten lag, war er nicht mehr aufzufinden. Und was sein Begräbnis anging, nun, so war Nestor bereits in jenem Flusskraut begraben, das Nathan in seinem ›Traum‹ gesehen hatte.

Auch Nathan musste sich jetzt entscheiden, was er als Nächstes tun sollte. Anscheinend hatte er etwas für Eleni Sintana empfunden – oder vielleicht auch für sich selbst: eine gähnende Leere, ein schmerzhaftes Bedürfnis. Jedenfalls hatte er die Wahl. Er konnte sich entweder den Szgany Sintana anschließen und sich gemeinsam mit ihnen der Zukunft stellen, oder nach Siedeldorf zurückkehren und Lardis Lidescis Sohn werden, um den zu ersetzen, den er verloren hatte. Ganz gleich, wozu er sich nun entschloss – Eleni ein Ehemann oder Lardis ein Sohn zu sein – stets wäre er ein Ersatz für den verlorenen, ursprünglichen Menschen, und stets wäre er sich bewusst, dass er die zweite Wahl war.

Siedeldorf schien Nathan schon weit entfernt, und er wusste, dass es ihm, wenn er dorthin zurückkehrte, fremd sein würde.

Wenn ein Mädchen vorbeiginge, würde er sie ansehen und hoffen, es sei Misha. Wenn die Frauen beim Tanz mit den Füßen stampften und mit den Fingern schnippten, würde er an seine Mutter denken. Und wenn ein großspuriger Jüngling lachend über die Straße stolzierte, wäre es von jetzt an immer Nestor. Nein, das Dorf war voller Gespenster. Eigentlich hatte ganz Siedeldorf für ihn etwas Geisterhaftes.

Aber Eleni Sintana war warm und lebendig ...

Und was war mit seinem Schwur gegen die Wamphyri? Alles gut und schön, solange die Chance bestand, dass Nestor noch am Leben war. Unter dem Banner der Rache vereint wären sie gemeinsam mit Lardis Lidesci in den Kampf gezogen und hätten ihren Teil an Vergeltung geübt, bis auch sie den letzten Preis bezahlt hätten. Das hätten sie einst gekonnt, doch nun nicht mehr, da Nestor ertrunken war und tot. Abermals dachte Nathan: *Eleni ist warm und lebendig.*

Der Nachmittag war zu etwas mehr als der Hälfte vorüber. Das Tageslicht würde noch rund fünfundzwanzig Stunden lang andauern, und fünf oder sechs Stunden Dämmerlicht würden ihm folgen. Nathan fühlte sich erschöpft wie noch nie und war körperlich und nervlich so gut wie am Ende. Über eine Zeitspanne, die in der Welt hinter dem Sternseiten-Tor – von der Nathan lediglich wusste, dass es sie gab – fast vier Tagen entsprach, hatte er nur wenige Stunden Schlaf erhaschen können. Jetzt musste er sich gründlich ausschlafen, bevor er nach Süden weiterzog ... zum Lager der Szgany Sintana an der Grenze zwischen Wald und Savanne.

Ein Stück flussaufwärts war er an einer winzigen Sandbank vorbeigekommen, auf der etwas Schilf, ein paar Büsche und einige Bäume wuchsen. Müde trat er den kurzen Rückweg an, watete zu dem Inselchen hinaus, rollte sich halb im Schatten unter einem Busch zusammen und sank fast sofort in einen traumlosen Schlaf. Sein letzter bewusster Gedanke, bevor ihn die Finsternis umfing, war, dass er gute sieben oder acht Stunden schlafen wollte und dann noch reichlich Zeit hatte, Nikhas Lager vor Sonnunter zu erreichen.

Nur blieb die Tatsache bestehen, dass Nathan seine körperlichen und geistigen Kräfte weitaus stärker verbraucht hatte, als er dachte. Und während er schlief ... waren die Träger der Vampirseuche auf der Sternseite hellwach und emsig und spannen ihre abscheulichen, unbeschreiblichen Pläne ...

Obgleich die Strahlen der langsam sinkenden Sonne die höheren Gipfel des Grenzgebirges immer noch in leuchtendes Gold tauchten, lag ihr reinigender Glanz nicht mehr auf dem letzten verbliebenen Horst, den man einst die Karenhöhe genannt hatte. Für die Stunde des Sonnenuntergangs hatte Wratha die Aufgestiegene ein Treffen in ihrer schwindelnd hoch gelegenen Unterkunft anberaumt. Mehrere ihrer vertrauten Fledermäuse waren in die unteren Geschosse der Felsenburg ausgesandt worden, und Wrathas Renegaten verstanden ihre Botschaften wesentlich klarer, als Menschen das Gewinsel von Hunden verstanden hätten. Und die gestaltwandlerischen Vampirlords begaben sich, wenngleich mürrisch, zu ihr.

Seit der Ankunft der ersten Knechte von der Sonnseite waren sie emsig dabei gewesen, die Quartiere aufzuteilen, ihre Tiere abzufüttern, Offiziere auszuwählen und sie in ihre Pflichten einzuweisen, den niedrigeren Knechten Arbeit zuzuweisen ... und letztlich natürlich auch ihre eigenen Bedürfnisse zu befriedigen. Deshalb sah Canker Canison auch so ›übernächtigt‹ aus, denn wenn es um das weibliche Geschlecht ging, war er stets und ganz der Große Rüde. In Siedeldorf hatte er sich selbst übertroffen. Mindestens zwei Drittel seiner Rekruten von den Szgany Lidesci waren Frauen.

Doch selbst in Cankers Fall hatte das Auswählen neuer Offiziere für eine Weile alles andere an Wichtigkeit in den Schatten gestellt. Denn bis auf Gorvi den Gerissenen hatten sämliche Lords sowie die Lady ihre Stellvertreter bei den ersten Überfällen auf Zwiefurt und Siedeldorf verloren. Auf der Sonnseite von Turgosheim wäre dies undenkbar gewesen, und hier stellte der Verlust einen herben Rückschlag dar, mit dem nicht einmal Wratha gerechnet hatte. Von den sechs Gefährten hatte nur

Gorvi Glück gehabt. Oder konnte es sein, dass sein Offizier sich einige der Schliche seines Meisters zu Eigen gemacht hatte? Jedenfalls hatte er überlebt, und nun fehlte Gorvi nur noch ein Krieger.

Doch dafür war das Material schon zur Hand, denn ein Zug benommener Szgany-Knechte stolperte unter einem unwiderstehlichen Zwang aus der Sonnseite über die Felsenebene zum letzten Horst, und noch während sie durch die immer länger werdenden Schatten des Grenzgebirges schlurften, bejammerten sie ihr Schicksal. Der Gerissene hatte keine Zeit verloren. In den Tiefen der Burg brodelten bereits seine Tanks, und verwandeltes, formbares Fleisch bildete sich nach Gorvis Entwurf in neue Gestalten.

Nachdem Canker seine Beute inspiziert, seine Männer ausgewählt und seiner Lust in seinem neuen Harem gefrönt hatte, machte auch er sich bei den Tanks an die Arbeit. Binnen neun oder zehn Sonnuntern würde er über einen Krieger verfügen, der denjenigen, welchen er über der Großen Roten Wüste verloren hatte, weit in den Schatten stellen würde. Und nach dreißig weiteren Sonnuntern konnte er mit einem Wurf kläffender Blutsöhne rechnen, um jene zu ersetzen, die er in Räudenstatt ihrem Schicksal überlassen hatte.

Derart waren die Lords beschäftigt gewesen, als Wrathas große Fledermäuse sie zu ihr riefen. Da sie ohnehin mit der Lady zu sprechen hatten, kam ihnen diese Gelegenheit so zupass wie jede andere.

Gorvi, Wran der Rasende und Spiro Todesblick nahmen den leichten Weg aus ihren frisch bevölkerten Stätten und landeten mit ihren Fliegern in Wrathas weitläufigen Flugbuchten. Canker und Vasagi der Sauger mussten nur einen Bruchteil des Weges zurücklegen und erklommen die aus Stein gehauenen, knorpelverstärkten Innentreppen der Burg. So unterschiedlich ihre Wege auch waren – bei ihrem Eintreffen begrüßten sie Wratha auf die gleiche Weise: mit mürrischen, argwöhnischen und sogar zornigen Blicken und Mienen. Sie hatte es nicht anders erwartet und war vorbereitet.

»Es verläuft also alles einigermaßen gut«, begann sie ohne Umschweife. Sie hatte in den klaffenden Kiefern eines knöchernen Thrones am Kopfende eines langen Tisches im größten ihrer diversen Säle Platz genommen. »Unsere neuen Knechte stellen sich ein, und obgleich ihre Zahl geringer ist als erwartet, ist ihr Blut doch gut, stark und frisch und in jeder Hinsicht der Tributantenausbeute von Turgosheim überlegen. Ich glaube doch, dass wir zumindest darin übereinstimmen.« Ihre Worte machten deutlich, dass sie mit Ärger rechnete.

»Bisher stellst du unwiderlegbare Tatsachen fest«, entgegnete Gorvi sogleich. Seine gurgelnde Stimme klang verschlagen, ölig und anklagend. »Nur ist deine Aufzählung nicht vollständig. Und die unleugbarste Tatsache von allen ist jene, die du nicht erwähnst.«

Die fünf hatten bei ihr Platz genommen: Vasagi und Gorvi saßen auf der einen Seite des Tisches, Canker und die Brüder Todesblick auf der anderen. Wratha hatte ihren Umhang aus Fledermauspelzstreifen angelegt. Sie hatte sich für das Aussehen einer koketten jungen Zigeunerin entschieden: frühreif, aufreizend, stolz auf die Macht, die ihr Geschlecht ihr über die Männer verlieh. Auf diese Weise pflegte sie die Lords von ihren Gedankengängen und Argumenten abzulenken. Aber jetzt erkannte sie, dass dies vielleicht nicht genug war. Die Lords hatten genug Frauen gehabt. Für den Augenblick war ihre Lust gestillt.

Also legte sie sämtliches aufgesetztes Gebaren einstweilen ab, setzte sich auf, machte ein säuerliches Gesicht und stieß einen übertriebenen Seufzer aus. »Also, hier sind wir nun«, sagte sie. »Ganz am Anfang unseres großen Abenteuers, und schon hast du etwas, über das du dich beschwerst, Gorvi. Ich glaube, es wäre besser gewesen, wenn man dich Gorvi den Quengler genannt hätte!«

»Was du denkst, nimmt von Moment zu Moment an Bedeutung ab!«, fauchte Gorvi. Er stand auf, stemmte die Handknöchel auf die Tischplatte, hob die Schultern und reckte den Kopf wie ein großer Aasvogel nach vorn. »Wratha, du bist eine Diebin!«

Sie schien zu erstarren ... vielleicht eine Sekunde lang. Dann hob sie die Hand und schob den Knochenkamm von ihrer Stirn, so dass ihre Augen nicht mehr verschattet waren. Einen Lidschlag später fiel das Abbild echten Lebens von ihr ab, und ihr Fleisch nahm die graue Färbung des Untodes an. Ihre Nase zerfurchte und kräuselte sich, schwarze Nüstern sprangen auf, und ihre Oberlippe zog sich auf der rechten Seite etwas zurück und entblößte einen schimmernden Reißzahn.

»Eine Diebin?«, zischte sie.

Bevor die Lage weiter entgleiten konnte, erhob Vasagi sich mit einer fließenden Bewegung und stellte sich zwischen Gorvi und die Lady. Der Sauger reagierte auf Kneblasch sehr empfindlich – empfindlicher als die anderen – und wusste, was Wratha vorhatte und wozu sie imstande war. Sie betrachtete diesen Ort als ihr Eigentum, und wenn man sie in ihrem eigenen Horst zu sehr ›beleidigte‹, war es gut möglich, dass sie ihre Gefährten mit ihrem Zerstäuber allesamt aufs Krankenlager sprühte, um ihren ewigen Mäkeleien ein Ende zu machen. Nun, Vasagi hatte im Augenblick jedenfalls genug von Heilungsschmerzen. Wäre der Bolzen, den er letzte Nacht in die Seite bekommen hatte, in Kneblasch getaucht gewesen ... dann wäre selbst Vasagi trotz seiner gestaltwandlerischen Fähigkeiten in große Bedrängnis geraten! Der Gedanke daran war unerträglich.

Es war also an der Zeit, ihre Angelegenheit vorzubringen – nur das und so zartfühlend wie möglich – damit sie zumindest erkannte, was man ihr vorwarf. *Später* hätten sie immer noch Gelegenheit, die Dinge wieder ins Lot zu bringen, falls oder wenn sie so etwas noch einmal versuchte. Schließlich waren sie zu fünft, und Wratha war allein. Es dürfte nicht allzu schwer fallen, sie zu überraschen und alle Rechnungen zu begleichen. Und sollte dieser Ausgleich eben mit einem Stück gebogenem Metalls erfolgen, das der Schlampe den Schädel vom Körper säbelte ... dann sei's drum!

Doch vorerst verlieh Vasagi seinen Gedanken durch ein kompliziertes und eloquentes Achselzucken Ausdruck. *Wir alle sind Diebe.* Er wedelte mit den Händen, verschränkte seine Finger in eindrucksvolle Geflechte, warf sich in die Brust und legte den Kopf schräg. *Wir halten es lediglich für unnötig, uns untereinander zu berauben. Besonders an einem Ort wie diesem.*

»Der Sauger hat Recht.« Wran befühlte die kleine, schwarze Warze an der Spitze seines Kinns. »Die Sonnseite strotzt vor Menschen, warum wilderst du also unter den Knechten deiner Gefährten, he, Wratha? Wir haben sie verwandelt, und dennoch kamen sie zu dir. Hätten mein Bruder und ich nicht einige wiedererkannt, die auf dem Weg zu deinen Gemächern durch unseren Wohnsitz stiegen, hätten wir sogar noch mehr verloren! Und sie trugen unser unverwechselbares Zeichen!«

»Dachtest du etwa, Lady«, warf Wrans Bruder Spiro ein, »wir hätten letzte Nacht nur dir zuliebe Knechte auf der Sonnseite ausgehoben?«

Sie musterte die fünf nacheinander mit säuerlichem Blick – Gorvi und Vasagi zu ihrer Rechten, die aufgestanden waren, die Brüder und Canker, die links von ihr noch Platz behalten hatten. Ihr Blick blieb an Canker hängen. Sie hielt ihn für denjenigen, der am leichtesten umzustimmen war. »Nun, hast du auch etwas dazu zu sagen?«

Er zuckte die Achseln, kratzte sich an seinem zerfransten Ohr und bellte schließlich: »Für dieses Gekläffe und Geknurre habe ich keinen Sinn. Außerdem bin ich todmüde. Doch soweit ich es sehe, hast du deine Versprechen gehalten. In meinem Zwinger sind jetzt Frauen, und ein neuer Krieger reift heran. Aber wenn du wissen willst, wie ich dazu stehe – nun, ich muss zugeben, dass ich ein wenig enttäuscht bin.«

»In welcher Hinsicht?« Ihre Neugier war echt. Canker war ein sonderbarer Geselle, bei dem man nur schwer wusste, was er wirklich dachte.

»Männer«, antwortete er mit einem leisen Winseln, »also Offiziere – also, davon habe ich ein paar einberufen. Nicht viele«, ergänzte er mit einem unbeholfenen Achselzucken. »Allerdings waren sie alle stark und gut genährt! Und jetzt habe ich offenbar die meisten davon an dich verloren! Daher reicht diesmal ein leichtes Kopftätscheln nicht mehr aus, Lady, oh nein. Wenn du erwartest, dass ich dir einen neuen Krieger erschaffe wie jenen, den ich in Turgosheim für dich gezüchtet habe, wirst du mir zuerst meine Knechte zurückgeben müssen.«

»Was?«, zischte sie ihn an. »Hatte ich dich nicht davor gewarnt, zu viele Frauen zu nehmen?« Sie sprang auf und starrte ihre Gefährten böse an. »Wie sollte ich wohl auf euch Acht geben und dann noch die Zeit finden, mir eigene Knechte zu erschaffen? Ich bin also eine Diebin, ja? Das ist es doch, was ihr denkt? Zählt nur meine Knechte und ihr werdet erkennen, wer hier besser weggekommen ist. Ihr, samt und sonders ihr! Ich sage euch: Bisher habe ich meine Tiere gefüttert, meine neuen Offiziere ausgewählt – nur zwei – und mit der Heranzucht meiner Leitungswarte begonnen. Und wie viele Knechte habe ich jetzt wohl noch übrig, he? Das kann ich euch sagen: genau sieben! Und du, Wran?« Sie fuhr zu ihm herum. »Wie viele machen deine Beute aus? Und du, Gorvi der Gierige?« Sie wirbelte zurück. »Wie gering fiel sie bei dir aus? Zweimal so reichlich, möchte ich wetten!«

»Aber du warst doch diejenige«, donnerte Wran, dem bereits das Blut zu kochen begann, so dass er sich erst beruhigen musste, ehe er fortfuhr, »die gesagt hat, dass es hier, auf der Alten Sternseite, kein Tributsystem mehr geben würde. Dennoch schwingst du dich nun zur Tributmeisterin auf, ganz wie der alte Vormulac in Turgosheim! Du weißt sehr wohl, Wratha, dass du unsere besten Exemplare vereinnahmt hast. Schluss mit dem Drumherumgerede – gestehe deine Schuld ein!«

»Und was ist mit der Wartung der Burg?« Sie erwiderte sein Funkeln. »Züchtest du Gaskreaturen oder Krieger, Wran? Hah! Dachte ich's mir doch! Du verschwendest keinen Gedanken an den Rest von uns, aber du stellst dich hin und klagst mich an. Und du, Gorvi: Hast du schon eine Kreatur erschaffen, die die Brunnen säubert, oder wächst in deinen Tanks etwas anderes heran? Und *wie viele* ›Etwas‹ reifen dort?«

Sie antworteten nicht, sondern standen zornig und mit

finsteren Blicken vor ihr – mit einer Ausnahme: Vasagi, dessen Wunde noch nicht verheilt war. Und als sie die Vampirlords der Reihe nach musterte, erkannta Wratha, dass sie Recht hatte. Keiner von ihnen dachte an die Burg, jeder war nur auf sein eigenes Wohl bedacht. Aber sie erkannte noch mehr: Sie waren samt und sonders am Ende ihrer Geduld angekommen – genau dort, wo Wratha sie haben wollte.

Oh ja, diese Lords waren wütend! Obwohl sie ihre Gedanken verbargen, las Wratha sie doch deutlich genug in ihren blutroten Augen. *Sie hatten den Krieg gekostet und wildes, ungezähmtes Blut geschmeckt, und beides hatte ihnen zugesagt. Warum jetzt damit aufhören? In der Burg war zwar viel Platz, aber ohne Wratha gab es noch mehr! Was war sie denn schon – doch nur eine Frau!*

Ihr missfiel die Art, wie Canker sie ansah und ihr mit seinen tierhaften Hundeaugen den Mantel aus Fledermauspelz auszog. Auch wie Gorvi langsam näherrückte, machte sie misstrauisch. Ihre Hand glitt unter den Umhang ... und Vasagi hob eine bebende Hand und gestikulierte wie ein Wahnsinniger.

SOFORT AUFHÖREN! Sein Gedanke war ein geistiger Aufschrei, der alle erstarren ließ. Aber unter dem gewaltigen Ausbruch lagen andere Gedanken, die der Sauger lieber für sich behielt. Dennoch konnte Wratha einige davon lesen:

Als Vasagi letzte Nacht kurz vor dem Angriff auf Siedeldorf angeschossen worden war, hatte Wratha ihn gefragt, ob er sich weiteren Unternehmungen gewachsen sehe. Sie wusste, dass er verwundet war, und hatte auf seinen Zustand Rücksicht genommen. Oh, ihm war durchaus klar, dass ihre Sorge nicht ihm allein, sondern der Gruppe als Ganzem galt; sie sah sich als General und brauchte gesunde Truppen. Aber es hatte doch gezählt. Außerdem wusste Vasagi, was ein anständig gewarteter und bevorrateter Horst ihnen wert sein konnte. Im Augenblick war die Burg nichts als ein ausgehöhlter Felszahn, ein Pestloch der Vampire, aber sie konnte zu einer echten Festung werden. In dieser Hinsicht waren die Ideen der Lady gut durchdacht und vernünftig.

Und schließlich ... befand Wrathas Hand sich immer noch

unter dem Umhang, wo sie in einer kleinen Blase ihr Kneblaschöl verwahrte, das die Luft leicht in tödliches Gift zu verwandeln vermochte. Auch das war für den Augenblick etwas, das in Betracht gezogen werden musste. Aber später, wenn die Felsenburg erst einmal hergerichtet war ...

Gorvis ölige Stimme durchbrach das angespannte Schweigen. »Nun?«, fragte er, ohne jemand bestimmten zu meinen. Aber er sah ebenfalls, dass die Lady die Hand unter dem Umhang hatte, und zog sich besonnen einen Schritt zurück.

Haben wir, gestikulierte Vasagi, *die Tyrannei von Turgosheim so weit hinter uns gelassen, damit wir uns jetzt im Streit zerfleischen?*

»Aber ...« Wran nahm den funkelnden Blick nicht von Wratha. Sein Herz pochte, seine Brust hob und senkte sich heftig, und er verharrte immer noch gefährlich nahe vor dem Punkt der Raserei.

Hört mir doch zu, unterbrach Vasagi ihn. *Anscheinend bin ich der Einzige, der erkennt, was hier vor sich geht. Wir sind Wamphyri! Und da die Einschränkungen von Turgosheim für uns nicht mehr bestehen, kehren wir zu unserer angestammten Verhaltensweise zurück. Ist das nicht der Grund, aus dem wir überhaupt hierher ausgezogen sind – um unseren Parasiten freien Lauf zu lassen? So zu sein, wie es unserer Art entspricht?* Er hielt inne ...

... und fuhr fort, als er sah, dass sie ihm zuhörten:

Wratha ist keine Diebin – aber sie ist eine Wamphyri! Und von dieser einen Gelegenheit, diesem einen – Formfehler? – abgesehen, hat sie keinen Fehltritt begangen. Höchstens darin, dass sie glaubt, uns wie eine Kriegerkönigin anführen zu können. Denn wir alle sind Männer und selbst auch Krieger, und als solche missfällt es uns, unsere hart erkämpfte Beute an jedweden selbst ernannten Führer abzugeben. Ich wiederhole: an jedweden Führer!

Wohlan, von nun an ist jeder von uns sein eigener Herr, und Wratha ist ihre eigene Herrin. Andererseits hat sie jedoch Recht: Ohne ein gewisses Maß an Zusammenarbeit zwischen uns allen kann die Felsenburg nicht bestehen, und wir sind dem Untergang geweiht. Es ist lebenswichtig, *dass Gorvi die Brunnen in Ordnung bringt, dass Wran und Spiro die Abfallgruben und Methankammern in Betrieb nehmen und in Stand halten, und dass Wratha Leitungswarte heranzüchtet, um Wasser aus den Brunnen zu ziehen, das dem gesamten Horst zugute kommt. In dieser Hinsicht – und sei es nur in dieser*

Hinsicht – müssen wir eines Sinnes sein. In dieser Hinsicht brauchen wir einander.

Wran hatte sich mittlerweile beruhigt und fingerte wieder an seiner Warze herum. »Ich stimme mit all dem überein«, sagte er. »Nur«, und er funkelte Wratha böse an, »soll sie unsere Knechte nicht mehr an sich reißen!«

Wratha hatte sich ebenfalls beruhigt und zeigte sich wieder von ihrer besten Seite, in Gestalt eines jungen Mädchens. So hatte sie also mit einem Streich ihre Armee verloren. Gut, na und? Binnen kurzem konnte sie eine neue aufbauen, die ihr in allem treu ergeben war. »Also jagen wir von nun an allein«, sagte sie und nickte knapp. »Um unser aller Wohlergehen willen kümmern wir uns um die Erfordernisse der Burg, aber in allen anderen Belangen streiten wir jeder für sich, und der Rest soll zur Hölle fahren! Also gut, seht zu, ob euch das besser gefällt.«

Gorvi hatte Bedenken. »Aber was ist, wenn man uns von der Sonnseite aus angreift oder – schlimmer noch – aus Turgosheim? Soll ich dann die unteren Stockwerke alleine halten?«

»Oh, irgendwann greift man uns gewiss an«, versicherte Wratha ihm. »Allerdings glaube ich nicht, dass der Angriff von der Sonnseite kommt. Wenn er kommt, stehen oder fallen wir erneut gemeinsam. Diese Felsenburg ist unsere Zuflucht! Obgleich wir nie Freunde sein werden, müssen wir doch Verbündete sein.«

Umso wichtiger ist es, äußerte Vasagi mittels eleganter Schulterbewegungen und Gesten, *schon jetzt ein Mindestmaß an Zusammenarbeit zu pflegen.*

Spiro, der wie stets seine Lumpen und ein Stirnband trug, ergriff den Arm seines Bruders. »Komm«, sagte er. »Genug geredet. Wir haben noch reichlich zu tun. Aber bei Anbruch der Dunkelheit werden wir die Beaufsichtigung der Arbeiten unseren Offizieren überlassen und auf der Sonnseite auf Beutezug gehen.« Er warf Wratha einen bitterbösen Blick zu. »Nur werden wir diesmal behalten, was wir fangen!«

»Was ist mit mir?«, bellte Canker. »Bekomme ich meine Knechte zurück?«

»Undankbarer Wicht«, sagte Wratha mit offener Verachtung. »Ausgerechnet du, der nichts Besseres zu tun hast als zu winseln und herumzuhuren! Worin liegt da die Zusammenarbeit? Hör mit deinem Gekläffe auf, Canker, wenn du Gas haben willst, um deine Zwinger zu wärmen, und Wasser, um dir die Flöhe aus dem Fell zu spülen!«

Darauf knurrte Canker ein wenig und fletschte die Zähne, aber solange Wratha die Kneblaschblase bei sich führte, war das auch schon alles, was er vermochte.

Damit war es abgemacht. Die Lords gingen ihrer Wege – als Einzelne wie auch als Bewohnergemeinschaft der Burg – und entfernten sich aus Wrathas Gemächern. Vasagi ging als Letzter ...

Auf seinem Abstieg musste Vasagi an den zugigen Landerampen der Lady Wratha vorbei. Dort wartete Wran der Rasende auf ihn, der immer noch wie ein Vulkan vor sich hin dampfte. Wran kam sogleich zur Sache: »Warum hast du sie verteidigt? Wir hätten sie mit einem Streich loswerden können. Ich hätte ihre Gemächer übernommen und wäre aus denen ausgezogen, die ich derzeit mit meinem Bruder teile.«

Sie hatte Kneblasch, gestikulierte Vasagi, zuckte die Achseln und wich ein wenig zurück. *Außerdem hat sie bereits damit begonnen, Leitungswarte zu züchten. Warum sollen die Mühen der Lady vergebens sein? Später, wenn die Burg erst einmal voll ausgestattet ist, haben wir immer noch Zeit, mit ihr abzurechnen, falls wir es wollen. Diese Ansicht hast du im Stillen doch selbst vertreten.*

»Gefällt dir die Hure etwa?«, grinste Wran höhnisch. »Du und sie, ihr würdet doch ein prächtiges Gespann abgeben. Du mit deinem abartigen Gesicht und Wratha, die alte Hexe unter dem Mädchenfleisch! Ist es so? Hoffst du darauf, dich mit ihr zu paaren? Hast du die Schreie deiner Odalisken so satt, wenn du sie bedienst? Bestehen sie darauf, dass du sie von hinten besteigst, damit sie dein Gesicht nicht sehen müssen?«

Vasagi trat einen gleitenden Schritt auf ihn zu. Seine Gesten wurden heftiger, weniger nuancierter, seine telepathische ›Stimme‹

hatte einen zischenden Unterton angenommen: *Warum beleidigst du mich, Wran? Willst du mich provozieren? Ich habe kein Kinn, das ist wohl wahr, aber das geschah auf meinen eigenen Wunsch. Lieber das, als dein Kinn mit seinem schwarzen und vielleicht sogar aussätzigen Gewächs!*

»Wer wirft jetzt mit Beleidigungen um sich?« Wran reckte sein gerötetes Gesicht vor. »Im Übrigen handelt es sich bei meiner Warze um einen Schönheitsfleck.«

Ach ja? Der Sauger lachte verächtlich auf. *Dann könntest du noch ein paar davon gebrauchen!* Doch als Wran wütend schnaubte und näher trat, versteifte Vasagis spitz zulaufendes Mundwerk sich, und der vor Speichel triefende Saugstachel schob sich nach vorn. *Du solltest dir vergegenwärtigen,* warnte er, *dass dein Handschuh in deinen Gemächern liegt, Wran. Ich hingegen trage meine Waffe stets bei mir!*

Wran wusste, dass Vasagi blitzschnell zuschlagen konnte, um ein Auge zu durchbohren oder auszustechen oder durch ein Ohr bis zum Gehirn vorzudringen. Murrend trat er den Rückzug an, wandte sich auf dem Absatz um und strebte den Landebuchten zu. »Eines sollte dir klar sein, Wurmgesicht«, fauchte er über die Schulter. »Über kurz oder lang hat die Lady nur zwei Möglichkeiten. Entweder als mein gehorsamstes Weib in Wranshöhe zu leben oder aber ihren Platz für Bessere zu räumen! Falls es Ersteres sein sollte – wird es mir eine Freude sein, Wrathas Schwanz den Stachel zu ziehen, das kannst du mir glauben! Und wenn Letzteres«, er zuckte die Achseln, »dann sei es eben so!« Damit verschwand er hinter einem steinernen Vorsprung.

Vasagi gönnte ihm nicht das letzte Wort: *Halte dich lieber an deine Sklavinnen, Wran! Für einen Stutzer wie dich ist Wratha zu sehr Frau!* Die Spitze kam jedoch zu spät. Wran hatte ihm seinen Geist verschlossen, und Vasagis Gedanken verhallten wie ein Echo.

Aber das machte nichts. Schließlich war Wran ein Wahnsinniger. Mit einem Achselzucken schüttelte Vasagi seine Verärgerung ab und setzte seinen Weg fort ...

ZWEITES KAPITEL

Nathan regte sich. Seine Insel wurden schon seit einiger Zeit nicht mehr von der Sonne beschienen, und ihm war kalt. In der Nähe gluckste der Fluss, ein Fisch sprang aus dem Wasser, um nach einer Fliege zu schnappen, und tauchte mit einem Klatschen wieder ein. Diese beiden Geräusche hatten Nathan geweckt.

Durchfroren, steif und verkatert erwachte er und erkannte sogleich, wie lange er geschlafen hatte. Die Sonne stand als heller Schein zwischen den Baumwipfeln im Süden, und von einigen silbrigen Reflexen im Flusswasser abgesehen lag der Wald zu beiden Seiten des Flusses in düsterem, schattigem Grün. Nathan hatte rund fünfzehn Stunden geschlafen ...

Er watete ans Ufer und trat den Rückweg nach Westen an. Als er das Sumpfgebiet hinter sich ließ und festeren Boden erreichte, wich ein Teil der Steifheit aus seinen Muskeln und nahm etwas von dem stechenden Schmerz in seinem Rücken mit sich. Vermutlich lag das an Elenis Salbe. Er fragte sich, wo sie und die Szgany Sintana jetzt wohl sein mochten.

Wahrscheinlich zogen sie bereits klimpernd ihrer neuen Heimstätte entgegen. Heute Nacht würden sie ein vorläufiges Lager errichten, es morgen mit einer Tarnung versehen, für einen längeren Aufenthalt befestigen und sich dort niederlassen. Wenn Nathan nur etwas schneller ging, könnte er bald bei ihnen – und Eleni – sein und sich ihnen anschließen. In gewisser Hinsicht kam er sich wie ein Verräter an Lardis vor, an der Erinnerung an Misha und seine Mutter und vor allem an seinem Szgany-Eid. Doch andererseits fühlte er sich ... wie erneuert? Gewiss machte er gerade einen neuen Anfang. Und er wusste auch, dass, solange er lebte, sein Schwur niemals ganz vergessen sein würde.

An einer Stelle, an der das Sonnenlicht schräg durch das Blattwerk am Flussufer fiel, blieb er stehen und faltete Nikhas Karte auseinander. Die Route schien nicht sonderlich schwierig zu sein. Er musste wieder an den Ort zurück, an dem die Sintanas ihr Lager aufgeschlagen hatten, dem außer Gebrauch geratenen Pfad etwa fünfzehn Meilen weit in östlicher bis südöstlicher Richtung folgen, und dann durch die Waldsenke eines schmalen, gewundenen Tales in südlicher Richtung gehen. Dort, wo das Tal gen Westen bog, um dem Verlauf eines Baches zu folgen, musste er eine sanfte Steigung überwinden, bis er wieder ebenen Grund erreichte. Nach einem weiteren Marsch fünf oder sechs Meilen in südlicher Richtung durch einen breiten Gürtel aus Eisenholzbäumen (wenn Nathan Glück hatte, traf er dort auf einen weiteren alten Pfad) würde er das Grasland erreichen. Dort bestanden die Wälder aus Eschen, Walnussbäumen, wilden Pflaumenbäumen und ein paar Eisenhölzern. Je nachdem, an welcher Stelle er aus dem Hangwald herauskam, sollte das Lager der Sintanas nicht mehr als zwei oder drei Meilen entfernt in östlicher oder westlicher Richtung liegen. Ein geübter Fährtenleser konnte ihren Fußstapfen vermutlich unmittelbar folgen. Zumindest hatte Nikha das gesagt ...

Nathan ärgerte sich über sich selbst. Wäre er nur drei Stunden früher erwacht, dann wäre alles im Lot gewesen. Er hätte an den Spuren der Räder im lehmigen Boden sehen können, wo die Wagen den Pfad verlassen und sich ihren Weg durch den Wald gebahnt hatten. Weitere Anzeichen waren zerquetschtes Laub, gebrochene Zweige, Zugtierlosung. Aber das Tageslicht war bereits im Schwinden begriffen, und er hatte noch nicht einmal die Stelle erreicht, an der sie sich begegnet waren.

Er legte etwas Tempo zu und hielt sich zwischen den Bäumen parellel zum Fluss, bis er außer Atem war; dann verfiel er wieder in einen raschen Gehschritt. Allmählich überkam ihn eine leichte Panik, doch er wusste, dass ihm das nicht helfen würde.

Wie weit musste er laufen – fünfzig, sechzig Kilometer? Und wie viel Zeit hatte er dafür? In zehn oder zwölf Stunden würde es Sonnunter sein. Das war genug Zeit, wenn er auf offenem Feld auf einem guten, festen Weg gewesen wäre. Aber im Wald würde die Dämmerung lange vorher einsetzen. Vor wilden Tieren brauchte er sich nicht groß zu fürchten, aber wenn er sich verirrte, hatte er ein Problem. Seine neuen Wanderer-Freunde würden sich Sorgen um ihn machen. Zumindest nahm er das an und hoffte, dass Eleni sich um ihn sorgte. Außerdem war er nicht gerade erpicht auf eine lange, einsame Nacht im Wald ...

Es kam ihm lange – viel zu lange – vor, aber endlich bahnte Nathan sich seinen Weg durch das Unterholz auf den alten Pfad, auf dem er den Szgany Sintana zum ersten Mal begegnet war. Nachdem sie ihr Lager abgebrochen hatten, hatten sie sorgfältig ihre Spuren verwischt. Wenn er es nicht besser wüsste, hätte er geschworen, dass hier niemals jemand gewesen war! Trotzdem hatten sie die tiefen Wagenspuren auf dem überwucherten Pfad nicht verbergen können, und er folgte ihnen in gleichmäßigem, zügigem Dauerlauf. Die Bäume schienen immer höher zu wachsen, das Licht wurde unmerklich schwächer, und der lange Nachmittag näherte sich seinem Ende ...

Nathan wurde mit einer uralten und äußerst unwissenschaftlichen Tatsache konfrontiert: Wenn die Zeit knapp ist, vergeht sie schneller als sonst. Außerdem fand er heraus, dass Konzentration sich gegen einen selbst wenden kann. Ging man etwas zu verbissen an, konzentrierte man sich früher oder später nur noch auf die eigene Konzentration und nicht auf die zu bewältigende Aufgabe. Seine Glieder und Muskeln hatten sich an die beständige rhythmische Beanspruchung gewöhnt, bis der dumpfe Schmerz der unablässigen Bewegung ihn in eine Art Dämmerzustand gleiten ließ. Nathan achtete nicht mehr darauf, wohin er seine Schritte setzte, und plötzlich war der Pfad zur Gänze überwuchert, und es gab keinerlei Anzeichen mehr, dass hier je ein Mensch, Tier oder Wagen vorbeigezogen war ... was auch nicht der Fall war! Trotz seiner angestrengten Konzentration hatte Nathan die Stelle verpasst, an der die Wagen den Weg verlassen hatten.

Er lief ein oder zwei Meilen zurück – und erkannte schließlich, dass der Zug der Wanderer sich an einer Stelle von dem Pfad entfernt hatte, an der die Erde dünn und der Boden mit Kieseln und Steinen durchsetzt war. Sie hatten sich den steinigen Untergrund zunutze gemacht, um ihre Spuren zu verbergen und eine etwaige Verfolgung zu erschweren. Damit wollten sie nicht Nathan entmutigen, sondern jeden in die Irre leiten, der sich womöglich an ihre Fersen heftete.

Langsam folgte Nathan dem gewundenen Pfad, entlang einer schmalen, dicht bewachsenen Bachrinne. Schließlich entdeckte er die Losung der Zugtiere, nahm die Fährte wieder auf und folgte ihr, bis das Tal sich verbreiterte und mit dem Verlauf eines tiefen, dunklen, gluckernden Baches nach Westen bog. Der Grund wurde wieder steinig, und Nathan kämpfte sich einen sanften Hang zwischen den Bäumen hinauf, bis er ebenen Boden erreichte. Aber irgendwo hatte er abermals die Fährte verloren, und das Licht wurde nun rasch schwächer.

Mittlerweile war Nathan seit guten elf Stunden unterwegs, und seine Müdigkeit machte sich mehr und mehr bemerkbar. Unter der erstickenden Laubdecke der Bäume hatte seine Lunge anscheinend nicht genug Luft holen können, und mit jedem taumelnden Schritt schienen die Beine unter seinem Gewicht nachzugeben. Er musste dringend eine Rast einlegen, aber er wagte nicht, anzuhalten. Also mühte er sich weiter ...

Stets lief er der Sonne hinterher, wenn er ihr Licht am Himmel und durch die Bäume sehen konnte. Aber da waren Bäche zu durchwaten, Dornenbüsche und Kriechgewächse zu überwinden; an einigen Stellen war das Laubwerk so dicht, dass das Licht fast vollständig abgehalten wurde. Doch auf einmal ... wurde es etwas heller, die Bäume, Dornbüsche und Sträucher standen weiter auseinander, das Unterholz verschwand unter einem brüchigen Teppich aus giftigem Nadelwerk. Er hatte den Eisenholzhain gefunden, sah jedoch nirgends ein Zeichen, dass die Wanderer hier durchgezogen waren, und Fährten gab es keine. Er hastete weiter, umging die dichteren Nadelstellen und kam sicher durch den Hain.

Die Bäume wurden immer seltener. Von Süden her drang ein schwacher Schimmer des vergehenden Tageslichts in den Wald.

Die Eisenhölzer wurden von Esche, Walnuss- und wilden Pflaumenbäumen abgelöst. Zumindest hatte Nathan die richtige Richtung eingeschlagen, aber gerade als er glaubte, das Schlimmste hinter sich zu haben, spürte er, wie ihm ein Stachel durch die Naht seiner Sandale in den rechten Fußballen glitt.

Der Schmerz machte ihn fast wahnsinnig! Er musste kurz anhalten, um sich das Ding aus dem Fuß zu ziehen. Das war ein Fehler. Binnen weniger Minuten verkrampften sich seine Muskeln, und von da an setzte er seinen Weg durch das immer dunkler werdende Dämmerlicht hinkend und stolpernd fort. Am Rand der Welt war die Sonne zu einer orangefarbenen Brandblase geworden, aus der flüssiges Licht über die abkühlende Wüste sickerte. Im Wald war es sehr still, nur kleine Tiere raschelten umher, und leise erklang das ängstliche Abendgurren der Tauben – sonst war alles ruhig ...

Als er den Rand des Waldlandes erreichte, spähte er gen Süden über den weiten Savannengürtel und sah die Sonne als großes Halbrund wie einen Fächer am Himmel stehen, als sich drehendes Rad, dessen Speichen rosa, gelb und golden erstrahlten, und das wie ein Regenbogen schwächer wurde und verblasste. Sonnunter war gekommen, und das Land lag noch für einige Stunden in samtenem Dämmerlicht. Nach und nach zeigten sich funkelnd die Sterne über dem Grenzgebirge. Schleichend brach die Nacht herein und tauchte alles in ihre Finsternis.

Nathan wandte den Kopf nach allen Seiten und spähte in dem trügerischen Licht nach Ost und West. Wohin musste er gehen? Er neigte den Kopf, lauschte auf fernes, vertrautes Geklingel und hörte nichts. Doch das hatte er auch nicht erwartet. Wind kam auf und fuhr durch die Bäume, so dass die Zweige rauschten und knarrten. Wolkenbänder zogen rasch gen Süden und folgten der Sonne. Und im Osten ... war das ein Schrei, den der Wind da herübertrug? Oder nur das Kreischen eines nächtlichen Raubvogels?

Er hinkte eine Meile weit nach Westen und entdeckte schließlich eine Anhöhe auf dem Gräsermeer. Nach einer weiteren

Meile hatte Nathan den kleinen Hügel erreicht und war schon so weit, aufzugeben, sich hinzulegen und die Nacht dort zu verbringen. Aber er zwang sich keuchend doch noch auf den Hügel hinauf, spähte das Land aus und erblickte im Osten am Waldrand – ein Feuer? Ein Tanzfeuer war es wohl kaum; er sah nur ein schwaches Flackern, aber das war besser als nichts.

Das musste Eleni sein! Trotz Nikhas Warnung, dass Nathan nach Sonnunter kein freundliches Licht mehr leiten würde, hatte Eleni ein kleines Feuer in Brand gehalten. Erleichtert kletterte er wieder auf die Ebene hinab und strebte quer über das Grasland dem Feuer zu. In dem hohen, windzerzausten Gras unter einem aschfarbenen Himmel, verwehenden Wolken und den immer zahlreicher werdenden Sternen kam er gut voran.

Aber ... heute Nacht war der Himmel sonderbar. Mehrere Wolkengürtel schienen in unterschiedlicher Höhe dahinzuziehen, einige in diese Richtung, andere in jene. Unmittelbar vor Nathan trieben hoch über dem Wald kleine, schwarze Wolkenklumpen rasch nach Norden zum Gebirge, bis sie im trügerischen Samt der Nacht verschwanden.

Auf der Ebene war der Feuerschein nicht länger zu sehen. Nathan beeilte sich. Er legte eine Meile zurück, eine zweite, und die dritte hatte er gerade begonnen, da sah er das Licht wieder. Als zu seiner Linken der nächtliche Wald immer näher rückte und der eilende Mond sich über dem fernen Grenzgebirge erhob und ihm mit seinem Licht den Weg wies, leuchtete der Richtungsschimmer des Feuers immer heller, bis er schließlich die Stelle erreichte.

Am Rand des Graslandes, unter den Bäumen, sah er die Karren und Wagen der Sintana halb verborgen unter den mächtigen Ästen dreier Eisenholzbäume. Das Feuer flackerte rot und orange und drängte die Schatten in der dreieckigen Lichtung zurück. Es hieß Nathan willkommen ...

... auf die gleiche Art und Weise, wie es schon andere vor ihm willkommen geheißen hatte!

Er wurde langsamer, erreichte die Lichtung und stolperte

hinein, während ihm langsam die Kinnlade nach unten klappte. Er nahm einen bestimmten Geruch wahr, den der in Böen kommende Wind nicht ganz hatte verwehen können. Nathan fielen die schwarzen, zerfetzten Wolkengebilde wieder ein, die der Wind über den Wald zum fernen Pass auf die Sternseite geweht hatte. Und er sah, wie die Türen an den Wagen unter den Brisen hin und her knarrten, als ob sie gegen die Leere hinter ihnen aufbegehrten. Der Ort war ... verlassen?

Nein, nicht verlassen, nur leer. Ohne Leben ...

Nathan konnte es nicht glauben. Er sah, dass hinter den Wagen eine Ecke mit Stricken als Tierpferch abgezäunt worden war. Die Fläche lag im Schatten und wurde vom Flackern der Flammen und dem fahlen Sternenlicht, das von den dahinjagenden Wolken noch gedämpft wurde, nur unzureichend beleuchtet. Die Tiere lagen am Boden und bildeten niedrige, bucklige, reglose Umrisse, was an sich schon alles sagte. Bergziegen legten sich nur selten nieder und niemals in Gruppen ...

Er trat an einen hohen Eisenholzbaum heran, unter dem der Boden von Nadeln freigefegt worden war und so eine eigene kleine Lichtung bildete. Doch als er dort stehen blieb, huschten und flatterten aufgedunsene, schwarze Umrisse wie vom Wind bewegte Sträucher über den Boden und in den Schatten. Nathan stöhnte auf, wich zurück und blickte nach rechts und links, während der Wind seufzte und die Äste knarrten. Als Nathans Augen sich an die Dunkelheit gewöhnt hatten, erkannte er, dass andere, im Widerschein des Feuers wie kleine, rote Punkte wirkende Augen, ihn aus dem Gebüsch um das Lager heraus anstarrten.

Eines dieser unbekannten Wesen versteckte sich wie ein Geier in kauernder Haltung hinter einem geborstenen Tisch, der auf der Seite lag. Wie gelähmt blieb Nathan unter dem großen Baum stehen und gab keinen Mucks von sich, bis in der Dunkelheit etwas einen schrillen, *zwitschernden* Laut ausstieß ... dem jenseits des Kreises etwas in gleicher Weise antwortete!

Als er das Geräusch urplötzlich erkannte, zuckte er zusammen, und ...

... etwas tropfte ihm auf den Unterarm. Nathan hatte zuvor die Ärmel hochgekrempelt. Nun blickte er hinunter und sah, dass sein Arm rot war – ebenso wie der Boden unter seinen Füßen. Als er nach oben sah ... erkannte er, was für Früchte dieser Baum trug: Die drei Männer der Szgany Sintana hingen mit den Fersen an einem Ast, und aus ihren aufgeschlitzten Kehlen rannen die letzten Blutstropfen über die schlaff herunterhängenden Arme und tropften langsam herab!

Eine riesige, von Blut aufgedunsene Desmodus-Fledermaus löste sich von einer ausgesaugten Leiche und flatterte zu Boden. Die Kreatur hatte sich zu sehr vollgesogen, um noch fliegen zu können, und krabbelte hüpfend, mit matten Flügelschlägen, in den Schatten zu ihren Gefährten ...

Alle Dämonen der Hölle ritten mit kreischendem Gelächter auf dem Wind, während Nathan zum Feuer taumelte, einen brennenden Stecken hervorzerrte und damit zu Nikha Sintanas Wagen ging.

Das Innere war völlig verwüstet, und hinter dem Wagen ... lag Nikha mit weit aufgerissenen Augen. Seine Brust war in der Mitte zerteilt worden, die Rippenbögen waren auseinander gerissen und gespreizt – jemand hatte ihm das Herz als Leckerbissen herausgefetzt!

Nathan wusste, dass er nach den anderen sehen und Eleni suchen musste. Er betete, dass sie in den Wald geflohen war – aber zuerst musste er noch etwas anderes erledigen. Seine blauen Augen flammten wie im Irrsinn auf, als er in einem großen Steinkrug neben Nikhas Wagen Öl entdeckte. Er hob ihn an und roch an der unverschlossenen Öffnung: Nussöl zum Kochen – allerdings mit etwas Kneblasch versetzt. Kein Wunder, dass sie es nicht gewollt hatten. Und als er den Krug zum Baum des Todes trug, wusste er, was er damit machen musste.

Unter dem Eisenholzbaum hatten sich die aufgeblähten schwarzen Vertrauten der Wamphyri – über ein Dutzend – erneut auf der Lichtung versammelt und leckten nun wie Ghouls an der blutdurchtränkten Erde. Nathan hielt sich von ihnen fern, erschauerte, als er sie einen Augenblick lang betrachtete, und zog eine Grimasse. Dann lief er ohne innezuhalten durch das Unterholz rings um den großen Baum, verschüttete dabei sorgfältig das Öl, und als der Kreis geschlossen war, warf er seine Brandfackel in das zundertrockene Gebüsch.

Das Feuer breitete sich erst langsam aus, doch dann fachte der Wind es an, es flammte auf und erhob sich zu einer brüllenden Wand aus sengender Hitze und gelbem Licht. Nathan musste zurückweichen; er lachte, tanzte und schüttelte die Fäuste wie ein Wahnsinniger, der er in diesem Moment auch war. »Brennt, ihr Teufelsbiester, brennt!«, brüllte er.

Gierige Flammenzungen leckten nach den unteren Ästen, fraßen sich fest und erfassten den gesamten Baum. Vom Wind aufgepeitschte Funken sprangen wie dämonische Kobolde von Ast zu Ast, bis alle drei Bäume lichterloh brannten und die Hitze zu einem Hauch aus der Hölle wurde.

Nathan tanzte weiter und lachte nur noch lauter, als das schrille Zwitschern der Fledermäuse zu einem Kreischen wurde und einige von ihnen dem Inferno zu entkommen versuchten. Angesengt und qualmend stiegen sie auf, fingen Feuer, stürzten kreiselnd in den Glutofen unter den gewaltigen Baumfackeln hinab und verbrannten ...

Als später der Wind nach Süden drehte und einen sich stetig verbreiternden Feuerstreifen durch das Grasland blies, beruhigte Nathan sich wieder und kehrte zu den Karren und Wagen zurück. Da die Fahrzeuge abseits vom Feuer, seitlich der riesigen Bäume standen, waren sie von den Flammen nur leicht angesengt und hier und da geschwärzt worden, aber unversehrt geblieben. Nathan durchstöberte sie gründlich und fand, wonach er gesucht hatte.

Er schlug einen Bogen um die drei brennenden Baumruinen und das verkohlte Unterholz und drang in den Wald ein. Er wusste, dass er damit ein Risiko einging, weil der Wind sich leicht wieder drehen konnte, aber er musste die Suche aufnehmen. Schließlich fand er, was er suchte, und schleppte dann mühevoll seine Fundstücke zum reinigenden Feuer. Aus den

Kindern würden wohl keine Vampire werden – sie bestanden nur noch aus Teilen und Fetzen – aber es kam ihm richtig vor. Nathan wusste, dass Lardis Lidesci das Gleiche getan hätte. Was Nikhas Männer betraf, die unter dem Baum ausgeblutet waren – nun, das Feuer hatte sie erfasst. Sie brannten immer noch dort, wo sie herabgestürzt waren, brannten am Boden wie dicke, zur Seite gesackte Kerzen. Wenig später gesellte sich ihr Anführer Nikha zu ihnen.

Zum Schluss musste Nathan sich um die Frauen kümmern. Er zerrte sie von verschiedenen Stellen her ans Feuer und tat nacheinander mit ihnen, was er tun musste. Sie waren zusammengeschlagen und vergewaltigt worden – nein, mehr als das: man hatte sie auf grässliche Weise *benutzt* – und dann vampirisiert. Bei zweien waren die Schädel wie durch furchtbare Hiebe eingedrückt worden, während die anderen beiden – eine davon war Eleni ...

... Nathan konnte nur grauenerfüllt und ungläubig den Kopf schütteln. Ihre Brustkörbe wiesen auf der linken Seite zwischen den Brüsten ein faustgroßes Loch auf. Dort hatte jemand – *etwas* – seine Hand in den Körper gestoßen, um sie am Herz zu zwicken. Nicht um sie zu töten, sondern um sie zu lähmen. Denn sie waren immer noch am Leben oder besser: untot.

Es konnte nicht hinausgezögert werden, nicht einmal – oder gerade – um Elenis willen. Lardis hatte Nathan gezeigt, was zu tun war, und jetzt musste er es vollbringen. Er tat, was er tun musste, auch bei Eleni, und spürte erst ganz zum Schluss, dass ihn jemand beobachtete. Es war der Junge, der am Fluss geangelt hatte, der einzige Überlebende, der nun am Rand des Feuerscheins stand, mit leerem Blick, ausgemergelt wie ein Gespenst und mit eingefallenen, kalkweißen Wangen.

Nathan sprach ihn an; der Junge ignorierte ihn. Er ging zu ihm, fasste ihn am Arm, und der andere – kaum den Kinderschuhen entwachsen – fauchte ihn an und fletschte die Zähne. Nathan wich ein paar Schritte zurück und musterte ihn gründlich. Aber an ihm war kein Wundmal zu entdecken, weder Prellung noch Einstich. Er hatte einfach nur ... Glück gehabt

– wenn man seine Rückkehr, um dieses Anblicks gewahr zu werden, so nennen konnte.

Schließlich ließ Nathan ihn stehen, und der Junge sah weiter zu, wie seine Welt in Flammen aufging. Nathan holte eine Decke aus einem der Wagen, ging eine kurze Strecke abseits des Brandstreifens auf die Grasebene hinaus, suchte sich eine Vertiefung im Boden und legte sich schlafen. Als er später erwachte, blickte er zum Lager und sah den Jungen immer noch dort stehen, wo er ihn zurückgelassen hatte. Er wollte ihn schon anrufen, schüttelte jedoch den Kopf, überließ den Jungen seinem Gram und schlief wieder ein.

Acht Stunden später hatte der Wind sich gelegt. Die Reste des Feuers glommen noch, und die Eisenholzbäume waren nur noch geschwärzte Baumleichen am Waldrand. Der Junge war nicht mehr da. Nathan stand auf und ging zu der Brandstätte zurück, um nach ihm zu suchen. Als ihm die letzte Gelegenheit einfiel, da er diesen Ort betreten hatte, sah er diesmal nach oben. Und ja, da hing der Junge, kalt und tot.

In ihm war kein Leben mehr, gleich welcher Art; aber Nathan konnte ihn nicht einfach den Krähen überlassen. Er griff nach oben, packte ihn an den Beinen und hängte sich mit seinem ganzen Gewicht ein. Das erschien grausam, aber Nathan hatte keine Kraft mehr, jedenfalls nicht genug, um hinaufzuklettern. Es funktionierte. Das dünne Seil zerriss, und der Junge plumpste herab.

Nun musste Nathan nur noch ein Feuer entfachen ...

In der Mitte der langen Nacht wickelte Nathan sich unter den kalt funkelnden Sternen in seine Decke und schlug den Weg nach Süden über das Grasland ein. Er warf keinen einzigen Blick zurück auf das letzte Totenfeuer, das hinter ihm brannte.

Er nahm nichts mit bis auf die Decke, die Kleidung, die er am Leib trug, den Lederstreifen mit der halben Drehung an seinem linken Handgelenk, an dem seine Mutter ihn in der allerfinstersten Nacht noch hatte erkennen können. Das schien jetzt einer anderen Welt, einem anderen Leben anzugehören.

Der Lederstreifen war etwas Vertrautes – sein Wahrzeichen? Ein Abbild seiner Identität? Nathan hatte ihn durch seine gesamte Kindheit hindurch behalten und ihn immer wieder ersetzt, wenn der Umfang seines Handgelenkes von dem eines Kindes zu dem eines Jungen und schließlich dem eines Mannes zugenommen hatte. Auch Nestor hatte seinen Lederstreifen behalten, den geraden ohne halbe Drehung – aber in Nathans Gedanken kam er nur noch als fernes Echo vor.

In seinen Gedanken kam überhaupt nur noch sehr wenig vor. Lediglich die Gesichter der Toten zogen an ihm vorüber: Seine Mutter, Misha, Nikha Sintana und seine Wanderer, Eleni. Aber sie wurden immer undeutlicher, als sein Verstand neue Wege entdeckte, sie auszulöschen. Denn manchmal kann eine Erinnerung – ein Gesicht oder ein Bild – zu schmerzlich sein, um wieder aufgerufen zu werden. Nathan hatte die Stufe erreicht, auf der seine gesamte Vergangenheit ihn zu sehr schmerzte. Es war schon sonderbar, aber ihm war der Gedanke gekommen, dass ein Mann ohne Vergangenheit nur wenig hat, um darauf eine Zukunft aufzubauen. Darum wanderte er nun über das Grasland in Richtung Wüste, denn er hegte nicht länger den Wunsch nach einer Zukunft.

Wenn er müde war, setzte er sich nieder, wenn er schlafen musste, schlief er, Hunger und Durst ließ er ungestillt. Er wusste, wenn die Erschöpfung es nicht vermochte, würde ihn die Entbehrung ganz sicher töten – die Entbehrung dessen, was man ihm genommen hatte, aber auch dessen, was er sich selbst verweigerte. So wollte er es haben, und so ließ er es geschehen.

In ihm war keine Bitterkeit. Er hatte auch nicht das Gefühl, dass er aufgab, nur dass er nie richtig angefangen und daher mit Ausnahme seines Lebens nichts zu beenden hatte. Vielleicht war dies nicht einmal das Ende. Denn wenn jemand wusste, dass der Tod nur ein weiterer Anfang war, dann war es Nathan. Und wenn sein Körper tot war, würden vielleicht all diejenigen, die vor ihm gegangen waren, endlich mit ihm sprechen und ihm die Dinge erklären, die er zu Lebzeiten nie verstanden hatte.

Würde er dann mit seiner Mutter sprechen können, fragte er sich, und mit all den anderen, die er verloren hatte? Und wenn er immer noch weder Frieden noch einen Daseinszweck fand, gab es dann jenseits davon weitere Welten?

Die letzte ausgedörrte Grassode lag schon weit hinter ihm, als die Sterne allmählich verblassten und das erste Licht sich am Horizont zeigte. Er hielt genau darauf zu. Unter seinen Füßen wurde der steinige Boden zu Sand. Die Sonne hob sich über den wabernden Horizont, aber Nathan wandte den Blick ab und setzte seine Wanderung nach Süden fort. Bald war ihm warm, dann heiß, schließlich begann er zu schwitzen. Es bedeutete ihm nichts und war nur ein weiteres Unbehagen, doch davon hatte er genug erlebt. Wenigstens war dies seine letzte Misslichkeit.

Er erreichte eine Klippenkette aus Sandstein, die steil aus der Wüste ragte, und warf endlich einen Blick zurück. Er sah nichts außer Sand – oder vielleicht weit in der Ferne eine dunkle, unregelmäßige Linie am wabernden Rand der Welt, wo ein blendendes Blau sich mit gleißendem Gelb vereinte. Das Grenzgebirge? Schon möglich. Doch im Augenblick hatte Nathan seine eigene Grenzbarriere zu überwinden. Und danach die größte Grenze von allen ...

Die Sandsteinklippen waren glatt und hoch. Nathan konnte sie nicht erklettern, also musste er sie umgehen, um weiter der Sonne und seinem unausweichlichen Ende entgegengehen zu können. Er wandte sich nach Osten, hielt sich eine Meile im kühlen Schatten der Steilklippen und gelangte an eine Lücke, an der eine große Schlucht die Klippen zerteilte. Vielleicht fand er an ihrem Ende eine Möglichkeit, die Felsen zu erklimmen. Er betrat die Schlucht und folgte ihrer Wand eine halbe Meile bis zu ihrem Ende, beschrieb dann einen Halbkreis und gelangte schließlich wieder zu seinem Ausgangspunkt zurück, allerdings auf der anderen Seite der Schlucht. Er hatte keinen Weg gefunden, die Felsen zu ersteigen, aber was machte das schon. Dieser Ort war genauso gut zum Sterben geeignet wie jeder andere auch.

Er war so hungrig und durstig wie nie zuvor in seinem Leben. Wenn er etwas zu essen gehabt hätte, hätte er es gegessen, wenn er Wasser gehabt hätte, dann hätte er es natürlich getrunken. Aber es gab weder das eine noch das andere. Und der Rückweg in die Wälder der Sternseite war ihm nun verwehrt, denn die Sonne würde ihn binnen einer Stunde versengen, ihn binnen zwei Stunden zu Boden schicken und ihn bis Mittag zu einem dürren Knochengestell verdorren lassen – was genau seinem Plan entsprach.

Nathan blieb im Schatten am Fuß der Klippe an der Ostwand der Schlucht stehen und sah sich um. In der ansonsten glatten, lotrechten Steilwand verlief ein schmaler Riss oder Sims bis zu einem Drittel der Höhe. Er beschirmte seine Augen und sah am Ende des Risses im Sandstein zahlreiche Höhleneingänge. Vielleicht war es eine natürliche Formation, die vor zwei-, drei- oder zehntausend Jahren vom Wasser in den Stein geschnitten worden war, als die Schlucht noch ein Wasserlauf gewesen war. Vielleicht waren die Höhlen auch von Menschen gegraben worden, als die Wüste sich noch etwas gastlicher gegeben hatte. Mittlerweile konnten sie nur noch Eidechsen und Skorpionen als Behausung dienen.

Nathans Gedankengänge waren weder neugierig noch bewusst im eigentlichen Sinne; sie waren lediglich das Ergebnis der normalen Tätigkeit seines Gehirns, das trotz seiner zahlreichen Traumata wie ehedem funktionierte. Denn auch als er über den Ursprung der Höhlen in der Wand nachsann und über ihre Bedeutung ›nachdachte‹, war es ihm eigentlich gleichgültig. Ob die Höhlen nun da waren oder nicht, änderte schließlich nichts an seinem Vorhaben.

Und dieses Vorhaben bestand schlicht und einfach darin, zu sterben.

Aber im Schatten begann Nathan nun zu frieren, und er wünschte im Warmen zu sterben. Stolpernd trat er aus dem Schatten der Klippe in die sengende Hitze der Sonne und blieb zitternd stehen, bis sie ihn bis auf die Knochen durchwärmt hatte. Danach kehrte er wieder in den Schatten zurück, wickelte sich in seine Totendecke und legte sich nieder. Mit einem Stein als Kopfkissen schlief er ein.

Mit ein bisschen Glück würde er nicht mehr erwachen, aber sollte er doch noch wach werden ... geschah es hoffentlich in einem schmerzlosen, todbringenden Delirium.

Nathan träumte vom Mahlstrom der Zahlen. Er trieb in einem schwarzen, leeren Raum dahin, und aus dem Nichts raste der Mahlstrom heran, um ihn an andere Orte zu bringen. Aber er war entschlossen, hier zu bleiben und zu sterben. Er hörte, wie die Stimmen seiner Wölfe ihn aus dem wirbelnden Kern des Zahlensturms riefen, aber sie waren zu weit entfernt, und der Lärm widersprüchlicher Gleichungen und mutierender Formeln war zu laut; er konnte nicht verstehen, was sie sagten. Etwas über Misha? Über seine Mutter? Den Tod?

Nathan vermutete, dass sie ihm ihr Beileid aussprachen, aber das brauchte er nicht. »Ich weiß«, rief er in den Mahlstrom und hoffte, dass sie ihn hörten und in Ruhe sterben ließen. »Ich weiß, dass sie tot sind. Es ist schon gut. Ich ... ich gehe auch dorthin.«

Die Wolfsstimmen wurden ungeduldig, erregt, zornig; schließlich knurrten sie ihn schnappend an. Aber warum? Hielten sie ihn für einen Verräter? Oder waren sie zornig, weil er sich weigerte, sie zu verstehen? So oder so hatte der Mahlstrom aus Zahlen aufgehört, an Nathan zu zerren und ihn in sich zu saugen. Der Strudel zerbarst in tausend Stücke und Bruchteile, die er in seinen Kern zurücksaugte. Er löste sich auf und ließ Nathan in seinem Traum schwebend allein zurück.

Vielleicht auch nicht ganz allein.

Habe ich richtig gehört? Du unterhältst dich ... mit Wölfen? Die Frage schreckte Nathan auf – so sehr, dass er sich hellwach in seiner Decke aufsetzte!

»Was?« Er ließ seine Blicke durch den Schatten schweifen, den die Klippe warf. Er war nur wenig kürzer geworden. Das verriet Nathan, dass er nur etwa eine Stunde geschlafen hatte. Die Stimme hatte sich so nahe, so wirklich angehört, dass er das sichere Gefühl hatte, jemand hielt sich hinter einem Felsen in der Nähe versteckt. Vielleicht war dies auch schon das Delirium kurz vor dem Ende, auf das er gehofft hatte. Aus einer Kehle, die so trocken war wie die Wüste selbst, würgte er erneut ein krächzendes »Was?« hervor. Aber natürlich sprach er zu sich selbst, denn außer ihm war hier niemand.

Oh, aber hier ist jemand! Abermals erklang die ›Stimme‹ in Nathans Geist, und zwar so nah wie zuvor. *Hier gibt es sogar ziemlich viele Jemande.*

Ziemlich viele Jemande ...? Nathan sträubten sich die kurzen, blonden Nackenhaare, und ein Schauer durchfuhr ihn. Denn jetzt ›wusste‹ er, wer das war und wo er sein musste. Und natürlich gab es ›viele Jemande‹ in der Jenseitswelt des Todes, mehr als es auf der Sonnseite Lebende gab. Wahrlich eine Große Mehrheit!

Du bist also tot?, fragte die Stimme verdutzt. *Sonderbar! Du fühlst dich nicht tot an. Andererseits verstehe ich nicht, wie du am Leben sein kannst. Ich habe noch nie zuvor mit einem lebenden Wesen gesprochen. Nun ja, jedenfalls nicht, seit ich tot bin.*

Nathan war unterdessen langsam und unter Schmerzen aufgestanden. Er fühlte sich, als sei er bereits vollkommen ausgetrocknet. Er spürte die Schmerzen, die Leere des Hungers, wirklichen Hungers, und einen grenzenlosen Durst. Daran würde er sterben – an seinem Durst. Aber noch war er nicht tot, er befand sich nur im Delirium. Ganz sicher war das so. Denn er wusste, dass die Toten ihn mieden. Und doch war einer hier, der ohne die geringste Spur von Angst oder Zurückhaltung mit ihm sprach. Reines Wunschdenken, mehr nicht.

Vielleicht für uns beide, pflichtete die Stimme ihm bei.

Nathans Kehle war wund. Seine Lippen waren aufgeplatzt und verschorft. Er versuchte zu sprechen, zu sagen: »Was denn, wolltest du auch mit den Toten sprechen?« Aber nur die ersten drei Worte kamen über seine Lippen. Das machte jedoch keinen großen Unterschied; der Gedanke an sich genügte bereits.

Ob ich mit den Toten sprechen wollte*? Nein, denn das kann ich bereits.*

Da ich einer von ihnen bin, spreche ich natürlich mit ihnen. Aber mit einem Lebenden sprechen zu können ... ach, das wäre wahrlich eine kostbare Gabe!

Nathan setzte sich auf einen Stein und dachte: *Ich habe den Verstand verloren!*

Ich aber nicht, sagte die Stimme. *Und ich glaube auch nicht, dass es bei dir der Fall ist. Und du bist ganz sicher nicht tot! Also wer bist du?*

Nathan sah an sich herab, an seinem sichtbaren, festen, deutlichen Selbst. Er war real. Die Stimme in seinem Kopf dagegen war nicht real. Sicherlich sollte sie dann die Frage beantworten: Wer war sie?

Zuallererst bin ich Thyre, sagte die Stimme sofort. *Aber ich erkenne, dass du daran zweifelst, ob es mich überhaupt gibt. Du hältst mich für ein Produkt deiner Vorstellungskraft.*

Nathan zwang etwas Speichel in seinen Hals, um seine Stimmbänder zu ölen. »Dein Name ist Thyre?«

Mein Name ist für alle Wesen ein Geheimnis, die keine Thyre sind. Mein Volk sind die Thyre. Ich gehöre – oder gehörte – zu den Wüstenleuten. Aber du nicht. Ich erkenne nun, dass du zu den Szgany gehörst, zum Volk der Wälder und Hügel. Du kannst nur so einer sein, denn wärst du Wamphyri, hätte die Sonne dich längst dahinschmelzen lassen. Und die Trogs ziehen ihre Dunkelheit vor. Also, wie lautet dein Name?

Abermals blickte Nathan sich um. Nein, niemand spielte ihm einen makabren Streich. »Ich heiße Nathan«, gab er schließlich zur Antwort. Er sprach eher zu sich selbst als zu der körperlosen Wesenheit und dachte: *Wie seltsam, ein Wesen ohne Körper!* Laut sagte er: »Nathan Kiklu von den Szgany Lidesci!«

Und du bist hierher gekommen, um zu sterben? Oh ja, ich weiß Bescheid! Denn ich lausche deinen Gedanken schon seit einer ganzen Weile. Aber als du mit den Wölfen gesprochen hast, die so weit entfernt waren ... da wusste ich, dass ich mit dir sprechen musste. Denn obwohl du ein Szgany bist, verfügst du doch über die geheime Begabung der Thyre!

Eine Begabung?, dachte Nathan fragend.

Die Fähigkeit, dich mit anderen Wesen von Geist zu Geist zu verständigen – Telepathie!

»Oder mir selbst etwas vorzubrabbeln«, sagte Nathan laut und nickte mürrisch. »Delirium – oder Irrsinn!« Doch zur gleichen

Zeit wusste er, dass ein Teil davon stimmte. Wie oft hatte er in seinen Träumen dem Geraune der Toten gelauscht – und manchmal auch wenn er wach war? Und was war das, was ihn mit Nestor verband? Oder war all das auch Wahnsinn gewesen?

Darauf erwiderte die Stimme: *Bin ich also ebenfalls verrückt?*

»Verrückt nicht, nein«, Nathan schüttelte den Kopf, »aber wahrscheinlich auch nicht echt. Du bist ein Trugbild, ein Hitzespiegel über einer Teergrube, eine Halluzination. Als ich noch ein Kind war, habe ich einmal einen Giftpilz gegessen und Dinge gesehen, die gar nicht da waren. Jetzt komme ich vor Hitze fast um, ich bin durstig und habe Hunger und beginne Dinge zu hören, die gar nicht da sind.«

Falsch, sagte der andere. *Denn ich kann beweisen, dass ich wirklich bin. Zumindest kann ich beweisen, dass ich einmal wirklich war.*

»Du brauchst mir gar nichts zu beweisen«, sagte Nathan kopfschüttelnd. »Ich will nur, dass du verschwindest. Ich muss schlafen und will nicht mehr aufwachen.«

Oh, du wirst schon noch früh genug sterben, wenn ich dir nicht beistehe!

Wider seinen Willen empfand Nathan ein Gefühl der Neugier. »Warum solltest du mir helfen wollen? Was bedeute ich dir schon?«

Du bist für mich ein Geschenk des Himmels!, erwiderte der andere. *Ein Wunder! Ein Licht in der Finsternis des Todes! Die Gelegenheit, Gedanken, Wissen, Sagen mit lebenden Thyre auszutauschen! Das bedeutest du mir! Vor dir gab es andere, die mit den Toten zu sprechen vermochten; sie lebten auf der Sternseite und sprachen zu den Geistern der Szgany und der Trogs. Sie kamen nicht hierher und konnten es am Ende auch nicht mehr, denn da waren sie schon Wamphyri!*

Nathan nickte. »Davon habe ich gehört, dass unter den Wamphyri ab und zu ein Nekromant auftrat.«

Was? Der andere war entsetzt. *Nein, nein – nicht so etwas! Die, von denen ich spreche, redeten nur mit den Toten. Sie wurden von den Toten geliebt; sie quälten sie nicht!*

Von den Toten geliebt? Hatte Nathan diesen Ausdruck nicht schon einmal von Lardis Lidesci gehört? Damit hatte er bestimmte Höllenländer bezeichnet, die er einst gekannt hatte?

Der alte Lidesci hatte sich über den Herrn des Gartens und dessen Vater nie so recht ausgelassen und über sie immer nur mit gedämpfter Stimme gesprochen. Nathan hätte das Thema gerne weiter verfolgt, doch plötzlich ...

... schien sich alles um ihn zu drehen! Er schwankte benommen, stolperte und setzte sich heftig nieder. Er stellte sich vor, unter einem Wasserfall zu stehen und das Wasser über sich laufen zu lassen. Es geschah ganz unwillkürlich, ein instinktives Verlangen nach vergangenen, unwiederbringlichen Freuden. Es war leicht nachzuvollziehen, dass der Verstand eines Mannes ihm unter außergewöhnlichen Entbehrungen in seinen letzten Stunden falsche Trostbilder heraufbeschwor. Nur schien in Nathans Fall sein Verstand einen ganz persönlichen Dämon beschworen zu haben!

Daher gab er auf das, was dieses geistige Trugbild ihm soeben gesagt hatte, die krächzende Antwort: »Warum erschreckt dich die Vorstellung so sehr, dass die Lebenden die Toten quälen? Siehst du nicht, dass du es gerade umgekehrt treibst, dass nun die Toten die Lebenden foltern? Wenn du nicht gewesen wärst, würde ich jetzt meinen letzten Schlaf schlafen und sterben. Du hältst mich davon ab, verlängerst die Qual und machst es nur noch schlimmer.«

Der andere war entsetzt über Nathans Entschlossenheit. *Was hat dich dazu gebracht? Das Kostbarste, was ein Geschöpf haben kann, ist das Leben. Und du, du bist so jung und weist es doch von dir! Du verweigerst jedwede irdische Verantwortung! Sei gewarnt, Nathan: Gib deinen Platz unter den Lebenden auf – gehe freiwillig in einen unnötigen Tod – und du wirst bei der Großen Mehrheit keinen Trost finden. Was hat dich so weit getrieben, welcher Grund?*

Nathan stützte den Kopf in die Hände und starrte in den Sand zwischen seinen Füßen. Ohne dass er es eigentlich wollte, spiegelten sich die Ereignisse der jüngsten Zeit in seinem Geist wider, und sein Quälgeist sah sie deutlich. Nach einer Weile sagte er:

Die Thyre haben keinen Drang nach Rache. Die ›Stimme‹ klang jetzt ruhiger. *Wenn man uns wehtut, gehen wir weg und kehren nicht mehr zurück.*

»Gerade das will ich ja«, entgegnete Nathan. »Wenn du mich nur lassen würdest.«

Aber bei den Szgany (der andere ignorierte seine Worte) *ist das Bedürfnis, an einem Feind Rache zu nehmen, tief verwurzelt. So wie es auch in dir verwurzelt war. Was geschah also damit?*

»Mein Schwur gegen die Wamphyri? Vielleicht habe ich erkannt, wie sinnlos er ist. Man kann die Wamphyri nicht besiegen. Aber ich bin Szgany, und wenn ich meinem Schwur gestatte, in mir zu sterben, kann ich ihm ebenso gut ins Vergessen folgen. Das ist kein großer Verlust, denn zu was ist ein Mann schon nutze, der nicht einmal seinen eigenen Schwur erfüllen kann?«

Selbstmitleid? (Ein körperloses Kopfschütteln.) *Außerdem befindest du dich im Irrtum. Du meinst also, du wärst kein großer Verlust, ja? Du musst mir glauben, wenn ich dir sage, dass du der größte Verlust von allen wärst! Was die Wamphyri betrifft, sie sind nicht unbesiegbar! Vor langer Zeit wurden einige von ihnen vernichtet – von Leuten wie dir. Und ich spüre in dir dasselbe, was auch sie besaßen! Du glaubst, ich spreche von Nekromantie, aber du irrst dich. Es hat schon immer Nekromanten unter den Wamphyri gegeben – und es wird sie immer geben, das ist wohl wahr. Aber vor dir gab es schon Menschen, die mit den Toten sprechen konnten, Nathan! Keinesfalls gewöhnliche Menschen, nein, aber gewiss keine Nekromanten. Auch du bist kein Nekromant. Du bist ein ... Necroscope!*

Nathan gab den Versuch auf, seine Stimme zu benutzen. Das brauchte er ohnehin nicht. *Ein Necroscope? Das Wort habe ich ja noch nie gehört!*

Ich kannte es vorher auch nicht! Es ist eines ihrer Wörter! Ich bin Thyre, und du bist Szgany, und die großen Vampirlords sind Wamphyri. Die, von denen ich jedoch spreche, waren Necroscopen! Genau wie du. Die Bedeutung des Wortes ist einfach: Du sprichst mit den Toten. Und ich bin der tote Beweis dafür.

Warum reden sie dann nicht auch mit mir? Nathans Frage schien vollkommen logisch. *Ich meine natürlich die Szgany. Warum reden die Toten meines eigenen Volkes nicht mit mir?*

Vielleicht ist später Zeit, sie das zu fragen, meinte der andere. *Einige von deinem Volk haben ab und zu mit mir gesprochen, jedenfalls diejenigen unter ihnen, denen Gräber zuteil wurden. Aber ihr Szgany pflegt sonderbare*

Sitten! Ihr habt so viele von euren Toten verbrannt, und wenn sie verbrannt sind, ist es viel schwieriger, mit ihnen zu sprechen. Und noch schwieriger, wenn ihre Asche verstreut wird. Vielleicht verstreut dein Volk deshalb die Asche der Vampire – um ihnen auch die geringste Möglichkeit einer ungeheuren Jenseitsexistenz zu verwehren.

»Vermutlich liegt es daran«, gab Nathan nachdenklich zur Antwort. Er benutzte wieder seine Stimme; es kam ihm natürlicher vor. »Aber was geschieht mit den Thyre, wenn sie sterben? Was ist ihr Los?«

Wir werden nicht in die finstere Erde hinabgelassen, sondern erhoben, sagte der andere. *Wir werden auch nicht verstreut, sondern versammelt. Letztlich zerfallen wir zu Staub, aber erst nach langer, langer Zeit ...* Er hielt inne, und plötzlich stieß er hervor: *Ach, siehst du? Der Beweis, dass du ein Necroscope bist! Du hast mir eine Frage gestellt nach etwas, das streng geheim ist, und dennoch habe ich keine Einwände erhoben, sondern dir geantwortet. Denn ich weiß, dass du gut bist und mich nie quälen oder das Wissen zu einem finsteren Zweck anwenden würdest.*

»Welches Wissen denn?«

Das Wissen um die letzte Ruhestätte der Thyre.

»Aber du hast doch nur gesagt, dass ihr erhoben werdet, anstatt hinabgesenkt zu werden. Das habe ich nicht einmal verstanden.«

Du könntest es verstehen, wenn du es versuchen würdest, beharrte der andere. *Ihr Wanderer lebt an der Oberfläche, in den Wäldern und Hügeln der Sonnseite, und wenn ihr sterbt, legt man euch in die Erde. Oder zumindest war es bis vor kurzem so. Und ihr würdet es wieder tun, wenn die Wamphyri vertrieben oder vernichtet würden. Ihr verbringt euer Leben an der Luft und im Licht und euren Tod in der Erde und der Dunkelheit. Bei den Thyre dagegen ist es gerade umgekehrt. Unser Leben ...*

»... verbringt ihr in der Erde?«, beendete Nathan seinen Satz. »Und euren Tod ... wo?«

Du hast den Ort gesehen, antwortete der andere, und in seiner ›Stimme‹ schwang Ehrfurcht mit. *Zumindest einen der Orte. Einen von vielen.*

In Nathans Geist entstand ein Bild, das er sofort wiedererkannte. Er sah auf und blickte auf die Treppe, die in die steilen

Sandsteinklippen gehauen war, und auf die düsteren Höhleneingänge, die in eine unbekannte Finsternis führten. »Die Grüfte der Thyre?«

In der Tat, und noch weit mehr als das. Denn dies ist einer der Orte, an dem unsere Welt die eure berührt.

Das war noch etwas, was Nathan nicht verstand. Er überlegte, was er über das Wüstenvolk wusste. Eigentlich nicht viel. Man hielt sie für primitive Nomaden, die am Rand der Glutwüste entlangwanderten und gelegentlich das Grasland durchquerten, um mit den Szgany Handel zu treiben. Man hatte stets vermutet, dass sie oberhalb der Erde wohl in Höhlen oder Zelten lebten, aber offenbar ... Mit einem Mal bekam er sich wieder in den Griff. Denn ohne es zunächst zu bemerken, hatte er angefangen, der Stimme zu glauben.

Dass ich wirklich bin, ein körperloser Geist? Dass ich einst wirklich und fassbar war? Aber habe ich nicht gesagt, dass ich es dir beweisen könnte? Nun gut, der Beweis liegt dort oben.

Nathan spürte die Versuchung, aber er war misstrauisch. War dies wirklich der Verstand eines toten Geschöpfes, oder war es sein eigenes Bewusstsein, das ihn zu einem vergeblichen Versuch verleiten wollte, sein Leben zu retten? »Meinst du damit, dass deine Knochen – deine Überreste – dort oben liegen?«

Ja.

Obwohl es ihm schwer fiel und vermutlich reine Zeitverschwendung war, stand Nathan mühsam auf. Und obwohl er wusste, dass es noch eine weitaus größere Anstrengung bedeutete, die Sandsteintreppe zu erklimmen, trat er trotzdem an den Fuß der Klippe und blickte zu den Höhleneingängen hinauf.

Die Stätte ist heilig, hauchte die Stimme des Thyre in seinem Verstand. *Du brauchst nur dorthin zu gehen, dann weiß mein Volk Bescheid und wird schließlich nachsehen, was du dort vorhast. Auf diese Weise kannst du dich retten.*

»Aber wenn das ein heiliger Ort ist«, gab Nathan zur Antwort, als er den Aufstieg begann, »werden sie mich doch sicher töten?«

Die Thyre töten nicht.

»Dann werden sie mich fortjagen oder in die Wüste schleppen, damit ich dort sterbe.« Er schloss die Augen unter einem plötzlichen Schwindelanfall und krallte sich an der lotrechten Wand fest.

In dem Fall hast du nichts zu verlieren, sagte der andere grimmig, *deshalb bist du schließlich hierher gekommen.* Doch dann wurde ihm klar, wie grausam das klang. *Nein, man wird dir in keiner Weise schaden. Nicht, wenn du ihnen sagst, dass du mit mir gesprochen hast. Nicht wenn du ihnen meinen geheimen Namen nennst!*

Nathan hatte bereits ein Drittel des Aufstiegs geschafft und schlurfte mit bleiernen Füßen Schritt um Schritt weiter. Der Sims war schmal und der Sandstein stark verwittert. Er brauchte nur auszurutschen ... und nichts wäre mehr wichtig. »Aber ich kenne deinen geheimen Namen nicht«, sagte er.

Er lautet Rogei. Ro-gei. Jetzt kennst du ihn.

»Du setzt großes Vertrauen in mich, dass muss ich schon sagen«, meinte Nathan. »Vielleicht mehr, als ich selbst in mich setze. Und ich danke dir, Rogei, dass du mir deinen geheimen Namen genannt hast. Aber kannst du mir auch sagen, warum er geheim ist?«

Das ist so Sitte bei uns. Der andere vermittelte Nathan eine Art körperloses Achselzucken. *Zu Lebzeiten sind alle Thyre untereinander telepathisch begabt, manchmal können sie sich sogar mit den Kreaturen der Wüste verständigen. Ja, und ganz selten können wir jemanden von euch Szgany ›hören‹, dessen Geist ähnlich befähigt ist – jemanden wie dich, Nathan. Sehr häufig jedoch hören wir die brüllenden Gedanken der Wamphyri! Doch im Unterschied zu den Szgany fürchten wir sie nicht, denn sie kommen niemals in dieses Land, das der Sonne am nächsten liegt. Als Telepathen liegen unsere Gedanken zwar offen, aber wir ziehen es meist vor, allein zu bleiben. Daher kennen unseren geheimen Namen nur jene, die uns am nächsten sind. Wenn jemand also deinen Namen nicht kennt, hält er oder sie sich zurück und bedrängt dich nicht. Und so bleiben wir Einzelpersonen. So ist es bei uns Sitte, und das ist die beste Erklärung, die ich dir liefern kann.*

»Ich glaube, das verstehe ich«, sagte Nathan. »Eure geheimen Namen ermöglichen es euch, auch einmal nur für euch zu sein.«

Das stimmt. Aber ... pass auf!

Nathan war fast an seinem Ziel angelangt. Doch er rutschte aus und wäre beinahe abgestürzt. Er klammerte sich an einen Vorsprung in der Sandsteinwand, erlangte das Gleichgewicht wieder und hielt sich krampfhaft fest. Rogei gab so etwas wie einen Seufzer der Erleichterung von sich.

Versuchst du etwa einen armen, alten Toten um den Verstand zu bringen?

Nathan schüttelte den Kopf, unterdrückte ein Zittern und richtete sich langsam auf. »Du brauchst ... du brauchst dir um mich keine Sorgen zu machen, Rogei«, stieß er mit einem gequälten Röcheln hervor. »Erkennst du nicht, was geschehen ist? Ich habe mich festgehalten, um nicht abzustürzen. Noch vor einer Stunde dachte ich, dass ich sterben wollte, und wäre sogar froh gewesen, wenn ich abgestürzt wäre. Aber nachdem ich mit dir gesprochen habe – gibt es vielleicht doch noch einen Sinn in meinem Leben. Jedenfalls habe ich nicht mehr den Wunsch, zu sterben. Ich hoffe nur, mein Weiterleben erweist sich als lohnend.«

Für meine Absichten ganz sicher!, erwiderte der andere eifrig. *Denn durch dich – nur durch dich, Nathan – kann ich mit meinen Kindern sprechen, mit deren Kindern und Kindeskindern und erfahren, was im Land der Lebenden aus ihnen geworden ist. Ich werde mit allen Ältesten meines Volkes sprechen und ihnen erklären können, wie es nach dem Tod weitergeht. Sie haben es stets vermutet, besaßen jedoch nie einen Beweis dafür. Jetzt werden sie diesen Beweis bekommen! Und ich kann ihnen die Geheimnisse dieses Ortes offenbaren, damit sie sich nicht davor fürchten, wenn ihre Zeit gekommen ist. All das durch dich, Nathan, nur durch dich.*

Nathan hatte die Stelle erreicht, an der das Sims seine Neigung verlor, und blieb vor dem Eingang zur ersten Höhle stehen. »Geheimnisse? Im Tod? Aber ... was gibt es da zu wissen? Unbeweglich, körperlos, zu ewig währender Dunkelheit verdammt – was machen die Toten denn schon im Jenseits?«

Das gehört zu den Geheimnissen!, entgegnete sein toter Freund. *Aber da du der Necroscope bist, kann ich es dir sagen. Ich muss es sogar, denn wem könnte ich es sonst erzählen? Oh, es gibt Dinge, bei denen ich danach gelechzt habe, sie erzählen zu können! Höre also:*

Was immer ein Mensch im Leben war, gedacht oder getan hat, wird er auch im Tod weiterhin sein, tun oder denken. Die Geschichtenerzähler denken sich weiterhin Geschichten aus, die sie nur den Toten erzählen können. Ich habe einige wundervolle Geschichten gehört, Nathan! Große Denker und Weise – zu denen ich in aller Bescheidenheit auch mich selbst zähle – folgen ihren Gedanken und Ansichten zu ihren logischen Schlüssen und tauschen ihre Ideen dann mit anderen Denkern aus. Die Mystiker unter uns hängen den tiefsinnigsten, subtilsten Gedanken nach und dürfen nicht gestört werden, wenn sie sich in ihre Betrachtungen versenken. Zu Lebzeiten hatte ich einen Freund, der Ledereimer zum Brunnenschöpfen anfertigte; heute entwirft er wundersame Maschinen, die von den Flüssen der Unterwelt selbst angetrieben werden, um kostbares Wasser in den Höhlen unter der Wüste zu verteilen!

»Ihr habt also einen Daseinszweck«, sagte Nathan und nickte. »Ja, und ihr erreicht etwas.«

Aber was nützt es denn, etwas zu erreichen oder zu leisten, was niemandem zugute kommt?, brachte der andere sein Argument auf den Punkt. *Verstehst du nicht? Durch dich können wir dieses geheime Wissen all jenen weitergeben, die wir zurückließen. Es ist ja nur deshalb geheim, weil wir keine Möglichkeit haben, ihnen davon zu erzählen! Auf diese Weise kannst auch du etwas erreichen und deinem Dasein einen Sinn geben!*

Nathan war ein paar Schritte in die Höhle gegangen. Sie glich eher einem Tunnel, eng und so niedrig, dass er sich bücken musste. Drinnen war es dunkel und kalt. Unsicher hielt Nathan inne und spürte, wie Rogei durch seine Augen sah, so wie einst sein Bruder Nestor durch seine Augen geblickt hatte. *Halt!*, sagte der andere. *Das ist nicht die Höhle der Uralten. Sie liegt einen Zugang weiter. Du erkennst sie an den Verzierungen.*

Sich rückwärts tastend ging Nathan wieder ins Sonnenlicht. Er war fast am Ende seiner Kräfte, und der Durst hatte sich zu einer ständigen Qual gewandelt. Mit jedem rasselnden Atemzug entwich weitere Feuchtigkeit aus seiner Kehle, seinem ganzen Körper. Er wandte sich um und spähte auf den steinigen Boden am Fuß der Klippe ... Das war ein Fehler. Die Welt schien sich um ihn zu drehen und sein Kopf wurde ihm gefährlich leicht! Er ließ sich auf alle Viere nieder, wartete, bis er das Gleichgewicht wiedererlangte und kroch den Rest des

Weges über den Sims zum Eingang des Tempels der Nichtmenschen.

Nichtmenschen?, dachte Rogei fragend. *Ja, es gab Zeiten, da sind wir von den Szgany so genannt worden. Sie behaupten, dass von allen denkenden Kreaturen allein sie wahre Menschen sind.* Nathan spürte ein Achselzucken. *Aber das tun die Trogs auch. Und ich vermute, sogar die Thyre, oh ja. Wir haben alle unseren Stolz, aber Stolz ist nur eine Sache, und wir sind uns in mehr als nur einer Hinsicht ähnlich. Der Hauptunterschied besteht darin, dass wir auf dem Weg zu dem, was wir heute sind, eine andere Richtung einschlugen.*

Nathan konnte nicht mehr sprechen; seine Gedanken mussten nun genügen. *Ich will dich nicht beleidigen,* sagte er, *aber es ist unvermeidlich. Du hörst jeden einzelnen meiner Gedanken – einfach jeden! Ich kann nichts vor dir verbergen.*

Er spürte das verständnisvolle ›Nicken‹ des anderen. *Es erscheint dir unfair, ich weiß. Aber ich wurde mit meiner Telepathie geboren und übte mich jeden Tag darin, während sie in dir noch nicht ausgereift ist. Und als Necroscope bist du ebenfalls noch ein Anfänger. Aber es sind Fähigkeiten, die im Lauf der Zeit in dir wachsen werden.*

Nathan schnaubte bitter auf. *Immer vorausgesetzt, dass mir noch genügend Zeit bleibt!*

Rogei wusste, was Nathan fehlte. *Dort gibt es zwar nichts zu essen. Aber Wasser ... vielleicht ist etwas da. Du musst es nur erreichen.*

Dort drin? Nathan sah zum Eingang der Höhle, der viel größer war als die anderen.

Vielleicht, allerdings tief in ihrem Innern. Und das Delirium, das du dir so gewünscht hast, ist jetzt viel näher gerückt. In Rogeis geistiger Stimme lag ein Unterton der Verzweiflung. *Ich kann spüren, wie die Flamme deines Lebens zu flackern beginnt.*

Es wäre eine Schande, dachte Nathan abwesend, *jetzt zu sterben, wo ich es nicht mehr wünsche!* Er stand auf, lehnte sich an den Eingangsbogen der Höhle und sah mit verschwommenem Blick auf die verwitterten Verzierungen. Die Reliefs waren fast so alt wie die Wüste selbst und von verwehtem Sand bis zur Unkenntlichkeit abgerieben, aber seine bebenden Finger konnten noch die fließenden Konturen im Stein ertasten.

Zum ersten Mal spürte er eine Ehrfurcht, die beinahe jener gleichkam, die er empfunden hatte, als er am Kraterrand des Sternseiten-Tores gestanden hatte. Denn aus der Höhle umwehte ihn ein Hauch des Uralten. Aus ungeahnten Tiefen trug ein kühler Luftzug einen nicht ganz unangenehmen, muffigen Geruch herauf und ... einen Anflug von Feuchtigkeit.

Wasser, ja, aber tief unten, sagte Rogei wieder. *Hinter der Höhle der Uralten. Tritt ein, Nathan Kiklu, Necroscope. Wir heißen dich willkommen.*

Irgendwie schaffte Nathan es, einen letzten Speicheltropfen in seiner Kehle zu sammeln. »Wir?«, krächzte er. »Wie viele seid ihr denn? Und warum bist du der einzige, der mit mir spricht?« Als er aus dem grellen Sonnenlicht in den kühlen Schatten taumelte, konnte er einen Augenblick lang nichts sehen, doch schon im nächsten Moment erblickte er vor sich die Wände des Tunnels, die sich in eine immer tiefere Düsternis erstreckten.

Als wir deine Anwesenheit spürten und deine Gedanken und Träume hörten (Rogeis Antwort erklang nun wesentlich näher) *und als wir hörten, wie du mit Wölfen sprachst, die so weit entfernt waren – das war nämlich* kein *Traum – erwählten wir aus unserer Mitte einen Sprecher. Da du offenbar ein Szgany bist und ich zu Lebzeiten gelegentlich mit den Wanderern Umgang gepflegt habe, wurde mir, Rogei, diese Ehre zuteil.*

Nathan neigte sich nach vorn, bis er das Gefühl hatte, er müsse umfallen. Dann setzte er mühsam einen Fuß vor den anderen und stolperte im Zickzack den hohen, breiten Tunnel entlang. Schwerelos schien er von Wand zu Wand zu schweben. Aber obgleich sein Körper auf einmal so leicht war, wusste er doch, dass er dem Leben entglitt und jeder Schritt sein letzter zu sein drohte. *Ich glaube ... ich sollte mich ausruhen,* dachte er. *Ich glaube, ich sollte mich sehr lange ausruhen. Aber jetzt, da es so weit ist, fürchte ich mich davor.*

Dann tu es nicht! Rogeis geistige Stimme bebte vor Anspannung. *Glaube uns, Nathan, wenn der Tod auch nicht die Ödnis ist, für welche die Lebenden ihn halten, ist das Leben im Vergleich dazu doch eine Oase!*

Nathan nickte, ohne dass es ihm bewusst war. *Aber diese Oase versiegt gerade.*

Der Gang verbreiterte sich, wurde zu einer Grotte, dann zu einer Höhle. Nathan trat aus der Düsternis ins Licht und sank in dem Staub, der sich hier angesammelt hatte, auf die Knie. Auf allen Vieren kauerte er da, die Knöchel auf den Boden gestemmt, und ließ den Kopf hängen. Er wusste, dass dies nur die Höhle der Uralten sein konnte, eine Grabstätte der Thyre. Und allem Anschein nach auch die größte.

Er reckte den Hals und sah nach oben.

Durch die Mitte der Sandsteindecke verlief von Wand zu Wand wie der Pupillenschlitz einer Katze ein mit weißem Quarz gefüllter Riss, der wie aus Licht geschnitten schien. Die Höhle war über ihre gesamte gewaltige Länge gespalten worden, aber das Sickerwasser von Jahrhunderten hatte die Lücke mit Kristallen verschlossen, die allmählich zu Stein verhärtet waren. Von der Decke hingen kristallene Stalaktiten, und leuchtende, bucklige Stalagmiten erhoben sich wie schimmernde Kerzenstummel vom Boden. Und im gesamten Rund - in Alkoven und Nischen, auf Regalen und Simsen, die aus dem nackten Stein gehauen waren - lagen die mumifizierten Uralten der Thyre, deren leere Augenhöhlen Nathan zu mustern schienen, als er sie betrachtete.

»Hier bin ich«, krächzte er, rollte sich auf den Rücken und ergab sich ohne weitere Fragen seiner merkwürdigen Lage.

Rogei machte sich Sorgen und drängte: *Nathan, du darfst schlafen, aber du darfst nicht sterben!*

Ach ja?, erwiderte er gedanklich. *Willst du mich schon wieder aufhalten? Ein zweites Mal ist es vielleicht nicht mehr so einfach.*

Brüder!, rief Rogei aus. Diesmal wandte er sich nicht an Nathan, sondern an seine toten Gefährten. *Hatten wir nicht Recht? Spürt doch nur die Wärme seiner Gedanken! Ist er nicht ein Licht in der Finsternis? Wir können es nicht wagen, ihn sterben zu lassen!* Und sie erkannten, dass er Recht hatte.

Die Stimmen von mehr als hundert toten Thyre erhoben sich, zunächst in einem gewaltigen Aufruhr, und brausten wie ein Windstoß durch Nathans verwirrten Verstand: *Nathaaan!* Doch rasch erkannten sie ihren Irrtum und begannen, ihn einzeln anzusprechen, so dass er sie binnen kurzem voneinander unterscheiden konnte:

Du darfst nicht sterben, Nathaaan ...

Rogei hat Reeecht ...

Junger Szgany, du bist das Licht. Leuchte weiter für uns, Nathaaan ...

Du bist eine Brücke zwischen den Welten, Necroscope. Wenn du fällst, ist eine Welt abgeschnitten auf eeewiiiig!

Und weiter ging es, immer weiter, so viele von ihnen ...

Wie Nathans eigene Gedanken waren auch die der toten Thyre warm wie weiche Decken. Sie hüllten ihn ein, als er am Boden lag; und als ihre Wärme ihn tröstend umgab, dämmerte er langsam in einen sanften Schlaf hinüber. Rogei machte sich jedoch Sorgen, dass Nathan womöglich nicht mehr aufwachen würde, und selbst im Tod quälte die Angst den Sprecher der Thyre so sehr, dass er sichergehen musste und alle erforderlichen Maßnahmen ergriff.

Nathan war, als höre er das Knarren von uraltem Leder und ein Klappern, als rieben trockene Zweige aneinander. Es war ein sonderbares Geräusch, aber nicht sonderbar genug, ihn aus seinem vielleicht letzten Schlummer zurückzuholen. Dasselbe galt für die Hand, die schließlich die seine umklammerte. Die Finger waren klein und welk, kühl und trocken ... eben tot. Aber die Gedanken, die mit ihnen einhergingen, waren warm, daher fürchtete Nathan sich nicht, obwohl jeden anderen mit Sicherheit die Angst gepackt hätte.

Der letzte Beweis, Nathan Kiklu, raunte Rogei, und seine staunende Stimme bebte unter dem Eindruck des Wunders. *Ein Geheimnis, das nicht einmal ich kannte! Und jetzt ruhe, Nathan, ruhe dich aus.*

Ja, ruhe dich aus, Nathaaan, hauchten die anderen im Chor aus ihren Nischen und Simsen in der Wand. *Deine Flamme ist stark und wird nicht verlöschen. Doch sollte der Funke nur noch glimmen, sind wir hier, um ihm unseren Odem zu verleihen. Also schlafe, Necroscope, schlafe ...*

DRITTES KAPITEL

Die Thyre waren keine Menschen, die ihre Toten einfach liegen ließen und den Aasfressern preisgaben. Ein Fuchs oder ein räudiger Hund konnte sich aus dem Grasland hierher verirren, oder ein Geier mochte den Weg zu den Höhlen finden. Aber wie Rogei von Anfang an gewusst hatte, war die Höhle der Uralten eine regelrechte Resonanzkammer. Wenn auch nur ein Schritt dort erklang oder das Schnüffeln eines Tieres, das Reißen alten Leders oder das Bersten jahrhundertealter Knochen, fand der Widerhall dieser Geräusche unweigerlich den Weg in die Tiefe.

Jenseits eines Labyrinthes aus natürlichen und in den Stein gehauenen Gängen, Kavernen und Grotten war dem Wächter der Stätte bereits klar, dass jemand in die Höhle eingedrungen war. Nathans röchelnde Worte »Hier bin ich« waren wie der Schrei eines Riesen donnernd zu ihm heruntergehallt, das Flap-Flap-Flap von Nathans Sandalen hatte nachgeklungen ... und dann hatte der Wächter weitere, entsetzliche Geräusche gehört. Offenbar hatte jemand die Ruhestätte der Alten entdeckt und geschändet.

Während seiner langen Wache hatte der Wächter aus Respekt vor seinen Vorfahren in einem Vorraum in Sichtweite der heiligen Höhle gesessen. Er hatte sie nicht betreten, denn selbst der Staub darin war aus Menschen entstanden und daher heilig. Zum Ende seiner Wache hatte er von tief unten den trillernden Signalruf einer Pfeife vernommen und sich auf den Weg gemacht, um seiner Ablösung auf halbem Weg entgegenzukommen. Doch ehe sie zusammentreffen, ein paar Grußworte wechseln und jeder seiner Wege gehen konnte, war es geschehen: Ein Eindringling hatte die Höhle der Uralten betreten. Schlimmer noch, es war zwar ein Mensch, jedoch kein Thyre.

Der Wächter stieß einen Alarmpfiff aus, eine schrille Warnung, die, wie er wusste, von seiner Ablösung vernommen und in die dichter bevölkerte Unterwelt weitergegeben werden würde. Dann sandte er einen Gedanken aus – *Jemand hat die Höhle der Uralten betreten!* – fuhr auf dem Absatz herum und eilte lautlos den Weg zurück, den er gekommen war, einen tief ausgetretenen Pfad entlang, der durch gewachsenen Fels, Kalkstein und schließlich die obere Sandsteinschicht führte. Als er sich der heiligen Höhle näherte, legte er einen langen Pfeil auf seinen Bogen.

Jetzt war alles still. Der Eindringling rührte sich nicht. Vielleicht hatte der das Herannahen des Wächters gehört und lag nun im Hinterhalt! Vorsichtig ging der Wächter weiter und ließ seinen großen, grünen Pupillen Zeit, sich zum Ausgleich gegen das Licht in der Quarzkammer zu verengen. Erst dann trat er ein. Er stand stockstill, hatte den Bogen gespannt und den Pfeil in die Kammer gerichtet und sah ...

... einen Mann, der auf dem Boden der Kammer zusammengebrochen war. Der Eindringling war ein Szgany, doch er befand sich nicht allein dort. Neben ihm lag eine harmlose, alte Mumie, ein Haufen aus Lumpen und alten Knochen. Eine Mumie der Alten. Die Grabstätte war geschändet worden!

Der Wächter schlich näher und zielte dabei direkt auf das Herz des jungen Mannes. Er kannte ihn zwar nicht, aber er wusste, dass er sterben musste – für das, was er dem Uralten angetan hatte, dessen Knochen in einer langen Spur auf dem staubigen Boden verstreut lagen. Die Thyre töteten keine Menschen, aber dieser hier *musste* sterben! Nur ... was hatte sich hier zugetragen?

Die beiden lagen längs voreinander, die Füße in entgegengesetzte Richtungen gestreckt. Ihre rechten Hände berührten sich, hielten einander fest. Einer von ihnen war ausgesprochen tot, und zwar schon seit, nun, seit langem. In dem anderen war noch ein bisschen Leben. Aber der Thyre-Wächter war ein geschickter Fährtensucher. Oft ging er bei Nacht in der Wüste auf Jagd, und die Spuren in der Höhle der Alten waren für jedermann klar zu erkennen. Der Staub lag dick und zum größten Teil unberührt, und der Wächter konnte sich nicht irren.

Er lockerte den Zug auf die Sehne seines Bogens, wich langsam in seinen eigenen Fußstapfen zurück und begab sich wieder in die Vorkammer, um dort auf seine Ablösung und die mittlerweile alarmierten Thyre zu warten. Doch er vermochte den Blick nicht von den Spuren im Staub der Kammer zu nehmen: Schritte führten vom Eingang der Höhle an die Stelle, an welcher der Szgany-Junge zusammengebrochen war. Die andere Spur dagegen war ... kaum eine Fährte zu nennen. Es waren nur einige Schleifspuren im Staub; etwas Leichtes, Dünnes hatte sich zu dem gefallenen Jungen geschleppt und auf dem Weg dahin kleinere Knochen verloren ...

Aufwachen, es ist Zeit!

Nathan hörte die ›Stimme‹. Es kam ihm so vor, als habe jemand laut gesprochen, und er spürte eine sanfte Hand an der Schulter, die ihn wachrüttelte. Einen Moment lang glaubte er, es sei seine Mutter, die ihn aus dem Bett holen wollte; sie war genauso warm. Andererseits waren alle Stimmen, die in letzter Zeit zu ihm gesprochen hatten, so freundlich gewesen.

Aber als er sich regte und murmelnd gegen das Wecken protestierte und die Leere in seinem Kopf sich mit Erinnerungen zu füllen begann, erkannte Nathan, dass es sich nicht um Nana Kiklus Stimme handeln konnte. Denn Nana war tot. Dieser traurige Gedanke ließ die kühle Hand sogleich von der Schulter zu seiner Stirn wandern, wo sie ihm sanft über die Runzeln strich.

»Aber jetzt hörst du mich«, sagte die Stimme – *sagte* es tatsächlich mit einem kehligen Raunen, das zugleich ein Nicken und ein Lächeln vermittelte. Eine Frauenstimme. Die Stimme einer Thyre! Nathans sämtliche Erinnerungen stürzten wieder auf ihn ein.

Er keuchte auf, hob den Kopf und wollte die Augen öffnen, aber die Hand legte sich darüber und hielt sie zu. »Nicht so heftig!«, mahnte die raue Stimme. »Hier ist nichts, was dir schaden könnte. Aber ... es wird dir fremdartig vorkommen«, sagte sie warnend.

Nathan versuchte nicht zu schlucken und wollte das Sprechen gar nicht erst versuchen. Doch das musste er, denn seine nächste Frage kam ganz instinktiv. »Wo bin ich?« Erleichterung durchflutete ihn, als er die Worte ohne Schmerzen herausbrachte! Seine Kehle war feucht und geschmeidig, und sie gehorchte ihm. Daraus ergab sich eine zweite Frage: »Wie lange habe ich geschlafen?«

»Geschlafen?«, sagte sie und zog langsam die Hand zurück. Sie wusste nun, dass er erkannt hatte, dass sie nicht von seiner Art war. »Nennst du das Schlafen? Mir ist es eher wie der Eingang zum Reich des Todes vorgekommen, Nathan – und du hast auf der Schwelle gestanden! Doch jetzt bist du in der Stätte-unter-den-Gelben-Klippen.«

Er sah sie an ... und blickte sofort wieder weg, an ihr vorbei. Die Erfahrung war in gewisser Weise ein Schock. Er hatte noch nie eine lebende Thyre gesehen und nicht gewusst, was ihm bevorstand. Doch andererseits war es bei weitem nicht so seltsam wie mit seinen Wölfen. Wenigstens war seine Pflegerin – menschlich? Nun, jedenfalls kein Tier. Kein wildes Wesen. Nathan bremste sich: Diesen Gedankengang wollte er lieber nicht weiter verfolgen. Was hatte Rogei ihm noch gleich gesagt? Selbst die Trogs hielten sich für echte Menschen. Diese Thyre war auf ihre Art tatsächlich menschlich. Sie war eben nur keine Szgany. Ein weiterer Gedanke, den er besser nicht weiter verfolgte.

Also sah er die Thyre wieder an und blickte sich in dem Raum um, in dem er sich befand. Sie hatte Recht: Seine Umgebung *war* fremdartig! Er musste seinem Verstand Zeit lassen, sie in Ruhe aufzunehmen.

Das ... Mädchen, das auf dem Hocker neben seinem Bett saß, betrachtete ihn aufmerksam. Ihre Haltung war aufrecht, anmutig, geradezu königlich. Nathan erkannte, dass sie recht groß sein musste. Die Jugend stand ihr hell in den Augen. Junge Augen sind bei allen Geschöpfen deutlich erkennbar; sie leuchten und sind von strahlender Klarheit. Ihre Haut war braun und faltenlos, und wie alle Thyre war sie schlank bis zur Grenze der Ausgezehrtheit. Die hoch empfindlichen Pupillen ihrer großen Augen hoben sich limonengrün von ihrer olivfarbenen Iris ab und wurden von dem hornigen Vorsprung ihrer Augenbrauen überschattet.

Bis auf einen roten Rock und Sandalen war sie unbekleidet. Ihre kleinen, birnenförmigen Brüste hingen locker herab, waren jedoch keinesfalls ›schlaffe Beutel‹, wie Lardis Lidesci einmal die Brüste der Trog-Frauen genannt hatte. Ihre Ohren waren groß, ihr Mund und ihr Kinn dagegen klein, die Nase breit und flach mit geblähten Nüstern. Sie roch leicht nach Moschus, aber von ihr ging auch ein angenehmer Zitronenduft aus.

»Ist etwas?«, fragte sie und legte dabei den Kopf leicht auf die Seite. Überrascht bemerkte Nathan, dass die Quelle des süßen Zitronenduftes ihr Atem war. Irgendwie hatte er nicht erwartet, dass sie so sauber und erfrischend riechen würde. Aber ... wenn sie jetzt seine Gedanken las, konnte sie das leicht als Beleidigung auffassen.

Er seufzte und schüttelte den Kopf. »Nichts, was ich denke, kommt so heraus, wie ich es meine«, sagte er. »Jedes Mal, wenn ich meinen Gedanken freien Lauf lasse, bringen sie Schmähungen hervor, für die ich mich dann entschuldigen müsste. Es tut mir Leid.«

»Aber deine Gedanken gehören allein dir«, sagte sie. Sie wirkte verblüfft. »Ich würde sie nicht ohne Notwendigkeit lesen. Das ist ein ungeschriebenes Gesetz. Du verfügst doch ebenfalls über dieses Talent. Würdest du denn ungebeten in meinen Geist treten?«

»Rogei hat etwas Ähnliches gesagt«, gab Nathan zur Antwort, »dass ich diese Gabe hätte. Er sagte, dass sie noch wachsen würde. Aber im Augenblick ist mir dein Geist verschlossen. Als ich noch klein war, habe ich manchmal die Gedanken meines Bruders gelesen, und ... ich kann mich mit bestimmten wilden Wölfen unterhalten. Aber ich bin kein Telepath.« Damit schüttelte er den Kopf.

»Du wirst einer werden«, sagte sie. Dann fragte sie neugierig:

»Aber dieser ... Rogei? Wer ist das? Und woher weißt du überhaupt, dass die Thyre Telepathen sind? Dieses Geheimnis haben wir wohl gehütet. Jedenfalls dachten wir das.«

Nathan mahnte sich zur Vorsicht. Vielleicht – nur vielleicht – war alles lediglich dem Delirium entsprungen. Doch wenn es sich so verhielt, hatte sein fiebernder Verstand alles mit bemerkenswerter Genauigkeit entworfen. Und daher musste er die Geschehnisse wohl als tatsächlich hinnehmen: Er hatte wirklich mit einer toten Kreatur (nein, einem toten ›Menschen‹) gesprochen und auf diese Weise erfahren, was er über die Thyre wusste. Er war ein ... Necroscope? Da dies der Fall war, hatte Rogei ihm einen lohnenden Grund zum Weiterleben geliefert. Der alte Thyre hatte ihm nicht nur das Leben gerettet, sondern diesem auch einen Sinn gegeben – doch wenn Nathan dieses Wissen nicht weitergab, war auch dieser Sinn hinfällig.

»Rogei hat mir von euren telepathischen Fähigkeiten erzählt«, antwortete er schließlich. Er sah, dass sie ihm aufmerksam zuhörte und womöglich noch aufrechter dasaß als zuvor. »Er hat es mir vorgeführt. Allerdings hat seine Gabe sich verändert. Rogei hat eine ... Verwandlung durchlaufen, und damit haben sich auch seine telepathischen Fähigkeiten verändert. Das wiederum hat es mir möglich gemacht, meine Begabung anzuwenden. Denn während die Thyre sich mittels ihrer Gedanken mit den Lebenden unterhalten, ist meine ...«

»Ja?«

»... Wie heißt du?«, unterbrach er sich.

»Mein Name ist ein Geheimnis!«

»Natürlich«, seufzte Nathan und zuckte die Achseln. »Auch die Dinge, die du mich gefragt hast, sind Geheimnisse. Aber du hast an meinem Krankenbett gewacht, daher dachte ich, dass wir Freunde sind.«

Sie verstand, was er damit meinte: Treue und Vertrauen können nur in beiden Richtungen funktionieren. »Ich heiße Atwei – At-wei. Also, wer ist Rogei?«

Nathan holte tief Luft. »Rogeis Körper liegt in der Höhle der

Uralten, Atwei«, sagte er. »Er war ein Thyre. Jetzt ist er ein Uralter! Und ich ... bin ein Necroscope und rede mit toten Menschen. Meine Begabung ermöglicht es mir, mit den Toten der Thyre zu sprechen.«

Wenn Atwei überrascht war, ließ sie es sich kaum anmerken. Sie nickte und erwiderte ruhig: »Es gibt Wüstenmenschen, die diese Kunst ausüben. Sie leben weit entfernt, sind keine Thyre, und tun noch einiges andere, was sich nicht ziemt. Als sie sich vor langer Zeit in das Land der Thyre ausbreiten wollten, kam es zum Krieg. Ihre Kämpfer drangen in unsere Kolonien unter der Erde ein. Die Thyre lockten sie in Fallen, öffneten die Schleusen und ertränkten sie. Seitdem haben sie keine Heere mehr gegen uns ausgesandt, und wir töten keine Menschen mehr, denn die geistigen Schreie der Sterbenden sind entsetzlich! Sie geben sich stattdessen mit ihren Gebieten hinter der Großen Roten Wüste und dem Letzten Gebirge zufrieden. Man nennt sie Nekromanten – nach ihrer Kunst, den Toten ihre Geheimnisse durch Folter zu entreißen.«

»Rogei der Uralte hat mich einen Necroscopen genannt«, eröffnete Nathan ihr. »Dieses Wort kennt er von den Toten der Szgany, mit denen er von Geist zu Geist gesprochen hat, wie ihr es mit den Lebenden vermögt. Vor nicht allzu langer Zeit kannten die Szgany Menschen wie mich. Sie waren keine Nekromanten, und ich bin auch keiner. Ich habe niemanden gequält, Atwei, weder Lebende noch Tote. Falls du das nicht glaubst, werfe einfach einen Blick in meinen Kopf. Ich höre lediglich, wie die Toten in ihren Gräbern raunen, und gelegentlich können sie mich hören. Rogei gehörte zu denen, die mich hörten und mit mir sprachen. Er sah, dass ich in Schwierigkeiten steckte, und führte mich zur Höhle der Uralten.«

Sie nickte. »Du hast also nicht den Verstand verloren. Die Ältesten der Thyre haben einiges davon in deinen Gedanken gelesen. Sie waren sich nicht sicher und haben dich für wahnsinnig gehalten. Wenn es wahr ist, was du sagt, bist du eindeutig bei Verstand und besitzt eine sonderbare, einzigartige Begabung.

Wie sollte ich entscheiden, ob sie zum Guten oder zum Bösen dient?«

Nathan runzelte die Stirn. »Ich glaube, ich erinnere mich an manches, an Stimmen, die mich befragt haben, während ich schlief. Fragen über die Höhle der Uralten und was sich dort zugetragen hat. Auch über meine Vergangenheit. Aber ... habe ich sie in mein Bewusstsein eingeladen? Ich glaube nicht. Und das ist sonderbar, denn ich weiß noch, wie du von einem ungeschriebenen Gesetz gesprochen hast. Außerdem hast du mich mittels eines Gedankens geweckt! Brecht ihr eure Regeln so leichtfertig, Atwei?«

Sie wich zurück. »Aber einige seltsame Dinge waren geschehen, und die Ältesten mussten unbedingt wissen, was vorgeht. Zuerst sah es so aus, als würdest du nicht überleben. Bevor du sterben konntest, war es notwendig, dass sie in deinen Geist blickten. Was mich betrifft: Wie sollte ich denn feststellen, wie es dir geht, ohne nachzuforschen?«

Er nickte, entschuldigte sich jedoch nicht. »Und haben die Ältesten erfahren, was sie wissen wollten?«

»Nicht alles. Dein Geist hat sich vor der Vergangenheit verschlossen und das Leid ausgesperrt, das dort lauert. In dir ist viel Leid.«

»Ich spüre es nicht mehr.«

»Weil es ausgeschlossen ist – oder eingeschlossen! Es ist nichts Körperliches, Nathan!«

Er wechselte das Thema. »Was soll mit mir geschehen?«

»Das müssen die Ältesten entscheiden.«

»Dann solltest du sie rufen oder mich zu ihnen bringen.«

»Ich habe sie gerufen, und sie werden bald kommen. Zuvor solltest du aber etwas essen. Wirst du mit mir essen?« Sie schien eifrig darauf bedacht, ein etwaiges Missverständnis wieder gutzumachen. Und schließlich hatte sie ihm ihren Namen genannt.

»Hier?«

»Oh ja. Es wird noch eine Weile dauern, bis du aufstehen kannst. Ein langer Tag ist verstrichen und eine Nacht. Oben ist gerade die Sonne aufgegangen. Und du hast die ganze Zeit hier gelegen.«

Ein ganzer Sonnenkreis!, dachte Nathan und streckte sich aus. Aber es überraschte ihn eigentlich nicht: Es hatte sich so angefühlt und länger noch. Außerdem hatte Atwei Recht. Er war tatsächlich hungrig. »Ich werde gern mit dir essen«, sagte er ihr.

»Die Mahlzeit ist bereitet,« nickte Atwei, stand auf und zog sich durch einen Türbogen zurück. »Ich komme gleich wieder.«

Nathan musterte seine Umgebung.

Der Ort, an dem er lag, war eine Höhle. Trotz des spärlichen Mobiliars, der weiß gekalkten Wände und des groben Mosaikbodens aus weißen und grünen Fliesen, die dem Ganzen den Eindruck eines bewohnbaren Zimmers verliehen, war es dennoch eine Höhle. In der hohen Decke gähnte ein unregelmäßiger und wahrscheinlich künstlich ausgehauener Schacht von etwa einem Meter Durchmesser. Aber am ungewöhnlichsten in diesem offenbar unterirdischen, fensterlosen Raum waren das Licht und die Wärme.

Durch den Schacht in der Decke fiel ein Lichtstrahl, der die in der Luft schwebenden Staubteilchen glitzern ließ, ungefähr so, als würde ein Sonnenstrahl durch das schadhafte Dach einer Scheune fallen. Allerdings war es kein Sonnenlicht, sondern ein diffuser, verstreuter Schein, der den Raum fast wie ein Dunst erfüllte. Der weiche, gelbe Lichtstrahl fiel auf einen Tisch am Fußende von Nathans grob gezimmertem Holzbett, auf dem polierte Spiegel aus Gold lagen, die das Licht weiter im Raum verteilten.

Rogei hatte in Nathan den Eindruck erweckt, dass die Thyre-Kolonien sehr tief unten lagen, dennoch hatte Nathan keine Ahnung, wie weit hinab man ihn tatsächlich getragen hatte. Doch das Sonnenlicht, das dem Raum Licht und Wärme verlieh, überzeugte ihn, dass es nicht allzu tief sein konnte. Vielleicht gab es Gänge, die von der Höhle der Uralten zu einer Grotte am Fuße der Klippe führten. In dem Fall war der Lichtstreifen nichts anderes als Sonnenlicht, das durch einen uralten Kamin hereinfiel, und die Wärme rührte von der Reststrahlung der Wüste her.

Falsch!, sagte eine Stimme in seinem Kopf, die er sofort als diejenige Rogeis erkannte. *Die Stätte-unter-den-gelben-Klippen liegt in großer Tiefe, Nathan. Aber die Temperatur in den Thyre-Kolonien ist beständig. Das ist ganz natürlich, viele Höhlen unterhalb der Wüste sind so warm. Warum sollten wir in kalten Stätten hausen oder auch in heißen, wenn es so viele Labyrinthsysteme mit gemäßigter Temperatur gibt, die wir bewohnen können?*

Mittlerweile hatte Nathan sich an diese seltsame Form der Unterhaltung gewöhnt. Er setzte sich auf und stellte fest, dass er unter seiner Pelzdecke nackt war. Seine gewaschene und geflickte Kleidung lag fein säuberlich zusammengefaltet auf einem Regal an der Wand. Es erforderte eine gewisse Konzentration, einerseits aufzustehen und sich anzuziehen und andererseits mit Rogei zu ›sprechen‹, als er sagte: »Nun, offenbar hast du Recht gehabt. Man hat mich aus der Höhle der Uralten gerettet und hierher gebracht. Und jetzt kommen die Ältesten, um mich zu befragen.«

Genau wie ich, antwortete Rogei, *haben auch sie geduldig darauf gewartet, dass du erwachst. Aber du musst auf der Hut sein, wie du auf ihre Fragen antwortest. Die Ältesten erwarten und verlangen Respekt, und ehe du nicht den Gegenbeweis antrittst, werden sie dich der schändlichen Entweihung bezichtigen. Das bloße Betreten einer verbotenen Stätte ist schon schlimm genug, und was den Rest betrifft ...* Nathan spürte das ›Achselzucken‹ des anderen.

»Welcher Rest?«, fragte er verdattert. »Du hast mich willkommen geheißen, und ich bin hineingegangen. Dann konnte ich nicht mehr weiter und brach zusammen. Ich habe mit den toten Alten in ihren Nischen und Regalen gesprochen. Am Ende träumte ich, dass du zu mir kamst und mich getröstet hast.»

Und ich berührte dich? Nahm deine Hand in meine?

»Ja.«

Das war kein Traum, Nathan.

»Ich verstehe nicht.«

Das ist für den Moment wahrscheinlich auch ganz gut so. Jedenfalls ist jetzt wieder alles im Lot.

Nathan runzelte die Stirn, fragte jedoch nicht nach; es gab zu viel anderes, was er erfahren wollte. Zum Beispiel dies: »Wenn dieser Ort so tief unter der Erde liegt, woher kommt dann das Licht?«

Von der Oberfläche.

»Führt der Schacht senkrecht nach oben? Wie bei einem Brunnen? In dem Fall müsste die Sonne doch direkt darüber stehen, und das tut sie nie.«

Ich bezweifle, dass der Schacht senkrecht nach oben führt, gab Rogei zur Antwort. *Nein, die Risse in der Erde sind wie ein Irrgarten. Aber einige dieser verzweigten Risse haben an jeder Abzweigung Spiegel!*

»Spiegel?«

An den Stellen, an denen der gewachsene Fels aus dem Sand ragt, erklärte Rogei geduldig, *stellen die Thyre an bestimmten geschützten Orten ihre Spiegel auf und polieren sie regelmäßig. Das Sonnenlicht fällt darauf und wird in die Löcher und Gänge in der Erde umgeleitet. Es fällt von Spiegel zu Spiegel und scheint schließlich in die finsteren Höhlen unter der Wüste. So bringen die Thyre ein wenig Licht in ihre Siedlungen.*

Nathan nickte. »Sonst wärt ihr alle blind hier unten.«

Nein, denn unsere Augen sind wie die Augen der Trogs oder der Wamphyri ... nun, vielleicht nicht wie die der Letztgenannten, denn ihr Element ist die Nacht. Aber mit nur einem bisschen Licht sehen die Thyre gut genug. Allerdings ist das Licht für uns ein besonderer Luxus. Hier, tief unter der Erde, ist es hoch geschätzt.

Als Nächstes wollte Nathan sich nach der Sprachbegabung der Thyre erkundigen. Abgesehen davon, dass sie am Anfang leicht gezögert hatte, hatte Atwei sich mit ihm in einwandfreiem Szgany unterhalten. Natürlich wusste er, dass die Thyre ab und zu mit den Wanderern Handel trieben, doch er hätte es erstaunlich gefunden, wenn sie dieselbe Sprache gesprochen hätten.

Rogei sah diese Frage und vermutlich noch viele weitere kommen und rief aus: *Halt ein! Fürs Erste genug mit diesen Fragen, Nathan. Es gibt Wichtigeres. Zunächst müssen wir uns über die Ältesten der Thyre unterhalten ...*

Doch ehe er fortfahren konnte, kam Atwei zurück. Um ihren schlanken Hals hatte sie ein Tragejoch, von dem zwei silberne Tabletts herabhingen, auf denen mehrere kleine Holzschalen mit Speisen standen. Während Nathan ihr zusah, wie sie die Schalen von den Tabletts nahm und auf den Tisch stellte, bemerkte er, wie ihm der Mund wässrig wurde. Zum ersten Mal seit langer Zeit wusste er, welche Dinge ihm am wichtigsten waren. Zumindest für den Augenblick.

Nathan und Atwei saßen einander gegenüber am Tisch zwischen den Spiegeln und aßen. Im Schein des diffusen Sonnenlichts wirkte ihre Haut eher golden als braun, und er bemerkte, wie ihre Pupillen sich in dem hellen Licht verengten.

Die Speisen waren faszinierend, sogar exotisch. Nathan hätte nie auch nur im Traum daran gedacht, dass das ›primitive‹ Wüstenvolk über eine derartige Auswahl verfügte. Atwei bestand darauf, dass das Essen für ihn bestimmt war, und aß selbst nur wenig; sie leistete ihm bei seinem Mahl einfach nur Gesellschaft. Nathan fühlte sich geehrt. Er vermutete ganz richtig, dass er der erste Szgany war, der je von diesen Dingen erfahren hatte. Gewiss war er der erste, der sie zu sich nahm.

Es gab in Pflanzenöl marinierte Walnüsse, gelbe Blasenwurzeln, deren Saft bittersüß und scharf schmeckte, gebratene Fleischstreifen in aromatischen Saucen, verschiedene Pilzsorten und kleine, augenlose, im Ganzen gebackene Fische. Verschiedene Obstsorten folgten: würzige Kakteenäpfel, Feigen und runde, reife Zitronen, ein Bund mit kleinen, grauen Trauben. Alles schmeckte ausgezeichnet, aber Nathan fand eine Art kleiner Würstchen besonders lecker und fragte Atwei, woraus sie bestanden. Ein Fehler, wie sich sogleich herausstellte.

»Aus Erdmaden«, antwortete sie.

Kurzes Schweigen. »Aus Würmern?« Fragend legte er den Kopf schräg.

»So ähnlich. Wir züchten sie ...«

Damit war die Mahlzeit beendet.

Sie säuberten sich die Hände in kleinen Fingerschalen. Danach schloss Atwei die Augen, hob die Fingerspitzen ihrer rechten Hand an die Stirn und verharrte einen Moment lang reglos. Dann lächelte sie und fragte: »Hat es dir geschmeckt?«

»Sehr. Ich danke dir.«

Sie lächelte wieder. »Und ich habe Ihm gedankt«, sagte sie.

»Ihm?«

»Wer auch immer zuhört.«

»Glaubst du, dass es Jemanden gibt?«

»Du nicht?«

»Ein Großteil unseres Glaubens starb am Tag der Weißen Sonne«, zitierte er aus der kargen ›Geschichtsüberlieferung‹ der Szgany. »Die Menschen kannten die Schrift, Zahlen, Wissenschaften, und einige glaubten an einen Gott. Von den Wissenschaften blieb nur sehr wenig übrig und von der Religion fast nichts. So nahe bei den Wamphyri fällt es den Menschen schwer, an einen gnädigen Gott zu glauben! Wenn die Szgany heutzutage beten oder danken, wenden sie sich an ihre Sterne, die so weit entfernt sind, dass ihnen selbst der Einfluss der Vampire nichts anhaben kann.«

An deiner Stelle, meldete sich Rogei in seinem Geist zu Wort, *würde ich jetzt um die Hilfe meines Schutzsterns flehen! Nathan, ich habe mich aus allgemeinem Anstand zurückgehalten. Die Thyre erheischen Abgeschiedenheit beim Essen; Atwei hat dir eine hohe Ehre erwiesen. Aber jetzt ist die Zeit gekommen, da wir über die Ältesten sprechen müssen!*

»Nun gut«, antwortete er.

Sie hob eine Augenbraue. »Was meinst du?«

»Ich habe mit Rogei gesprochen«, erklärte er.

Ihre Brauen zogen sich vor Besorgnis noch weiter in die Höhe. »Du hättest nicht allein aufstehen und dich ankleiden sollen. Ich habe dir doch gesagt, dass du warten musst, bis du wieder bei Kräften bist. Du hast lange im Delirium gelegen und ... das könnte wieder der Fall sein!«

Nathan seufzte und schüttelte den Kopf. »Ich bin ein bisschen schwach, das ist alles«, sagte er. Aber dann kam ihm ein Gedanke. »Atwei, hör zu: Ist es vielleicht möglich, dass du dich ebenfalls im Delirium befindest?«

»Ich? Jetzt? Natürlich nicht!«

»Gut! Dann sage mir, ob ich es richtig verstehe: Meine Fähigkeit, Gedanken zu lesen, ist begrenzt, deine jedoch nicht. Stimmt das?«

»Wenn jemand ein Telepath ist, kann ich seine Gedanken lesen«, erwiderte sie und runzelte die Stirn. »Außerdem kann ich einen anderen Geist, der meinen zu lesen versucht, zum Teil blockieren. Das ist Übungssache. Bisher ist deine Begabung noch nicht entwickelt. Aber du hast die Fähigkeit dazu.«

»Ich frage mich«, sagte er, »ob du durch mich mit Rogei sprechen kannst? Wenn du jetzt in meinen Geist kommen würdest, könntest du dann unsere Unterhaltung mit anhören?«

»Einen Uralten belauschen?« Sie richtete sich auf und machte ein womöglich noch besorgteres Gesicht. »Selbst ein Ältester würde sich das zweimal überlegen!«

»Dann glaubst du mir?«

»Wir sind Freunde.« Atwei zögerte etwas. »Das hast du selbst gesagt. Freundschaft erfordert zwei, die daran arbeiten. Wenn einer der beiden lügt, ist sie zerbrochen und wertlos. Das ist erwiesen – nicht nur unter den Thyre, sondern auch bei den Szgany, nicht wahr? Daher muss ich dir glauben – es sei denn, du erweist dich als Lügner.«

In Nathans Geist seufzte Rogei tief auf. *Nun gut, führe dein Experiment durch. Mach schon. Es könnte sogar ganz nützlich sein. Wenn es funktioniert, erspart es uns eine Menge Zeit.*

»Sehr gut«, sagte Nathan zu Atwei. »Er hat nichts dagegen. Und du brauchst dich nicht vor ihm zu fürchten. Schließlich ist er ein Thyre, er gehört zu deinem Volk. Außerdem ist Rogei ein totes Geschöpf und damit harmlos.«

Ein toter ›Mensch‹, Nathan, rief Rogei ihm in Erinnerung. *Und glaube mir, nicht alle toten Dinge sind harmlos! Nun, tut sie es, oder lässt sie es bleiben?*

»Machst du es oder nicht?«, wiederholte Nathan Rogeis Frage.

»Wenn du es wünschst«, sagte sie. Sie trat um den Tisch und er wollte schon aufstehen. »Nein, bleib sitzen und ... *sprich* mit diesem Rogei.« Sie legte ihm eine kleine, zitternde Hand auf die Stirn.

Atwei, ich bin Rogei von den Uralten, einst Rogei der Älteste. Seine geistige Stimme klang mit einem Mal streng.

Sie riss die Hand weg und barg sie an ihrer Brust. Nathan sprang auf. »Du hast ihn gehört?«

Ihr Mund hatte sich leicht geöffnet. Sie schloss ihn wieder, schüttelte den Kopf und sagte: »Nein ... aber ich habe etwas gespürt. Eine Präsenz!«

Ein Echo, sagte Rogei. *Atwei fühlte eine winzige Spur, einen winzig kleinen Geistesanteil von mir, der durch dein Bewusstsein verstärkt wurde. Es funktioniert nicht, und ich habe es auch nicht anders erwartet. Du bist der Necroscope, Nathan. Solche Begabungen sind nichts Gewöhnliches.*

Auf dem Flur vor dem Zimmer erklangen leise, tapsende Schritte. Atwei wich zitternd zurück, wandte sich um und ging hinaus, um die Ältesten zu begrüßen. Rogei bemerkte Nathans Sorge und sagte: *Nun, jetzt haben wir keine Zeit mehr. Wir müssen mit der Sache eben umgehen, so gut es geht. Es gibt mehr als nur einen Weg, um einen Kaktus zu schälen.*

Die Ältesten traten ein.

Sie waren zu fünft, nicht alle waren ›alt‹ zu nennen, und gewiss war keiner hinfällig. Nathan schätzte ihr Alter anhand dessen, was er von den Älteren seines Dorfes wusste. Der Jüngste der fünf war vielleicht fünfundvierzig Jahre alt, während der Älteste weit jenseits der siebzig war. *Zähle zu deinen Schätzungen noch wenigstens fünfzehn Jahre dazu,* sagte Rogei. Die Thyre sind ein langlebiges Volk. *Da jede Kolonie nur fünf Älteste hat, kann sich ein Mann noch nicht einmal Hoffnungen darauf machen, zu ihnen zu zählen, wenn er nicht wenigstens sechzig ist.*

Nathan musterte die Ältesten nacheinander in aller Offenheit, jedoch mit Respekt. Der Jüngste war dürr und schon recht kahl, aber noch fast faltenlos. Seine Augen waren etwas kleiner als die seiner Gefährten; die Pupillen waren grau, blickten lebhaft und – wie Nathan meinte – mehr als nur ein wenig argwöhnisch. Von den anderen vier waren drei Thyre ohne jede Besonderheit. Sie waren in knielange, gebügelte und mit Gürteln befestigte gelbe Hemden gekleidet; ansonsten unterschieden sie sich nur durch ihr Alter voneinander. Der Letzte stach aus der Gruppe heraus. Er trug einen Goldreif um den Hals, hatte tiefe Runzeln, ging gebückt und trug das wallende, weiße Haar schulterlang. Seine Augen waren groß, schimmerten feucht und waren so gelb wie das Gold seines Reifs. Auf einen Blick war er als der Älteste der Ältesten zu erkennen.

Sie musterten Nathan von der Seite, versammelten sich um den Tisch und blinzelten, während ihre Augen sich den Lichtverhältnissen anpassten. Jeder trug einen kleinen Hocker bei sich, und sie nahmen in einem Halbkreis um Nathan Platz. Dann erhoben sie sich wieder und sahen ihn an.

Atwei stand hinter ihnen. Sie sagte: »Nathan, setz dich bitte.« Als er sich setzte, ließen auch sie sich nieder. Und ohne weitere Verzögerung begann die Befragung.

»Wir werden auf Förmlichkeiten verzichten«, sagte der Jüngste der fünf mit einer hohen Stimme, aus der Hochmut klang. »Schließlich bist du ein Szgany und kannst daher die Sitten der Thyre nicht kennen.«

Ausgezeichnet!, sagte Rogei. *Dieser Mann glaubt, dass er alles wüsste – eine häufige Schwäche der Jungen. Also musst du ihm seinen Irrtum beweisen. Neige den Kopf zwei Mal vor ihm, dann drei Mal – aber langsamer – vor dem Alleraltesten.*

Nathan tat wie von Rogei geheißen, und die Thyre, einschließlich Atwei, richteten sich überrascht auf. Dann wandten die fünf die Köpfe und sahen sie an, bis sie mit rauer Stimme protestierte: »Nein, ich habe ihn *nicht* unterwiesen!« Auf diese Weise hatte Nathan sich ihrer Aufmerksamkeit versichert, ohne ein einziges Wort zu sagen. Darüber hinaus hatte er sich aber offenbar auch die Feindschaft ihres Sprechers zugezogen.

»Also«, sagte dieser und verzog das Gesicht, »ist deine Telepathie nicht so unausgereift, wie wir dachten, denn ganz offensichtlich hast du diese Grußform aus meinem Geist gestohlen. Mehr noch, ich habe den Diebstahl nicht einmal bemerkt! Dennoch waren in deinem Fieber diese unsauberen Künste bei dir nicht zu erkennen. Das lässt auf eine von Natur aus durchtriebene Denkungsart schließen.«

Rogei hatte eine rasche Erwiderung parat. *Weise darauf hin, dass ein Mann, selbst ein Ältester, der voreilige Schlüsse zieht, um eine abwegige Behauptung aufzustellen, sich sehr wohl selbst täuschen mag!*

Nathan gehorchte und fügte hinzu: »Jemand, der den Geist eines Fiebernden untersucht, läuft Gefahr, Gespenster zu entdecken.«

An dieser Stelle ergriff der Allerälteste persönlich das Wort. Mit einer Stimme, die knarrte wie der Ast eines vom Wind gebeugten alten Baumes, fragte er: »Und wie viele Gespenster hausen in deinem Geist, Nathan von den Szgany?«

Sehr viele, raunte Rogei ihm ins Ohr und sprach Nathan Wort für Wort vor. *Einige davon sind die Gespenster meiner Vergangenheit, die ich nach Belieben preisgeben oder für mich behalten kann. Aber da sind auch die Geister von hundert Uralten der Thyre, die gerne durch mich sprechen würden, um meine Unschuld zu beweisen – sollte der Allerälteste es wünschen.*

Nathan wiederholte es.

»Das ist Lästerung!« Der Wortführer wollte aufspringen, aber der Allerälteste ergriff ihn am Arm und hielt ihn zurück. Der Wortführer warf einen Seitenblick auf den ehrwürdigen Alten, runzelte die Stirn und sagte: »Ganz offensichtlich ist er ein Nekromant! Er hat die Höhle der Uralten betreten, um unsere Toten zu schänden und ihnen durch Folter ihre Geheimnisse abzupressen!«

»Wenn das zutrifft«, sagte der Allerälteste und nickte geduldig, »werden seine Worte ihn umso mehr verdammen, je mehr wir ihn sprechen lassen. Bislang hat er zumindest in einer Beziehung Recht: Einige sind nur allzu schnell bereit, voreilige Schlussfolgerungen zu ziehen! Er soll weitersprechen.« Und wieder richtete er den Blick seiner großen, sanften Augen auf Nathan.

Erzähle ihnen deine Geschichte in aller Kürze, sagte Rogei, *während ich sie durch deine Augen betrachte.*

Nathan ging darauf ein. »Die Wamphyri sind zur Sternseite zurückgekehrt und in den letzten Horst eingezogen. Sie haben Siedeldorf überfallen, meine Heimat im Westen der Sonnseite. Während des Überfalls wurden meine Mutter und ... ein Szgany-Mädchen geraubt, und mein Bruder verschwand. Ich suchte nach ihm und folgte seiner Spur nach Osten, wo ich eine

Gruppe von Wanderern traf und den Entschluss fasste, mich ihnen anzuschließen. Doch zuerst musste ich ein letztes Mal versuchen, meinen Bruder zu finden. Als ich schließlich erfuhr, dass er tot war, folgte ich der Fährte meiner Wanderer-Freunde zu ihrem Lager am Rande des Graslands und musste feststellen, dass sie ...« Er hielt inne und schüttelte den Kopf. »Sie waren nicht mehr am Leben. Die Wamphyri ...« Er senkte einen Augenblick lang den Kopf , um die Erinnerung an diese sehr realen Gespenster zu unterdrücken. Dann sah er auf.

»In dieser Welt war mir alles genommen worden, und ich wollte nicht länger leben. Doch da fiel mir ein, wie ich früher den Toten gelauscht hatte, die in ihren Gräbern flüstern - eine seltsame Gabe, wie ich wohl weiß, und eine, die ich verborgen hielt - und ich dachte, dass ich mich ihnen im Tod anschließen könnte. Vielleicht könnte ich dann wieder mit meiner Mutter sprechen, mit meinem Bruder, meinem Mädchen. Unter den Sternen wanderte ich durch das Grasland, erreichte die Wüste und fand mich bei Sonnauf am Fuß der Sandsteinklippen wieder. Dort beschloss ich zu sterben.

Doch als ich mich zum letzten Schlaf niederlegte, hörte ich die Stimme eines Mannes, eines Uralten der Thyre, der sich Rogei nannte. Er offenbarte mir gewisse Dinge und führte mich zur Höhle der Uralten. Mittlerweile war ich sehr geschwächt und wurde ohnmächtig. Als ich erwachte, fand ich mich hier wieder. Und jetzt werde ich der Grabschändung und Lästerung bezichtigt.«

Der Sprecher der Ältesten wurde erneut zornig. »Auch wenn Rogei ein hoch verehrter Name bei den Thyre ist, so ist er doch nicht ungewöhnlich. In der Höhle der Uralten gibt es mehr als einen Rogei, was dieser Szgany-Nekromant zweifellos erraten hat. Er muss den Namen von unseren Händlern erfahren haben und hat ihn sich gemerkt, um ihn für seine üblen Zwecke zu missbrauchen.«

»Und wie sollte so etwas geschehen?« Der Allerälteste blickte ihn an. »Wer unter den Thyre würde seinen geheimen Namen einem jungen Szgany verraten, den er bei einer flüchtigen

Begegnung am Handelstag trifft? Aus welchem Grund? Nein, das glaube ich nicht.« Er schüttelte den Kopf. »Und wenn es sich so verhielte, bedeutet es, dass du deine Anschuldigung abänderst? Wenn dem so ist, was ist dann das Verbrechen dieses Mannes? Ist er nun ein abscheulicher Nekromant oder bloß ein listiger Lügner?«

Der andere schürzte die Lippen. »Ich sage, wir sollten in unserer eigenen Sprache sprechen«, sagte er schneidend. »Er belauscht uns. Er ist schlau. Er ist ein begabter Betrüger!«

»Ich sage es noch einmal: Du irrst dich«, ließ Rogei Nathan sagen. »Ich kann beweisen, was ich gesagt habe.«

»Dann tue es«, fauchte der Sprecher, »und sprich dich selbst schuldig!«

Ich glaube, den kenne ich, sagte Rogei zu Nathan. *Ja, und den Allerältesten auch. Sogar unter den Zeichen des hohen Alters erkenne ich ihn. Aber der Sprecher: Sein Aussehen und sein Verhalten ähneln dem meines eigenen Sohnes. Es könnte tatsächlich sein, dass er mein Enkel ist! Das würde seine aufbrausende Art erklären, die unter den Thyre selten ist. Verstehst du? Er glaubt, dass du dich an den Überresten seines Großvaters vergangen hast!*

»Aber das habe ich nicht!«, platzte Nathan heraus – und die Ältesten der Thyre fuhren auf ihren Hockern leicht zurück und starrten ihn neugierig an.

Nein, aber ich habe dich berührt! Das war kein Traum, Nathan. Ich habe dich einen Necroscopen genannt, einen Liebling der Toten. Als ich in der Höhle der Uralten dachte, dass du sterben müsstest, wurde ich – dazu bewogen, *zu dir zu kommen! Ich stand auf und war an deiner Seite, um dich in deinem Fieber zu trösten!*

»Du ... kamst zu mir?« Nathan konnte den Ausruf nicht unterdrücken. »Aber du bist doch tot!«

»Hah! Er plappert Unsinn!«, höhnte der Sprecher und fügte noch einige Schmähungen in der Sprache der Thyre hinzu. Aber der Alleräalteste hatte etwas in Nathans seltsamen Augen gesehen, was ihn seinen Hauptankläger ermahnen ließ:

»Nein, sprich so, dass er es versteht. Denn wenn wir Anklage erheben, müssen wir in Betracht ziehen, dass er vielleicht unschuldig ist.«

Rogei sprang für Nathan ein und übermittelte ihm, was er zu sagen hatte und auf welche Art er es vorbringen sollte. Nathan sah den Sprecher der Thyre an und wiederholte Rogeis Sätze Wort für Wort, ließ allerdings seinen ätzenden Sarkasmus beiseite. »Ach, zu guter Letzt erkennt dein Großvater dich, Petais!« Er sah dem Sprecher direkt in die Augen und nickte bedächtig. »Petais, Sohn von Ekhou und Enkel von Rogei dem Uralten, zur selben Stunde geboren, da dein Großvater sich zum Sterben niederlegte. Aber bevor er starb, sah er dich in den Armen deiner Mutter und war stolz auf dich, wie er auch jetzt stolz ist, dass du ein Ältester geworden bist! Rogei erkennt dich – nicht nur an dem vorzeitigen Haarausfall, den vertrauten Zügen und der Körperhaltung – du bist beinahe ein genaues Abbild deines Vaters, der sein Sohn war – sondern auch an deiner schroffen Art und deinen hitzigen Argumenten. Ekhou war stets ein Hitzkopf, und du bist es ebenfalls!«

Petais klappte der Mund auf. Die Stimme versagte ihm, seine Augen traten vor, und er gurgelte etwas Unverständliches. Unter Rogeis Anleitung ließ Nathan ihm keine Zeit, sich wieder zu sammeln, und setzte sofort nach. »Sage also dem Vater deines Vaters, ob du akzeptierst, dass diese Worte die seinigen sind. Ich hoffe doch, dass es so ist, denn sonst müssen wir deinen Vater Ekhou und deine Mutter Amlya rufen lassen, die mich besser kennen. Ich weiß, dass sie nicht tot sind, sonst hätte ich in der Höhle der Uralten mit ihnen gesprochen!«

Petais schüttelte heftig den Kopf, stand auf und setzte sich sofort wieder. Ihm fehlten die Worte. Dem Allerältesten jedoch nicht. »Wer spricht jetzt, du oder Rogei?«

»In gewisser Hinsicht wir beide«, gab Nathan zur Antwort. »Ich wiederhole seine Worte so genau, wie ich kann.«

Der Älteste nickte, streckte eine bebende Hand aus und berührte Nathans Arm. »Ich spüre, dass es wahr ist«, sagte er und starrte ihn aus aufgerissenen Augen an, ohne zu blinzeln. »Ganz offenbar ist ein großes Wunder über uns gekommen!«

Petais stöhnte auf und sagte: »Dennoch müssen wir sichergehen!«

»Ich bin mir sicher«, antwortete der Allerälteste. »Du erinnerst dich nicht, Petais – natürlich nicht, du warst ja noch ein neugeborenes Kind – aber ich war ebenfalls zugegen, als deine Mutter dich zu dem sterbenden Rogei brachte, und er war wahrlich stolz auf dich. Ich weiß es, denn ich bin Rogeis Neffe, der Sohn seines Bruders!«

Petais nickte und schien ein wenig zu schrumpfen. »Was sein muss, muss sein. Aber es musste so oder so entschieden werden.«

Ich hatte Recht, Nathan, seufzte Rogei. *Der Allerälteste ist mein Neffe Oltae!*

Noch während er diese Worte hauchte, wandte sich der Genannte von Petais zu Nathan. »Ich weiß, dass du verstehen wirst, dass Petais Recht hat«, sagte der Allerälteste. »Wir mussten sichergehen. Selbst jetzt *müssen* wir noch sichergehen.«

»Stelle mich nach Belieben auf die Probe, Oltae«, erwiderte Nathan.

Der Allerälteste keuchte auf, fuhr unmerklich zusammen und umfasste Nathans Arm fester. »So heiße ich, oh ja«, sagte er und nickte. »Und ich weiß, dass du meinen Namen nicht aus meinen Gedanken gestohlen hast, denn ich habe sie mit einem undurchdringlichen Schutzwall umgeben! Es bleibt nur noch eine letzte Prüfung, und ich bin zufrieden!«

Rogei ließ Nathan sagen: »Jetzt spreche ich als Rogei. Lass mich raten, worin die Prüfung besteht, Neffe. Hat sie mit deinem Eignungsverfahren für einen Platz unter den Fünf zu tun? Du warst damals ein junger Mann, so wie Petais heute, aber ich erinnere mich gut an deine Befragung, denn ich war dein Prüfer! Ich hatte viele Fragen an dich, aber eine deiner Antworten errang dir eine ausgezeichnete Bewertung! Erinnerst du dich daran, Oltae?«

»Oh ja, ich erinnere mich«, raunte der Allerälteste.

»Ich habe gefragt«, fuhr Rogei durch Nathan fort, »›Wann werden wir wissen, ob der Eine Der Zuhört existiert?‹ Und du gabst zur Antwort ...«

»Meine Antwort lautete«, unterbrach Oltae, der Allerälteste ihn, »›Wir werden dann wissen, dass Er existiert, wenn Er endlich zu uns spricht, was nicht eher sein wird, bis wir Ihn besser erkennen und verstehen können.‹« Oltae sah Nathan tief in die Augen, und einen Moment lang glaubte er, darin Rogei zu sehen, der ihn anlächelte. Aber als der Necroscope blinzelte, war das Bild verschwunden.

Der Allerälteste seufzte, nickte, wie es seine Gewohnheit war, und erhob sich mit knarrenden Gelenken, gefolgt von seinen vier Amtsbrüdern. Bevor sie gingen, meinte Oltae zu Nathan – und Rogei: »Ich glaube, dass wir heute – vielleicht – einen Schritt näher daran sind, Ihn zu verstehen!«

Und nur zu Nathan gewandt sagte er: »Ruhe dich aus, sammle deine Kräfte. Wir werden uns wieder unterhalten ...«

In den folgenden langen Tagen – von denen jeder einzelne, gemessen an der Zeitrechnung von Nathans unbekanntem Vater aus den Höllenlanden, eine ganze Woche zählte – erfuhr Nathan vieles und ›lehrte‹ auch viel. Jedenfalls nannten die Thyre es ›Lehren‹, wenngleich es Nathan so vorkam, als gäbe er lediglich die Botschaften der Uralten weiter. Doch gewiss waren die zuvor unwiederbringlich verlorenen Kenntnisse der Toten für die Lebenden von enormem Vorteil.

Nathan verbrachte lange Sitzungen mit dem Rat der Fünf in der Höhle der Uralten und stellte dort sein Talent als Necroscope zweifelsfrei unter Beweis. Die Lebenden der Thyre erwärmten sich ebenso für ihn wie die Uralten. Und wie einst Harry Keogh eine einzelne tapfer flackernde Kerze für die Toten einer weit entfernten Welt gewesen war, so wurde nun sein Sohn ein Licht in der Finsternis der dahingegangenen Thyre.

Ähnlich wie die Szgany besaßen auch die Thyre keine richtige Schrift. Anstelle von Worten benutzten sie eine komplizierte Bildersprache, die ganze Ideen vermittelte, wobei viele Einzelheiten unausweichlich verloren gingen. Ein Großteil ihrer ›Geschichtsschreibung‹ war so überliefert und mündlich – oder geistig – in Form von Mythen und Legenden von einer Generation an die nächste weitergegeben worden, woraus sich ihre

Kunstform des Geschichtenerzählens entwickelt hatte. Unter den Erschaffern der Thyre-Romanzen war ein gewisser Jhakae der Berühmteste gewesen, der nun schon seit über zweihundertachtzig Jahren tot war. Durch Nathan konnte Jhakae nun all seine besten Geschichten wiedergeben, die er für ein begrenztes Publikum von toten Uralten erschaffen hatte, und konnte sicher sein, dass sie an Tausende Lebende überliefert werden würden.

Nathan gab eine Geschichte nach der anderen weiter, und alle wurden sie in rasender Eile niedergeschrieben und mittels der Thyre-Glyphen, so gut es eben ging, aufgezeichnet: Die *Geschichte vom Fuchs und der Gabelweihe, die Fabel vom Kürbis und vom Körnchen,* das *Märchen von Tiphue und dem Staubteufel.* Zwanzig davon, dann dreißig, schließlich vierzig, und sie alle waren Schmuckstücke der Thyre-Erzählungen. Jhakaes neueste und größte Geschichte war allerdings noch unvollendet: *Der junge Szgany in der Höhle der Uralten: eine Parabel.* So kam auch Nathan zu Ehren.

In allem, was Nathan von den Toten an die Lebenden – und umgekehrt – weitergab, verfügte er über den unschätzbaren Rat und Beistand Rogeis. Doch die Menge an Wissen, die er zu übermitteln hatte, war so gewaltig, die Fragen von beiden Seiten so zahlreich, dass Prioritäten festgelegt werden mussten; Zeit wurde zugeteilt, und dem Praktischen wurde Vorrang vor der Theorie, dem Philosophischen und dem Theologischen eingeräumt. Innerhalb der vergleichsweise engen Grenzen des Daseins der Thyre waren Themen dieser Art ohnehin eingeschränkt. Als weit wichtiger und sofort anwendbar erwiesen sich Ideen und Geräte wie Shaekens ›Wasserpresse‹, seine ›Hydraulische Winde‹ und sein ›Bewässerungsrad‹.

Shaeken war jener Uralte, den Rogei bei ihrer ersten Begegnung erwähnt hatte, der Ledereimer zum Wasserschöpfen entworfen hatte. Shaeken hatte seine Besessenheit aus dem Leben auch im Tode weiterverfolgt und war zu weit bedeutenderen Dingen vorgedrungen. Doch selbst ohne die Hilfe seines Genies hätte Nathan den Thyre das Prinzip des Wasserrades vermittelt. Als Wüstenbewohner waren sie nie über das

Grasland hinaus bis zu Siedlungen wie Zwiefurt gereist und hatten nicht gesehen, wie die Szgany sich die rohe Kraft des Flusses für ihre Arbeit zu Nutze machten.

Aber sie waren die Thyre. Je besser Nathan sie kennen lernte, desto besser verstand er auch ihren Stolz. Er brachte sein eigenes (ohnehin begrenztes) Wissen nicht zum Einsatz und verbrachte lange Stunden mit einem Graphitstift und auf Holzrahmen gespannten Echsenhäuten und zeichnete peinlich genaue Maschinenskizzen direkt aus Shaekens Bewusstsein. Jede fertige Zeichnung wurde begierig von Tischlern und anderen Handwerkern begutachtet, und mit dem Fortschreiten seiner Arbeit wurden die Prinzipien begriffen, und unter den Schnitzmessern nahmen die ersten Modelle Gestalt an.

Mitunter war Nathan erschöpft, doch er beklagte sich nicht. Sein Leben hatte einen Sinn. Sein Verstand war so beschäftigt, dass die Trauer und das Elend der Vergangenheit keinen Platz darin fanden. Seine neuen Freunde erwiesen ihm weit mehr Achtung, als ihm von den Freunden seiner Jugend je zuteil geworden war. Er war zufrieden oder *glaubte,* zufrieden zu sein. Zumindest eine Zeit lang ...

Er erfüllte gerne persönliche Anliegen. Rogei wollte fast zwanghaft herausfinden, was aus bestimmten Familienangehörigen und Verwandten geworden war. Nathan stand in seiner Schuld und stellte deshalb für ihn Nachforschungen an. Durch Nathan konnte Rogei mit denjenigen ›sprechen‹, die noch lebten. Andere waren fortgezogen und hielten sich in fernen Kolonien außerhalb der Reichweite der Totensprache der Thyre auf. Denn wie die Telepathie der Lebenden hatte auch die der Toten ihre Einschränkungen. Von denen, die Rogei suchte, waren viele an fernen Orten gestorben, außerhalb seiner Reichweite.

Mittlerweile hatte Nathans Ruhm sich verbreitet. Thyre aus anderen Kolonien trafen in der Stätte-Unter-Den-Gelben-Klippen ein und brachten Einladungen ihrer Ältesten mit. Ohne Ausnahme wollten sie mit Nathan sprechen und ließen ihn wissen, dass er ihnen stets willkommen sei, sollte er sich je zu einem Besuch entschließen. Nathan versprach Rogei, dass er, sollte er eine solche Einladung annehmen, ganz gleich, wohin sein Weg ihn führte, die Verwandten seines alten Freundes aufsuchen würde.

Doch in der Zwischenzeit arbeitete er ...

Mit Ausnahme von unbedeutenden Kleinigkeiten, die Rogei für ihn übernahm, erledigte Nathan zuerst die persönlichen Anfragen der Toten aus der Höhle der Uralten und der Lebenden in der Kolonie, ehe er sich den wichtigen Dingen zuwandte – als da waren:

Er machte sämtliche zahlreichen Geheimrezepte des Feinschmeckers Arxei zugänglich, die jener zu Lebzeiten nie preisgegeben hatte. Von dem Spiegelpolierer Annais lieferte er ein Schutzmittel, eine Pflanzensalbe, welche die Spiegel der Thyre pflegte und verhinderte, dass sie fleckig wurden. Er gab die Schlussfolgerungen des Gärtners Tharkel bezüglich der Bienenhaltung, Bestäubung und Imkerei weiter. Zu Lebzeiten hatte Tharkel mit eigenen Händen eine Oase erschaffen, die nur aufgrund der mangelnden Wasserversorgung eingegangen war, und seither hatte er größere und bessere ersonnen. Mit der Einführung von Shaekens Hydraulischer Winde konnten sie Wirklichkeit werden!

Das alles tat Nathan, und als die Flut der Arbeit allmählich nachließ, fand er sogar Zeit für kleinere Reisen und Studien bei den Thyre. Und da die Ältesten es nicht als angemessen erachteten, dass jemand von Nathans Bedeutung sich mit den Grundbedürfnissen des Lebens abplagen sollte, wurde Atwei seine Assistentin unter den Lebenden, wie Rogei sein Sprecher unter den Toten war. Sie kümmerte sich um alle alltäglichen Dinge und verschaffte Nathan dadurch die Zeit, die Möglichkeiten, die sein einzigartiges Talent bot, zu erforschen.

Eigentlich erhielt er ein Übermaß an Freiheit und nutzte es nicht zu seinem Besten. Denn als das rasende Tempo seines Daseins nachließ, gestattete er zahlreichen Träumen und Erinnerungen an vergangene, unerträgliche Dinge, ihn wieder heimzusuchen. Er träumte von Canker Canisons bellendem

Gelächter, als das umhertollende Hundewesen Misha in das Grauen eines unvorstellbaren Geschicks entführt hatte, von seiner Mutter, die zur rotäugigen Sklavin eines grässlichen Vampirlords geworden war, von Nestor, der im Fluss verfaulte, zu einem Wesen aus Unkraut und teigigem, losem, grauem Fleisch wurde, das sich allmählich im Schlamm auflöste. Albträume dieser Art ließen Nathan immer wieder wimmernd aus dem Schlaf schrecken, und Atwei kam herbeigeeilt, um ihn zu trösten.

In den schwarzen Gedärmen der Erde unter der Kolonie, wo selbst die Fischer der Thyre ihre Netze im Licht brennender Fackeln auswerfen mussten, zeigte Atwei Nathan einen Abschnitt des Großen Finsterflusses und erklärte ihm nach bestem Wissen seinen Ursprung und sein letztendliches Ziel.

»Wenn die Regenfälle der Sonnseite vom Gebirge herabfließen«, sagte sie, und ihr kehliges Flüstern hallte aus unbekannten Orten in der Dunkelheit zurück, »und wenn – seltener – Gewitterwolken ihre Wassermassen über der Glutwüste selbst entladen, sickern gewaltige Wassermengen unter die Erde. Im Westen sind noch zahlreiche weitere Zuflüsse zu finden und weitere im Osten zwischen der Wüste und den Bergen. Der Große Finsterfluss unter der Erde ist also die Sickergrube der Welt!

Das harte Grundgestein der Unterwelt neigt sich gen Osten, und so verläuft natürlich auch der Fluss. An den weichsten Stellen des Gesteins haben die Regenfälle der Jahrhunderte viele Höhlensysteme herausgebildet. Die sichersten und geeignetsten sind zu Kolonien der Thyre geworden. Für die Thyre ist die Unterwelt so wichtig wie der Wald für euch Szgany. Die Temperatur dort unten ist gemäßigt, sie gewährt Schatten vor der Sonnenhitze des langen Tages und stellt eine Zuflucht vor der bitteren Kälte der Wüstennächte dar. Ohne die Unterwelt könnten wir nicht leben und ebenso wenig ohne den Fluss, der ihre dunkle Lebensader ist.

Im Lauf seines Daseins hat der Fluss breite Simse ins Gestein gegraben. Die sichersten und breitesten davon dienen uns als

Wege, über die wir seinem rauschenden Verlauf durch die finsteren Tunnel folgen können. Über lange Strecken ist der Fluss schiffbar. Er bildet gelegentlich gewaltige, sonnenlose Seen, in denen blinde Fische schwimmen, aber an anderen Stellen verengt sich sein Lauf, und das Wasser schießt mit wütender Gewalt einher!

Was seine Länge betrifft: Der Fluss verläuft parallel zum Grenzgebirge, er unterquert die Große Rote Wüste und windet sich um eine kleinere Bergkette, in der Menschen leben, die dir sehr ähnlich sind – oder vielleicht auch nicht, denn sie geben einige ihrer jungen Leute an die Wamphyri ab. Und der Fluss verläuft weiter ins Unbekannte. Einige behaupten, er fließe bis zu einem Meer weit im Osten, jenseits der Höhlen der Totenbeschwörer. Aber das sind nur Gerüchte, denn kein Thyre ist bisher dort gewesen.«

Aufmerksam lauschte Nathan Atweis Worten. Er betrachtete die Simse, die der Fluss im Lauf einer undenklichen Zeitspanne aus den Wänden der Rinne geschnitten hatte, das schwarze, gurgelnde Wasser, das rasch dahinfloss, und die Beute der Fischer, die sich zappelnd in ihren Netzen wand. Der Fluss faszinierte ihn und stieß ihn zugleich ab. Der bloße Gedanke an seine *Länge* war bereits Ehrfurcht gebietend – über dreitausend Meilen unterirdischer Wasserwege, wenn Atwei Recht hatte, wovon Nathan überzeugt war. Im Vergleich dazu waren die Flüsse der Sonnseite armselige Bächlein; der Große Finsterfluss erstreckte sich über mehr Meilen, als Nathan während seines gesamten Lebens gesehen hatte.

Und doch war es nicht so sehr die Größe des Flusses als vielmehr sein Verlauf, der Nathans Vorstellungskraft am stärksten beschäftigte: ein Verlauf, der dem Gebirge nach Osten in jene Region hinter der Großen Roten Wüste folgte, in der die Wamphyri herrschten und von wo aus sie zur Sternseite zurückgekehrt waren. Und wenn dieser Fluss für die Thyre eine Straße darstellte, der sie zu Fuß und mit Booten von Kolonie zu Kolonie über die gesamte Länge seiner vielen Meilen zu folgen vermochten, so konnte auch Nathan sie beschreiten ...

Ein Sonnauf folgte dem nächsten. Nathans Arbeit in der Höhle der Uralten stand kurz vor der Vollendung. Er sagte den Fünf, dass er weiterziehen wolle, und sie verpflichteten ihn zur Verschwiegenheit. Er versprach, dass er, ganz gleich, was die Zukunft bereithielt, seinen Brüdern in der Außenwelt nichts von dem sagen würde, was er von den Thyre und ihrer Lebensweise erfahren hatte.

In der Zwischenzeit hatten sich seine Albträume nicht gebessert; sie waren sogar schlimmer geworden. Wieder und wieder durchlebte Nathan die höllische Nacht und den Morgen in Siedeldorf, als die Wamphyri gekommen waren. Außerdem war ihm bewusst, dass die Zeit verstrich, und er fragte sich, wie es wohl Lardis und den Szgany Lidesci ergehen mochte. In der Höhle der Uralten spürte er oft, wie seine Wölfe ihn zu erreichen versuchten. Aber sie waren weit entfernt, und er wurde von dicken Felswänden abgeschirmt. Und was hätten sie ihm schon sagen können bis auf – wahrscheinlich – Dinge, die er nicht hören wollte? Denn mittlerweile waren die Wamphyri gewiss wieder mächtig geworden und suchten die gesamte Sonnseite wie eine Seuche heim.

Einmal – dieses Mal aus eigenem Antrieb – schlief er in der Höhle der Uralten ein und träumte, dass der Zahlenwirbel auf ihn wartete. Beharrlich zerrte der gewaltige, bodenlose Mahlstrom der Zahlen an ihm, und er hatte das Gefühl, dass sie ihm, wenn er nur die Bedeutung dieser sich rasch wandelnden Zeichen erkannte ... sogar neue Welten zu erschließen vermochten. Jede Welt war besser als die, welche er hinter sich ließ, wenn sie ihm nur gewährte, dass er unter seinesgleichen leben konnte. Und wieder kam er sich wie ein Verräter vor, der die Flucht ergriffen hatte vor seinen Feinden, seinen Freunden und vor sich selbst ...

Und nun musste er wieder fliehen, eine größere Entfernung zwischen sich und die Vergangenheit legen und nach einer schattenhaften Erfüllung jagen, die gleich hinter der nächsten Ecke des nächsten Tages liegen mochte ...

In der Höhle der Uralten verabschiedete er sich. Die Toten

schwiegen eine Zeit lang. Sie würden ihn vermissen. Aber ... er würde doch eines Tages zurückkehren, oder? Das konnte er nicht mit Bestimmtheit sagen, hielt es jedoch für möglich. Nun, sie hatten ihren gerechten Anteil an ihm gehabt, und die Toten an anderen Orten sehnten sich danach, mit ihm zusammenzutreffen.

Nathan sprach mit Shaeken. Da sie so innig zusammengearbeitet hatten, hatte sich ein festes Band zwischen ihnen gebildet, eine warme Freundschaft und ein gegenseitiges Einvernehmen. »Eines Tages werden deine Werke den Thyre zum Segen gereichen«, sagte er zu dem großen Baumeister.

Ohne dich wären sie nichts, Nathan. Shaeken war geschmeichelt. Doch gleich darauf fuhr er in weit ernsterem ›Tonfall‹ fort: *Nathan, diese Zahlen, die deine Träume heimsuchen ...*

»Ach ja? Du hast mich ausspioniert?« Nathan wusste, dass es sich nicht so verhielt.

Das wohl kaum! Aber wir kommen nicht umhin. Schließlich bist du der Necroscope. Doch zu den Zahlen: Ich habe sie gesehen, wohl wahr. Und wie du weißt, verstehe ich mich ein bisschen darauf.

»Du verstehst den Mahlstrom?«

Er spürte den Eindruck eines Kopfschüttelns. *Habe ich ihn verstanden? Nein. Habe ich mich vor ihm gefürchtet? Ja, so wie ein Kind den Blitz fürchtet! Im Vergleich dazu sind meine eigenen Berechnungen wie Ameisenspuren in der Wüste – rasch verweht – während deine lebendig sind und auf ein Ziel zu arbeiten. Und so wie deine Totensprache unter den Lebenden einzigartig ist, ist auch der Mahlstrom allein dir zu Eigen. Er ist ein Teil von dir, Nathan! Ich bin kein Philosoph, meine Gedanken sind seicht und mechanisch, aber ich spüre dies: Wenn du ihn eines Tages auslotest, wirst du deinem Schicksal einen großen Schritt näher gekommen sein. Vor langer Zeit gab es in Offen-zum-Himmel einen Ältesten, der ein Mathematiker war. Er ist nun tot, aber welch ein Hindernis stellt das schon dar? Vielleicht solltest du ihn aufsuchen.*

»Vielleicht werde ich das tun«, sagte Nathan dankbar.

Schließlich sprach er mit demjenigen, der ihn am meisten vermissen würde, nämlich Rogei, und stellte fest, dass er es nicht übers Herz brachte, seine wahren Absichten auch nur im

Geringsten zu beschönigen. »Das ist mein letzter Besuch in der Höhle, bevor ich aufbreche«, sagte er zu ihm. »Ich glaube nicht, dass ich zurückkommen werde.«

Ich weiß, gab Rogei zur Antwort. Er versuchte sich unbeschwert zu geben. *Denke nur ab und zu an mich, strecke deinen Geist aus und ... wer weiß? Vielleicht werde ich da sein. Aber wenn du nicht mit mir sprechen kannst, versuche mit Ihm der zuhört zu sprechen, denn ich bin sicher, dass er auch dir zuhören wird. Was Shaekens Worte betrifft: Wirst du den Mathematiker aufsuchen? Ich glaube, du musst es tun. Ich bin nun mal ein Philosoph und hege die Ansicht, dass ein Mensch seiner Bestimmung folgen muss.*

»Wahrscheinlich werde ich zu ihm gehen«, sagte Nathan.

Außerdem, sagte Rogei, *gibt es da etwas, was du wissen solltest. In der Zeit deines Aufenthaltes hier hast du dich den Lebenden wie den Toten gleichermaßen als Freund erwiesen, und ich habe versucht, es dir mit Gleichem zu vergelten. Ich habe mich bei den Toten der Szgany für dich eingesetzt und ihnen gesagt, welche Gelegenheit sie verpasst haben. Nur, sobald ich deine Kräfte erwähne, ziehen sie sich zurück. Aus irgendeinem Grund haben sie Angst vor dir.*

»Das wusste ich«, sagte Nathan.

Der Grund ist einfach: Die Toten haben stets die Nekromantie gefürchtet, und da die Wamphyri wieder im Land umgehen, fürchten sie sie noch mehr als zuvor. Irgendwie bringen sie dich mit der Nekromantie in Verbindung. Nun ... sprechen sie nicht mehr mit mir! Aber ihr Szgany habt ein Sprichwort: ›Wie der Vater, so der Sohn‹, nicht wahr? Gut, und diesen Gedanken las ich immer wieder in ihren Bewusstseinen, bevor sie mich ausschlossen. Deshalb frage ich mich – ich zögere, diese Frage zu stellen – aber könnte es vielleicht sein, dass dein Vater etwas getan hat, um die Toten der Szgany zu verprellen, und was sie nun veranlasst, dich zu meiden?

»Mein Vater Hzak Kiklu?« Nathan runzelte die Stirn. »Aber er war nur ein einfacher Mann, der wie so viele andere vor und nach ihm von den Wamphyri ermordet wurde. Ich habe ihn nicht einmal gekannt ... ich war noch nicht geboren ... was soll er denn getan haben?«

Rogei zeigte sich verwirrt. *Ich konnte es nur versuchen, und es ist mir misslungen. Mehr weiß ich nicht. Da ist allerdings noch etwas, zu dem ich dir einen Rat geben möchte.*

»Dein Rat ist mir immer lieb und teuer.«

Nathan, ich weiß, dass du es verdrängt hast. Die Älteren haben die Angelegenheit nicht erwähnt. Sie kam nie zur Sprache. Weise Männer lassen manche Dinge ruhen. Doch bleibt die Tatsache bestehen, dass ich, als du Hilfe brauchtest, zu dir kam. Deine Macht geht über das bloße Sprechen mit den Toten weit hinaus. Verstehst du, was ich sage?

»Ich glaube schon, ja. Wie lautet dein Rat?«

Nur dies: Achte darauf, was du zu scheinbarem Leben erweckst, Nathan, denn einige Wesen sind womöglich schwer zu beseitigen ...

Nathan war sich nicht sicher, ob er alles richtig verstanden hatte, aber jedenfalls dankte er Rogei. Dann verabschiedete er sich ...